U0857143

谨此献给

父亲崔永龙　母亲康华卿百年诞辰

山村杏林

SHANCUN XINGLIN

生福题

崔嵬◎著

云南出版集团
云南人民出版社

图书在版编目（CIP）数据

山村杏林 / 崔嵬著. -- 昆明 : 云南人民出版社,
2020.8

ISBN 978-7-222-19301-7

Ⅰ. ①山… Ⅱ. ①崔… Ⅲ. ①回忆录—作品集—中国
—当代 Ⅳ. ①I251

中国版本图书馆CIP数据核字(2020)第133939号

出 版 人：赵石定
责任编辑：文永清　黄　灿
装帧设计：马　滨
责任校对：陈艳芳
责任印制：代隆参

山村杏林
崔嵬　著

出版　云南出版集团　云南人民出版社
发行　云南人民出版社
社址　昆明市环城西路609号
邮编　650034
网址　www.ynpph.com.cn
E-mail　ynrms@sina.com
开本　720mm×1010mm　1/16
印张　24.5
字数　350千
版次　2020年8月第1版第1次印刷
印刷　昆明频安印务有限公司
书号　ISBN 978-7-222-19301-7
定价　59.00元

如需购买图书、反馈意见，请与我社联系
总编室：0871-64109126　发行部：0871-64108507
审校部：0871-64164626　印制部：0871-64191534

云南人民出版社微信公众号

序一

朝思暮想父母面，
欲哭泪干心已寒。
梦里寻他千百回，
不知天上与人间。

《山村杏林》一书，讲述了我们的父母无尽坎坷的人生轨迹，读来使我泪流满面，思念不眠。

我的父亲1921年1月1日出生于湖北天门一个大户人家，富足的家庭并没有让他躲过人生的苦痛，幼年时期便遭遇苦难，几经波折，在时代的变迁里坚强生存，幸运的是受到大爷爷、大奶奶的收养，后走入医事生涯；我的母亲1919年10月20日出生于湖南衡山的"康家宗氏祠堂"，外公为书香之家出身，母亲从小得到良好开化的教育，后遭遇家庭变故休学，1934年母亲考入美国人开办的衡山教会医院半工半读，三年后她又考入长沙湘雅医学院，开启新的医学研习之路。

1937年7月7日，卢沟桥事变，日本侵略者发动了全面的侵华战争，中华民族陷入水深火热之中，父亲作为湖北应城医院的青年积极响应，奔赴前线抗战杀敌。1938年秋天，父亲几经辗转到了湖南，与母亲在衡山相识，一同考入国民革命军第6军看护训练班，重返抗击侵略者的战场救护，并肩经受了血与火的战争考验，先后在贵州安顺陆军军医学校学习和进修。1941年9月，母亲结业分配到昆明，在军政部142兵站医院任上尉司药；父亲随中国远征军第6军到云南。1942年4月，父母在建水县团山村张家花园兵站医院驻地结为伉俪。

在抗战结束前夕，父母亲离开部队，先后在滇南建水和石屏县坝心开办了"惠尔康西医大药房"和"普济诊所"。

云南解放后，父母亲一直在坝心开诊所，当时的农村缺医少药，父母亲以自己精湛的医术服务于乡村黎民百姓，挽救了数万人的生命和健康。1956年3月，父母亲引领组建“坝心联合诊所”，继续为石屏、建水县以西的临近乡镇和山寨进行医疗服务。1958年9月，升为坝心区第一所全民、集体混合所有性质的“坝心联合中心医院”，父亲任院长。

在那火热的年代，父母呕心沥血，勤奋工作，为坝心当地的基层医疗卫生事业，为山乡百姓的健康和疾病预防和治疗奉献了毕生的心血。即使在极其困难的时期，甚至在生命的最后时刻，仍遵循着医者的良知，无怨无悔地为民众治病疗伤，父母亲的工作成就也得到了坝心周边，乃至全县广大民众的认可和赞许。

父亲曾选为县人大代表、县政协委员。时移世易，父母亲坎坷的医者仁心事迹，年老时为我们依旧保持着清晰的记忆，给后人留下了宝贵的精神财富。他们关爱百姓健康，关心家中长辈亲人，着实让晚辈们心生崇敬。一部《山村杏林》著作增强了家族凝聚力，培养了家族生命力，提升了家族向心力。让吾辈铭记父母艰辛备尝的不平凡历程，激励后辈不断开拓进取。

参天大树，心有其根；怀山之水，必有其源；淳厚家风，世代相传！隔着岁月和书中的往事相望，仿佛和曾经时光再度相逢，历经岁月的长河，蓦然回首，犹如就在父母跟前，倾诉思念至永恒。

崔远鹏

2020年8月

序二

（一）

父母芳华行千里，
为抵倭寇献青春。
遥遥征途归无望，
平生从医留石屏。
今朝儿女湘鄂行，
替父替母还乡情。
故土得圆赤子梦，
三湖同叙一家亲。

（二）

父母千里云和路，
踏遍青山留石屏。
只把异乡为故土，
红心热血献人民。
身在他乡人不孤，
父老乡亲一家亲。
人生难免雾和雨，
但念乡人一片心。

——崔远惠（一）、周洁（二）

2020年8月

序三

一江串两湖，一对好儿郎，双双入医行，终生仁心伴。
抗日风烟起，投笔上战场，心怀救国志，战场救护伤。
臂佩红十字，人道主义扬，奋力杀豺狼，九死一生还。
生死洗礼后，牵手花更香，战地连理枝，团山结成双。
建水惠尔康，坝心诊所忙，山乡献爱心，救死又扶伤。
不分贵贱贫，不管男女少，不弃病弱残，把脉开药方。
不攀富贵事，不畏地霸强，只要真有病，定会尽力帮。
不求名和利，做人品行端，平凡结善缘，有求救危难。
探治地方病，常年在山乡，疑难地急顽，精心反复看。
乡村百病治，中西药开方，医技特又专，施救百姓安。
生为杏林人，守护生命门，治疗严谨慎，医德品行上。
四方乡邻夸，有病找崔康，四方乡邻敬，日夜为民康。
四方乡邻爱，诊疗热心肠，四方乡邻念，仁爱记心坎。
三子四姑娘，家教有良方，子女茁壮长，欣慰又喜欢。
感恩父母生，给我生命人，感恩父母养，晚辈知礼让。
诞辰百年时，儿女述衷肠，今得一书呈，告慰父母安。

文永清

2020年8月

目 录

第一章　家庭变故

我的家族之概述

我的父亲崔永龙出生在湖北省中部的汉江流域以北，水色秀美，人杰地灵的天门县张港镇（又称：张截港，1955年以前为潜江县管辖）夏场村胡家沟（夏场村现为拖市镇管辖）。此地处天门县西南郊，汉江下游左岸，江汉平原北面有一条官道，自古就是一个大场口，可以到襄河汉水岸边一座古朴的一个大镇上；往东走不远，过了杨家场县河的古津潘家渡。步行的客商可达永潍河，拖市（船埠）下来的小型帆船，嘎吱嘎吱，摇向天门县城关的码头。除交通便利，通商繁华外，素有“棉乡、侨乡、文化之乡”的美誉。

汉水流经张港夏场支流

崔氏家族应追根溯源于西周时期（公元前841年）齐国的第二代国君齐丁公的嫡子，也就是吕尚（姜子牙）的孙子。随着时间的推移，到明朝初年，因山东章丘一带霍乱蔓延，为了后代延缓生存，崔氏部分至尊带着其族群纷纷迁徙各地谋生，繁殖生息，遍及湖北、湖南、陕西、安徽、江西和云南宣威、会泽……

清朝中期，崔氏家谱不尽相通，来到湖北天门这一支系，为金瓯世家，开始祖“金应”，子其燦。长子——国椿；二子——国银；三子——国祯。据堂姐崔远辉（崔永安之女）为“老三届”（1966、1967、1968年三届初、高中毕业生的合称）——上山下乡知识青年，在下乡老家夏场村的山水生产大队6年间得知。又于2019年10月底，我们生长在云南的姐弟带着父母初衷回访老家，完成他们尚未实现的夙愿，也带着此家书中诸多不解或疑惑，回到故里寻访，验证查阅家谱，收集历史资料和图书，方悉清朝末期崔政论政《崔家家谱》（56字派）：

金应其国　元亨利祯　山南之子　永远昌大
祖德丰熙　忠义修正　宽良庶俊　圣启贤兴
孝友传家　厚道选仁　凡祥继运　尚书学文
定邦安民　世同以平

崔家家训：

爱国守法　为官必廉　聚财万千　取之正道
济贫帮困　心存真善　远恶近美　心有佛龛
祖宗虽远　祭奠往返　五伦孝首　父母必然
兄弟和睦　亲贫不嫌　夫妻相敬　家事万兴
爱情专一　切勿淫乱　娶媳择婿　勿慕权贵
邻里相处　义礼必先　精勤于业　方能立业
读书有择　修身志远　教儿育女　毒赌勿沾
酒起恶缘　切勿贪婪　商贾为业　诚信必然
吃苦耐劳　灵活多变　穿戴得体　勿求华贵
言行严谨　拒绝低俗　光宗耀祖　代代相传

从字辈推算而知，崔氏迁徙天门张港（三当、夏场村）这一支系始于第9代“山”字辈起，到第11代“之”字辈，即“金应其国、元亨利祯、山南之子……”为长子——国椿后裔，可惜二子——国银“元亨利贞山其中5字派”明细不清。

清朝末年，煐南之斌曾祖父育有“子”字辈三个儿子和一个女儿并取名：长子崔子荣、次子崔子华、三子崔子富，旨在“子”字这一辈，统其名为“荣华富贵”之意，因无与“贵”男丁嗣后，早些年，仅有一女儿，且是长女，但不允男丁字辈相称，而取名——崔秀英。

正值清朝末期，天门大多为异地他乡的举人、进士任本县知县有之。崔氏家族在湖北天门我父亲的上一辈，有过云南省石屏县郑营（村）人——陈鹤亭，又名，陈钧（1874—1931），清末进士，檄赴日本考察，返国授令，1905—1906年任天门知县，掌管全县政令。他致力于天门水患，教育兴县，文化交融和促进农耕。在天门县志上留下一任知县的浓墨记载。

在陈鹤亭先生执政天门县时，谁能预言他的故乡会有这么一个天门医者，相隔38个夏与秋冬春，从抗击侵略者的道路上到了他的家乡，历尽沧桑耕耘于石屏的乡村杏林。令知情者感言，他俩无愧于忠义之人，不问出处而同出一辙，各自在异乡施仁政、从医事。不过38年后，在天门人们问：陈钧（鹤亭）何许人也？可能知晓的人不多；要在石屏问崔永龙何许人也？则曰：乃是我们县里的名医也。

江汉平原夏场一带地貌

且说民国初期，崔氏宗族在潜江县（后归天门县管辖）的张港夏场。“我们崔家在当地曾拥有60多亩的土地、可做房产用的20多块较高地势的台地。要说崔家这些台子，布局都大同小异，但是台子都筑得很高，就是避免襄河的涨水，防范房子和庄稼遭洪水淹没……站在台子地上远眺，崔家大片的土地茫茫无际，很是壮观。而且能人荟萃，出了不少儒生名士、政客和商人，且漂流海外居多，在当地颇有一方势力，家境比较富裕……来源当思缘由。”2017年中秋节，崔俊（崔永安）曾对我们后辈道来。

庆幸的出生岁月

父亲生于1921年1月1日（农历庚申猴年冬月二十三），他是二房崔子华的大儿子，也是崔家熯南之斌“子”字——第12代三兄弟膝下之长子，按老家地方的崔氏字辈排列为“永”字辈，得名“永龙”（又名，汉清；乳名，大黑）——第13代长孙名号。

两年之后，有同胞弟弟——永凤（1923-1976）。就其乳名，排序“小黑”。然而，当年父亲作为夏场村崔氏“子”字辈中的长子，也算得上那时期的“富二代”了。从小娇生惯养，溺爱有加，特别是周围的人一再谦让，加上在家族里对他又倍加器重，寄希望他成人后，能文能武，学有成就，能够光宗耀祖。

特别是当年中国童子军——三民主义少年兵风靡盛行。5岁时，就托付给武当山下到张港一带，还俗兼任崔团长部队的武官称其为“悟静”的道士学文习武，教他拳脚功夫，作早期教育，他经常天不亮就到祠堂，跟着悟静师傅练武。回到家里带着小伙伴一起练习和玩耍，成了夏场村子里的娃娃头，颇有一定感召力和凝聚力。7岁时，又送进私塾念书，受中华民族传统文化熏陶。在他的童年时代就养成仁慈大义，是非分明的特性，也成就其生性刚强，好高骛远，报效宗旨和喜欢争强好胜的性格。

据此，听老家的长老们介绍：永龙8岁前应是受过中华厅堂文化、学堂文化、祠堂文化的传统教育和武功培养。厅堂也叫中堂，那时夏场的崔

中国道教圣地——武当山

氏祠堂，在今天的山水村子里，厅堂里有桌椅，有中堂字画和对联，厅堂里通常把家传和学塾教育、待人待物等文化融为一体。其实就是把学堂以私塾形式设于祠堂里，相当于现在的学校。所以崔氏祠堂代表着我们族群祖先——周康王时期顾命大臣齐丁公之子“姜季”，为最早的太祖也。蕴藏一种纯净精神动力，象征着崔氏家族文化。如此按其家训，给族人一种理念，并予规范约束。

因此，在宗族社会特有的自净力、自律力和凝聚力作用下族人们能以耕读传家，勤俭劳作，安居乐业，即在这平淡祥和的环境之下，永龙早期受到了厅堂教他五论孝首，学堂教他精勤于业，祠堂教他必存真善。这“三堂”文化成就了他多年后作为一个平凡的乡村医者。

社会与家庭变迁

1970年“文化大革命”中期，而10岁时的我，也是准备上小学四年级的时候。父亲却因被非法隔离审查患脑卒中致残，接近4个月的治疗稍有好转，我受家人委派陪伴他一起辗转到了坝心公社新合村大队农村合作医疗站。那时父亲已51岁，因他被非人道关押一年受迫害致残，害怕孤独，闲暇时最喜欢摆龙门阵，陈述社会阅历和家庭变迁等等，有时还要发表他个人的见解。

北伐时，按孙中山先生早年（1905）在同盟会提出的“驱逐鞑虏，恢复中华，创立民国，平均地权”的主张。夏场村崔氏堂兄弟另一“子”字辈堂兄的两个儿子所在部队分别官升为国民革命军的团长。在1927年冬北伐战事结束的头年辞职，携带家眷漂流海外到欧洲去了。

那是一个信奉强权的年代，我的爷爷（崔子华）时任团副，在老家得势惯了，未能认清时局的变化，绿林生涯习性不改。他以为还是过去那个有名的崔团长家，在家乡留下来。建起了夏场村一所四合院平瓦房，有正间，两侧有围房，足有串通一体的十五六间之多，还不包括关养牲畜的房子。在这四合院的前面围了一个很大的菜园子，用木槿条围成一方活篱笆，很结实，免得家禽家畜进入。

然而，这一年张港老家崔氏宗族成为被革命的主要对象，大片家族积攒土地用来支持革命，实行耕地均等重组。对此，父亲回忆：土地革命后期，崔家大片的土地被重新划分，影响了崔家世世代代靠雇工发展生产的方式。

据说之前，崔家“子”字辈出生时，大长兄——崔子荣（1899—1949），秉性天常，仁者见仁，志得意满，思维比较超前。早些时候，西学东渐深入开展，受到西方学术思想向中国传播的影响，仰仗崔家上辈有着“读书有择，修身志远”的传统思想。几年后他已经远游东海——日本国留学并学成归来，本应长子管家，继承祖业，可是土地革命后，家族的土地、财产等权力掌控将淡然，他留在天门县城谋事。28岁就做了基督教教会的一个教师。兼管教会医药机构及运作，效法日本发展本地的医疗、医药事业。

从京山县城下嫁到60公里外潜江县张港的崔家大奶奶——何志清（1900—1978），是县里颇有名气的牧师、绅士家庭出生，念过12年私塾学堂，受过儒家思想教化，她的双足是缠过又放的，没有遵从中国古代的传统陋习。可见其娘家人思想开化，其长辈在天门县里开有两间中医大药房，经营尚好家境看好。她历来关心时局与政治，是孙中山“三民主义”的拥护者，服从于耕者有其田，带头实施减租减息，还在县城关兴办小手工业实体。

排行老三的崔子富在湖南长沙学医后，也决然从军，远走异乡，长年无音信往来。家乡此时就剩下排行老二的祖父——崔子华，即我们姐弟的亲生爷爷。由于当时崔氏家族大片土地分给了雇农们，家族经济利益经历了巨大的打击。在夏场村胡家沟的地方，仅有10亩零点土地，主要种植小麦、大豆和棉花等，仅够保障二房一家人的基本生活。

仍然是基于历史大变革时期，兵荒马乱各路大小军阀到处招兵买马，同期崔家过去的佃户分得土地，村子里无佃农可雇，维持正常耕种困难。加上封建礼教思想残余势力尚未根除，崔氏家境情况十分不好，难以适应那时的社会变革和发展。

听父亲说过，我奶奶有一双缠过的“三寸金莲”。她虽然知书不多，但封建、慈善、心好，如人们常说的女子无才便是德。她也是方圆数十里少有的美人，况且聪明能干，颇受乡里邻居称赞。鉴于清朝末期崔氏在第11代前是赫赫有名的大户人家，奶奶从小来崔家当童养媳，在思想认识上也受到反帝、反封建运动的影响，与爷爷无夫妻感情可言，更谈不上什么爱恋和恩爱之类的说法了。

到父亲记事的时候，崔家充其量只能算得上破落地主家庭，也许是不能适应社会变革带来的不稳定因素。我们的奶奶都是屈膝爷爷粗鲁性子，而且是常年在他屈辱下生活劳作，所以父亲从小对我爷爷十分反感和憎恨，后来演绎为意想不到的人伦悲剧。

童年不幸的遭遇

在新合村彝乡医疗站那段日子里，父亲曾向我讲述他的身世，算是给我作“忆苦思甜”教育吧？目的是让我理解他的意思，倾心回忆他与奶奶（母子）在旧社会被压迫、被剥削的生活疾苦；要珍惜现在新社会的幸福生活；从而提高阶级斗争的觉悟，正确认识他是劳苦人民出身的。

夏场村崔家原宅院

他讲："在我刚满8岁时，我们这个小家庭，一桩不幸之事，发生在一个炎热的夏天，你的奶奶不知何事招惹爷爷，他突然暴跳如雷，张大嗓门吼叫道'你笨，给我放乖点……唉！'话音未落，扯着她头发的手才抽出来，顺手拎起一根劈柴就朝她劈头盖脸的打去，瞬间只见你奶奶满脸鲜血，即刻晕倒在地。"

"见此情景和惨状，真是触目惊心哟，自己哭喊着：妈妈，妈……唷！直奔她身上扑去……突然感觉顿时心如刀绞、气喘吁吁，痛不欲生，好比天都快要塌下来似的……"说到这里，父亲哽咽着，再也讲不下去了。看见他老泪纵横的样子，我也很难过，过了一会还是忍不住又刨根问底道：奶奶，后来怎么样呢？又怎么样啦？

父亲沉思一会儿"事发当天，她伤势没有很好控制，也没有得到及时的医治，只是家里人做了些简单的包扎。第二天，她还像平常一样，忙忙碌碌地到地里劳动、操持家务，那季节天气炎热，可能是伤口细菌感染。可是自己天真地想象为，她是一个爱干净、爱整洁的人呀！怎么会使伤口感染呢？自己太幼稚无知了。就在一周后，伤情发生变化，出现发热，高烧不退，抽搐昏迷，卧床不起且怕光。”

记得“有一天晚上，她昏昏沉沉，嚼肌痉挛，牙关紧闭，平日俏丽的脸庞变得惨白无色出现浮肿。她渐渐苏醒过来，见我守在床边，眸光迷离并抓住我的手，只见她有气无力、吞吞吐吐地说：‘大黑——儿娃！妈妈不行了……’自己忽然产生一种很悲凉的感觉”。其实是我父亲感觉奶奶在临终前，有些心神恍惚了。

奶奶对他说：“……要学乖巧些，长大后，要离家到外面去好生读书，牢记你小时候悟静师傅对你的教诲‘家有良田万顷，不如薄艺在身’。就是要像你伯父、三叔一样在外地学技傍身，长本事……有，有作为……呵，听清唉？尤为你大伯母（何志清）是个慈善人，也是开化之人，她过去收租子，不是强人所难，如佃户有困难，能不交的就不……还把土地让给人家呵，说着说着神志不清了，声音越来越微弱。话还没有说完，她全身肌肉持续痉挛和抽搐，一颗一颗泪水滚落下来，她又昏迷过去了。”

事发7天后的凌晨，奶奶去世了。到了中午，我父亲从家族里的私塾学堂山水村回来，家里屋里屋外，围着众多亲人在处理丧后事，才晓得可怜的奶奶永远离开这个世界。哎呀！多么好的奶奶哟，年纪轻轻就被我爷爷殴打致伤不久，十分凄惨地离开了人世，永远的与父亲、叔叔等亲人阴阳两隔喔。这使我父亲年幼的心灵，遭受有生以来第一次沉重的打击，终生留下难以愈合的伤痛……唉！

停顿好一会，父亲感叹道：“世间最亲的人是母亲呀！是我人生中的第一个导师，她生前对我说的一席话，事后多年还会时常想起。总认为她言语表述不畅，但思维是清楚的，当时的伤势，不至于让她过早离开人世嘛！这使我很困惑？直到通过学医后，研读《病理学》一书和临床实践才晓得，那是因外伤引起破伤风杆菌侵入体内，耽误了最佳治疗时间，所引起的急性特异性感染，导致死亡的……”

“龙生九子，九子各异”。后来堂姐崔远辉下乡在老家听村里人说：“崔氏作为‘子’（12世）字辈，我们这一家子上辈有三兄弟，二伯父不像他哥及弟那样为人公道、平和、理智。又说大伯（崔永龙）的生母过世时间不长，自以为是在军阀里任过副团长，崔家曾有两个当团长的堂哥迁居海外后，又派生出来与当地颇有名气的高华庭（任过：团长、司令、支队长）和拜把兄弟的崔子洪、崔子和、崔安南……等族人，他那年二十七八岁，仗着这些残余势力，竟然学着他们的同伙向当地大姓——胡氏家族半路拦截抢婚，即抢别人的花轿。”

因此，“他胡作非为，发生了两个家族间的斗殴，那时的政府也不闻不问，任其乱作一团。姑妈崔秀英为保护其弟（子华），在乱枪之下，胸部中弹险些毙命。结果是为当时年幼的永龙和永凤娶来，或者说抢了一个晚娘来！违背了家训‘远恶近美，心有佛龛’的禁忌”。

我也听父亲痛心地说过“唉！乃是一场噩梦，伴随自己的一生，永远不可磨灭的心灵重创啊！……失去亲生母亲的我，又险些失去自己亲爱的姑妈（我辈姑奶奶——崔秀英）。记得她奄奄一息，生死攸关难忍啊！这似乎搭了‘两条’人命，搞不清白？政府和家族掌门人就不了了之，而家里换来我天生就憎恨的晚娘。我生性本来就顽劣，这事后就更加任性了，总是耿耿于怀地对生父加重了饮恨，变戏法冲着继母过不去。天长日久加剧了自己逆反、反抗的心理萌生，除了在私塾念完书，就到河流岸边去戏水玩耍，并与其他孩子争雄斗殴外，回到家里还搞恶作剧……搞得他们很伤脑筋，久而久之成为父亲和继母随时准备遗弃的孩子。”

父亲幼年戏水玩耍的胡家沟

伯父母逢凶化吉

福无双至今朝至；祸不单行昨夜行。父亲伤心地说：“人非圣贤，孰能无过？何况自己才8岁多，还是个不懂事的孩子，上帝安排如此横行霸道的生父给我，父子间生来就水火不容。又过了一段时间，已经进入寒冬腊月，雾气蒙蒙，仿佛有一种严冬来临的感觉，好像一场灭顶的祸害将要降临似的。”

“一天，自己和胡家的几个孩子一起玩耍，因打牌输赢并处于双方年幼无知，发生争执不休后，就打起架来了，我一时感情冲动跑去家中拿来一支破枪吓唬人……这可把事情闹大啦！很快在邻里乡间传开来，继母闻讯后把我拎回家里，不断地冲我谩骂‘你胆大妄为，仗势欺人，要那么搞啥（方言），缺乏……’她言语污秽难听，对已故生母带污辱之意。”

“最后，逼得我忍无可忍，越来越气愤。无奈之下别看我小小年纪，竟然与继母撕打起来，我那幼小的同胞弟弟小黑（叔叔崔永凤的乳名），也帮着继母手持一根鱼叉朝我冲刺过来。我一个闪身，避过了此招，叉子幸好从腰部旁边穿过，没有伤着身体。这证明我自幼习武，身手不一般嘎。但事态发展越来越糟糕，这违背对‘长辈不尊’的家训、就连小自己两岁的弟弟小黑也冲哥哥出手了，不是接连不断的触犯了族规吗？成为老老少少的‘公敌’了。”

当晚，主要族人聚集崔家祠堂，由当时张港（三当村）的长老崔氏南字辈资深族长主持，商议对尚且年幼的13世长孙给予惩处。在祠堂，只见大伙七嘴八舌议论纷纷，他们都没有得体的办法。我爷爷还是忍不住粗暴的性子，提出来“要按族规，把他扔进夏场附近河水里淹死算了。”又接着说“不过他水性好，淹不死他！”

父亲太天真幼稚了，心想，他们可能只是想吓唬吓唬自己罢了？还联想起有一次，自己远去襄河岸边游泳戏水，不小心，游进河里水盘根错节的大树根下，都能潜水很长时间，顺顺利利地逃生出来，难道这次还怕被扔到这10里外汉水的支流河里……然后“暗下决心，不怕。要么搞哦，来吧！”

可没过多会，只见我爷爷找来一个竹箩筐和绳子，硬把他捆绑起来装进去。这……用绳子捆绑起来后，他着急了，年幼的他即使有三头六臂也没办法逃呵！稍事，他用手摸着我身上的毛衣说，自己实为当地土豪家里出生，其实穿着很差。那一天，天气很冷，自个情不自禁地哆嗦起来，自然也是吓得浑身颤抖嘞。立即嚎啕大哭，大声地喊着：“妈呀，妈妈啊……您在哪里？救救大黑儿呀！”

此刻，在场的族人们脸色凝重，目瞪口呆，面面相觑，只因这无情、狠毒、恐怖的降临惊骇着了，正在这紧要关头，在村里和家族中享有极高威望的大奶奶阻止道：“住手！子华二弟，你不可莽撞。大黑是崔氏门中‘永’字辈的长子，虽说孩子顽皮，还胆大包天，但也称得上天资聪明。看在他生母过世，失去母爱的份上；他长时间与你们不太和睦，根子还是长者身教不当有关呦。我看是不是……看在上帝的面上，就把这孩子过继给我们吧！”说完，大爷爷崔子荣也符合道：“二弟，你看，怎么样？我同意你嫂子的意见，把他交给我好了。再看看，大家意下如何……”这时，大伙族人都哑口无言了，一片子（方言）寂静得让人窒息。

不一会儿，大爷爷站起来提高嗓门宣称“7岁看大，3岁看老。……如

大奶奶何志清
（1900—1978）

大爷爷崔子荣
（1899—1949）

果没有什么不同意见，明天就带他到天门县城关抚养，我们供他进学堂念书”并且说：“还是那句老话，与其授人以鱼，不如授人以渔！”尔后，崔家祠堂一阵子骚动起来，人们一起附和并纷纷商议。此时爷爷崔子华也不吱声啦，可是晚奶奶却假惺惺地装出一副早已迫不及待的样子，欣然同意了大爷爷过继抚养的决定。

就这样，族长按照崔氏家政族规，让我父亲向崔氏金瓯先师灵牌——神龛行过三拜九叩大礼；爷爷与大爷爷弟兄两个签订了《过继抚养契约》。这就意味着在形式上，崔氏二房放弃对永龙——亲儿子的监护权和为其家庭的成员了。

即日起，我父亲按家族礼教和传统习俗，过继给“子”字辈本家三兄弟之长兄。我们的大爷爷——崔子荣，正式由大爷爷、大奶奶抚养与管教，大爷爷、大奶奶也成为父亲的合法合规监护人。所以然，他平生把当之无愧的大爷爷、大奶奶视为救命恩人，自己发誓将永世相报，不仅仅是形式，而在心里也产生了归依为他俩正宗的儿子的认同。

父亲上述扣人心弦的回忆，我们在已经过去90多年之后的今天，同样感受他年幼时心灵深处撕裂似的痛楚遭遇，能够深沉领悟到他终生烙下这样的，而且能感同身受到这锥心之痛，看到他磨不去的童年伤痕印记。

夏场村崔氏旧房

第二章 求学道路

伯父母启蒙教育

父亲追忆道："由于个人的过错险遭横祸，有了伯父母的搭救，得以逢凶化吉，自已好不容易脱离恐怖的降临，是有生来世的第一次人生转折。"

由于大爷爷、大奶奶的收养。第二天晚些时候，家人帮他简单收拾了行装，搭乘天门河道运营的晚班小帆船，父亲第一次离开张港夏场村老家。一路上天空异常晴朗，阵阵凉风吹来，大爷爷的心情也很好。问道"大黑，晓得崔姓咋个来历吗？"父亲不解地答：不晓得呵？他说"那我告诉你吧！"

是这样的：远古时候，崔姓源于西周时期的姜姓，因姜子牙（也称姜太公）之长子齐丁公是我国古代周成王、周康王时周王室重臣，是齐国第二代国君。齐丁公死后本应传位于姜季，姜季把他父亲（齐丁公）传给的齐国国君位子让给了弟弟——姜乙。自己甘愿要了一个名叫崔的地方为食邑，过一种田园生活，遂为崔氏。若干年后，我们张港这一支系的始祖，其族群从山东迁居至现在的汉水下游张（截）港一带定居、耕作和繁衍生息来。

久经漫长的历史岁月，崔姓和先期到来的胡姓"两户"人家，即家族间曾有过通婚的历史，也有过两族打斗的历史，虽时有利益纠纷，但分久必合，合久必分。在这种族群的竞争中，产生了对立统一，彼此得以发展壮大，成为这个地方的两大家族。即使在夏场高姓、徐姓……等小姓氏族，也要仰仗崔氏大家族，才会有所发展。

稍后，大爷爷兴致未了。又问"你晓得姜子牙、姜太公何其人也？"答道："也不晓得喔？"他又讲：姜姓本炎帝后人，生于姜水，因以为姓。姜姓部族是羌人的一支，姜、羌二字古音相同。羌字从羊从人，表示族名；姜字从羊从女，表示族姓。商周之际，吕侯支孙吕尚（又称臧丈人、吕牙、吕望、吕消，后来人们又从其祖姓称他为姜尚、姜子牙、姜太公）在灭商建周的过程中，建立了盖世功勋，被封于齐，为诸侯国，建都营丘。成为历史上杰出的政治家、军事家。大爷爷这一讲，父亲至今记忆很深。从那时候起，他有了崔氏出于名门望族的概念，明白了大爷爷、大奶奶收养他，也带有家族血亲方面的原因，也把大爷爷比成了他心目中的远古祖先——姜季也。

大爷爷不愧是留过学的人，知书达理，见多识广。要是早些时候在他的耐心教育下，父亲既不应当是一个顽皮的孩子，早应该趋于变成一个有理想、有抱负的人了。父亲试想长大之后，也要像大爷爷一样宽以待人，与世无争，善待家人，避免兄弟之间因利益纷争，相互倾轧，反目为仇。

天门河至拖市夏场河道

人生转折的坐标

天门，因境内西北有天门山而得名，地处江汉平原。属亚热带季风气候，东与孝感市的汉川、应城接壤，北与荆门所辖的京山、钟祥毗邻，南面和西面隔汉江与仙桃、潜江、荆门相望。春秋为郧国地，战国时期为楚国的竟陵邑。

秦统一中国设立竟陵县，距今有二千二百多年历史。五代后晋天福元年（936），为避晋高祖石敬瑭名讳（敬、竟同音），改竟陵为景陵县。清雍正四年（1726），为避康熙墓名（景陵）讳，改为天门沿用至今。

他们搭乘小帆船，行驶了30 多公里，父亲第一次到天门县城。只见码头上，桅杆林立，人来人往，不断传来装卸货物的吆喝声，……下船后大奶奶告诫道：要有如《圣经》所云“真是前世数千次的回眸，换来今生的一次擦肩而过。只要有一颗虔诚的心，祈祷终将不会落空。”

瞰望今日天门市

大爷爷也对父亲开道说：“大黑儿，昨晚这件事不是一时铸成的。我认为之前，家里人在对你所作所为提出质疑的时候，平时就要注意反省自己，要是你能有则改之无则加勉的作为，就不会酿成后天的大祸了。从今以后不必记恨他们，也无须感恩谁？不然冤冤相报何时了？理解是相互的，误解也是相互的。我还是要劝你，还要永远记住——良药苦口利于病，忠言逆耳利于行。”

尽管大爷爷、大奶奶开道不少，终归父亲年纪还小，脑子里回想起被硬装进竹箩筐的一幕，内心觉得沉甸甸的。

黑哒（方言，天黑的意思），到了天门县城大爷爷、大奶奶家里（今竟陵东街72号）。沿途十分劳累，睡了一觉起来，次日清晨起床，自己穿的还是夏场那套破衣烂衫，只是脚上穿了一双大奶奶穿过的布鞋，对于没穿过这样好鞋子的娃儿，只觉得还合脚，顿时心高气傲。回想以前在夏场老家的遭遇，他如逃出地狱似的……觉得满天欢喜，巴幸不得（方言）。

次日，大爷爷也高兴地随口托词：“大黑呀，如今还你汉水来的孩儿一个清白，再重新给你取个名字：叫汉清，好吗？”他蛮喜欢的回应：“好不得、好得不得了的。”从那时起，“汉清”成为大爷爷、大奶奶对他充满希望的爱称。因我们奶奶不幸早逝，他视爷爷的可恶，心底深处把大爷爷、大奶奶视为他的今生父母，尤其是把宽厚、仁慈的大奶奶视为自己新生母亲，除仍称呼上管大爷爷叫大伯或伯父外，在心里一直管大奶奶（婆婆）叫妈……对大奶奶给予自个妈妈的称谓，延续到平日的生活中并习以为常了，从未改口过。

在天门县城关家中，父亲固然还是崔家老大，下面有大奶奶生育且小他两岁的嬢嬢崔永珍（1922—1994），说起嬢嬢很不简单，旧时崔氏家族她与子嗣“永”字辈排列的叫法，作为女子在家族中十分罕见，可见在家中作为女嗣子对待，说明将来也可能继承父产。父亲下面还有大爷爷与二奶奶（大奶奶的结拜妹妹，大爷爷给名，何秀清（1906—1977），生育的叔叔崔永宽，又名汉柏（1925—1994）；最小的是大奶奶生的叔叔崔永安，又名清明，他生于1928年4月5日，此时才一岁。

没过几天，大爷爷送他进入创立于清末光绪三十二年（1906）间，新式学堂——天门学校读书。同桌的同学陈善长，比他年长两岁，与他一见如故，相处甚好，十分友爱。并且和永珍（嬢嬢）同在一个班，他们既是兄妹又是同学关系。

大爷爷信奉基督教，早年东渡日本学的是经济、汉语文学和天文类。在天门英国神父办的教会里，平时很少回家。一旦在家时，就会给子女讲述《圣经》里耶稣的故事，或教唱古典戏曲等等；大奶奶在其娘家经营管理医药房，后从事小手工业，又开了一间制鞋的小作坊，尽她全力维持一家人的生计。此期间，20来岁的二奶奶何秀清去武汉同仁医院学医，与父亲相处的时间尚少。她唯一亲生的永宽叔叔，也交大奶奶喂养。

在平日的生活中，大爷爷、大奶奶对待每个子女一视同仁，循循善诱，4个子女中，最大的父亲自个学乖了好多，懂得了什么是礼义廉耻、仁者见仁、和衷共济……的人生哲理。也产生一种作为大哥的责任意识，随时随地做表率。大家和睦相处，相互关心，亲密无间，玩的蛮铁（方言）。早年，虽然经济不算宽裕，但衣食无忧，7口之家团结心齐。

天门陆羽公园

啊……时间过得太快了。在武汉学成回来的二奶奶供职天门县城里一所教会医院，薪水颇高并撑起大半个家庭的开支。父亲在天门文化名城学习生活也快5年了，乡下历经多年的国共内战又起，时局很乱但对于政治知其然不知其所以然。要说地缘人文方面，只知天门县境内有距今四千多年的石家河新石器时代文化遗址。有茶圣——陆羽；唐代诗人——皮日休；明代竟陵派文学创始人——钟惺、谭元春和清朝状元——蒋立镛等历史名人粲若星辰。

且说，父亲在天门学校读书期间，进入这所新式学堂学习几年来，自我感觉是小有文化的人了。除了上学，他两耳不闻窗外事，一心只想念好书。每天学习现代自然科学基础知识，由于自个记性不错，思维敏捷，算术成绩名列前茅，国文成绩也不错。其他文化知识方面也大有长进，譬如，受家庭和社会环境影响养成从小喜爱汉剧、楚剧。时常在外，看戏班子唱戏，还喜欢上京剧。自己闲暇之时，也能哼上几句抒发情感，领悟词曲含义，融于行为举止。

父亲深受大爷爷、大奶奶的耐心说服，让他远离尘世的喧嚣，仿佛聆听着世间仁爱之神韵，感受到一种秋天的寂静与安然。回到家里帮着做些力所能及的活路，如到制鞋作坊打打下手，去得最多的是家里开办的药房，按着医师处方抓药、配药和收钱，受到早期药商的启蒙教育。难怪很多年后，大奶奶70多岁了，反复教育我们说："你爸爸从小明目达聪，见一样会一样，药铺里数百上千种药名，他都能叫得上名儿。还知道这些药物的功效作用。十来岁跟着药铺郎中就会帮病人把脉，他那三个小手指捏在病人手腕上分成三部分，用手指按压对应身体部位，而且把脉还准，大家见他孩子般把式和神态可爱极了，药铺的郎中、病人都喜欢他嘎。"

可惜，父亲在13岁时，临近冬季的一天夜里，进入熟睡之中，梦见了悟静师傅活灵活现来找，要带他上武当山去了，感到一会儿又飞向天空彩云间。哈哈！觉得自己就像《西游记》中的孙悟空，梦游云海茫茫中，好美哟！好神奇哟！可是，梦境不长，突然一只大魔掌伸来……哎，哎哎！大声惊叫起来，他受惊吓醒来了。可这梦境常听人说，是由于孩子长身高时的梦中反映，也搞不清白是"吉"还是"凶"，他没有太在意。

到了下晚放学后，他在药房柜台上正忙着，先回家的永珍孃孃又返回来，脸上显露着疑惑的神情，贴近他耳边悄悄说"汉清哥，乡下老家来人……让你回去？"父亲一听，急懵了！背着书包直奔家里去。

在家里，来人传话说"夏场家中有急事，让大黑回去一趟"。又说"因为去前年贺龙领导土地革命战争，乡下在闹打土豪，分田地哩！又说：红军走了，白军来了！世道变了、社会变了……如今恢复民国政府后，又变了……”这老家来的说客，东拉西扯，胡言乱语一通，搞得莫名其妙？

说客走后，大爷爷、大奶奶商议并反复开道他“有上帝在，人有万算，天只一算！只要有一颗真诚的心，并且你爹子华已经许下了诺言，签了寄养协议就不会欺骗于人啦？如果暗算别人，伤害的终究是自己。反正从天门城关码头坐船去，航程不远，还是让大黑回去一趟，看个究竟吧！”

几天后，他穿着不久前，二奶奶（秀清）买来的一身粗布学生装，从县城乘午班帆船回到夏场。可万万没有想到？爷爷在乡下替他订了一门亲事，为他找来一个大6岁的准媳妇。他如梦方醒，气得快晕过去了。

20世纪90年代的天门市一角（码头）

这门子亲事，具有几分荒谬，让父亲难以接受？要说是封建礼教倒不是，不如说是崔氏门中，要像以旺盛时期样的实行土地租用，或找崔家原来的佃农来干活是办不到了！爷爷想到自己的亲生儿子一天天长大起来，对过继扶养一事反悔了。意在为他娶媳拴在家里做事，为家里增加两个劳动力，当作长工来使唤罢了。

由于父命难违嘛，他年幼无知，也无可奈何？只能屈膝顺从。还是个孩子的他，糊里糊涂把“堂”给拜了，就这样荒唐地娶了一个大字不识，本分忠厚，可怜的“媳妇”。

而这在当时来说，父亲起码是个有一定文化知识、思想新潮的中学生了。这种做法难免对他风华少年之心激起伤害，父亲在他的《自传》中写道：“婚后，在家放牛、割草等帮忙做些农活。在田间地头听人们讲，贺龙‘两把菜刀闹革命’传奇故事，又讲1930年至1932年间，贺龙率领红三军三打三克张截港攻打白军的故事。大概弄清1931年由红二军团缩编的，1934年又恢复红二军团番号的军队，还是37岁的贺龙任军团总指挥。”还弄清了共产党领导的军队叫红军；国民党领导的军队叫白军，这都是那时农村人区分国共军队的认知。

他还找一些进步书刊偷着看，懂得了共产主义消灭私有制，建立没有阶级、剥削和压迫的社会，实现全人类解放的思想；读了1921年武汉《柜中缘》铅印剧本，吸取了移风易俗的时代气息，并联想原先在城里听过的秦腔名剧《柜中缘》戏剧曲，认识到封建包办婚姻的旧礼教及其危害，胆识和决断能力大大提高。

由此，对这起婚事越来越抵触，还不到3个月的时间里，父亲的思想观念发生了质的改变，与家人往日的旧仇未解，新的家庭矛盾又应运而生。他说“起因还是晚娘的挑拨，说我长大了，比过去的孩时更野蛮，在城里搞么子学坏了。成天唱的、说的都是打打杀杀……重新造成与家人的矛盾愈演愈烈，更可恶的是为父的狠毒，动不动毒打我。尤其是在看书、哼曲子的时候，对我蛮加指责，害得每天度日如年，无法在家里待下去了，决意几次要离家出走都不成。正焦急着呢？忽然想到了《柜中缘》的台词：三十六计走为上，竟先逃之夭夭……有了人生坐标的定向选择”。

策划这个计谋没多久，机会终于来了。就在一天漆黑的夜晚去喂牛时，独自偷偷地跑出来，他连续几天四处藏匿、风餐露宿。可是何去何从？没有一个合适的去处。先是往南边潜江县城方向走，但被汉水相隔涉水过不去，这如何是好呢？在水路走不通的情况下，左思右想几经周折，只好掉头朝着天门县城陆路方向走去……想回天门学校继续念书，可到县城住在哪里去呢？

在此艰难的情况下，以父亲的童年、少年时期来看，我觉得是人生的第一步错了方向，可是终止了也算得上是进步吧？正因为第二步误入歧途之后，自己大胆地逃离出来，敢作敢为应该是很大的进步吧？

同时代相似命运

南岳衡山，是我国五岳之一。它纵贯湖南中部，南以衡阳回雁峰为首，北以长沙岳麓山为足，绵延七十二峰。群峰巍峨，层峦叠嶂，气势磅礴，逶迤盘桓八百里，素有“天下南岳”“五岳独秀”之美誉。在中国所有的名山大川中，也唯其独有。

衡山七十二峰

衡山有着1700多年的悠久历史。在秦统一中国后，其地属长沙郡。民国时期，衡山县包括今衡山、衡东两县和南岳区。这里自远古以来民间信仰基础之深厚，祭祀朝拜、香火鼎盛，主要表现在南岳的祭祀中，一些信徒朝拜火神祝融大帝。

南岳衡山

湖南康姓，出自姬姓。出现于距今三千多年前，始祖为周武王的少弟康叔。康叔死后，谥号为“康”。康叔后人以其功绩、声誉为荣，取其谥号称其为康姓，所以康叔自然成为康姓始祖。

康姓也是当今中国姓氏排行第75位的大姓，人口比较多，大约占全国汉族人口的百分之零点二三。我母亲于己未（羊）年，即1919年10月20日在衡山的“康家宗氏祠堂”出生。为康氏本族第37世“华”字辈，因14年前外公为姨妈取名康华荣（1905—1999）。则为母亲顺其美名：康华卿。

就“卿”之本义，应是古时华夏官员或爵位的简称。即汉代以前有六卿，北魏在正卿之下有少卿。康姓宗祠通用联还有“少卿六畏；孝女三贤。”上联典指唐·康澄，大理少卿，可畏者六事。下联典指明康女，父友贤，年老无子。女劝父纳妾得男；母疾，女尝粪甘苦；夫早殁，誓不再嫁。照以上典故，在1919年秋冬，外公老来得女，疼爱之至，谓之“华卿”，与其告慰也。

母亲长父亲1岁多，这不足矣，恰俩人可谓同时代相似命运。也如“华之卿”的解读，卿之会意为甲骨文字形，就像俩人向食之形，食者犹如父母双亲；从卯为事之制也，如父母处事相向而行。此解释正中他俩的人生与姻缘。

纵观那个时代，俄国的十月革命爆发前，孙中山先生领导的辛亥革命，推翻了统治中国的君主专制制度，为中国的进步打开了“闸门”。但中国半殖民地、半封建的性质和人民的悲惨境遇未能改变。譬如，衡山县自乡村建设运动之后，县级行政权力下沉到乡镇，乡镇实现了行政官僚化；以国家名义通过各种方式加强了对保甲体制的控制，“保”出现了半行政化趋向；传统的绅权显现与基层政权“合二为一”趋势；康氏宗族组织开始向经济合作组织方向发展。

衡山崔氏族谱（一至四卷）

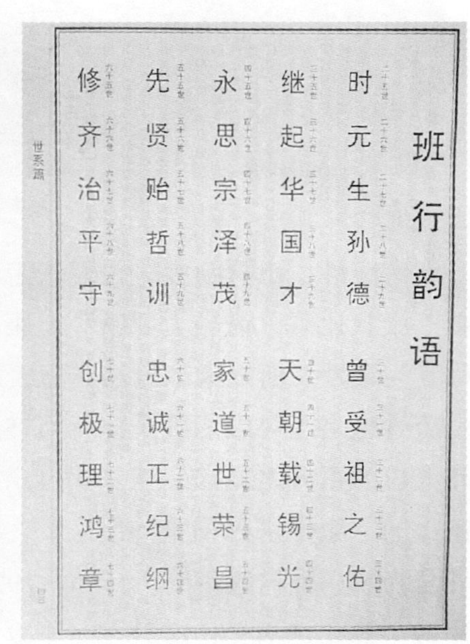
班行韵语

时元生孙德 曾受祖之佑
继起华国才 天朝载锡光
永思宗泽茂 家道世荣昌
先贤贻哲训 忠诚正纪纲
修齐治平守 创极理鸿章

康氏班行韵（字辈）

从《濛衡康氏十一修族谱》查阅得知，衡山旧时有约，族田一般不准外卖，一旦有族人要移居外地时，就只能将土地转给本族的人。如果族人无能接收或不愿购买时，一般由祠堂里宗族组织买下或代管。这样就使宗族组织掌握的经济资源增加，使它有能力为族人提供一些经济上的帮助和救济。又如，当时湖南各地流行一种“义仓”，它由宗族组织掌握一定的粮食，由家族族长主持按一定的利息发给族人。与这种“义仓”性质相近的还有“族会”，即由本族的人按一定规则进行相互金融借贷，基本上是一种宗族的经济互助形式。

在许多时候，族人向外借款，出面担保的基本上是宗族组织或者是族长。可见这个时期，族权与宗族组织较为明显的特征是，由于国家法律开始建立，那些以人身强制为内容的族规，基本上被废除了，但是，宗族组织及族长们仍靠经济上的互助性或者代表着身份和血统的宗族祭祀来约束族众，发挥其作用。

自幼生长康家祠

我的外公为书香门第家庭出身，祖上四代均有清朝官吏，号称“一门六进士，五代四乡贤”的家族，他本人即是一个厅堂、学堂、祠堂“三堂”文化造就出来的厚德绅士，也是当地开明的有识之士，他琴棋书画样样行，在康氏宗祠宗族组织任书启师爷要职，履行拟写信札文稿、代拆代办、上情下达，还兼管“康氏大饭店”的营业。

外公家住祠堂后院，他每天送往迎来，雷厉风行，是个办事干练和严谨的人。他尽管公务缠身，但对女儿的学习和生活十分苛刻，他是清末反对幼女缠足、崇尚天足的志士，坚持不给女儿缠足，还把出生于光绪年（1905）间的姨妈带入宗祠，在自己的身边教她学文化，保送升学。直至母亲幼年时期，同样如此，由外公带在身边习字学画。

虽然康氏宗族组织实行半供给制，外公从家族族长处领薪水，足以支撑家庭的生活和教育费用开支；外婆（康罗氏）原籍为衡山罗家渡（口）村，她出生后随迁于南岳镇上，也是一个书香家庭，容貌长得俊俏美丽，仪态优雅。也是镇上能识文断字、并能吟诗作画的才女，常帮着外公抄写文稿、整理文档、操持家务，有时做些湘绣的针线活另有创收，合并外公的薪金，供养全家人的吃、穿后，还可以让他们的女儿上学。按族规，也可得以宗祠经济的资助，不然试想在处于封建社会的中国，有多少族群、家庭能让女子去上学、读书呢？

母亲常说“人都是逼出来的”。由于祠堂是年代久远的上百年老式建筑，在这座康家的公祠里住宅条件不好，光线暗淡，加上从小爱看书不注意保护视力，自幼眼睛就深度近视。尤其外公对她的学习要求很严，童年就在私塾学堂熟读《四书》《五经》《三字经》《增广贤文》《幼学琼林》，回家来外婆让她读写背诵诗词；外公教她画画，还要每天临摹外公为她书写的两本《四书》《五经》中、小楷字帖。这线装字帖朝夕伴随，她爱慕极致，用它练习毛笔字。因此，她自幼喜欢绘画，写得一手漂亮的书法，备受家人和私塾先生的褒扬。

男性刚强，为父则柔。要说外公对母亲的严格和厚爱，就列举她说过的小时候生活、学习的故事吧！1926年衡山农民革命运动蓬勃兴起，姨妈常去湘江边上的康王庙里参加农运会的活动，很少回来带这幼小的妹子华卿，也无所谓了。母亲倒是无忧无虑且衣食无忧，性格直爽豪放且落落大方，会有住在祠堂附近私塾老师喜欢带她去上学，童年的她既聪明伶俐又好学，白天回到祠堂路过公祠院子前门，总是高高兴兴，活蹦乱跳嘀，会得到族众的格外宠爱。一些老倌、老奶奶都亲切喊她“卿卿！搞么子啦”“小卿卿！今个莫上私塾嘞？”甚至开玩笑并逗她“华卿，卿卿我我呀！？搞啥喀……”她往往道声“谢谢呦！念书呀、放学啦！”很是活泼可爱……

大概就在6岁左右的时候，有一件事使她刻骨铭心，从此落下了心结。即在一个深冬的夜晚，恰似《捣练子令·深院静》写的“无奈夜长人不寐，数声和月到帘栊”的意境。她一人陪伴着倾心做针线活的外婆，屋里静悄悄的，她说什么？也无人答礼她……自个在一旁闲得无聊，望见外公绸缎棉袄上的红铜纽扣很好看。出于好奇就把纽扣剪拆下来想做玩具来

外婆画像（崔嵬 绘）

外公画像（崔嵬 绘）

要，无意之中把棉袄也剪了几个洞……

到了第二天清晨，外公准备穿衣、戴帽为宗族组织去外面办事，拿来棉袄一穿。嗨！他老人家发现纽扣全没了，还留下几个破洞。心急之下用浓厚的湘音嚷嚷：华卿啊，搞么儿玩意儿喔！这衣服没扣子，还咋个穿嘞？在这种尴尬的情形下，可能是天气冷的原因，她躲藏在被窝里偷偷看见，外公冷得发抖和哆嗦，这可把人黑着了（方言）……

老人家生气了，放开嗓门吼叫：华卿，无事生非啦！今天罚你，抄写生字生词100遍，放学回来不许出去玩耍……听清楚没？还把目光转向外婆交代道，你盯住这娃儿啦！按照外公他历来说一不二的脾气，她从早到晚，未迈出祠堂屋内一步，虽然当天天气很冷，她仍手持毛笔硬是工工整整的抄写了生字生词，把手腕都写疼、写肿了。这事也可以说明，母亲是出生在一个家教严格的家庭。

女性敏锐，为母则宽。当天晚上，慈祥又细心的外婆心疼女儿了，就从街上买来一把与外公棉袄细扣颜色相同而且做工精美的“小铜壶”给她，以示安慰和勉励，并说明其“壶”的本意是，希望她的脑子里要像这把“壶”一样，将知识比作水一样；要她将心思用在长学识上，随时加注壶体内的水，需要用时壶里才有水。也就是像头脑里的知识一样逐渐积攒，不至于动脑子的时候空空如也？

我的母亲珍藏着这把“小铜壶”很长一段时间，就在于它是外婆留给她最有意义的礼物。母亲说从那时起，每当做错事情内疚与外公、外婆寄予的希望纠结时，她老想起外公一副慢条斯理、沉默寡言、严肃古板又性情刚烈的样子。同样会想起外婆和蔼可亲，循循善诱和宽容的样子。复杂的思想感情总会密切交织一起，谁也没有想到母亲从小落下惧怕红铜质物件的毛病。

可能是“铜制作”的东西对她太敏感，容易激起对外公、外婆痛苦的思念与回忆吧？也在心理上结下了这样的疙瘩，倒是今天看来，相反对这一例子，对于平常学习生活小事的理解，好比豆浆做成豆腐，关键阶段需要点化，予以我们要珍惜学习时光的现身说法教育了。

就读于新式学校

当年，我姨妈在湖南湘江东岸大浦镇唯一的一所私塾学堂，与时任学堂堂主（相当现在的校长）的姨父（朱楚雄）一起从事教书时接触一些进步人士，受到早期共产主义的思想影响来到湘潭地区，参加了中共领导的湘赣边秋收起义，并在工农红军游击队，组织发动群众，打土豪、分田地、筹粮款，参与组建扩大红军游击队。

可是，多少欢乐似水流，几多忧愁顺水逝，1931年秋遇上多年未曾有过的大水灾。此时母亲12岁，从私塾学堂转入衡山第一高等小学校念书两年有余，尽管水患肆无忌惮席卷好多家园，留下满目疮痍。母亲全然不顾，只要不停课，总是涉水到校勤奋学习，她也从不缺课，还乐意帮其他同学补课。平时有的同学遇到难题不会的，找老师求教，老师讲解后说：“如果我不在时，你可去找康华卿同学……”母亲也就成了班上的“小教员”。毕业时取得了优异的成绩。据说毕业证由衡山县知事（即县长）陈思材，字樾卿，江西黎川人，光绪年间进士；校长王在荫先生共同签署颁发。

1932年夏天，在教私塾姨妈的倡导和提议下，通过我姨父和教育界同仁的长期交情，又送她进了位于“烟寺晚钟”的“衡山开云学校”继续上学。母亲还记忆犹新，1933年6月，在实业救国思想的促成下，校产移交给湖南省府，母亲顺其转入改名后的省立衡山乡村师范学校（习惯称“省乡师”）学习。

她在校3年才晓得，开云学校是一批爱国进步教师组织下开办的。不然，姨妈怎么会让她上这所学校来。还了解到，这是一所历史悠久的学校，早在清光绪十九年（1893）由县里官建的“研经书院”改建为城北小学堂；早在1910年开办初中合并1903年开办的衡山官立师范学堂，始称衡山县立中学堂。1919年间，也就是在母亲出生的那一年，因经费困难改为私立衡山开云学校，仍为衡山县境内唯一的县学。

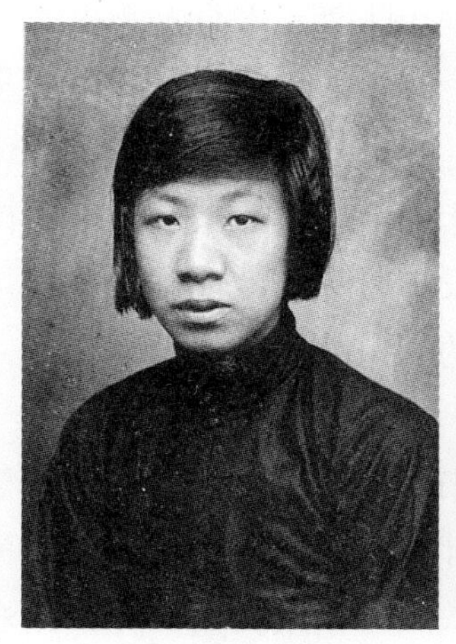

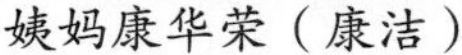

姨妈康华荣（康洁）

母亲（康华卿）

1934年，母亲已经是15岁的亭亭少女，称得上宋·陈师道《黄梅》诗中描写的“冉冉梢头绿，婷婷花下人”了。在“省乡师”上学常常思念她亲爱的姐姐，因自秋收起义参加红军游击队后，姐姐早已不知踪影，与她无任何音信往来，只记得相貌、身材颇像外婆，听有人说，姐姐怕连累家里已经将康华荣名字改了。不知是死还是活？家里人倍感牵挂和焦虑，出于安全考虑也不敢对外张扬。若有所失言会被地方政府察觉，会给家里带来预想不到的灾难。

我的表姐朱军伟曾听外婆的回忆，写有《康华卿少年时期情况》一文，文中写道：“姨妈（表姐对我母亲的称谓）在开云学校上学时，一天回家后闷闷不乐，外婆问其何故？她才道来：‘在回家路上，遇见一个小女孩露宿在街边，感到让人心痛，难过！经询问，得知女孩父亲因病，无钱医治，故于家中……母亲无奈之下，去外面做工又意外伤亡，家中有一弟弟被一个好心人带走了，她因饥饿，无法忍受，出来讨饭……’对这个女孩家庭的不幸，姨妈倍感难过。”

“正在伏案写作的外公听后说：‘晓得不？继鸦片战争、八国联军侵华后，签订《辛丑条约》，清政府割地赔款，中国已论为半封建半殖民地国家，民不聊生呀！即使是祠堂经营的“康氏大饭店”，客人也是一天比一天少，难以支撑下去，我们也准备转让出去了……’”

外公陈年旧照

恰在此时“天有不测风云，人有旦夕祸福”。外公仍然住在宗氏祠堂那间潮湿屋内，平日好好生生一个人。这天夜里他躺在床上，按习惯顺手拿来烟枪准备吸食时，没有看见烟枪上爬着蜈蚣，蜈蚣顺势把他的嘴角处狠狠地咬了一口，毒液流入伤口。

于当天夜里，他面部从被蜇咬位置迅速红肿、灼热、剧痛难忍。当务之急，祠堂的族人帮请来大夫，先是用洋皂水洗，随后按民间疗法拔火罐吸毒，替换用鱼腥草、蒲公英捣碎外敷均无效果。连续几天饮食吞咽不了，大半个身子出现紫癜，发高热、恶心呕吐，淋巴结肿大又坏死，又出现谵语、抽搐，几次发生过敏性休克，最终无法医治不幸身亡。

这1934年的大旱灾，恶毒的小蜈蚣携祸从天降，要了衡山康氏宗祠书启师爷大人的命。这一下子母亲和外婆，乃至整个家庭和邻居亲人们，沉浸在悲痛之中……

外公去世后，唯一的经济来源没有了，孤儿寡母花光了所有的积蓄，已经空空如也，面临着从未有过的艰辛和困难。给当年母亲年幼单纯的思维带来坍塌式的冲击，也给她的学习和生活带来严重影响。

母亲及外婆不能享有宗族组织的帮助和救济支撑。外婆无力供母亲继续上学了，面临基本的生活也难以为继，此时，母亲只好从县立中学学堂师范科，即原先的“省乡师”休学回家，与外婆相依为命……

由于失去了外公在康氏祠堂的俸禄，母亲只好随着外婆搬出公祠另寻生路，她们来到南岳曾外公家里居住和生活，靠外婆帮人做些针线活贴补家用。

面对家庭的突变，母亲一时还适应不了。在学习与生活无助的困苦之下，为了减轻家庭经济负担，她自己只好拟寻求到外面做工去……

第三章　医事生涯

教会医院当学徒

人生成功之路，都相信是从失魂落魄的迷惘中逃之出来者。前面讲到父亲离开夏场村，逃出来两三天了，随身携带的一丁点儿干粮已经吃完，落寞到人不像人鬼不像鬼的地步。他来到天门县城河边暮宿破舍，思衣不可遮其体，思食不可济其饥，盼望能找点吃的……

我问过父亲，他说年久记得不太清楚了。大概是不知不觉到了陈善长同学家门口。陈善长是大家公认的心地善良大好人，他突然见到要好的同学崔永龙几个月前就离校了，这英俊小伙子，咋搞成这么一副狼狈不堪的样子突现在眼前，既是欢喜又是难受，两人嘘寒问暖了几句，他赶快去厨房拿来一个馒头。

父亲边吃边说明事情的来龙去脉后，得以这位同窗、同桌学友及家人的同情和理解。到了夜里，陈善长对他说“夏场乡下的亲人，肯定会想方设法找你，只要他们可能找到你的地方都不能去……”顺从陈善长挽留，与他凑合住了几天。心想事态有些平静下来了，才悄悄地回到伯父母家里。

当年的大爷爷34岁血气方刚，听完父亲讲完事情的经过火冒三丈，对这个5年前险些被遗弃，自己倾注心血养育的侄子，遭遇如此侮辱和摧残，让他心都碎了！他对这个同胞弟弟背信弃义和违背《契约》的行为痛心疾首……反复说：“这个子华，做人呀不能不讲诚信，讲诚信才能被人信！诚信是一个人的口碑，没有诚信积不了好名声；诚信就像纸一样，皱了就难以抚平……啦！这对孩子失信，必然要疏远。”气愤地说“犯我子荣者，虽远必诛！孩子，以后夏场家里的人莫想再黑你和骗我了。有我在！天塌不下来，明天和你妹妹永珍一道回学校去上学……”

冷静下来后，大爷爷又觉不妥。因为1933年末。苏维埃建立在潜江、天门的红色政权落入真空地界，封建意识及管治又卷土回潮……父亲在这一年满13岁，进入14岁，快念完相当于现在的初中。大爷爷考虑到他在城里五六年的时间了，社会上熟悉还交了不少朋友，担心东跑西颠和交友不慎出问题。不能让他离开自己的视线呦？也不能无所正事地让他闲着呀！

特别是此时大爷爷更担心夏场老家的人来找麻烦，所以果断地作出决定："汉清，城里不能久留了，到别的地方找事做或学技能去！我是晓得自家兄弟老二的品行，是一个永不会感恩的无信用之人。他的算计虽然没占着便宜，但不会就此善罢甘休，其原因你应该搞得清楚？"

基于这些顾虑，大爷爷凭他长期从事教会教师与医院和药房的交往关系，第二天一大早就送他到了"乾镇铎进修药房"去了，再三叮嘱老板鲁德跃，让娃儿先当学徒掌握药物知识，还语重心长交代要好生引导和培养，将来能够让他茁壮成长和成才，到将来立足我们医药界发展，指望他以后也成为杏林中人。

鲁德跃先生祖上是天门当地有名的杏林大夫和郎中家族。即使是那些年美国大名鼎鼎洛克菲勒医药公司想要在当地发迹，也必须先得打开鲁家垄断的市场。所以欧美国家为把西医打进来，利用学术基金会的名义免费培训中国人学习西医。鲁老板在祖传"乾镇铎药房"的招牌中间加进了"进修"二字，以顺从民意、顺从社会和历史潮流。

从此父亲步入社会，跟师学医兼涉药业经营，或者说类似勤工俭学了，这样一来可以减轻家里的一些负担，也为将来谋求一份好的职业。可在进修药房做得多、学得少，坐堂的医师给每个学徒分发手中仅有的几本医药书，交换着阅读，均以自学为主。作为父亲本人对西医药学知识知之甚少，而且教材大部分用英文书写，为此鲁老板请来的国外药商，给父亲等学徒讲医药理论课程，但他们竟然讲的都是药品的使用和销售。而且外国人讲汉语讲得很差，还穿插着拉丁语授课。每天课堂上讲的还没完全搞懂，接着就要进行现场考试。也许是父亲年龄尚小，不懂事和接受能力差，学习动机又不太明确。学了一年多，仍然一知半解，对医药专业知识未能产生兴趣。

倒是闲下来的时候，常听人们谈论当今社会与国事，颇有一些兴趣和感想。难忘的是当年天门县的县长叫鲁知炳，与乾镇铎进修药房鲁老板有亲戚关系，是天门本地人还是国共合作时期的共产党员。据说乾镇铎进修药房也是在鲁县长倡导下兴旺发达的，进修药房的人思想活跃，政治上激进。受他们的影响，父亲也略知一些革命道理。认识到将来要消灭封建残余势力，解救劳苦大众，人人得到平等，所以思想上开始动摇了，萌生寻求一条新的学习和生活道路。

乾镇铎进修药房原地

1935年春季，基于上述想法，加之在乾镇铎进修药房由于学习跟不上，经营压力大实在待不下去了，父亲便自作主张擅自回到天门县城家中。回到家里，大爷爷问清原因后，也没有怪罪什么。他只忧虑一会儿，对父亲讲了一个过去民间劝学的故事：

"汉清呀！你是崔家的长子长孙，要切记大伯的话，少壮不努力，老大徒伤悲。你晓得这句话的意思吗？你要学会怀抱梦想和希望不断刻苦努力，要学会给弟妹作表率喔！我再给你讲一个故事，在晋代曾做过县令的陶渊明先生，因受排挤，辞官回乡，过着田园生活。有一天，一位青年慕名而来求教。陶渊明正在田野观看禾苗长势，这青年上前施礼道，久闻先生大名，今日得见，三生有幸。晚生欲求读书之法，望先生不吝赐教。陶渊明听了，谦逊地一笑说，你不见禾苗在长吗？青年伏地细看了一阵答道，不见其长也。”

“陶渊明又让青年看田边的一块因长年磨刀而凹陷下去的石头。青年看罢还是不解其意。陶渊明遂叫家人取来文房四宝写成一副对联：‘勤学如春苗，未睹其长日有所长；辍学似砺石，不见其损日有所损。’汉清吾儿，你延误大好学习时光，不学会一门技能，试问你今后怎么在社会上立足？你以后的日子怎么过呢？明白这个道理不？”

他又劝慰道“阿门！想一想你死去的母亲，要是你懂医术的话，或许能给她及时救治，兴许不会死呢？现在中国一个泱泱大国，还不如日本这个小国家了。我在日本那几年看到此国的发展情况，不得不承认我们在现代科技，包括医学已经落后了。特别在乡下村子缺医少药，何况现在世道那么乱，伤病患者那么多，年轻一代学医是大有前途的嘛？而今我在教堂做教师，学中医，学西医有很多便利的人际关系，可以‘近水楼台先得月，向阳花木易为春’哟”。他手指天井中正在盛开的花朵叙述来，其话语重逾千钧。又说“当大夫不仅讲医术，还要讲医德，医生可是很高尚的职业……”

大爷爷这么一说，犹如响鼓重锤，掷地有声，正中他的“七寸”上，激起父亲对往事的回忆，引起失去亲人那些伤心痛苦的记忆。同时脑海里也不断闪现乡下因战乱受伤，得不到应有医治，而可怜死去的伤兵。想到这些，突然明白过来了。是呀！现在大爷爷、大奶奶不光养育他，供他上学，条件那么好，为何不好好生生（天门方言）学医呢！今后当一名好大夫，为那些不幸的伤患者医治，按家训：济贫帮困，心存真善，让他们健健康康生活下去嘛。

大爷爷的告诫让他记住晋代陶渊明劝学的故事，坚定了立志学医的愿望和信心。大爷爷这还放心不下，又带他到坐落在城关西湖岸边的教堂里吃住，并担当基督小教徒。按大爷爷的旨意找英国教父、牧师指教，温习乾镇铎进修药房所学课程还加修外语。

父亲回忆那期间真是太苦了，做到了日月星辰研习医书和背诵外语单词，有了一些英文基础还自学拉丁文，对日语也有所了解，很有学习的成就感。

一年之后，大爷爷感觉他确实爱上学医了，而且兴趣也浓。照样凭他在基督教堂谋事和管理教会医院的便利条件，于1936年春节过后，选了邻近的应城县内最好的一家教会医院，再次送父亲出来学医。

在这个冬春交替的日子里，大爷爷边走边介绍：应城和天门一样，历史悠久，属湖北省江汉道，也是人文荟萃。因地处要冲，应置为守而得名。也是好学之徒的圣地，要好生珍惜哟？千万记住“读书有择，修身志远”的家训。看你的经历，好与坏都不重要，重要的是可以增加你人生，乃至生命的厚度。所以说今天吃得苦，总有一天会笑着说出来的……

父亲表态：晓得啦！从今以后绝不辜负您的教诲，遵从崔氏家训：“精勤于业，方能立业”一定在这里好好学习，将来成为对国家和社会有用的人，这回不学出个样子的话，就不回家来了。

他俩走了20多公里，才搭上辆货运车，不知不觉到了应城县城关。大爷爷找到与他同期留学归来且平日关系很好，出身中医杏林世家的一名基督教教徒，在当地享有一定社会名望，家住城里并开办有维章医院，自己兼任院长的吴维章先生。

大爷爷说明来意之后，吴先生很快就答应下来。吴先生便在当日安排人租来了被褥等生活用品，并让父亲与叫田二饶和邓汉汝等伙伴住在院内同一个屋子。他们攀谈一阵子，方知田、邓俩人比他先来了一段时间，年纪也要大一些，记得邓汉汝曾在军队干过几年，身体棒棒的；田二饶身体要弱一些，估计是身体有病，饮食量也少。当看到桌上剩下食物时，才觉得肚子饿着哩，顾不了这多了？父亲接着食用……就这样，他们号称“兄弟仨”互相帮助，形影不离地跟着吴先生在维章医院开始专心致志学医了。

将近一年半时间里，他们接受吴先生传统与西式的教学方式传授医疗技能。在强烈的求知欲前提下，促使学徒们从临床病人诊断和治疗过程中，循序渐进的较为系统的让他们学习掌握了中西医结合临床、治疗大面积烧伤、外伤、处理疑难杂症等理论和技能，特别是对解剖学和药学基础知识学习进步很快，掌握知识及操作要领也很快。

使大家终身受益的是吴先生的教诲，他很注意日常的言传身教，在他身上能学到良好的医德医风，他不管你谁是谁？无论是白军、红军的伤兵，还是贫富不均的患者，都是一视同仁，精心治疗。尤其是对一些可怜的穷苦百姓和衣食难保的伤兵，经常分文不取，使学徒们深受感动和教育。

天灾人祸逼无奈

1934年大旱灾之后，在南岳的母亲康华卿由于她的父亲离世后，为了减轻家里的经济和生活负担，还是放弃重返“衡山县立中学堂师范科”复读的念头，离开曾外公家里，考入美国人开办的衡山教会医院（后改名衡山县公立卫生所）半工半读，开启了新的人生学习、生活历程。

1935年，历史潮流滚滚而来。在团结合作、救亡图存、全民抗战的号召下，北平一二·九学生运动爆发，母亲和要好的同学积极参与城里的教师、学生们传唱由湖南长沙田汉作词；云南玉溪聂耳作曲的、被人们称为中华民族解放号角的《义勇军进行曲》，激励着她们年轻学子的爱国主义精神。

起来！不愿做奴隶的人们！
把我们的血肉筑成我们新的长城！
中华民族到了最危险的时候，
每个人被迫着发出最后的吼声。
起来！起来！起来！
我们万众一心，
冒着敌人的炮火，前进！
冒着敌人的炮火，前进！
前进！前进、进！

曾听母亲讲，姨妈在外公去世一年后，才回到了家中。仍旧在衡东大浦镇小学校重操教书职业，并沿用了游击队时的别名“康洁”。幸好姨父是镇上的大户人家，其祖上曾是朝廷命官有些势力，他也是时任大浦镇学校校长，事务繁忙，常年在外，家中宽敞的房子也需要人照看，干脆把外婆从南岳接到大浦镇来一起居住，由姨妈和姨父担负全部居家开销。

姨妈（康华荣）姨父（朱楚雄）

母亲继续在衡山教会医院工作学习，逢节假日回到大浦镇家中。据说，与衡山的大浦镇紧依湘江，四季通航；京广铁路穿境而过出入通达，距衡阳火车站仅有20几公里，陆上水上客运均畅通。大浦加工制造业相当发达，有铜业、钨业、药业等等。也是衡阳地区重要产粮区，为稻谷、油茶、油菜种植带。

母亲兴奋地说“那时候，记得上街买菜，湘江里捕来的鱼，足有百来斤重，是论斤来卖的。每次回去都可以饱餐一顿，吃上极为美味佳肴，而且最喜欢吃妈妈烧制的剁辣椒大鱼头，十足的家乡味道……哈哈！美极啦！想起那味道来，直流口水。”

《辞源》（1935年）上海商务印书馆，母亲藏书中行不离身的几部书之一

她在大浦镇的时候，也深感知识的重要性，保有天真烂漫的情趣，闲暇的时候静看书；下雨的时候看雨滴；风起的时候看落叶；春浓的时候看花开；或者是到湘江岸边走走，恰似芳龄逍遥自在哟。比起一年前，孤儿寡母俩人，真是好多了。

短暂的家庭团聚

家和万事兴！母亲回忆1936年，庆幸的是已经31岁的姨妈和姨父在这一年的6月28日喜添表姐，家里降生了一个小生命可爱极了，我母亲即兴想到姨夫、姨妈在游击队从事的伟业，为她取名——朱军伟，并得到了大家的认可，永远纪念这段不寻常的经历。现家里人气兴旺起来了，有姨父、姨妈在家，乐趣不少，其乐融融。

啊！光阴似箭，母亲在教会医院倾心学医和务工近3年时光。这期间，十天半月来回奔波于医院与姨妈大浦镇家中，深感学习、工作和生活很充实。回到家中有一种难以用语言表达的宁静感受，常与外婆一起吹奏箫笛（也称“笛子”）；工作之余与教会医院的修女学会口琴吹奏。在家里总是陪伴着外婆和抱着幼小的表姐玩耍，外婆最爱听我母亲吹奏1934年同年上映影片《渔光曲》主题歌：

云儿飘在海空，
鱼儿藏在水中。
早晨太阳里晒渔网，
迎面吹过来大海风。
潮水升，浪花涌，
渔船儿漂漂各西东。
……

这一天中午饭后，她刚吹奏完口琴，正要拿来箫吹给表姐听时。姨妈面带笑容，迈着轻盈的步子，还哼着比较流行的湘曲……高兴地回到家里，神采飞扬地从布挎包里拿出一份《湘雅医学院招生简章》给母亲……母亲同往日一样活泼可爱，十分激动地把《招生简章》捧在手上，顺便把抱着的表姐和笛子递交给外婆。摇摆头来回地看呀看，高兴得不得了。自言自语道，真是吉人自有天相啊！情不自禁地高声喊道：“华卿，可以到省城报考湘雅医院的大学啦……”

母亲，早年的照片

自拿到《湘雅医学院招生简章》的几天里，她不但天真也很认真，反复向外婆请愿，磨哟，磨！几次三番要求：“妈妈，你让我到省城湘雅医院学医噢！将来学成回来，你不用求神拜佛烧香祀奉，念佛经求佛保佑健康啦！今后家里和邻里邻居的人若有疾病、疼痛，就让我帮他们医治好了！”几番周旋，她还记得当初，外婆慈祥的微笑着，半天不吭声……只不过慢慢地说，人病是要看大夫的。猜不透是否同意，外婆在想什么呢？

这可能是前些年，姨妈上山参加红军打游击，使外婆担惊受怕。也可能是对母亲有些不舍得便说：“卿儿，不要去那么远啦？现在教会医院上班蛮好嘛！不能给你姐姐增添经济负担了，她还要花钱抚养女儿（军伟）呵呦。”

说来还是外婆思想转不过弯来，没有爽快地答应下来。怎么办呢？过了两天确实是慈母怕磨，也得力于姨妈不断鼓励母亲并向外婆争取，她伙同家人七嘴八舌帮着劝说并许下愿“妈……您不是说，我特像您的样子呦，现在是家中的顶梁柱了。我做姐姐的，可以资助妹妹上学。妹妹走了，还有我在身边陪您嘛”。

哈哈！这话管用。外婆终于拗不过，而且有了回应，并意味深长地说道：“你们这些犟脾气……去吧，去吧！好生去学。姑娘家嘛，既然学5年的专科大学，但一定要经常回家来陪陪我噶！到时学成回来在县城找家医院当个女大夫，或做个乡村杏林人也行，好好为百姓除病消灾蛮好嘞！”

就这样，外婆同意她如期到长沙投考湘雅医学院了。经过一段时间的考前准备，同时得到所在衡山教会医院先期毕业的学长、院内同行的辅导之后。母亲怀着追求青春的梦想，到省城学习深造的愿望，第一次来到千年古城——长沙市。

古城名校涉医道

湘雅医院旗下的湘雅医学院（现中南大学）坐落在中国历史文化名城——湖南省长沙市区。母亲早些年的笔记里曾有记录并多次对我们说，20世纪30年代初的长沙古城，那是街衢纵横，市井繁华，大小店铺遍及全城大街小巷，商业中心由沿河各地段分别向城内扩展，形成南北两大商业区很热闹。

南部从大西门延伸到太平街、药王街，从小西门延伸到坡子街，从西湖桥延伸到南正街、八角亭，再与药王街对接，与南正街两厢的学院街、道门口、樊西巷、臬后街、古道巷、化龙池、织机街、青石桥等街巷连成一片，成为长沙百货荟萃之区。

北部由中山路经北正街到湘春街，与通泰街、寿星街、潮宗街、连升街等街巷纵横相接，形成长沙杂货繁盛的市场。自古广植木芙蓉而有“芙蓉国”之称。亦有“惟楚有才，于斯为盛”之誉。

湘雅医院创办于1906年，是美国雅礼协会在中国最早建立的西医医院之一，图为现在湘雅医学院

到了入学考试的时候，母亲和同学们赶往湘雅医院方向走去……她和从衡山一起来应试的邓韵等同学们，经过古城长沙市湘雅路，沿途看得见东依长沙市南北大街，西临岳麓山下的湘江之滨。进到校园环境真优美，古色古香的老红楼与气象万千的周边环境交相辉映，一阵阵肃然起敬的感觉油然而生。

偶尔会见她翻阅过去的笔记，成为母亲念念不忘的幸福回忆。

湘雅医院旧照，东依长沙市南北主干线芙蓉大道

这是1936年7月的夏日，正遇到湘雅医学院创建30周年纪念活动。数百名应试学生站在教学楼前，一位年轻漂亮的女教师，留着短发，身穿藏青色旗袍，站在台子上介绍："湘雅医学院乃是国家最早建立的以西医教学为主的院校，它的前身是由美国耶鲁大学雅礼协会派遣的爱德华——胡美医学博士，于清光绪三十二年（1906）在长沙创办的雅礼医院，并于1914年由湘雅医学会接收，正式更名湘雅医院，并在湘雅旗帜下设立湘雅医学院、湘雅高级护士职业学校。建校以来，积淀中美两国医学交流的成果，是世界医学文化交流的合璧，也是对历久弥新的湘雅精神再塑升华。"

"今天的庆典是湘雅医院继往开来、再创辉煌里程碑。希望同学们考出好成绩，进入湘雅医学院学习，将来我们同是——湘雅人！"她最后提高嗓门喊道。可见，作为湘雅的教职员工，是多么的骄傲和自豪啊！

宁静的校园生活

湘雅医院及医学院素有“南湘雅”之美誉，母亲曾在笔记中还记载，入校时，校领导都是年轻有为的才子，学识渊博的人才，王子玕博士任大学校长兼医院院长、护校校长。张孝骞教授为副院长兼教务主任。湘雅医学院不仅是教书育人的教学基地，也是伤患者医疗康复的圣地。

这所有30年办学历史的医学院，素以治学严谨、医术精湛，人才辈出，历来享有“南湘雅，北协和”的国立高端医学院盛誉。在30年代求学盛行，追捧名校更胜一筹，能够考入长沙湘雅医院旗下的大学，这所湖南省独一无二的医学院校学习，也是当时年轻人一生梦寐以求，向往未来的远大理想之所在。

母亲在长沙湘雅医学院时留影

母亲幸福无比地回忆说：“通过两天紧张的考试，一周后张榜公布，我们同起从衡山到长沙报考的5名同学，只有我和邓韵被录取，而且自己在考生中成绩很好，录在药学科兼修妇儿科，那比其他学科录取分数要得高，本来自己是想学外科或内科的，但是没办法啦！这不管怎么样终于如愿以偿地成为‘湘雅人’！什么学科并不重要，坚信自己能够如期完成学业，成为一名现代医科大学生。”

令人难以忘怀的是开学典礼上，王校长的讲话非常受鼓舞并让学生牢记在心，曾记得校长说：“同学们！现在的中国因其贫寒付诸鼠疫、霍乱和天花种种传染病流行，带来过高的婴儿死亡率影响，人均寿命不足40岁呀！同学们，可以比较一下，今年日本人的平均寿命已经48岁多了。怎么办呢？我们将通过现代医学改变国人的健康和寿命状况。所以，机遇和成功绝不止于此，它将永远留给有准备的湘雅人！”几十年如一日，这番激扬的话语，时而让母亲想起，也常对我们说起。

在湘雅医学院校规十分严格，治学非常严谨，在教学上采用英文教科书，用英语讲课、作笔记、写病历，特别重视实操实作。上学期间，学习压力很大。每天必须要按时作息，确实是起早摸黑，穿梭于课堂、实验室和宿舍，以及医院的病房之间，还要到病房做产妇、新生儿临床护理服务、实习专业护理技术，学会对危急重症的处理。特别让同学难解的是外教老师的英语课程，早晚还需补习拉丁文，背诵单词，不然就跟不上学习进度。

可见，母亲在60多年前，年仅十七八岁的她，在湘雅学习时的几本笔记中用蘸水笔写下的中英文书法，经体韵致，刚劲秀美，尤其是英文书体

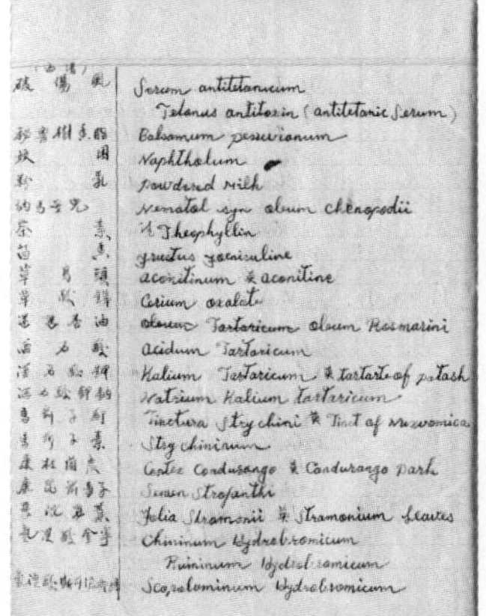

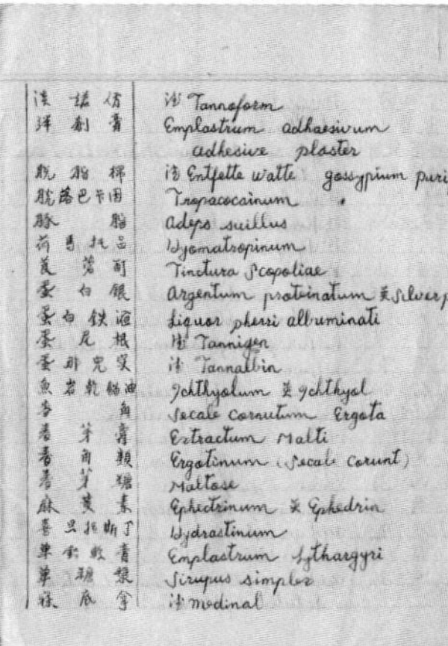

母亲在湘雅医学院时的教科书和部分学习笔记

节字布局，笔画流畅、圆润、笔笔送到、精准到位，无疑注入自幼练习中国书法的精髓，美妙至极。纵观书写的内容，始终透着一股西学中用的时代气息，无不让吾辈汗颜。

且说，在湘雅医学院，母亲每个学期的考试，不仅仅是主要药学学科，还是基础医学理论，辅助性临床医学乃至兼修的妇儿科均获满分，能够领到奖学金，尤其是儿科还获得过“爱婴学科奖”的最高专门奖项。

在湘雅，尽管学习抓得很紧，时隔不久遇到了星期天，与同学们自居为“湘雅人”的同学们会聚集一起作些学术交流，有时也会到长沙市郊外的湘江、橘子洲头或城区玩耍。3年来，从学风、敬业和生活上，秉承“公勇勤慎，诚爱谦廉”；“求真求确，必邃必专”的品质和风范！

她曾说：“那时在长沙受到其他学校，尤其湖南师范学校同学们进步思想的影响，同学间传阅手抄本，相互交流学习体会，自觉不自觉地有着向往投身革命大潮流的念想……”

她还从对子女的教育角度说过：“一个人要学会正视别人的成功，我在湘雅时与你们年龄相仿，要学的知识很多，绝不能固步自封、作茧自缚，他山之石可以攻玉，取人之长补己之短。这样，才可以缩短和别人的差距，甚至超越他人……”母亲这番话语，是教我们学习的路径和方法，也可以说是母亲在湘雅学习的经验，或者说是致学精神，同时也使我们感受到她对于湘雅医学院学习时光的无限思念！

湘雅医学院教学楼

第四章 投笔从军

参加抗日训练班

1937年7月7日，卢沟桥事变爆发，日本军国主义发动全面的侵华战争。7月8日，中共中央通电全国，号召国共合作和全民族团结，全国建立民族统一战线，抵抗日本军国主义侵略。经过国共两党的协商谈判，达成了第二次国共合作。

武汉地处江汉平原，是平汉、粤汉铁路的交汇点，是我国重要的工业基地、科教基地和综合交通枢纽，周边集结大量的国民革命军和抗日武装。据史料记载，其中就有8月9日云南省政府主席龙云在南京国防会议上，主动请缨抗战，蒋委员长立即授予滇军“国民革命军陆军第60军”。他们徒步攀越崇山峻岭，历经40余天的长途跋涉，来到湖北的孝感地区，激发了湖北民众空前的抗日热情。

据父亲所述：“日本人的野蛮侵略行径，使中国大地陷入了前所未有的灾难。在面临亡国灭种威胁的危难关头，以共产党倡导的抗日宣传队广泛深入工厂、医院和学校组织工人、学生、学徒进行动员，同时宣讲抗日救亡的道理，大大激发年轻人投奔抗战前线的昂扬斗志。”

他们还与抗日宣传队步行三四十公里到驻应城不远的滇军部队慰问和讲演，了解到云南是湖北“武昌起义”之后，最早举行起义宣布“独立”的省份。还知道了云南昆明的“重九”武装起义并取得胜利，极大地声援了武昌，是“辛亥革命”的组成部分。他们在离开滇军驻地时，一位长官得知我们当中有的是学医的，就很义气地给我们每人一瓶云南白药，在当时这可是太稀有，太珍贵了……

抗日救国，保卫大武汉，两个省份的军队和人民紧密相连，结成生死攸关之深情厚谊。他们用这样的方式，表达对滇军部队的深情和感激。

啊！多年了，父亲还大概记得云南《六十军军歌》是这样唱的：

我们来自云南起义伟大的地方，
走过了崇山峻岭，开到抗日的战场。
弟兄们，用血肉争取民族的解放，
发扬我们护国靖国的荣光，
不能任敌人横行在我们的国土，
不能任敌机在我们的领空翱翔。
云南是六十军的故乡，
六十军是保卫中华的武装！
云南是六十军的故乡，
六十军是保卫中华的武装！

父亲又叙说："他们维章医院的院长吴老先生，身为开明的进步人士，秉持民族与个人的义利观。如今，抗战开始，他仍坚持国家和民族利益至上、表现出誓死不当亡国奴的民族自尊品格。为了抗日，多方求助，组织年轻人学习一些基本的军事技能，聘请你们大爷爷和滇军的教官、当地武术教练，专门组织大伙参加抗日军政训练班的学习。……说来事情十分巧合，在军政训练班上，我看见一身道士衣着的武术教练，居然是十余年前，在张港老家时的师傅——悟静先生，内心深感自豪和骄傲……"

他激动地说："当年在开班动员仪式上，主席台上悬挂着'誓死不当亡国奴，要坚决抗战到底！'的横幅。你大爷爷——崔子荣身着长衫，留着平头，挥动手臂，撕开嗓门演说：'日本军国主义的野蛮侵略，使中国陷入了前所未有的民族灾难。南京首都惨遭侵略者杀戮之残暴，杀掉我数十万手无寸铁的军民……同胞们、学徒们！现在正是抗日救国的用人之时，要倡导万众一心、树立共赴国难的民族团结之意识；要不畏强暴、具有敢于同日寇血战到底的民族英雄之气概；要百折不挠、坚定勇于依靠我们自己的力量战胜侵略者的民族自强之信念……'"

最后，他慷慨激昂，大声疾呼："同胞们、学徒们！在面临亡国灭种威胁的危难关头，不愿做亡国奴的中国人要毅然奋起，英勇抵抗，保卫大武汉，乃至孝感、天门和应城要塞地区！"

"伯父演讲下来后，曾当面鼓励我说，吴院长对你的学习进步很满意。还要求我在这国难当头的时候，以医卫国显得极为重要，一定要好生学习，将来打起仗来不仅要能抗击敌人，还要能够救治伤员。当下局势无论如何发展？只要学好医，练好武艺，将来在战时都会有用途。我希望你能够领悟好江苏兴化人郑板桥写的两句诗：'咬定青山不放松，立根原在破岩中，千磨万击还坚劲，任尔东西南北风。'伯父对我们的这次告诫，让我受到了莫大的精神鼓舞。"

当时，军政训练班3个多月的训练科目，在抗日宣传队的配合下，以战时医疗救护为主，还学习训练军事基本技能。如，射击瞄准、战术动作、近身格斗、土工作业和利用掩体等等；在教练大家武术时，悟静师傅常把他放在队列前，做武当拳术的擒拿格斗动作示范。他稍停顿一会说，这好比"猎人集训"呀，猎它倭寇——龟儿子，大家都无所畏惧，坚持刻苦训练。

这期间，通过宣传教育和有了"滇军入鄂"抗倭的行为鼓动，应城年轻力壮的小伙们，在精神上增强敢打必胜的勇气。这些年轻人，在技能上和身体上初步练就了杀敌的本领。特别鼓舞人心的是武汉会战的战火最早在1938年2月18日于日军的空袭中展开，称之为"二一八"空战，中国击退了日军的空中进攻。

至4月民国政府军事委员会政治部第三厅在武汉成立，由郭沫若出任厅长，会聚了大批文化精英，成立后随即举行抗战扩大宣传周活动，掀起了武汉抗日救亡运动新高潮。

在一周内，武汉城周边的天门、应城，每天有形式多样的宣传，重点设有专场戏剧日，武汉有十多家戏院举办"抗敌剧总动员"。除话剧外，戏曲包括京剧、汉剧、楚剧、杂剧等，先后下到应城演出《岳飞》《梁红玉》《卧薪尝胆》《木兰从军》《万里长城》等剧目，还有《拾金献国》《杀妻犒军》等折子戏。还演出了京剧连台本戏《民族英雄朱洪武》，抗战氛围十分浓烈。

当年，有一个风趣的故事，说的是卢汉率滇军60军在出滇抗战的路途中，因云南部队装备独特，引来日军飞机的关注，借此滇军士兵们将携带的棕披（山棕树皮制作的雨衣，也叫蓑衣）、油帽（防曝晒和雨淋的斗篷）、烟筒（装水、吸烟丝用）伪装成——炮兵阵地，日军的飞机空中侦察发现后，误以为形似迫击炮阵地，敌机付诸猛烈地空投炸弹轰炸，而滇军将士相安无事。这个故事很快在孝感地区传开了，父亲他们一群青年，在应城维章医院编成了楚剧上演，非常有趣和鼓舞人心。

父亲曾回忆：当年在应城的各种演出太吸引眼球了，我们一群青少年不时学着他们的唱腔，哼上几段，太带劲了，浑身热血沸腾！这段时间，最喜欢唱的是《满江红》：

怒发冲冠，凭阑处、潇潇雨歇。
抬望眼、仰天长啸，壮怀激烈。
三十功名尘与土，八千里路云和月。
莫等闲、白了少年头，空悲切！
靖康耻，犹未雪；
臣子恨，何时灭？
驾长车、踏破贺兰山缺。
壮志饥餐胡虏肉，笑谈渴饮匈奴血。
待从头、收拾旧河山，朝天阙！

还我河山，志犹在。武汉城市数周内掀起抗战宣传动员活动，引来各地纷纷效仿，形式多样别开生面。不仅仅限于武汉周边的地域，有县乡村集市，乃至延伸于邻近的湖南等省会城市长沙。

到了后期，不仅是艺术宣传，戏剧音乐，绘画木刻，电影及发行报纸特刊。还有武汉、长沙等城市的医院、学校、工厂和车站、码头，以及社会各界知名人士、学生上街演讲游行、张贴宣传画、粉刷标语，等等。

时刻准备上前线

父亲在《自传》里写道：应城的军政训练班加大了训练强度。继去年的天气说来，每年应城的夏天有大热的年头儿，也有不大热的年头儿，但是今年的夏天不仅大热而且还发大洪水。只见江中滚滚的水浪，简直想把江边住宅和人们统统吞没江底似的，一段时间水灾是这样慢慢地过去了……可是维章医院的寒暑表却一度一度的升至三十六七度。我们住在医院的百年老屋里，热啊！真是热得够呛！蚊子像钻营觅缝的投机分子，不断地向人们的身上来吸吮，树头的野风不知躲到哪里去了，未能感觉一丁丁点凉风。外出训练时，一身一身的臭汗，把稀薄的衣湿得像泥水里捞起来一般。

这一年的夏天，民国政府部分机构虽西迁重庆，但政府机关大部和军事统帅部却在武汉，仍然是全国军事、政治、经济的中心。父亲回忆道，早早逃到武汉的达官贵人们也多，民国政府军事委员会紧锣密鼓调整部署，调集百万军队和飞机、大炮、舰艇等辎重武器装备。中国军队在长江两岸地区冒着暑热和滚滚江水，官兵们忍受着环境气候的不适积极布防，即将利用有利地形并组织民工修筑防御工事保卫武汉，渲染出来空前的抗战氛围，鼓舞着我们立马置身战场的英勇斗志！

据训练班的军事教官说：那时，在平汉铁路（北京—汉口）的郑州至信阳段以西地区，为了防备华北日军南下；在安徽芜湖、安庆间的长江南岸和江西南昌以东地区，也为防备日军经浙赣铁路（杭州—株洲）向粤汉铁路（广州—武昌）迂回。因此，地处武汉城市圈的应城县与天门、京山县接壤，属于江汉平原的过渡地带，隶属湖北省江汉道并隶安州，淮南道，所以部署滇军60军等国军精锐驻守，说明孝感地区的地理位置，对于保卫武汉的战略位置也十分重要。

奇怪的是淞沪抗战失利后，求和的声音从政府，甚至军队中扩散出来。有一段时间，曾有一些异常反映：如普通居民，不光是外来人，连本地人自己都承认武汉的抗战空气还是实在稀薄；从四面八方来的人，都嫌气氛太过沉寂了。人人都知道战争将会对自己的生活产生影响，但这种影响究竟是什么谁也不知道，于是人们见面时都惊惶地互相探问：武汉在我们手里究竟还能维持多少时日？我们现在要不要逃难？我们能逃到哪里去呢？可这些问题在当时都没有让人信服的答案。

直到1938年“二一八”“四二九”空战展开之后，才意识面临自己的家乡快要沦陷。就当初的思想转化过程，父亲激动地说：“起初为了不当亡国奴，我们几个学徒只是想投奔后方找工作。如今通过宣传教育和军政训练班后，不光提高了思想觉悟、增强了军事素质，还侧重对抗日武装部队有了一些了解，知晓了南方八省十五个游击区的红军游击队改编为国民革命军陆军新编第四军，其军部于12月25日在汉口成立。大伙在中华民族危急存亡的紧要关头，都抱有誓死坚守国土之责任，求国家生存独立而投身抗战的愿望，大家也有过在家乡附近加入新四军参与抗战的想法和动机。总之，我们的原则和底线是坚决不当让人怨恨痛骂的皇协军、伪军和汉奸……”

徘徊学院去与留

淞沪、南京会战结束后，相继湖南长沙保卫战的火药味也越来越浓。传言政府先期旨意，执行弃守长沙，退守衡阳的战略构想，造成驻军误判日军逼近，放火焚烧了长沙市区，造成不少建筑物损毁，数千市民伤亡。日军飞机大举轰炸，其损失破坏严重程度更不用说了，昔日繁华喧闹的景象看不到了。母亲揪心地回忆说。

到1938年的春夏，由湖南省政府财政与美国雅礼协会时断、时续支持的湘雅医学院供需保障，因战事持紧，雅礼协会的资金援助不能保证，湖南省政府支持办学的经费越来越少，而湘雅医院保障学校的办学经费捉襟见肘，学院财力雪上加霜。

这年，母亲进入大学三年级的学习，由于放火焚烧长沙，阵阵防空警报四起，日本人的飞机时常轰炸市内，学院周边也未幸免劫难，阵阵硝烟弥漫，正常的教学秩序被打乱，湘雅学院大部楼房遭受轰炸倒塌。战火逐渐临近湖南长沙一线，感到一场针对长沙的保卫战，即第一次长沙会战已经展开。

母亲说，那个时期湘雅医院校方分为西迁和留守两派。其中由张孝骞校长为代表的主张为延续办学，坚持回避战乱，必须避开战火，决意西迁，成为准备西迁的一派；由外科学科主任为代表倡议留守的一派，并得到部分教授和药学学科救亡图存派部分师生的迎合与支持，冲击校方主流的西迁派。而且坚决要求校方医学院留守长沙，担当战时救护责任和义务。我母亲和部分老师、同学也积极倡导就地抗战，保卫长沙市，自然参与了这次声援活动。

留守的师生在学院迁移前，看到眼前校园的情景。几乎把学院、医院、护校三个单位值钱的东西都随学院准备迁徙了，留下最低限度的少量教学器材。理由是担心日军侵犯时，器材设备无法运走而丢失。

据实验室的老师讲，就以显微镜为例，除了给生物科的一年级同学每人配一台较差的外，攻读组织胚胎的二年级同学，和她们学病理、药学以及细菌学的三年级同学各配一台质量很好的外就没有了，更不要说其他教学设备了。除此之外，湘雅医学院的120余员工及家属已逃难至益阳安化的东坪镇，还有很多不知去向的。实际上长沙的湘雅医学院名不副实已不存在，连维持基本的生活都很难。

1938年7月，湘雅医学院各学科停课，所有学生到了不得以寻求最起码生活的地步。于是到了月底，母亲和邓韵等留下的同学商议后，就请假

遭战争破坏的湘雅路（曾名北站路），原繁华的街道凋敝由此可见一斑（摄于新中国成立的第二年，当时正在恢复重建）

回家等待下一步的《湘雅医学院复学通知》。也就这样，没过几天，她们在长沙挤上了一辆开往的湘潭的卡车，又转车衡阳后，自个步行到大浦镇。沿途只见车水马龙，来来往往的辎重部队调遣，还有零零散散，形形色色逃难的百姓、流亡学生和军队的散兵。

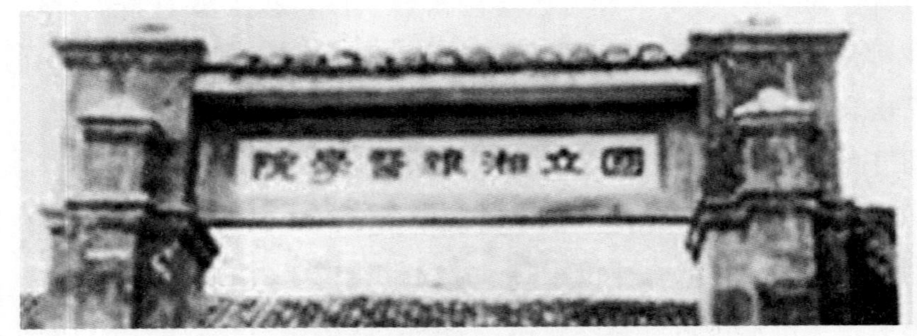

抗战时期湘雅医学院

母亲数月后打听并了解到，于9月下旬开始，长沙湘雅医学院主体部分西迁贵州省会城市——贵阳。可想象到一路上，为了保存并延续中国现代医学教育的血脉，我们西迁的师生们携带笨重物资和教学设备长途跋涉，确实是谱写了颇具“南湘雅”特色的抗战高歌。

参军加入200师

在1938年4月，日本人再次对武汉实施大规模轰炸，以庆祝日本裕仁天皇的生日。该场战斗又被称为“四二九”空战，中国方面由于事前已知道其企图加强准备，得到来自苏联航空志愿队的援助，演绎为中国土地上一场最大的空战。

风云际会壮士飞，誓死报国不生还。
走进生命的幽谷，开创国家的出路。
——摘自纪录片《冲天》

这段时间，武汉周围的孝感地区上空时而传来飞机的轰鸣声，中日空战激烈展开。街上到处传递初战告捷，中国空军击落日机21架而只损失了12架飞机的战果。

中国空军第4航空大队陈怀民烈士

我们年轻人特别敬仰第4航空大队陈怀民烈士，他在人生道路上永远定格为22岁。他生前说："每次飞机起飞的时候，我都当作是最后一次的飞行。与日本人作战，我从来没想着回来！"在他击落一架敌机后，引来5架敌机围攻，其战机油罐起火。他本来可以跳伞，但他猛拉战机拖着浓烈的黑烟，向上翻滚撞击从后面扑来的敌机并同归于尽。这些事迹和战果意味着战争付出的代价之高，再次向有志青年吹响了投身抗日战场的冲锋号。

就因为在那激情燃烧的岁月里，风华正茂的父亲自进入维章医院学习后，得益吴维章先生的循循善诱和贴心教诲，父亲回忆起吴先生两年前讲过的一个真实难忘故事。他说道：当年国家制定的《中医条例》来之不易。当时汪精卫是行政院长，主张废掉中医；孙科是立法院长，主张留住中医。两人各执一方。针锋相对，吵得不可开交。此时北京四大名医之一的孔伯华先生闻讯前来，孔老先生说找12个病人来，先让西医挑一半，剩下的留给我。咱们中西医同时医治，看谁治愈快？汪精卫听后，这是个与孙科解决争端的好法子，亲自出面张罗了当年震惊医界的第一次中、西医擂台对抗赛。先由西医挑了6个病人，孔伯华中医接受了剩下的6个病人，而且孔老先生分得的病人高烧、哮喘、腹泻……双方随后开始了治疗，因西医对这些挑选病人治疗不太给力，可孔老先生得益于自家传，是治疗温热寒病的行家里手，几服药服下后，过了几天，6个病人痊愈回家了，西医那边却还不见效。中医界欢呼声一片……听了这个故事之后，年轻的父亲从此后认为个人能力，乃至学科实力关键要靠长期的积累，因而学习态度端正，很快成为一名勤奋好学，况且自学能力很强的志士青年。又由于前些年，在乾镇铎教会进修药房学医一年多至今，已走完了4年多的医药学业生涯，他的才华初露锋芒，今天得到验证。

也就在17岁时的这一年，有一天吴先生当着众人的面炫耀说“永龙是一个胆大心细，学医的少年天才……大家要向他学习！”听了吴先生的表扬，父亲感到压力很大，他想吴先生是鼓励我吧！但不管怎么说，自此以后父亲与同一路学医的田二饶医生，在维章医院轮流坐诊了，接受“实战”检验，他们基本上能够单独处理一般性的外伤、常见病和慢性病。尤其是他们都擅长针灸，有时也充当吴大夫的助手，帮忙处理一些疑难重症。之后自己萌生了可以借助掌握的医技，投身抗日救国运动展示个人医技的勇气和信心了。

1938年春夏，孝感地区应城的人们都在积极备战，各种消息也是满天飞，到处传言，武汉即将沦陷。他们在医院的医护人员和学徒十分激动和愤慨，几个学徒集会商议要投身抗战大业。

此时，一则消息却说：蒋介石已坐镇武汉指挥，正巧，京山县的县长也姓蒋，而且还兼任县里某委员会委员长，人们都称其为“蒋委员长”。因而日本特工人员在上报后，日空军以为是蒋介石到了京山。于是，日军出动飞机对京山县城狂轰滥炸，企图将蒋置于死地……就这样，一个当时只有6000多人口的小县城，房屋被炸毁殆尽，炸死炸伤达5000多人，这个鄂中地区风光秀美，好端端一个县城，顷刻间却成为人间地狱。

不久，武汉城里传来，中国军队获得台儿庄抗战胜利的捷报，还听人们说，在掩埋滇军阵亡烈士时，曾发现在烈士的衣服上写着“生在云南，死在山东”的豪言壮语。这一舍生取义的卫国精神，父亲他们十分受感动。为了不当亡国奴，决心投身抗日战争的行列，挽救中华民族危难之中的念想不止一次地在脑海闪现。经过一番番讨论，一致赞成发挥自身的一技之长作应有的牺牲和贡献，大家执意组织医疗救护队参与抗战将士伤员收容与救护，决意主动请缨投身抗日战场。

恰在此时，应城县城街上张榜公告：为了阻止日军向徐州进犯直逼武汉，国民革命军第200师装甲汽（战）车团迫切需要补充兵源，来到应城招兵……一天，父亲同医院里10多个学徒和武汉来的数百名工人，以及待业的学生积极响应号召前往报考应试。大家临近招考现场，围拢征兵台，异常喧闹，只见在场的民国政府官员、军队考官和教官手持大把的宣传资料，一个招考军官向来应招的人群介绍道：

全体爱国爱民的同胞们！我们是国民革命军兵源征集动员处，正在这里向即将保卫大武汉、奔赴抗日前线的国军部队补充专业技术兵……他感慨激扬介绍：你们知道吗？国民革命军的机械化第200师，就是其前身为民国政府军事委员会的直属战车营，汽（战）车营营长是黄埔军校二期留德学成归来的湖北家乡人——彭克定上校。

同胞们！早在民国25年（1936）1月，该营改归交辎学校指挥。1937年3月本营与交通兵（第2团装甲汽车队）改编而成装甲兵团，其中两个连曾参加了淞沪会战。今年（1938）1月装甲兵团撤至湖南湘潭整训，我们团长晋升师长了，他是黄埔第一期毕业的杜聿明长官。现扩编为国民革命军第200师（在湖南湘潭为五个团的建制，二万余人），同月下旬装甲汽车队扩编为汽（战）车团啦！奉蒋委员长命令，来到湖北应城为征集具有文化素养，有一定专业技能和专长的工人学徒进行特别动员。他高举宣传资料并挥动右手，强有力的高呼：同胞们！国家兴亡，匹夫有责。在场的军人和民众也跟着他异口同声地高呼，他又挥手说道：同胞们，为保卫家乡快来报名参军吧！

抗战时期的征兵动员场面

父亲和前来应征的上百名热血男儿一道，通过文化、体能、军事等其他专业技术测试的合格人员，第二天就在原地址领到《中华民国国民革命军入伍通知书》，参加了国军200师汽（战）车团。

不日，他们浩浩荡荡地乘坐军用大卡车。随处可见应城街道两侧挂满标语，挤满社会各界人士，送粮、送鞋、送水……手里举着国旗和五颜六色的小旗子，敲锣打鼓，高呼："坚决打击倭寇，还我中华河山……"气氛活跃、热烈，大家呼喊的声音响彻云霄……他们一路唱着当年抗日救亡的流行歌曲，前往湖南湘潭国军第200师的大本营。

到了驻地后，紧接着参加新兵入伍换装仪式，接受杜聿明等将军们的检阅和训话。听台上的长官训示，才搞清楚杜聿明原来就是该师扩编前的第一任团长，现在担任该师的首任师长、邱清泉是副师长、廖耀湘是参谋长。还搞清楚了200师为我国第一个机械化师，也是当年中国现代化装备的王牌部队，由民国政府军事委员会直接指挥。

父亲《自传》的引印件："抗日战争爆发，家乡快要沦陷。抗日宣传队组织学徒学习军事技能……恰在这时，200师汽（战）车团在应城招兵，我们去投考，就坐车到湘潭换衣服，受军事训练20多天"。1938年4月春夏，在湖北应城加入中国军队重新扩编的国民革命军第200师汽（战）车团。第一次着军装在湘潭留影的父亲

严酷的战前训练

国之难，召必至。在波澜壮阔的中华民族抗战中，全体中华儿女众志成城、同仇敌忾、共赴国难，父亲和大家一样终生忘不了新兵入伍的第一夜。他们到了驻地的第二天早晨5点半，天刚蒙蒙亮，嗒嗒，嗒……起床号声响彻军营，4分钟集合完毕出早操，就连解手方便的时间都要抓紧，洗漱后6点钟就投入紧张训练。

新兵连队集合整队完毕，营长彭克定宣布：全体新兵弟兄们都有了，你们将历经“魔鬼”般的磨砺、“地狱”般的训练。不然成为军人会有缺憾，是不完整嘀！要想活命，你必须承受下来，承受不是苦难，也不是沧桑，是历练。要在历练中去领悟，沉淀战技术本领，感知军人生命的厚重，通过实战来检验我们的训练效果！

大家有没有决心……我们齐声应答，有……大家有没有信心……回答更加响亮，有……彭长官说道：弟兄们，大敌当前，我们要不畏强敌，为保卫国家，为民族而战，坚决打败日本侵略者！下面各排分别展开训练。

随着口令声，整齐的脚步声、哔哔……有节奏地响起！

200师全新德军样式严格的战前科目训练开始了，最艰难的单兵战术科目和穿越障碍训练，由彭（克定）上校在场组织进行，完全超过人的身体极限，一般人是承受不了的。战车驾驶训练科目相对其他战术科目来说体力消耗较少，驾驶、车载、火炮操作主要动作协调配合。即使整体综合训练过程中，我们大多为学徒受过前期训练不在话下，始终保持钢铁般品性和风骨，一周后就基本适应下来了，心灵和身体经受住了严酷的考验。

父亲反复地说，训练是相当苦的，没谁是孬种。吃饭时，都要站队喊口号：“刻苦训练，驱逐倭寇……”等等，倒是我们每天吃两顿，有大米饭管够，隔两三天就有肉吃，只是白面馒头少一些，炊事班可能是湖南兵，菜里辣椒放得太多，不太习惯，总的感觉生活上还蛮不错，吃得饱，能够承受临战训练的生活所需，我们没有出现一个逃兵。

他们在近一个月的训练场上，顶着烈日强化训练，每天一身汗水一身泥，超越自我，淬火成钢。进一步巩固提升了入伍前部分军事教育科目成果，还掌握了装甲坦克战车的驾驶技术及车载火炮操控等，同时也磨炼了个人意志、韧性、毅力和胸怀，融入了国民革命军第一支“钢铁”般的部队。走起路来，个个精神抖擞，穿上黄色的土布军装，感到很自豪，驾驶着战车颇感威风凛凛。

据先期入伍的老兵介绍：今年4月，我们这批新兵入伍前不久，以原团长杜聿明担任200师师长后，组织全师开展了联合军事演习（是指在上高与国军第二十集团军），以测试对机械化部队的运用，大展了我军军威！记得当时教官对新兵讲“你们要向老兵看齐！平时多流汗，战时少流血，来不得半点虚假，我们要面对的敌人也是训练有素的，在战斗中是你死我活的决斗”。

经过强化训练，还有夜间训练，他们基本塑造成为一名合格的抗日战士了！在完成计划内所有必训科目20多天后，父亲被分配在师汽（战）车团的战车营当看（医）护兵，随营部在湘潭师部集结待命。

他回想这期间，脑海里总在回荡着应城听过的电讯广播“……战端一开，那就是地无分南北，人无分老幼，无论何人，皆有守土抗战之责任，皆应抱定牺牲一切之决心……”这措辞空前坚决，充满民族血性，字字铿锵有力，让人们热血沸腾，句句激奋着我们这些刚入伍的新兵。

他还深情地说：“在湘潭临战训练期间，利用训练间隙时间，与天门的伯父母写了一封简短的信寄去。首先，感谢他们多年的收养和培养教育，现在经过正规部队的严酷训练，身体更加结实，战术技能进一步提升，还学会了汽车驾驶技术，以及车载火炮的操控技能等等。这支部队官兵，以及新老兵相处融洽，大家苦中有乐，结下深厚的战友情谊……顺祝伯父母安好，望弟妹们专注学业，学而有成。”

寄托思念，诉说衷肠。可见，这都是一名军人在艰难奋进和慷慨赴难时刻常有的情绪表达方式。

第五章　初上战场

阵前杀敌身负伤

1938年5月，爆发兰封地区会战。父亲后来回忆："战况紧急，在5月下旬的一天，彭克定长官紧急传达军事委员会绝密电，蒋委员长赴郑州督战，薛岳长官指挥第一战区豫东兵团，命令国军第200师火速抽调汽（战）车团战车营、工兵营、高射炮队、摩托搜索队、战防炮营（均为团的建制）组成突击第一纵队。当时，我们听完开进命令，既振奋又激动，恨不得即刻赴前线把日本鬼子杀得……"

是月21日，这一铁血之师整装完毕，由副师长邱清泉率领北上从湘潭乘军用专列开赴河南开封，以摩托化开进兰封县区域，配合友军对来犯日军进攻作战。装甲汽（战）车营部随行人员奉命跟随彭克定营长，下火车后靠前指挥各分队，利用夜幕乘坐德式战车开往进攻出发阵地，主要任务是抗击日军土肥原师团，保证陇海铁路畅通。

父亲与从应城入伍的几个同乡被调到前卫连，臂戴红十字袖套，兼任医护兵，会同维章医院同期学徒田二饶、邓汉汝等战友，组成装甲战车营战地救护组。

在开进路途中私下议论，他们各自把心里想法说了出来？……喂喂！战场上是什么样啊？面对强悍的日本兵如何应对呢？一致说：你不干他，他就干你呗，肯定是先下手为强嘎……看样子，难免都有些紧张和急躁情绪交织在一起。

也是在后来才了解到：就在次日夜里， 200师部队协同王耀武的51师，沿贵李寨、罗王寨、三义寨一线，进入既设进攻出发阵地隐蔽展开，以苏式辎重新装备展示战力，待机初露锋芒。我们受邱清泉长官亲自带领，在师炮兵火力的支持下，突然向日军的骑兵部队实施强力攻击。瞬时火光冲天，满天烟雾弥漫，震耳欲聋的枪炮声响成一片。

他接着说，友邻51师是参加过淞沪会战的，这支部队作战非常勇敢给我们这些新兵鼓了勇气和作出示范。虽然装甲汽（战）车团战车营医护兵的大多没有配备步枪，每人仅仅配发4枚手榴弹，又不可能不参加战斗，很快枪炮声四起，只见重火器打得十分过瘾，把日军骑兵打得人仰马翻，正犹如一头困兽，掉进了油锅，穷途无路。我们原有的紧张情绪完全消除了，一下子胆量大了起来。这一仗称得上初战告捷吧！200师部队收复了圈头水口、三义寨等战略要地。

战场上，我们都很年轻，个个称得上是英武不屈的战士，边战斗还要负责抢救伤员，占领阵地时大家几乎是踩着尸体到处寻找日军遗下的武器装备。嘿！父亲运气还好发现一件古怪的“玩意儿”，赶快伸手从日军尸首上拆下来一看：哈哈！原来是一把精美的鬼子军官匕首，自己在枪都没有一支的情况下，将这把匕首视同宝贝和随身武器，赶忙藏匿腰背后拴实起来……暗暗地高兴得不得了。这把精致的匕首，也可视作打扫战场所得到的战利品。

父亲在兰封会战时缴获的日军匕首（长30厘米）。因母亲讨厌红铜质物件，父亲长年收藏于土坯墙里得以保存至今

因部队打了胜仗，大家无比兴奋，多数新兵夺得战利品，大多为枪弹和装备、食品、罐头，还饱食了一顿后，战友们都很高兴！但是后来的战例显示，200师击败来犯之敌的第三天，于23日日军以右纵队在兰封正面牵制，主力从兰封东南先向西、再向西北、最后向北，围绕兰封划了一道弧线，炮火密集，日军杀气腾腾，对兰封防线形成半包围态势。200师防守该区的部队被冲得七零八落。战车营、工兵营、摩托搜索队、步兵营各路协同作战、互动互联不上，上下官兵十万分火急？

这是友邻部队88师接替200师防务后，经过连续两天来的激战，突然又遭到日军快速部队突然袭击过来的这一天，装甲汽（战）车团一部和步兵分队在战斗中，辎重装备即战车全部损失。战场烧为大片焦土，阵地上血肉横飞，尸体堆积如山，大批伤兵血流如注，随处可见肢体残缺的官兵，哭喊声响彻一片。

父亲终生最难忘的是，有的伤员手捧着金银手镯、银圆（大洋）……对我们左手臂戴有红十字袖套的医护兵，痛苦地哀求道："好心的医官，救救我啊！俺家中，上有年迈的祖父母、老弱多病的父母亲、年幼的弟妹……啊！"可是，面对如此重大的伤亡，眼看他们悲壮和凄凉的样子，负责补给和接送伤员的老百姓担架队，确确实实是无能为力呀！深切感受战争就是这样的残酷无情。

父亲当时正在兰封200师防务一线堑壕内，包扎救治一个头部受伤的我军少尉军官，正起身准备背他时，突然听他喊：鬼子！话音未落，见他右手举枪"叭……"随着枪响，一名冲上堑壕边上的鬼子应声倒下。紧接着又一名鬼子举着"38式"大盖步枪从父亲侧后刺来，父亲此时满腔怒火涌向心头，凭据着从小练就的拳术，手疾眼快的一闪，趁敌立足未稳，将其按倒在地，顺势骑在敌人身上，从腰间拔出3天前得到的日军匕首，使劲往敌人胸部猛刺数刀将其毙命。

一看，大半个身子喷溅得血迹斑斑……又听到旁边还有一阵阵凄凉的呼救声，他顾不上这么多了，急忙背着了这位少尉军官往山下跑，交给了迎面而来的两个战地担架队队员，气喘呼呼地急忙往回走。这样成天来回抢救伤员，情况危急时还要投入战斗，应对各种突发情况，他已经疲惫得力不从心了，但仍无法完全救下众多伤员……

后来他说，尽管身怀绝技，但在这样的战场上，子弹和弹片四处横飞，陷于一片火海硝烟当中，非死即伤，能活下来也确实是天大奇迹，这是父亲出来当兵首次刻骨铭心的战场记忆。

5月23日，应该是父亲最倒霉的日子。父亲回忆说，那天傍晚，天空中仍传来阵阵枪炮声，他拣了一件军服换上，和一起在应城维章医院学医的学徒，同期入伍的田二饶分头带着几个农民兄弟和学生，忙于转运伤员。在这回撤过程中，大家已经疲惫不堪，夜幕逐渐降下，此时炮弹爆炸的频率稍微少些，我正准备向田二饶所在方向运动时，只听前方十来米外一声巨响，突然火光四起，瞬间传来恐怖的冲击波，顿时泥土、灰尘伴随弹片铺天盖地的压来。哎呀……一块弹片击中我头部左额，自己感到眼前闪现着血光，随及一片黑蒙蒙的，一阵撕裂的剧痛后，即应声倒地，被重重地跌进堑壕里，意识到自己是受伤了，突然脑子一片空白。心想，完了！很快就人事不省的昏迷过去……

后来才听战友们说，这一天他所在的装甲汽（战）车营遭遇日军战防炮兵部队的阻击，进攻出发时的战斗队形已经被冲散，而且损失十分惨重。正在这时，一位姓桂（永清）的上司下令部队撤退，而部分辎重部队迂回到同样准备撤退的国军第88师防区，但这时的200师战斗建制基本乱套了，步战车协同作战跟不上，可尚未接到撤退命令的步兵营分队，独自与日军的激战仍在进行，伤亡人数挺大。装甲汽（战）车营一部阻击日军不力，只好转为接应步兵撤退。

同一天，在兰封地区以东的中国军队继续进攻留在此地的日军右纵队。以日军联队为主的右纵队不堪重负，于当夜迂回向西进攻兰封。正面防御前沿的中国军队仅有一个旅，已经经过几天血战，消耗很大。面对日军的包围态势。据说师长龙慕韩未经请示，也在23日擅自率部向北面撤退，致使日军右纵队不费一枪一弹占领兰封。

长途跋涉返湘潭

在回撤的路途上，父亲听邓汉汝含着眼泪哭诉着讲：5月23日事发当晚，大敌当前，战斗十分残酷，败阵下来的国军兄弟们开始四处逃散。那时已经接近黄昏，日军的炮击结束后，估计鬼子要冲上来了，我们正从山道上绕过，避免与日军的正面接触，邓汉汝负责接应随老百姓救护队搬运伤员路过这里。

邓惊讶道：哇……万万没有想到？竟然发现他们一起入伍的田二饶（医生）与其他尸首裹缠在血泊里，他肢体残损不全，已经为国捐躯了。

这突如其来的惨境，感到万分悲痛，欲哭无泪呀！还未转过神来，又见父亲血迹斑斑地倒在壕沟里，他们凭经验看，确认我父亲还没有死……估计是被炮弹震晕了，邓随即招呼赶快帮着进行简单包扎后，用担架抬上父亲，把他救了下来。

听邓汉汝讲完事情经过，父亲悲痛欲绝，一下子感到脑袋要炸开似的，好像战场上一股浓烈的怪异气味扑鼻而来，就回不过神来，又处于昏昏欲睡中，觉得田医生生前的身影，在自己脑海里不停闪现……总是呈现战场上那悲壮的惨境。通过夜以继日的长途颠簸，也不知道过了多久。

25日夜间，大概是快到河南许昌换乘火车时，只听瞬间响起“哐当，哐当……”“吱，吱……”的刹车声音。父亲自个情不自禁地大声惊叫：哎哟……才再次苏醒过来。吃了几口邓汉汝递给他的馒头，喝了几口水，又一阵阵头晕、心烦、呕吐得要命，还伴有阵阵的恶心难受极了，自己用手颤抖一摸，才晓得左额头大半部分被绷带包扎得严严实实，眼睛什么也看不见。

旁边传来同乡战友邓汉汝的声音：“永龙，你惊叫么子呦，吓死人嘞……我们已经和大部队失联了，只要认准往后方撤，无论遇上火车、汽车就挤上去了。你看呦！是我啊？你头部受伤，被炮弹震晕了，你已经昏过去几次，这次昏迷好长时间啦！还有51师的几个兄弟，也只好由我护送你们几个，准备转乘火车到200师后方医院救治。”

听他这么一说，由于夜以继日的紧张战斗，加上疲劳和饥饿，父亲如做了一场噩梦醒来，有气无力的。唉……叹了一声。这才完全明白过来，现在自己已经与几个战友同样筋疲力尽，浑身沾染泥土，身着血痕侵蚀的破烂军服，与200师和51师的伤病员同坐在一辆车上，除了车轮子的颠簸声外。战场的轰隆炮声，已经远离他们而去！

到了26日凌晨，他们换乘火车后，沿粤汉线南下，沿途都有退下来的散兵挤乘此次客货混合列车。车厢里、车顶上都挤满人和形形色色的随身行囊。夜深人静，听着“嗯……”“呜、呜！”“咔嚓，咔嚓……”的火车鸣笛和的轨道声响，他们很快进入湖北老家境内。

好像是在武昌火车站，除了往车上补充给养，觉得上车的人更多，只见车刚停靠下来，声音更繁杂，形形色色人就争先恐后地挤上来。看上去，大多为武汉各大政府机关人员、学校老师、学生和大批随身物资，都是往湖南、广州方向转运。

他们5名伤员，坐在一节货车厢内，一心想着找自己的部队医院去医治，只抱着要回到湘潭找到留守部队才是最终目的地，根本没有任何下车回家的想法和念头。

自战场上下来两天后，他们在长沙火车站下车。在熙熙攘攘的人群中，天气炎热得很，他们衣衫褴褛，一个个黑乎乎、脏兮兮，疲乏地坐在火车站站台上，很是可怜和狼狈的装容，浑身散发着一种难以表述的腥味……正在束手无策焦急地等待时，有一位好心的中年货运司机走过来，询问后并得知他们是国军200师的伤员，从河南兰封作战中受伤退下来的，就唠叨起来也显得亲近，经一番友好交谈，货车司机还给了一些煮熟的红薯充饥，司机说正好要到湘潭运送物资，同意他们搭乘自己的车子寻找师野战医院。下车后，到湘潭又折腾了一阵子，根本就找不到什么师后方野战医院。

最后，找到原出发时的兵站驻地，其实是几间营房并由湘雅医学院几位师生临时开设的民间战地救护所。在这里医治的受伤官兵数十人。邓汉

抗战时期国民革命军宣传画

汝自发承担的护送任务完成，这个救护所人手少，留下来在救护所帮忙……父亲的脑额门上伤口经治疗逐渐好转，经所里湘雅医学院教授诊断为脑震荡后遗症、外伤性癫痫，也无大的身体妨碍。

父亲伤口虽然未痊愈，也主动地在所里帮着看护伤员。打听消息后才知道，在装甲汽（战）车团少量散兵迷失方向，往西南方向退走的同时，集结号已经吹响，200师主力也往河南开封转移了，无数的伤兵虽然顽强抵抗，但大多杀身成仁、或做了日军的俘虏。这场战斗完全是一场“绞肉战”，仿佛血腥味、火药味……扑鼻而来，至今还没散去。只见遍地横七竖八，敌我双方的尸体，交错一起，血肉相连……简直不堪回首，真是惨绝人寰！我们活下来真的是万幸啊！

生死离别接家书

父亲他们在湘潭救护所看到《战况简报》得知：1938年5月底日军攻陷徐州后，决定先以一部兵力攻占安徽省安庆，作为进攻武汉的前进基地，然后以主力沿淮河进攻大别山以北地区，由武胜关攻取武汉，另以一部沿长江西进。后因（6月9日）黄河决口，被迫中止沿淮河主攻武汉的计划，改以主力沿长江两岸进攻。

在上述背景下，父亲切身体会道：世间最苦，不过别离。即是生离，苦。死别，伤。

6月2日（农历的五月初五）这一天是端午节，他难以忘记在湘潭民间战地救护所时，几经辗转和周折，竟然接家里来信，万分惊喜！忙把民众犒劳伤兵的两个粽子顺手放下，方知这封信是上个月从潜江县城寄来的，而且是一个多月前就写的了，用的白话文。拆开信封一看，是请别人代写的。信中写道：

“大黑，吾儿！你离家已经五六年了，在你走后一年后，你的媳妇极度伤悲，忧郁成疾，不久就离开人世了……作孽啊！往事不提了，盼你自重？”

读到这里，他呜咽起来，泪水直奔而下，犹如伤口上被撒了盐一样的疼痛，极力克制着继续读下去……

“前不久，到天门县城你伯父（子荣）家，向你伯母打听，才知你从应城加入200师军队。你们装甲汽（战）车团驻防在湖南湘潭，据说距离宝庆（现邵阳市）不远，想你一人在外不容易，你三叔崔子富有函告知家中，他现在湖南宝庆167后方医院工作。说是院长呢！无论如何？毕竟是你的长辈，望你抽空去看一看，找找他或许对你会有帮助……切记，切记！”

父亲看完信后，心里很沉重，他远眺窗外，阵阵心酸苦楚难以倾诉。自个意识到：自1934年离开张港夏场老家后，这是毕生第一次收到父亲崔子华的来信，或许就是最后一封来信了！信中所及家事，备感悲喜交集，心情久久不能平静，几天来夜不能寝。

尽管信是别人代笔，信中所言与事实相符。回顾13岁的时候，就这起婚姻来说，主观上属他年幼无知，客观上纯属家人包办，我的爷爷想把他永远困在家里，并充实家中劳力或者说是蒙蔽而来，只是一厢情愿，双方彼此间实无“夫妻”感情可言，事到如今，只能怪怨那个时代，可怜这相处不到3个月左右的媳妇，成了封建婚约的牺牲品……

他未曾考虑爷爷来信倾泻慈悲而后悔，相反认为今天如此宽厚，又何必当初呢？也说不清是怨还是恨，眼看旁边放着的两个“甜甜的粽子是思念；青青的粽叶是惦念；黏黏的糯米是挂念；句句的言语是想念”，总觉得心里万分愧疚，难受至极，叹息不已。

过了一会儿，自己慢慢镇静下来，挥起手臂擦干了泪水，坦然下决心淡忘吧？不去想这些家常琐事了，当务之急是尽快养好伤、寻找抗日队伍去……大不了马革裹尸，战死疆场！

寻亲绝望遭落难

留守丹心寻报国，千行泪水妄思亲。就人的生命只有一次，要活得有意义，要死得其所。他们在兰封与日军之战都是九死一生，就目前国难当头，应先有国，后有家。既然已经参加抗日的队伍出来了，一定要将驱除侵略者为己任，洗刷自己人生之过错，为国家、为崔氏门中争光！

就在6月5日当晚，他抱着为国牺牲，无上光荣的信念，与邓汉汝商榷下一步的去向打算。他俩在月光的照耀下，相向坐在屋外，父亲把家中来信的相关内容，即告诉邓汉汝："我三叔崔子富，现在宝庆167后方医院当院长……"两人喜出望外，仍久久迟疑不决，想了一会邓汉汝才说："永龙兄弟，现在你的伤基本痊愈了，虽然在湘潭救护所，可以边干边学再积累经验，展示我们当学徒期间的医疗技能，为抗战尽自己的一分力量，但救护所是临时性的，我们在此也没有什么编制和名分，不如去找……"

说到这里，两人不谋而合，第二天邀约一起寻亲去了。他们雄心勃勃沿正西方向，一路徒步，或是搭乘便车，经湘乡、双峰县、奔宝庆167后方医院找崔子富三叔。啊！两天时间里昼夜兼程，行走200余公里。到宝庆后，来到城郊附近。

倒霉！只见一些空房子，经多方打听，人家告诉他们，这个部队医院开到衡山方向去了……

父亲回忆着说道：当天晚上，又往衡山方向走。可是他们举目无亲，还要躲避日机的轰炸或对地面目标的扫射。钱已花完，起码的路费也用完用尽，接连数日饥寒交迫，只有乞讨度日，有时一个白薯俩人分着吃。走啊，走啊……半路上遇到一个逃难来的和尚，他主动招呼道："阿弥陀佛……两位军中施主不往东边抗外敌，竟往南走，意义何在呀？"我们瞅他一眼，没搭腔，他又说："不会是到衡山皈依佛门吧？！俺们同路，不妨坐下歇息……"邓汉汝扯了扯我的衣服，就在草地上坐了下来。

和尚从他背着的包袱里拿出一个高粱馍馍，分成两半递到我们手中，我俩饿极了，双手捧着半个馍就啃起来。他见我们鞋子磨烂完了，就去割来一捆山草和两棵小木桩，还手把手地教会我们自个编草鞋穿上。

我们三人结伴往东又走了两天两夜到衡山，按打听到的地方，与和尚告别，我俩过河去找，好不容易到了河对岸。经过打听，得到的答复是

167医院前天夜里就开走了，老百姓说是往东北方向去的，具体去什么地方谁也不晓得。

唉！简直是大失所望，筋疲力尽了。为什么如此不尽人意呢？彻底失落的心情，真是难以言表，怎么办呢？如果返回郑州前线寻找200师汽（战）车团也不现实。在这种情况下，他们走投无路，只有沿路继续讨饭度日。但这也不是办法，若是北上返回老家呢！战事吃紧，沿线是日军的天下，更是行不通。

到了6月中旬听人们道听途说，与《战况简报》介绍的差不多，5月19日，日军攻陷徐州，郑州危急，武汉震动。随后，蒋介石下令炸开郑州17公里处的黄河花园口大堤。因黄河决口形成大片黄泛区，使日军武汉会战的进军路线也改变了，情况变得越来越复杂。

黄河决口改道，流离失所的灾民

又听说退至郑州的中国军队，包括200师也免遭日军追击之苦。黄河溃堤事件发生后，人们议论纷纷，心情烦躁得很，不晓得如何找自己的部队，更不晓得如何寻求抗战之路。父亲与邓汉汝只好就近找到当地保安团——衡山常备队，当了3个月的队部勤务兵做些杂事。

父亲几乎每天为队长姨太太烧洗澡水，还要大桶地往楼上提，每天做些伺候人的事，感到备受委屈和耻辱；邓汉汝过去除当过医护兵外，还当过一般的文化兵，对军队的一些管理要知道得多一些，就帮队部文书造名册等，十分受气，也不是滋味！他俩飘浮于外，愁思难忍，伤感无穷，思乡心切……

遭遣散流落他乡

1938年7月下旬，在这个酷热的秋天还下着雨，邓汉汝满腹牢骚地冲着我父亲嚷嚷：永龙，日本鬼子往武汉攻打的路线改变了，去郑州找200师的部队也不可能了。我要回湖北去，到汉水南岸的游击队参加抗战。还说回家乡对年迈的父母亲也能有所照应，并且说这个常备队如此懒散，不干正事，在此作威作福，成天欺压老百姓，大失所望，有么子搞头？实在待不下去了，你走不走？我倒是要走哟！

邓又讲“永龙，记得在我们加入200师汽（战）车团之前，一起慰问的那支滇军部队吗？人家从云南从昆明大老远地徒步到了九江后，才乘船到武汉又徒步来到孝感地区驰援我们，转战台儿庄立下汗马功劳，他们这支部队打完徐州最后一仗，已撤往武汉休整；在徐州会战中他们担当70万大军的后卫部队。据说撤往武汉时伤亡过半（据查，此时军事委员会已将滇军60军、58军和新3军组成第一集团军参加武汉保卫战）。你说人家远离自己的家乡来打击倭寇，就是说家是最小国，国是千万家，有了国家焉得小家呵！我们到底该不该回家乡，打他妈的东洋鬼子呢？”他还告诉父亲说：“你晓得哦？在兰封你受伤时，在你伤口上敷的就是那位滇军长官给的云南白药……”

这么一说，父亲倒是想到了，邓是一起出来的同乡，又是亲密生死战友，对自己还有着救命之恩呢？特别是徐州地区（兰封）作战中，我们与滇军并肩作战，滇军将士英勇善战，若是能参加这样的部队当然好噶。但敌情、社情复杂，能行吗？然而相对俩人来说，父亲对家的观念淡漠，对国的意识强烈，与邓汉汝的认识不一样。

父亲三番五次劝说他：人生有尺，行事有度，心静则尺平，心明则尺准，不要盲目地走啦？等有机会，我们可以再去找正规部队嘛！哪里都可以打仗，始终要到抗日战场上去，为死难的弟兄们报仇呵！而且还告诉他，前期都是我的错，信息不对称，尺度没有把握好。我俩从湘潭、宝庆、衡山一路上，艰辛的乞讨。眼前就说境内日本特务活动猖獗，土匪又多，路上的安全也是问题。可邓汉汝就是不听劝告。

双方争执好一阵子，各执己见，还撕打起来，邓汉汝被父亲打趴在地上。邓知道不是父亲的对手，气喘吁吁地爬起来，进到屋里换上一身老百姓的衣服，从自己包袱里拿出两本书，一本《验方新编》和一本《中国针灸穴位图册》给父亲留作纪念，父亲把一支美国派克钢笔送给他，这也是父亲身上最值钱的东西了。双方仍依依不舍，脸庞都被泪水润湿了，过了一会儿，邓眼眶含着泪花，独自淋着雨离开了衡山。自此，父亲时常想起他，但不知他的去向……

自离开应城从军以来，他和邓汉汝朝夕相处、生死与共，相依为命，在邓走后的时间里，说句知心话的人也没有，心里空荡荡的。总觉得家乡在辽远天涯，望不见也回不去，特别是那个时候，家乡武汉保卫战自6月以来，对日本侵略军的作战激烈，无比思念远方湖北潜江、天门的亲人……

邓汉汝送父亲的《验方新编》《中国针灸穴位图册》

一天中午，还没吃完饭呢？流落异乡游子的思念故乡情绪还没稳定下来，时任队长突然宣布常备队解散，就其原因什么也不说，搞得大家不知所措，如何是好呢？这对于父亲一个外乡人来说，又面临着何去何从的问题……

正在焦虑之时，还好常备队一位姓汤的分队长，身体长得比较壮实，思想比较进步，为人比较公道正派，对身边人富有同情心。见他平常善于关心穷苦百姓疾苦，据说他曾经在湘军队伍干过救贫会成员，接受过打富济贫，灭财主，驱洋人的思想影响，估计是共产党的地下交通员。也是基于父亲平时与其相处甚好吧，他看父亲心烦意乱，来回地走过去走过来，对父亲落到这种无奈的境地深感同情。

只见汤队长手提一包行李，走到父亲身边说：同是天涯沦落人，相逢何必曾相识。永龙兄弟，我家住在位于衡山东北部的沙泉铺，你一个外乡人莫有地方去了么？跟我走！到我家在上几天再说，父亲一听，有这样的好心人暂且收留，当时别无选择，也根本没想太多，只好依他而去。

当天，走了十多公里路，到了称之为沙泉铺的小镇上，只见此处青山绿水，环境优美。记得在他家住宅附近，土质都是沙地，周围有沙涌泉水环绕。从他家的房子来看，算得上富裕家庭，家里老小十分热情和蔼可亲。

在汤队长家住下来后，父亲想总不能闲着没事，就帮人家做些家务事，义务帮他家的邻居看看病，其实也只是帮人家扎扎针灸，拔拔火罐，缓解病痛，自己充当了山村杏林人。就这样，一天天过去也有了一定的生活基础和群众基础。除此之外，那时小镇上李老倌家里收藏有《水浒》《三国演义》《资治通鉴》等书籍，父亲借来一册，看完还后又借下一册……尽量在空闲的时间里看看书，以此消磨时间。

大概8月初的一个夜晚，汤队长从身上掏出一份传单给父亲看，内容是：4日，湖北省党部发表的《为疏散武汉人口劝告民众书》，要求市民们和军委会外的政府机构和社会团体撤离。待父亲看完后，汤队长说：我认为，现在政府是避免武汉重演南京沦陷时的悲剧，才决定疏散撤退的。永龙兄弟，即使你要回老家，也是不可能了，你以为是这样吗？父亲听后，并没有回答，而是沉浸在一种万般无奈，无比痛楚的忧愁之中。

几天后，汤队长看见父亲仍然心事重重，神秘地对他说：永龙兄弟，你是知道的，暗地里日本特务活动厉害，如果晓得你是抗日积极分子或者疑似共党分子，肯定会掉脑袋和引来灭门之灾的。我看得起你人品好，能守信，讲义气。既懂医，有手艺，打过仗，我们一起寻找机会投奔队伍打日本小鬼子去吧！

他这严肃谨慎地一说，正合父亲的意思。就这样秘密商定以后，汤队长先到衡山县城了解情况，以帮助父亲找工作为名，并且就在当日，他十分小心谨慎地去县城打听情况，诚然两个打算悄悄地离开沙泉铺……父亲只有耐心地等待着汤的归来，祈望会不会有转机？

衡山周边地貌

第六章　重返部队

衡山再着抗日装

根据母亲平时口述得知，1938年7月后，她从长沙湘雅医学院回到姨父母家中，相比充满活力和静寂的校园生活，难免产生很大的失落感。在家里一个多月无事可做，欲想知道学院西迁和复学；以及留守师生筹办前线医疗队的消息也没有？除看看书，与外婆一起帮忙照护年幼的军伟表姐、大辉表哥，带他们在户外玩耍，自找乐趣。

大浦镇为进出衡东的门户，由于日本鬼子的进犯，姨父凭过去积蓄的资金和原班游击队的人马，拉起了一支抗日游击队与日军周旋。这惹来镇上的汉奸、特务向日方通风报信，成了日本人的眼中钉，对他恨之入骨。日本特务企图利用、抓捕、杀害其亲人来打击游击队，镇压抗日活动。

也就在这年8月的一天，雾茫茫的，气候有些闷热。担任游击队队长的姨父朱楚雄，让人带了一封密信并亲手交给姨妈康洁。姨妈拆开密信一看，急忙跑回家中压低声音对外婆和我母亲说：情况紧急，明天有人（日本特务）来抓我们……赶快收拾东西离开这里啊！一家老小当天夜里就跑出大浦镇，只见一群可疑人员往姨夫家方向住宅靠近。姨妈为了诱惑对方与家人从不同方向跑了。

右 朱军伟　左 朱大辉

事后，才晓得姨妈早被日本人和汉奸盯住了，她多方辗转，径直乘火车到了广州。后来，母亲和外婆、表姐、表哥等老老小小4个人，在镇上游击队员的帮忙下，坐上事前雇用的一辆马车，回到南岳曾外公家，总算摆脱了日本特务和汉奸盯梢带来的恐惧和危险。

1938年9月在衡山县城得知，长沙市为防止日军进犯，湘雅医学院陆续西迁贵阳了，同期考入湘雅的谭正（贵州独山人）同学抱着强烈的爱国之心，产生弃学的想法。在西迁前，她本来想先行一步回贵州老家的，在途经衡阳时为抗战突然改变主意，也因要参加抗战心情迫切来到了衡山找到我母亲，不愿意回她自己的家乡贵州。她们一起与昔日的湘雅医学院同学们会合商洽今后去路。就一起在县城里走访一些同学和伙伴，了解对日作战进展和局势发展情况。当时深受街头巷尾处处宣传抗日救国的思想影响，同学们一致表态："湘雅人，必报中华"，产生就地参加抗战作贡献的初心和想法。

都是在同一个时间，同在衡山地界上。即9月中下旬的一天傍晚，汤队长外出到衡山县城返回沙泉铺镇后，他告诉父亲日本人的新攻势会很快实施，湖南面临的抗战形势非常严峻。听人们说来，由于长沙战略位置上的极端重要性，中国方面早就判断日军必将进攻长沙城，全体军民都投入抗击日军来犯的准备啦！他把这些消息告诉父亲，并且说，有国才有家，国亡家将破。他约父亲同他一道进城，进一步看看情况，再作下一步的选择，父亲同意了他的建议。

生吾楚人，育我华夏。父亲说第二天一大早，天刚蒙蒙亮，他俩携带简单的行装和依依不舍的心情与汤家的亲人和邻里告别，步行离开了沙泉铺，一路上边走边聊，汤还提醒，这一带日本特务和汉奸活动很多，如有人问，就说只是想去衡山谋生，以免日后给村子里和家人造成不必要的麻烦。两小时后就到衡山县城了。

父亲跟着汤队长到了县城，他们在沙泉铺所策划的"神秘"计划也就不用保密了，其实汤队长来回跑县城是为他们组织上的事，父亲这才明白过来，也没必要多问什么了。仅是相互之间打完招呼，离别般的拥抱了一下，只见汤队长从自己身上拿出一本毛泽东《论持久战》在父亲面前一晃，且示意不便公开（共产党员）身份。看来是事前与别人有预约似的，他直奔国共两党合办的南岳游击干部训练班筹备会去了，显然是作为军官加入干训班了。离别时，他们都相信在抗日救国的道路上，只要彼此活下来总有一天会见面……

相识看护训练班

父亲到了曾经在常备队生活过3个多月的老县城一看。嘿嘿！宣传抗战的气氛更是空前活跃和高涨，他赶紧换上一件粗布军衣，意在引起征兵站的注意，只为抗日救国再奋力一搏。而此时的县城，随处可见社会各界人士宣传抗日救亡的群众活动，县民国政府广场还设置了兵员征集站，前来办理征兵手续的年轻人很多。但最吸引父亲的是“国民革命军第6军野战医院看护训练班招考处”，而且这里相对报名的人少一点，大多为青年学生，可能是因为要求征集专业条件比较高的原因吧！

经现场介绍父亲才知，为了增强第九战区防务作战态势相对稳定，中国军队包括原来的200师也在陕西进入整训扩编阶段。1938年8月，以第5军在湖北崇阳93师为基础新组建的第6军，及所属野战医院是在医护人员短缺的情况下，就近收编湖北、湖南等地区医学院校撤退、疏散和流亡的师生以及各种医疗机构等专业医护人员，通过组织战时看护训练班，进行军事医学专业训练后充实到部队医院，以担负全军的卫生勤务保障。

父亲在国民革命军第6军看护训练班招考处停顿下来。只见招考处团团围拢着一群年纪在17至19岁上下，花容月貌的少女。看上去，她们个个朝气蓬勃，美丽动人，活泼可爱。她们见父亲身着整洁破旧的军服也来报名，十分好奇，纷纷过来打招呼。

父亲见到其中一位个头不高，身体姣好，着学生装，留有短发，热情奔放，尤为漂亮的女生，一下子就被吸引住了，她也瞧见了他，并面带笑容自我介绍叫——康华卿。他一听口音就知是本地人，俩人既有一见倾心、情投意合的感觉。母亲好奇地问这问那……得知他从战场下来的曲折经历后，对这帅气十足的小伙，更加热情和爱慕，或者说是怜悯和同情吧！父亲处在这样的尴尬场面心跳加快，不适应突如其来的关心、理解，握着母亲娇嫩的手，看着她迷人的眼睛……缘不知所起，却一往情深。

在热闹喧哗的现场，大伙在看护训练班招考处填写了学习和个人简历，报完名后，她们带父亲在街上并一起凑钱买了一套西服给他，带他去相馆照相；在书市顺便买了几本必备的英译《解剖学》《外科学》和《药理学》，以及出自对祖国大好河山的无限热爱，欲识别走过的战斗历程购买了《中国分省图》《东洋历史地图》等书籍。她们一起的几位女生请父亲吃了饭，还帮他安排了住处，帮助父亲学习时事和复习基础医学知识。几天后，又邀约一道赴考场应试，真是热情周到，让他过意不去。

1938年8、9月间，父亲在衡山县城留影和购置的书籍

通过紧张、严格的军政时事、医学专业笔试和面试后。父亲回到住处，次日在小客栈住处煎熬许久，等待着傍晚时分张榜75名考生的各科考试成绩。嗨！来到指定位置一看，终于如愿以偿，父亲十分幸运地考入国军第6军看护训练班。其在大红纸榜上，好一首工整的楷书，用浓墨书写着：康华卿，总分成绩名列第一名；崔永龙，总分成绩名列第二名……

父亲此时此刻的心情，不亚于过去的金榜题名，好像中“状元”一样。高兴的呵！这第一名的桂冠不是自己，而是戴在他心中的恋人头上，情不自禁地跳了起来！父母以优异一、二名成绩考入6军看护训练班并成为录取生，父亲再次成为光荣的中国抗日军人。嗨呀！这一班年轻人，不光父亲和母亲激动，几十名录取生都欣喜若狂，一位同学跳到台上指挥，领唱了最流行的《毕业歌》：

同学们，大家起来，
担负起天下的兴亡！
听吧，满耳是大众的嗟伤！
看吧，一年年国土的沦丧！
我们是要选择“战”还是“降”？
我们要做主人去拼死疆场，
我们不愿做奴隶而青云直上！
我们今天是桃李芬芳，
明天是社会的栋梁；
我们今天是弦歌在一堂，
明天要掀起民族自救的巨浪！
巨浪巨浪不断地增长，
同学们！同学们！
快拿出力量，担负起天下的兴亡！

1938年9月的秋天，在那热血沸腾的抗日烽火年代，衡山城内第6军看护训练班开训的第一天，举行了简朴而热烈的开班动员仪式。仪式由第6军看护训练班的教育主任方景凤（湖北黄陂人）少校主持；军部派出军医处处长赵侠梅（浙江人，第6军甘丽初军长的内弟）进行开班训示；母亲因入学考试名列第一，作为新学员代表，她操作浓厚的湘音在会上表态发言。

开训两周（10月20日）后，看护训练班组织了期中考试，她同样考全班第一名，这天又恰巧是母亲19岁的生日，要好的同学们借助母亲生日同时庆贺她再次考第一。谭正、邓韵等来自湘雅医学院和护校几位同学的齐心张罗下，利用这难得的机会她们自发组织了联欢会。凑巧姨妈从广州回到南岳曾外公家有些时日，那天带来外婆对母亲的生日祝福，一大早从南岳来到衡山，送给母亲一大包她最爱吃的东西，充实了联欢活动的食品需要。

左起为：母亲、谭正、邓韵、姚宁

就在那一天，这一群风华正茂的青年，在即将面临战争的生死考验之际，喜悦、迷茫、焦躁交会一起。也借以缓解战备紧张复杂心理和浪漫色彩的表现，几位女生高兴之余，邓韵给大家通报“武汉会战打得很残酷，日本人违反国际法，惨无人道的使用生化武器投掷芥子毒气弹，致使疫情蔓延，当地军民深受其害……”听完这一消息，大伙愤愤不平，痛斥日军暴行。顿时想到了刚开训不久，就被选派到鄂南军直属野战医院医疗分队的10名包括我父亲在内的男生，也不知他们加入武汉保卫战后的情况。

在生活中，那有少男少女不怀春的，此时母亲也流露出对父亲这个英俊少年的深深思念。凭在场女性的第六感官，大家更是想到入学一、二名考生之间的姻缘上来。蓦然把时间回溯至上月中旬，曾发生过父亲送匕首给母亲那一幕，掀起对他俩初恋之情的联想？她们一伙人进行恋人派对，几个人扮演相应的角色。自然、阳光、真诚、开朗的母亲再次成为这场闹剧的主角——崔莺莺，由个头稍高一些的姚宁同学代替父亲扮演——张生；谭正同学自告奋勇充当小红娘，戏演一场所谓金榜捉婿的“闹剧”。这是她们风采和才华在美好的时候，欣然产生出来的乐观主义浪漫情怀，同学们齐声唱起《西厢记》红娘京剧片段：

小姐小姐多丰采，
君瑞君瑞大雅才。
风流不用千金买，
月移花影玉人来。
今宵勾却相思债，
一双情侣称心怀。
老夫人把婚姻赖，
好姻缘无情被拆开。
你看小姐终日愁眉黛，
那张生只病得骨瘦如柴。
不管老夫人家法厉害，
我红娘成就他鱼水和谐。

从此，在同学们心目中，视他俩为非一般同学的关系，父母似乎也默认下了这份终生的情缘。再说一群芳龄少女们欢聚一堂，气氛活跃，充满生机，情景无法用言语表达。母亲曾多次看着下面的照片回忆说："那天过生日和庆贺我考第一的联欢会上，大家又喝、又唱、又跳……无拘无束的抒发情感和充满激情，不停敬酒，我自个喝了过量的红酒，略有了几分醉意。至此之后，崔永龙第一次成了我心目中的'白马王子'，占据自己心灵深处重要的位子。"

本来是一个简单的生日庆祝联欢活动，可大家谈笑、喝酒、用餐……完之后将结束，谭正和邓韵相继说：今天我们相聚一起，今后上了战场，还不知……她俩边说边走，顺便从附近照相馆请来摄影师，邀约同宿舍的7名女生身着配发的护士服装，抓拍了特殊时期这一难忘的历史瞬间！

这张照片，看护训练班7位"湘雅"的女同学穿着、身姿打扮和形态，到场景表现都体现了时代的特征，也表现出了抗战时期中国知识女性的爱国情怀。照片中的"白衣天使"其身段美到令人窒息，怦然心动，感觉到母亲她们心灵深处的涵养和外在之美……

1938年，母亲（中间）生日，看护训练班的“湘雅人”留下此珍贵合影

参加医疗救护队

父亲多年后说，1938年9月，第6军看护训练班开训没几天，武汉会战已经打了两个半月。一天，教育处方景凤主任急急忙忙，脸上略带几分倦意，来到看护训练班课堂上，向全班学员宣布：

同学们！昨天夜里接到军部军医处赵侠梅长官的紧急命令，急需抽调具有良好军政素质和医护专长，特别是经历实战锻炼的学员，编入军野战医院医疗救护分队，随增援部队北上抗击日寇。昨夜经教育处研究决定，抽调王越夫、崔永龙、潘声华等10余名教官、学员，马上按战时卫勤装备要求，15分钟内集合完毕到达衡山北门前往湘潭地区集结，去完成一项特殊的作战医疗救援任务。

按规定时间要求，看护训练班留下的60余名师生，带着同学之间不舍的心情，列队欢送紧急赶往前线的医疗救护分队的老师和同学，女生们泪眼挥手相送，甚至有的失声哭泣。这时的父亲看着母亲，他情不自禁走出队列，把兰封会战获得的外壳铜质装配匕首给她，差点没把母亲吓晕过去。因为父亲还不知道她有怕“红铜”物件的毛病。何况匕首把柄上的日本女人，无论哪个中国女性看见也会厌恶。……“噗嗵”母亲随手一击，打落在地上。哈哈！站在旁边的谭正同学赶快捡起来还给永龙同学，搞得父亲很尴尬哩，把当时在场的老师和同学们都惹笑起来。他迷迷惑惑地收回了匕首。一阵阵脸红发烧样，心跳更是加快了。哈哈！哈哈哈！当时在场的老师和同学们都大笑起来。

就在当天，由方（景凤）主任带队昼夜徒步近百公里，于第二天拂晓到达湘潭火车站。负责调度的一名中校军官喊：看护训练班，看护训练班老师和学员！你们编入军野战医院医疗救护分队，现在全体成员一起，立即集合！立正……向右看齐，向前看！报数！按顺序每名医护人员乘坐一节车厢。

“弟兄们，全体都有啦！稍息，准备登车……”随着口令声，看见国军第6军在湖南省境内新扩充的部队通过整训，配备了全新装备，一眼看去整齐划一，每个官兵精神饱满。他们救护队也不示弱，十几个人左臂戴着红十字袖套、身背救护包，成一列纵队整齐地站立站台上，按照分组他们很快各就各位。

想一想，确实令人们赞叹不已，他们军纪严明，士气高昂，兵强马壮。当晚在湘潭的一整列军用专列，满载新征集的部队士兵个个全副武装，头戴德式钢盔，正在吊装辎重武器和给养物资即将启运。按照预先编组的卫勤保障方案，父亲被列为第五组并随队负责本节车厢的应急救护和卫勤保障。

一路上，敞篷车厢均配备防空火力并作了伪装，沿途看得见地面部队交替掩护，浩浩荡荡从湘北进入鄂南。在接近鄂州时，天空中时而传来隆隆炮声和飞机轰鸣声，大家都明白是进入战区了。两天后就到达预定火车站。接着又乘汽车，第三天徒步抵达预定决战区域——鄂东南地区一线，即长江中游南岸的黄石港，医疗救护分队集中纳入了驻扎镇上军野战医院编制系列分队。

到了湖北西部山区后，来自湘潭新扩充的部队编入预备2师，距武汉市区90公里，并在大冶的基本防御阵地集结，担任预备队后续反击任务；

医疗救护分队加入军野战医院后，就在黄石港水运码头至大冶的道路旁边的山脚空地搭起临时帐篷，旁边停靠着大卡车改装而成的救护车辆，并实行严密的伪装，负责担任参战部队的野战救护任务。

医疗救护分队在鸡头山古战场一带，负责战场前沿伤员的临时处置，担任伤员的后运工作。这段时间各类专业技术人员很少，父亲在200师汽（战）车团所学的驾驶技术也得以发挥，经常兼职救护车的驾驶员，还必须担任伤员的临时急救任务。

相比5月底在河南兰封作战时，感到现在第6军的各级长官指挥有条不紊，步炮各军种乃至后勤保障配合有序，能够掌控战斗的主动权。父亲作为战地医护兵又一次经历战火的考验，而且战绩突出，深得方景凤等上级诸位长官的信任，从看护兵连续破格晋升为下士、中士、上士军衔。

宜都风光

匆匆一别离故乡

10月底，6军参战部队接到撤退命令！军野战医院的重伤员，纷纷转运后方医院医治和安置。从战场撤退下来的父亲随医院来到了宜都。在宜都，除工作外父亲感到特别欣喜和安然自在，其景色真是百闻不如一见。那层叠的山崖、秀丽的山峰，奇特的结构，异常的形状。山林里树木耸立，繁荣茂盛。俯首江中倒影，深深感到故乡风光无限好！现遭受日军的任意践踏和掠夺，也坚定了自己抗日救国的决心，一定要把侵略者赶出中国去！

此时，先期投入战斗的医疗救护分队，正式集中归入第6军野战医院的建制，全体医务人员从战场角度组织更深层次防生物、化学武器等细菌感染及洗消病毒、毒气对军队战斗力和重要目标的防护训练。同期，看护训练班抽调出去的10几个学员也恢复业务培训。

到了1939年3月中旬，留在衡山的看护训练班60多名学员也到此集中，整个看护训练班合并完成后续的增补科目训练课时和内容，个别进行必要的补课教育和进一步提高医疗技术水平，统一进行各课目的结业考试。由此父母一对恋人，在景色秀丽、风刀霜剑的宜都重逢，这在母亲和离别家人的感情方面，一度弥补离开衡山老家时痛苦和因此造成的心灵创伤。

今天回顾母亲离开衡山的景况，凭她无比慈善和坚忍所能，以为她平生追求快乐的性格叹息，因她是蛰龙待时而动的精英，有生之年从不提及这一伤心事。那还是57年后，我从部队转业到地方工作的第二年（1996年6月）的秋天，我带着父母生前的遗言，借北京出差返回昆明中途，逗留衡阳表哥朱大辉处看望91岁的姨妈。其间，60岁的表姐朱军伟也从广东韶关赶到衡阳。说起母亲离开家乡时的情景，表姐叹息道："在1939年3月的一个早晨，姨妈匆匆忙忙回了一趟家，记得当天是这样呢。"

表姐说："当年，一家人从衡东大浦搬回南岳来后，住在曾外公家一幢土木结构老式房子，屋前有一院子，我才4岁多不满5岁，弟弟大辉2岁多也不记事。那一天，我们姐弟俩正在院里玩耍，听到急促的敲门声响，外婆扔下手里的针线活，起身迈着她缠过的小脚，前去开开门，看见华卿姨妈进门来非常疲倦，显然是抽空来看外婆及我们一家亲人的。"

"记得姨妈，可能是出于安全考虑，没穿军装而身着便装，说是她们看护训练班要转移，近日就要撤离衡山……那时话音未落，见老外婆，已经泪如雨下迎上去后，母女俩拥抱在一起痛哭，外婆说着祝福保佑的话语，姨妈也忍不住泪水滚下来，她们一副难舍难分的样子，感到十分凄凉啊！"

“不一会儿，姨妈从挂包里掏出外婆送给她，随身携带已经珍藏多年，磨得光亮的那把‘小铜壶’送给我，并希望我长大后好好念书，并给弟弟大辉一包糖块；又把从瓷器店买的一个白瓷茶壶送给外婆说：‘妈，您爱喝茶，这是女儿专门为您买的，您收好呀？别摔碎啦！’当时我猜想姨妈要出远门，就拉着她的衣服不让走，可能是姨妈忍受不住离别的难过，拨开我和弟弟的两双小手，望了一眼外婆，哭着转身就走了……”

说到这里，表姐朱军伟止不住心酸的泪水往下流，停顿了好一阵子，声音哽咽着说：“唉！现实就是这样的残酷，姨妈这一走，57年过去了，没想到就成为我和姨妈今生的永别呀！多年来在自己脑海里，一直认为姨妈就是我心目中的抗日英雄和自己学习的偶像。”

“因为抗战，姨父母（指我父母亲）天南海北在衡山相遇，因为抗战凝聚他们的姻缘。就如书中写的神话故事那样，这是上天的安排啊？他们从相识、到相爱，结为夫妻，真是不容易啊！倒是姨夫、母会偶然托梦回来，他

1996年6月，崔嵬（后中）与姨妈（前中）、表姐（前右一）、表哥（中左一）、表嫂（后右一）及侄女（后左一）、孙子（前左一）于衡阳

们伴随一生远在天边的彩云南，种种缘故没有世间的亲情往来，他们的英灵正如一朵彩云在南岳的山峦上空飘泊，可望而不可即呦？他们难以魂归故里了！可姨夫母的音容笑貌常穿越几千里，呈现在我的面前。”

至此言归正传，第6军看护训练班在湖北宜都集中驻扎不久，终于把训练班后期3个月，即预定计划半年的学习任务如期完成了。于1939年4月初，全体学员分配到下属医院和驻地野战医院又实习3个月。

在实习期间，父母亲和谭正、邓韵和姚宁等同学被安排在军直属野战医院实习。这段时间因无战事，医院暂且没有收容太多的伤员，大多收治军中常见病号。自然我父母亲在一起同学习、同生活和同工作的时间多了，从牵挂于心里，到牵手在一起，这不寻常的同学情谊进一步加深，而且油然而生的恋情得以升华！

看护训练班转入实习后时间不长就进入了雨季，长江三峡宜昌下游地区洪水泛滥、灾害严重、疾病多发。野战医院经常在距80公里（荆州）外的部队驻地附近频繁派出医疗分队巡诊，也深入新四军鄂豫挺进纵队（对外称新四军独立游击支队）开辟的天门西部和潜江游击区，做一些疾病预防、检验检疫工作，避免洪涝灾害造成疾病流行，出现不必要的非战斗减员。

那段时间，由于地处汉水岸边，父亲对家乡无限思念，曾在军营中与前来就医的官兵打听潜江一带的情况。却了解到：为了适应抗日战争形势的需要，共产党领导的新四军在邻县边沿地区天门、京山、潜江等县组建抗日民主政府等机构。主要是发动群众，宣传国共两党的统一抗日主张，团结一切可以团结的力量，在汉水南岸组织抗日救国军和游击队，准备扩大抗日根据地，并抓住有利时机，深入敌后打击日伪军。

据悉，日军占领之后沿汉（口）宜（昌）公路向西推进。京山县雁门口为公路要塞夹在南北两山之间，地势极为险要。日军对京山县城大轰炸一年后，有一天，当日军行军到雁门口公路上时，却受到中国军队的伏击。可是，这次伏击虽然没能让日军遭受多大的损失。但从此后日军也不再敢忘乎所以了，但确在距自己家乡不远的永滗河设立了据点。他又试探性地问：听说潜江洪涝灾害和疫情异常严重，还有没有日军进行搜刮抢盘剥的事？实际上是想打听张港一带的交通、安全情况。

然后得知，日军在永滏河、拖市等地修筑了炮楼，不定时向四周炮击，妄图震慑或抗击当地有限的抗日武装力量，从京山流入天门的永滏河沿岸炸伤炸死不少居民，炸毁不少房屋，人们不晓得往何处逃命呀！所以周边的百姓为躲避日军的炮弹，也为躲避日军掠夺和袭扰。在自家房前屋后的树园里都挖有地洞，并做了严密伪装，如日军来扫荡，就藏进地洞里，对于老弱、年幼的人来说，躲藏时间长了，常有闷死的。至于日军捉鸡鸭、抢粮食、抓民工……蹂躏女人的事样样有，更是举不胜举，人民苦不堪言。

父亲在宜都的营地静静的沉思许久，也就是去年这个时间从应城县城加入国军200师来呢嘛。在离开家乡这一年半的时间里，与生俱来经历战场生死考验和莫大的生活磨难哩。为投身抗日，保家卫国，如今重返故乡境内，终于到了家门口的近郊，但回不了家探望，心里很不是滋味？一个个亲人熟悉的面孔闪现在自己眼前……

可是，这有什么办法呢？考虑自己身为军人，有纪律约束，又鉴于京山、潜江、天门县部分地方已经沦陷为汪伪政府的统治区，周边都是日伪军的势力范围并修筑了防御据点、炮楼和工事，控制着汉宜公路。想来想去，自己又没有“良民证”，也只好把对亲人的无限思念暂时埋藏心底。

一天，偶然的机会来了，因战区南部遇到洪涝灾害，疫情蔓延。接军医处通知，命令军野战医院组成医疗防疫分队，协助驻守该地区的部队做好卫生防疫工作。母亲得知这一消息后，第一时间告诉了父亲，可把他搞得兴奋、激动不已。在父亲的积极申请下，心想着能够侥幸回家一趟了，大伙也帮忙说情，后经原看护训练班教育主任方景凤的同意，他们前往距离近160公里处的潜江县南部，即李先念领导的新四军独立游击支队控制区，直接到了汉水北岸送医送药。

父亲说：“到了临时驻地就是王拐渡口，南岸就是老家张（截）港码头仅仅是30多米宽，与汉水一江相隔。哩呦！尽管江面大雾弥漫，那时面对自民国22年（1933）底13岁时，惜别张港夏场村5年多的故乡，顺义思绪万千，恨不得展翅飞过去……呦！”

“可是，那个时候张港、拖市及永滏河道已经被汪伪政府控制，新四军独立游击支队也在周围活动频繁，加上自己的特殊身份，想回家是难以成行啦。但是谁也没有想到？世间会有这么巧合的事情，有那么一个人成全我最后一次回张港夏场（村）故地，圆了这个梦了。”

“事情的原委是，在潜江王拐渡口的路边上，有人从身后蒙着我的眼睛开玩笑说：‘永龙，猜猜我是哪个啰？‘不晓得’‘你再猜猜……看！’啊！听到他衡山口音想起来啦？好像是汤队长嘛？去年9月，应该是我们在衡山城里分手的汤队长呀！他说老远就认出我来，他并悄声地对我说自己是新四军独立游击支队派来的，听他一说，我也激动地说，猜到了，猜到了，‘你是汤队长’……”

父亲接着说：“突然间在这里见到汤队长后，彼此意外的惊喜高兴得不得了，找了一个僻静的地方坐下聊起来。他说日本人占领武汉后，战线长，兵力不够用。前不久我们组织一二十人去打日军炮楼，可惜武器太差，打了几个小时，仍没有打下来，只得撤回。不过这一打，日军也不敢轻易出来了……他怂恿我回家看看，我当然是巴幸不得，难以控制自己的思乡之情。就在当下急忙跑去向医疗防疫分队长官苦苦哀求，啰哩啰唆的磨呀磨……几乎要跪下去了！嗨，好心的带队长官比较通情达理，终于得到他的理解和同情，并与汤队长商议，最终回应道：‘永龙身为潜江人，你家就近在眼前，不让你去吗？怕今生难有回去的机会了，会怪罪一辈子哟。哈，哈哈！’”

“当即，跟我约法三章还写下《保证书》，并让相亲相爱的康华卿为我担保。又考虑张港、拖市周边敌情、社情和民情复杂，怕出什么意外，汤队长弄来了一张伪政府的‘良民证’。还找来一位常年往返两岸姓‘王’的生意人，估计是共产党的交通员或情报员，大约有60岁左右的大叔陪伴，也赋予他对我履行监护责任。”

“次日一大早，我们经过一番化装，以父子相称并乘渡船到了对岸，通过日伪军哨卡的搜身查验后到了张港镇上，只见日伪军巡逻队来回巡逻。那时也顾不得这些了，自己带着无限的思念之情，等躲过巡逻队后，就直奔相距30几里的老家夏场村而去！”

“可万万没有想到，好不容易站在老家附近的一块台地上看去，滔滔洪水把夏家场村的胡家沟全淹没了，水面上漂浮着形形色色的建筑物、木料、树枝和其他生活杂物。转身一看树上挂着一枚血痕斑斑的头颅，周围找个问信的人都没有，也不知家里人搬迁何地？对于家中亲人更是生死不明？心里就像撕裂样疼痛极了。”

“见此惨境，真是国仇家恨都交织在一起，浑身气得发抖，抬头仰望苍天，并且张大嗓门怒吼道：唉！狼心狗肺的日本鬼子，试问上帝怎么不惩罚这些龟儿子呀？这天理何在哩？家乡为什么遭此不幸呵！自个身不由己哽咽起来，即长叹道：亲人们，天灾人祸样样俱全了，并放开嗓喊，姑妈（崔秀英）……兄弟呦，你们在那里……呀！又禁不住的嚎啕痛哭起来”。

过了一阵子，在王大叔的安抚下，终于慢慢地平静下来。大叔反复提醒道“孩子呀，时间不早快黑达（方言）了，咱俩快回吧！哎呀！你竟敢大声吼叫，别误事噢？遭来鬼子和伪军的注意就麻烦啦？战友们还在等你归队哩！”这才想到医疗防疫分队长、汤队长走之前严厉交代的注意事项，还有自己心爱（华卿）作为“人质”担保哩，只有带着悲伤又疲惫的身体，十分不情愿地回到对岸。

这次来回往返，的确体现了父亲从小养成的生性刚强，执着的性格，也说明他是个守信用的年轻人。当然也把等待在王拐渡口的医疗分队的长官和弟兄们，特别是把母亲焦急坏了。到次日拂晓前，艰难地回来后，一见到战友们，父亲头脑一阵眩晕，身不由己的瘫软倒地。母亲心疼地看着自己亲密的战友和心上人说：“永龙，你这次探亲去，好险呵！要被日本人抓去或在外面发生这种晕倒，谁能救你的命呦？总算回来啦。还算大家都是懂医的，经过及时抢救，给他补充了一些能量，过了一会才慢慢苏醒过来呀！”

父亲无比悲伤地说：“唉！没有想到？好不容易回趟家，一个亲人的面没见到，还差一点把命给丢了。”从此，他把身边战友当作自己不带血缘的兄弟姐妹，把我母亲视为他唯一的亲人了。

在回返的路上，父母相互靠得更近，俩人情不自禁并短暂而炽热的亲吻了，有了第一次感化心灵深处的交融……讲到这里，父亲深深地叹了一口气道：“嗨！自此在19岁时最后一次回过家乡，再未能返回过生养自己十八九年的老家了，只有来生再还此夙愿了。”

留守医院遭轰炸

父母陈述：1939年6月中旬，第6军看护训练班的70多名学员在进入学习训练时，大多有了学医和从医的背景，军医署只好随即调整原来的学习安排。即：针对军事医学理论和医疗技能安排了半年的学习，并在部队医院实习前后长达9个多月。当时，在残酷的战争环境里结业，实属不容易啊！结业后，父亲分配在第6军军医处任少尉军医；母亲分配军直野战医院任准尉司药。

父亲还向我们讲述：第6军主力部队在荆州地区休整10个月之久，整体作战能力得到提升，部队蓄势待发。两个月后，接受第九战区紧急命令，编入第十五集团军开赴湘北。军主力和直属部队昼夜兼程，长途行军，重返湖南地界，在湘北新墙河地区加紧临战训练，操练喊声，悦耳震天。我们军医处和野战医院也派出人员组织进行了连队医护兵和士兵的自救自护训练，还进行了官兵血型鉴定，就是把各自的A型，B型，AB型或是O型字样写在官兵们的军装上衣里的一侧。不日，一场抵制日军进攻的火药味十分浓烈，意味着大战即将开始。这是多年后，我们难以忘记的临战情景，他俩还说，要不是为了打仗，从不会想到来这些地方呐。

9月14日，第一次长沙会战爆发，日军的飞机、大炮开始狂轰滥炸，到处“轰隆隆”“哗啦啦”震耳欲聋哟，令人害怕。

母亲清楚记得：“9月底，军直属野战医院和收治的受伤官兵奉命从新市撤退到汨罗江南岸的二线阵地，躲过了日军的一劫。也就是没有多长时间，日军派出一支伪装成逃难的老百姓人群，然后渡过汨罗江突袭新市，我方守军遭袭措手不及伤亡惨重。”

“我们军直属野战医院驻守一幢寺庙内，野战医院派出的前置医疗队随同增援队也是几天来御敌受阻，不分昼夜遭来日本人的飞机惨无人道的狂轰滥炸。除极少数的男主治医师外，大部分医护人员都派往一线配合军医处的战地救护，留守少量的医护人员中大多为女生，前置医疗队源源不断的将伤员从前线送来，有缺胳膊、断腿的，也有头部和身体中弹受伤的，伤势都非常严重。我们不分昼夜地手术、包扎和看护，每天忙里偷闲的功夫都没有。当时医疗条件十分差，有的伤员得不到很好救治，一个个凄凉死去，被抬到寺庙后的山沟里草草埋葬啦。”

母亲接下来说：“就在中秋节这一天深夜，日军飞机突然‘嗡嗡嗡，嗡嗡，嗡……’尖叫的轰鸣声响彻夜空，还来不及熄灭照明用的马灯，数十枚炸弹‘轰隆隆……轰隆隆……’的声音就在地面连环爆炸起来，只见火光冲天，‘哗啦啦’地泥土和弹片横飞。这时（她）正准备简单的洗漱后，侧坐床边休息片刻，脑子里正在回想着自己近在咫尺的妈妈及去年分别时的情景……突然院子里落下了一枚炸弹。随着‘轰隆隆’爆炸声响，炸飞在天空中的一条残缺的大腿，一刹那穿过屋顶混同瓦片，‘哗啦’一声落在自己的身旁。哇！瞬间吓得目瞪口呆，心脏都要跳出来了，只觉眼前一黑，被吓昏过去了。”

“不知过了多长时间，好像是天刚蒙蒙亮时。就听见谭正浓厚的贵州口音喊：华卿，华卿呀！……你没事吧？你在那里哟？小日本好恐怖啊！简直丧尽天良，连救人的医院也轰炸……听到这里，自己才睁开眼睛苏醒过来，知道自己还活着，艰难地从坍塌的屋里，满身灰尘的挣扎出来。谭正、邓韵和姚宁等战友们也是蓬头垢面，姚宁急忙把我扶起，大家帮我拍打沾在身上的尘土。我又睁大眼睛一看，见院子里留下一个两米多长直径的弹坑，周边七零八落的屋子旁散落着一些残缺肢体，和四处若干块模糊不清的血肉。嗨！至今想起来，还会毛骨悚然，感到十分恐惧呢！”

第七章　转战受训

随军转战到桂南

1939年10月中旬，第6军接到预先号令，向西南地区挺进！母亲说：“自1938年9月起算，我们录入6军看护训练班分在野战医院到现在一年了，每次行军转移，对于个人物资的携行主要是衣物，军用背包和生活用品……除此之外就是厚重的书籍和学习笔记，以及爹爹生前专门为自己书写的中、小楷字帖等一些离家时带来的几件物品。尽管携带的东西如何笨重，从不落下。”

“这时野战医院院本部统一安排，我们全体医护人员整理战时公用物资和个人携行物品，并进行紧张繁忙的开进准备。”

“第二天夜里，大家还在睡熟中，突然听到紧急集合号响起，号音刚落，我们迅速打好背包整装完毕。不到5分钟的时间，医院全体医护人员悄然无声地开始登上闷罐火车专列，跟随军主力成摩托化建制，浩浩荡荡急速行军，朝西南方向挥师南下！”

父亲也清晰记得“在那一天部队从湘北开始南下的深夜里，为防止暴露目标，实行了严格灯火管制，举目望去漆黑一团，阴雨连绵，云雾弥漫，道路泥泞，集合完毕，赶往指定位置，稍事休息后，即乘火车到湘南，再度南下。将远离生养自己十几年的老家、远离故土，并想到可爱美丽的家乡已经沦陷了，心里沉重也极度难受，身不由己地面朝鄂中方向祈祷！默默念叨‘阿门……’衷心祝愿所有家乡父老兄弟平安！心想，盼望来日我们6军，再打回老家来，驱除日寇！重新回到家乡，为苦难的民众展示自己的医技能力吧！”

“当初，6军大部队得到航空军的掩护，军用闷罐火车专列昼夜兼程，浩浩荡荡一路南下，大概第二天夜晚，到达衡阳火车站补充能源和水。哎哟！这次征程是抗战以来，自己毕生难以忘记的，而且是撕心裂肺难以忘怀的一桩往事……”母亲说着说着，即哽咽起来，这是她唯一的一次提及离别故土的往事，随后止不住心里的难受，长时间失声痛哭，她停顿了好一阵子才说：

“在部队经过湘南的路途中，上峰长官考虑第6军官兵大半为湖南、湖北籍，吸取在湘北时的教训，担心大家思乡心切出乱子。到达衡阳站时，命令部队一律不准下车……就在当天夜晚，我和邓韵几个同籍入伍的女生，在车上纷纷述说各自近在眼前的家乡、亲人和过去的桩桩往事，一股心酸直涌向心头，都情不自禁地嚎啕大哭起来。‘呜呜’‘咔嚓，咔嚓……’不一会火车慢慢开动起来，特别是列车驶出衡阳站时，大伙不约而同抱在一起，确有失魂落魄的感受，心头像被刀割一样，失声痛哭，嘴里还喊着：妈妈，再见了！”

“再见吧，妈妈！等我们打败小日本，就回家来孝顺您啊！妈妈啊！我们走啦，等着我们胜利归来……吧！”她们怀着之前湖北籍战友们的思乡心情一样，恋恋不舍地惜别亲爱的故乡，去迎接西南地区新的战斗！

1938年10月，日军占领武汉和广州后，广西这一座边陲省份成为南部地区军事和物资援助重要的军事战略要塞。

在广西北部的中国军队第5、6军整训期间，“两军”对口支援作了骨干人员的交流和调配，以及轮番进行战前协同训练。父亲说这次赴广西参战，他在6军军医处任少尉军医；母亲仍然在野战医院任准尉司药。父亲提到“在军医处遇到昔日200师时的几个生死战友，其中有从湖北应城入伍的王跃华（1918—1969，湖北黄冈人），因为他是高中生，写一手好字，人又聪明，得到长官赏识，从200师抽调到6军军医处当文书来了。即是同期两个军的医护人员也作了相应的调整：姚宁等一些人员调入第5军，在6军本部还有方景凤、王越夫等人也充实到该军军医处任军医官。”

王跃华告知父亲，和他一起从应城维章医院出来并一起加入200师打拼的邓汉汝，也到了柳州友邻第5军军医处当军医官。父亲遗憾的是由于战事紧张始终未能见面，所以说他离开衡山常备队后的情况一无所知，更是成为永久心病了。又好像此时再追忆那段经历，已经不重要了，亦足见忠义尚存即可了。

并且，他们通过一次次战火洗礼，有了成熟作战卫勤意识，即摆在眼前的现实追求，就是为了中华民族的神圣尊严；为了驱除外来侵略势力；为了死难同胞报仇雪恨，这些没有血缘关系的弟兄，即使不能在一起并肩战斗，可是爱国之心永远把他们凝聚在一起！

转移擒敌见安澜

在广西桂南会战中，鉴于基层单位专业技术人员缺乏，为了加强卫勤保障，长官司令部责成6军军医处及所属野战医院以赵侠梅处长为首，抽调了方景凤、王越夫、杨广平、王跃华、谭正、邓韵和我父母亲10多名医护人员。采取武汉会战时的老办法，组成军野战医院战地医疗救护组，至五塘、六塘方向加强并配属到22师卫生队，即随22师战车部队乘坐新开通铁路运输车，包括其他后勤保障分队迅速隐蔽跟进。

任中尉军医的父亲

任少尉军医的母亲

任少校军医的王越夫

父亲还有幸在战场与戴安澜将军偶遇。也算是一桩值得回忆的事。在八塘中国军队奋力阻击日军台湾混成旅团的援军时，中国军队第5军对昆仑关再发总攻击，戴安澜将军率第200师仍担任正面主攻，他亲赴一线战壕指挥将士冲锋陷阵。还将自己全部的警卫力量一起投入了攻击。两天内，连克同兴堡、罗塘堡、653高地，但在夺取653高地时戴安澜将军被日军炮弹碎片炸伤，他受伤后依然不下火线，带伤指挥战斗，全师将士深受感动，个个奋力猛攻，一直打到界首高地附近才被日军阻击。当200师在界首高地受阻时，戴将军则因伤势严重，被身边的部下强行送下阵地，来到中国军队野战医院医疗救护组救治包扎。正好父亲他们的医疗救护组在战场转运伤员，就这样，父亲平生第一次在硝烟弥漫的战场上见到了这位威武不屈的抗日将军。在医疗救治包扎时，戴将军的随从警卫听说，父亲曾是最早成立第200师时，就从湖北应城加入驻湘潭的该师，在第一任师长杜聿明长官指挥下参与兰封会战……随后，话都没说完之时俩人双手紧握在一起，感到无比的亲切，他还对父亲兴奋不已的介绍：界首高地位于昆仑关以北，是日军最坚固的据点，也是昆仑关地域最高的制高点。依山而修筑各种明暗工事、火力点，我们反攻部队的后方炮火很难给予有效打击，200师先后4次发动强攻都被日军阻击了下来……

战场上与戴将军的相遇，也成了日后父亲常挂在嘴边的话语，真是难得难忘的经历。

母亲回忆："当年昆仑关一役，随处可见山间丛林中升起战火和硝烟弥漫，炮火连天，不时传来一阵阵枪炮声，以及飞机的轰鸣声、投掷炸弹……其战斗的惨烈，分不出来是夕阳还是鲜血染红天空和土地，成天抢救伤员，眼睛充满了红褐色，这战场的确堪称'屠宰场'啊！"

"本来就知道日寇的穷凶极恶，烧杀抢掠和奸淫妇女……12月18日从镇南关回应的日军，已经弹尽粮绝，沿途更加凶恶和残忍，偶见尸体腿上的肉剔去，恶心残忍的食用人肉来，甚至专门烹饪被杀害的女人乳房充饥。野战医院配属的女医护人员很恐惧，情绪有些低落……这时，赵侠梅处长得知情况后，担心发生意外和带来伤亡影响，抓紧请示上峰长官处允许，于21日早上安排了车辆，把部分伤员后运救治时，将我们女医护人员从七塘转移到宾阳的院本部。"

母亲后来还对我说过，"不是你们传说的'打不死的炮兵，饿不死的炊事兵'那样！战场几乎分不出来前方或后方，我们无论是战斗人员或是后勤人员，无论是军官或是士兵，在桂南战场上的生命安危只是相对而言也。"

父母亲当年的战友回忆，对于你爸爸永龙来说，正好是20岁上下，年富力强。他机智勇敢，并有一定的实战经验，一线伤员救护只身一人背上背下，大伙都称赞他是“文武双全”的军中人才，也是医院大伙公认的，敢于面对敌人赤膊上阵挥舞大刀的“拼命三郎”。

12月25日下午一点钟左右，我军22师一部遭受小股日军袭扰，有可能会进犯到医疗组所在村落附近。按照队里事先的安排，分设若干护卫小组，父亲任其中第一小组组长带人潜伏在卫生队外的树林里，大概两个小时左右，潜伏在一旁的王跃华紧张地喊：“有人！”顺他手指方向看见，一名小个子日军若隐若现，动作娴熟敏捷，持枪接近设伏位置。

来不及想那么多了，父亲沉着冷静，待目标接近的瞬间，纵身腾空而起，从敌侧后飞奔出去，冲那个龟儿子打出一套下手勾拳的动作，正中下腹，鬼子还没反应过来，父亲急转身又是一个娴熟踩腿锁喉的动作，施展了连续的擒拿格斗动作，在3人共同配合……就这样不到10分钟，他们徒手用血肉之躯将来犯之敌置于无法反抗的境地，捕获了这名日军，并缴获所携行的武器弹药、装具和食品，仅有王跃华一人负轻伤，父亲丝毫无损。

赵侠梅处长闻讯来到现场，对敌进行审讯。大家知道父亲过去跟我大爷爷学过简单的日语，一致推荐父亲充当翻译，并先让父亲跟俘虏治伤进行心理感化。可是这个狡猾狡诈的俘虏，什么也问不出来，只是从其军衔看是日军少佐。大伙将其五花大绑，押送交给了附近的部队收容分队看管去了……

这一突如其来的特殊任务就算终结啦！吸取这次事件的教训，医疗救护组加强了械备，转入紧张繁忙的医疗救护工作。

父亲说：“这段时间医疗救护总能听到一个又一个消息，先是日军第21旅团旅团长中村正雄少将被毙命，日军伤亡在千人以上，大家深受鼓舞。可是中国军队第5、第6军在正面进攻的两个师，以及担负穿插任务的22师，伤亡也达两千余人，战斗空前惨烈，医疗救急任务空前繁重。”

火线转移入贵州

1940年1月1日为新年的元旦，正好是父亲的生日，母亲因药品前运及伤员转运等事宜，从宾阳跟他打来简短电话：他们正事说完，问及药品到位情况并问及他的安危？顺祝生日安好！话筒里还伴奏零星的枪炮声和呼救声，无异于“血与火的爱情”之洗礼耶；同一天新来的伤兵谈起昆仑关战况，这也算送给他特殊的生日礼物吧！

好景不长，刚好一个月，随着战局的变化，医疗救护组跟随退下来的部队向宾阳后撤。紧接着，第6军长官司令部紧急命令，尽可能收拢所有部队和伤员，火速向贵州方向转移。

母亲就当天的战场情况也说：“30日的凌晨，野战医院院本部各科室人员作为先遣队一早就出发了，当天晚上到达贵州兴仁。”父亲说：“这时，我们配属22师的医疗救护组护送着部分伤员回到宾阳，野战医院预先安排了一辆美式卡车做好接应准备，而尾追而来的日本兵，发出的枪炮声越来越近……”

“到达宾阳医院原驻地后，一眼就见到看护训练班的同学潘声华（浙江临海人），他向我挥手，示意将地上的伤员搬运上车，赶快走！”父亲说在这生死攸关的时刻，全身被汗水泥土浸湿，身体就像泥塑一样的，他们相互寒碜一会，争分夺秒与帮忙的士兵们一起，立马抬上伤员就蹬车了。卡车满载20多名重伤员，沿途都是撤退下来的国军散兵。

特别是进入贵州地界，雾雨蒙蒙，路面狭窄，山高坡陡，更是疲惫不堪，饥寒交迫，生不如死。但他们作为战地医务工作者的神圣职责，就是让伤员不能成为“烈士”。可是几个危重的伤病员中途就不幸牺牲了，只有停车在山路边，草草把他们残缺的遗体埋葬，无法用言语表述当时的惨烈啊！

父亲回忆，最难以忘怀的是22师一位姓王（名字记不清了）的中校营长，曾经留学德国，在12月30日攻克昆仑关时右侧腿部受伤，是医疗救护组在九塘的时候收治的伤员之一，他一条右腿做了高位截肢手术，由于几天来的颠簸，伤口失血过多，感染发炎，高热不退，我们即使尽力呵护，也不见好转。

在途中，王营长从昏迷中醒悟过来，他自己估计不行了，突然回光返照似的含着泪水，艰难地从衣服口袋里掏出一把精致的“瑞士军刀”递给父亲，吞吞吐吐地说：“留，留作纪念……”话未说完就牺牲了，也没忙得问他详细家庭及亲属的地址。嗨，极其惨烈啊！我们一起怀着沉痛的心情，把他抬到附近山沟里也是草草埋葬，父亲用一块石头并用他留下的刀镌刻了“22师，王营长墓”摆放在坟头上。

第6军第22师营长王中校，在昆仑关作战中牺牲前留给父亲的“瑞士军刀”

当晚，他们露营在贵州册亨县已经极度疲惫，虽作短暂休息可夜里父亲手里拿着王营长的遗物——“瑞士军刀”，想象他在战场上拼杀的英勇形象和一路走来为他治伤、直到牺牲的场景彻夜难眠……天没亮又带着疲乏的身子长途行军，直至傍晚到达安龙，这才总算是回到“家里”了。

父母亲及后来庆幸活下来的战友们说：如今想起这次会战非常恐惧及后怕，并一道追忆国军第2军副军长兼第9师师长郑作民中将在撤往上林时遭炮袭击受伤，还来不及抢救，就已身亡，心里十分难过……想一想，若不是2月2日正面进攻昆仑关地区的日军今村均的第5师团，受到粤系第三十五集团军156师从后方实施的进攻牵制，昆仑关地区的中国军队包括第6军在内的所有部队，就有受到围歼的危险。他们聚集一起，你一句我一句地说道，真是太恐怖了、太危险了……要不然，那损失多么大……啊？悬啊！大家谁也活不下来，简直不敢往下去想了。那段时间，困了打个盹，听见激烈响动，还会惊吓起来。

在兴仁整训期间，父亲说：“老是爱做噩梦，夜里总有枪炮声、厮杀声……在脑子里回荡，忘记不了无休止地施行伤员抢救场景、伤员们疼痛呻吟声和哭喊声；时常想起兰封参战时田二饶焦土裹身、骨碎血尽、血水浸衣的惨状；想起王营长的惨死；想起众多伤员鏖战倭寇，腥风血雨的场面…；常在梦中见到他们一个个模糊的面孔，身穿血衣衬衫，徐徐地向我走来，对我诉求：疼啊、冷啊、饿啊！用其冰冷的手摸我的脸……我被惊

昆仑关战役遗址之一

昆仑关阵亡将士纪念碑

修缮一新的昆仑关原址

醒过来时，周围黑漆漆的，什么也没有……啊。这些过往总是让我念念不忘，总是让自己从梦中惊醒，无法入睡。”

我曾听父亲讲，长此下去，可能会患上“恐惧症、抑郁症”么？想到此事后，他不得不请求方景凤医官为他做心理治疗。为此，还逗得两人一起开怀大笑……哈哈哈！其实方医官早已心知肚明，也是感同身受并受到影响，他果然在次日也出现同样的症状，是父亲把他带到沟里去了！可见，医者自药不自医，说别人，医别人容易，说自己，医自己难啊！

昆仑关战役后，第6军军部陆续收拢人员暂住贵州安龙，野战医院驻地为兴仁，两县城之间相距约90公里。这时医疗救护组分批归建，将收治的大批伤员合并到兴义野战医院救治，救护组全体军医加入医院整体对伤员进行康复治疗，住地较为分散，任务十分繁重。父母等职责分工也不同，在那激情的岁月军医们均以事业为重，他们只有面对当下，不允许再思念过去，也不能思索未来，对自己心上人深深的爱恋都是埋藏心底深处。

1940年2月在贵州兴仁野战医院整训期间，传达敌情通报：日军在广州新设立华南方面军司令部。又因为兵力有限，不得不放弃许多地方，仅由日军第5师团侵占南宁市及附近10公里地带；近卫混成旅团占领邕江南岸；台湾混成旅团占领邕钦公路各要点，无力继续扩张了。

昆仑关战役是国军正面战场自武汉失守以来取得的一次重大胜利，也是中国军队对日军攻坚作战的首次重大胜利，沉重打击了日军王牌第5师团。尤其给予其第21旅团以歼灭性打击，极大地鼓舞了中国军民抗击倭寇的决心。所以无论整个桂南战役最后失败得如何惨烈，昆仑关攻坚战都是光辉永驻。

随后，参战各部队进行了战斗总结。赵侠梅处长在野战医院总结会上传达：2月26日第四战区司令长官已经宣布我们“当前已无反攻南宁的必要。”意味着整个桂南会战到此结束！

野战医院在桂南会战中，对有功人员进行通令嘉奖和职务晋升：康华卿、谭正、邓韵等步入中尉军医；又指出，去年12月25日昆仑关对日军攻坚作战中，野战医院派出的医疗救护组在反敌袭扰时，徒手制服日军少佐的战果予以高度评介，宣布崔永龙破格晋升为上尉军医、王跃华晋升为中尉军医。

这次总结表彰会，极大地鼓舞了全院医护人员的战斗志气，特别是野战医院年轻军医徒手生擒日军少佐，智勇俘敌的故事也在医院内一时传为佳话。

不过，对嘉奖和晋升，父母亲都十分淡定，在参与了兰封会战、武汉会战、长沙会战和桂南会战后，认为面对牺牲的战友来说，能活下来都是幸运无比的。况且在战场上履行救死扶伤的责任，也是自己做为医务人员的神圣职责，只要能为抗日作贡献，就是光荣的。

他们这种精神体现国家和民族利益至上、誓死不当亡国奴的民族自尊品格；不畏强暴、敢于同敌人血战到底的民族英雄气概；百折不挠、所谓的功绩早已抛之脑后，他们要依靠自己的一技之长，惠及人类和平进步事业而挽回抗日将士的生命就是最大的欣慰和奖赏！

1940年6月初，第6军野战医院从战场上收容而来的大部分伤员基本治愈归队，军医处抽调组成的医疗救护组成员也陆续回到贵州安龙。父亲虽然属于军医处编内人员，仍在野战医院待命，几天后父亲和潘声华（浙江临海人）等年轻的军医，在安龙直接从医院选派到陆军兽医学校蹄铁训练班，进行为期半年的学习进修。

父亲进入陆军兽医学校后方知晓，该校源于光绪三十年（1904）在保定成立的北洋马医学堂，于宣统三年（1911）改名陆军兽医学校。民国8年（1919）与天津军医学校合并，为中国早期著名的高等医学院校，是我国早期培养西医和兽医人才的摇篮，历届优等生前3名留校担任各科教官；近期培训后的学员大部分分到陆军各部队充任军医处兽医官。

据父亲所言查证，我国著名的兽医学家现代家畜内科学奠基人崔步瀛先生、齐长庆等专家都出自北洋陆军兽医学校。其中朱建璋北洋马医学堂正科第一期毕业后，先后由清政府、民国政府两次派赴日本东京振武学校、骑兵第一联队、日帝国大学兽医科攻读细菌学与病理学；后来又赴帝国大学传染病研究所从事免疫学、牛瘟苗的制造技术研究。

1928年，民国政府接收了北京的分校，并于1936年将与陆军兽医学校一起迁址南京，1937年7月抗战全面爆发，8月西迁湖南益阳，同月因武汉告急，学校随即从益阳迁往湘西洪江，是年终迁至贵州安顺，是蒋介石唯一没有兼任校长的军事学校，仅由时任陆军一级上将、第四战区司令长官何应钦任名誉校长；由1919年本校第6期毕业，现代著名的生物制品、兽医学教育家杨守绅先生任教务长。

针对日军大量使用细菌武器问题，校内除兽医学教学外，还主持制造马鼻疽诊断液和炭疽、马腺、牛瘟疫苗等生物制品。因此父亲说："驻扎在安顺南城两个大寺内的陆军兽医学校，其中内设的铁蹄训练班，实际上是学校名下组建的细菌战防御专门研究防生化、防细菌武器袭击的机构，所以我们这批学员除学兽医、防疫调查、兽医勤务外，还必修细菌学、生物学及病理学课程，所招收的学员须具有临床医学基础并具有实战经验，要通过严格的审查、通过文化考核和临床医学考试等合格的军医官才能准入，通过短期速成培训合格后，为部队输送防化参谋和实用的专业医技人才。"

担任教学的老师有崔步瀛、齐长庆等教授，还有到安顺前就已经从教务长、校长任上改为教官、研究委员、领兽医监，仍保留少将军衔的朱建璋先生。受训期间，理论教学课程相对多；实作课程相对少，整个教学过程具有一定的保密性，要求守口如瓶，每个科目的学习伴随严格的考试。尤其是著名的兽医学家崔步瀛先生，讲解《家畜内科学》《兽医临床》和

安顺老城门

安顺大寺庙

《诊断学》时常引用日语教学，好在父亲过去懂得一些常用日语，相比其他学员领悟较好，深得崔步瀛先生的多次赞扬，或许是同为“崔姓”的关系倍感关注罢了！

经济上，每月每人发15块钱津贴，每月只花6元的伙食费，比起其他部队算是很好了。时常有肉吃，生活用品远高于安顺一般居民，相比作战部队，尤其在战场上的饮食完全是天壤之别了。另外学校管理严格，受训学员只能在星期天才能轮流上街去，他们从没有发生扰民和影响不好的行为，得到城里民众的好评。

在学习期间，父亲曾经和潘声华一道身着上尉军服到安顺街，购买生活用品、书籍等，有一次，还在一家从上海迁来的照相馆拍了两张照片，其中一张是穿着军服（后来烧毁了）照的、另一张是穿着两年前在衡山时母亲等同学资助购买的西装照的。培训结束离校时，学校对个人携带物资进行严格的点验，特别是使用过的教材严禁带走。

时光瞬间即逝，1941年1月父亲学习期满。这时国军第6军军部及其直属单位从贵州安龙集结兴仁继续重整军备、补充兵员、团练新兵，全军部队做好入缅远征作战的准备。数日后，父亲回到兴仁6军军部军医处报到，在处里继续任上尉参谋、军医官兼兽医官。放下行装后带着朝思暮想的恋情，提携在安顺城里采购的礼物，前往野战医院看望我母亲和看护训练班的同学，可是扑了一场空。

父亲手里提着东西，来回在营区转悠。最后找到了正在办公室忙碌的老乡长官方景凤，打听后才知道：原来是鉴于部队入缅热带丛林作战的环境条件和作战残酷性，也不得不考虑女性的生理因素，又考虑到日本侵略军在中国大地犯下的奸淫暴行，吸取以往血的惨痛教训。军部军医处决定，对野战医院入缅参战人员进行了大调整，把女性医护人员送安顺中央陆军军医学校上学去了。

此后，部队投入紧张的远征战前组训工作，父亲主要负责6军骑兵部队组训防疫调查及兽医勤务保障，以及部队防化知识的普及宣传。没几天，处里从安顺陆军军医学校新分配来一名少尉军医，叫章洪与父亲同住一屋，还与他同龄（生于1921年9月5日）很投缘。章洪自我介绍：自己是浙江永康人，1937年在江西南昌中央伤兵第二休养院，去年考入中央陆军军医学校，学习结业期满分配6军来了。

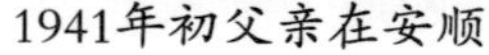

1941年初父亲在安顺

章洪叔叔

章洪在军医学校的后一时段与父亲在安顺时间相吻合，因他是从安顺陆军军医学校来的，父亲还是忍耐不住并傻乎乎地打听：知不知道、碰没碰到我们6军野战医院去军医学校学习的康华卿和谭正、邓韵等女生，尤为是眼睛大大的、留着短发，1.6米多高且修长身材的湖南女生？章洪被问糊涂了，他想了一下反问道：永龙兄，怎么如此关心女生哟，是不是你看上当中一位啦？可自己一点都不知道这些女生啊？再说学校那么大、人那么多，即使碰见过，哪能知道谁是谁嘛！转眼看见父亲手中时尚的“铂金项链”猜想，他是准备送某女生的“定情物”，才反应过来。两人相视“哈，哈哈……”捧腹大笑起来。

军医学校日常事

1941年1月的春天，按军医署电报，母亲她们一行女军医来到安顺中央陆军军医学校学习。蹊跷的是父母错过在安顺城的相见，刚好与学成归队的父亲，在前后间你走我来方向上错过，两人都未能在贵州兴仁或安顺见上一面。母亲也难免心里装有久别的思念，这也是她时值22岁萌发的青春感情反应罢了。

那时，西迁来的陆军军医学校在县城北门外的北兵营，这是民国时期唯一的一所军医大学，也是当时全国军内设备最好、师资力量最强的医学院校。前身为天津北洋军医学堂，九一八事变后，迁到南京临时并入陆军兽医学校，到民国22年（1933）剥离出来，全称为“中央陆军军医学校”下设广东第一分校，也是民国26年（1937）底紧随兽医学校迁往贵州安顺的，均隶属于民国政府军政部下属的军医署管辖。

据查阅历史资料，当时的民国政府军政部接受双重领导，除隶属于行政院外，同时又隶属于军事委员会，主要负责军事后勤之保障管制，其次负责各大战区司令部、兵工厂、军医院、军牧场、军事监狱等之直接管辖。

军医学校迁来安顺后，军医和兽医“两所”学校已经是独立完善的5年制专科大学。同样，既搞教学又搞科研，分别面向全国招考初、高中生。不尽相同的是军医学校设有专科班和进修班，专科班招收初中毕业生，进修班多为大学毕业实习医生和军队来进修的军医，学制为1年，共保有8个班。

民国时期的安顺城区

军医学校在安顺还设有附属医院，地址在县学宫，院内设有内科、外科、妇产科、眼科、耳鼻喉科、传染科、皮肤科等，还设有手术室、化验室、X光室和药房，门诊部在轩辕宫。附属医院是军医学校的教学医院，配合教学培养输送了不少军内外高级医务工作者，也救治了不少垂危和疑难重症伤病员。

安顺县学宫

军医学校在安顺时，教课老师在第一天的课堂上介绍：“校长是蒋介石但从未来过学校；教育长为张健，广东人，曾留学德国，中将军衔；教务长于少卿（山东人），也是留学德国，少将军衔；总务长杨治白（贵州人）上校军衔；国民党特别党部书记兼政治部主任张丰胄（江苏人，新中国成立后任国务院参事室主任）少将军衔。前三位负责管理学校的教研和日常事务，后一位负责民国政府对学校的政治管控”。后面又介绍说“由于学校直属民国中央，又涉及军队医疗救护，办学经费是基本有保障的，所以吸引了全国很多知名学者、专家和教授来任教，其中有18位留学欧美的博士生担任教官。与几乎同期迁来安顺的兽医学校情况大致相似，也是人才济济……国内外一致公认，是中国现代一流的军事院校。”

初到军医学校时，让她们学习的是护士专业，对于她们已经有过三年湘雅医学院临床和专科较高层次学习经历，又通过一年多的第6军看护训练班严格培训和在6军野战医院从事临床实践，并经过战场考验的军医来说，现在又重复学护士课程，自然所学的内容显得重复简单乏味，一个个都感觉听课很无聊，任课老师也觉察无奈，某些方面的知识还不如她们这批学生……

数天后，她们从参战部队来的同班女生纷纷议论说，这在抗战进入紧张激烈的关键时刻，不能入缅参战不说，在军医学校再学护士专业，纯粹误其战事而且浪费时间。为此，她们通过向班里负责的主官和任课老师说明情况，找到了比较关心学生学习的教务长于少卿将军反映，于将军当场表示理解，让她们继续留在学校深造，专业调整由他认真考虑考虑。

他当时还说：“同学们，你们都很年轻，与吾辈赴德国学习时的年纪相吻合，正是学习的最佳年龄，不要轻易放弃最好的军医学府提升能力之机会，既来之，则安之！要把自己塑造成为国家更有用的医疗专业技术人才，将来更好地服务民众的健康事业啊……”次日，学校教务处把她们调整到校内“大学毕业实习医生进修班”插班学习。

可是，大学毕业实习医生进修班本来每年只招收60人左右并已满员，母亲她们30几个学生转入进修班插班学习后，这个班里的学生一下子增加到90多人很不好办，学校干脆通过摸底考试后，只好分成两个班来组织教学。便把她们这些基础较好编成另一个进修学习班，实际上为速成班。同样列入大学毕业医生进修班集中统一管理，只是分开上课，考虑都是女军医所学内容注重妇幼临床诊断学。这也是考虑将来国家医疗人员配置需要，针对女生偏重于内（儿）科学和妇产科学的临床实践，各组轮流由进修班的教官带着到附属医院有关科室进行现场教学，或者到医院门诊部坐诊见习。

在平日生活上，每天做饭的是炊事兵，但主副肉食、蔬菜由学员轮流耽误半天上课时间上街购买，每周打一次牙祭；每年每个学员发一套棉衣，二套单衣，一双皮鞋；当年学校有两支篮球队：一支是南京来的“克克”队（意为“攻无不克”），球员大多是高大勇猛、球技娴熟的北方人。另一支是广州分校来的“七七”队（意为“不忘国耻”）。这两支球队与黔江中学（用庚子赔款办的，教师大多是江浙一带内迁的“下江人”）球队经常搞联谊赛，地点除了双方学校的球场外，还有大府公园、凤仪书院球场。

母亲看的部分医书和她的学习笔记

在中央陆军军医学校期间，母亲平日课余时间的利用，主要是自己购置一些书籍看，把父亲借给她的医书拿出来看，或是整理每天的学习笔记，温习在湘雅所学过的内容。要不就去看一看篮球比赛，偶尔抽空和谭正、邓韵等同学到街上晃一晃、转一转，她们各方面的情况都很好，感觉学习和生活蛮充实。

父母此时，感情之间的交流靠的是书信往来，母亲到军医学校大概两个多月后，父亲在来信中说：目前，部队急于整编整训，更新了武器装备，将开往云南参与抗战，还要到国外抗击倭寇。民国政府军政高官频繁到部队视察，已经先后有军事委员会军训部长白崇禧、政府军政部长何应钦都来到部队检查训示，对临战前的训练要求很高，部队训练异常的艰苦和紧张，难于抽空写信……母亲非常理解和同情，在她收到父亲的信后，也联想到学校同样频繁迎接上峰的检查。记得有一次，即入学当年的夏天，也是上面父亲信中写的那一时候。军训部长白崇禧来到学校的整个过程十分有趣和讽刺，真让大家开眼界或是感到不可思议。

多年后母亲讲来：这是因为1941年1月皖南事变发生后，国民党政府想要封锁消息，禁止报纸刊登揭露真相的文章，而周恩来在《新华日报》上“为江南死难者志哀”题词发表：

千古奇冤，
江南一叶；
同室操戈，
相煎何急！
——周恩来

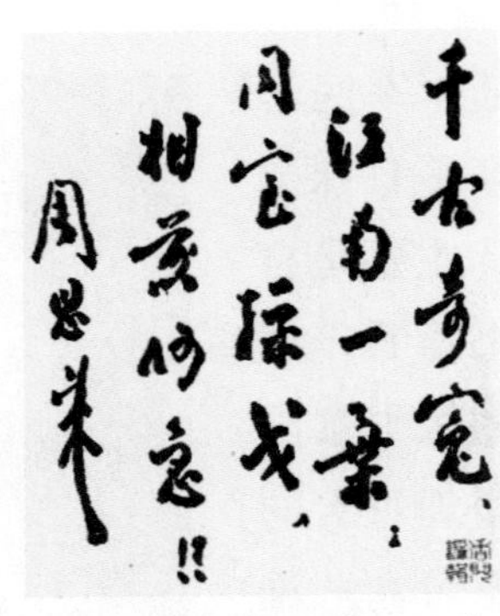

《为江南死难者志哀》

皖南事变震惊中外，全国民众抗议国民党的倒行逆施，在安顺校内负面反响非常大。虽说已经是事隔3个月了，据说白崇禧来到安顺之前，在从重庆往遵义的途中被刺未遂，所以到安顺时沿路都严加防范……并且他要在北兵营前的北校场演讲，安顺城里的全部学生都通知来了，记得校场里站满了人，周围都是荷枪实弹的士兵警戒，校外的黎民老百姓也说城里街道两旁也是三步一岗、五步一哨的。

记得白长官的车队进到校场，顿时几千人的广场上鸦雀无声，13辆流线型最新款式的灰色轿车，13个与他身材近似、穿着相同制服、带着同样军衔的人坐在每辆车的同一位置，这些车辆不断变换排列位置。下车前，除贴身人员知晓他坐的这辆车外，外人根本不知道哪一辆车坐的是白长官。

在北兵营校场上，白长官的训示内容，就是这次事件的所谓赫赫“战绩”，只记得他说：天下是国民党的天下，共产党的几支破枪根本不经打，责令大家要效忠党国！他走后，师生们私下闲聊道，他也许是被刺未遂惊吓着，仍然心有余悸吧！才讲半个多小时便匆匆忙忙离开安顺了。

另外，军政部长何应钦回兴义老家时也到过学校，但未与学生见面，听个别老师说只在实验室看了看，多数人都是在他离校后才知道的，师生们也是同样的感觉和认知国民党顽固派制造的皖南事变，惊醒和教育了对国民党抱有幻想的师生们。

结业分配到昆明

1941年6月的夏天，日本军队抓紧对云南滇南、滇西之封锁和入侵，局势发生了根本的变化。这时云南已经从抗战后方转为抗击日军的前哨，所以地位显得极其突出。民国政府也加强了云南未来武装力量和对日军作战的军队后勤保障力量。

按照民国政府军政部战时规定：中央陆军军医学校进修生、专科毕业生均可授予上尉军衔。结业证书上除盖军政部的大印外，下面还贯注军政部长和校长签名印鉴。每届毕业生成绩前5名留校，前3名还奖励刀鞘上刻着“蒋中正赠”的一把30多厘米长的短剑。

当前，大学毕业医生进修班结业分配在即。母亲她们自年初进入军医学校学习，将近9个月了，提前完成大学毕业实习医生进修班专为速成班预定的260个课时，与该进修班同步实施的教学计划期满。她们各科考试均已取得优异成绩，母亲综合成绩评比得了优等。学校专门为进修班包括插班生或者说速成班在内的90多名学员，举行了较为隆重的结业典礼。

在结业典礼上，全体学员高高兴兴地获得了《中央陆军军医学校结业证书》（可惜母亲的遗失了），证书上张贴有自己身着军服的半身照片，除盖有中华民国政府军政部的大印外，下面还盖有军政部长何应钦和校长蒋中正的签名印鉴，附页记录着各学科考试成绩。

学校教务长于少卿将军前来祝贺，训示时讲道：全面抗战初期，在他个人的主导下，军队医院实行前方野战救治与后方医疗救治的有效对接，也可服务地方的医疗救治，接收地方政府对于医学的资金支持，以利益减少军费开支。除原先随军野战医院外，抽调部分医护人员组建战区后方兵站医院的意义和作用，以及具体施行之方略。这意味着，本期大部分学员将补充到后方兵站医院。

主持人在结业典礼结束时宣布：本届大学毕业医生进修班学员，无疑是抗战时期的优秀毕业生。你们当中的部分同学是其他大学毕业生中选送而来，诸如湘雅医学院在贵阳的毕业生到部队的在职军医等等，今天从中央陆军军医学校结业，都成为响当当的“双料”大学生了。就此，我代表校方宣布：你们本届毕业生，全体授予上尉军衔！哇哇、哗哗哗……大家掌声一片。

最后公布具体分配计划，正如于将军会上讲的加强兵站医院建设方略，大部分学员均分配到各兵站医院，和母亲一起入学的谭正、邓韵等大学毕业医生进修班10多名学员分配到第6军在云南昆明成立的142兵站医院了，也有分配到第5军141兵战医院的，都一并履行军队后方医院职责。

“兵马未动，粮草先行”这在军中司空见惯，1941年9月按照战时军队惯例，母亲她们作为充实后方兵站医院人员，和先期开赴的后勤保障部队一起入滇。这一年母亲22岁，她们一行毕业学员收拾行装并持有《中央陆军军医学校介绍信》，背负着于将军的重托，乘车离开安顺军医学校，走山间小路，途中在曲靖陆良休整数日，又一路徒步来到昆明北教场军政部142兵站医院驻地。医院按照个人专业特长分配工作，母亲在药房任上尉司药。

进入云南曲靖地区在山间小路上行军的中国军队

142兵站医院才成立，院长尚未到任，人员也未到齐，只是临时指定的医院负责人，部分医院设备还在运输途中，医院正常工作没有完全开展起来。毕竟她们这批学员大多在野战医院工作过，而且经过紧张严酷的实战锻炼，觉得医院管理相比野战医院的管理十分松散，也没有收治伤病患者。每天利用上午时间组织业务学习，下午做一些勤杂，所以学习和工作都轻松了，只是生活上不太尽如人意。

说到生活上，开始还算过得去，后来随着社会上货币的贬值，物资供应短缺，紧接着物价上涨，生活越来越差，一点荤味都吃不到。每天只吃两顿，比起军医学校的伙食差多了。又比起前线打仗的将士来也就算不了什么？在陆良中途休整就天天吃的土豆，现在来到昆明省城又作为每天供应的主食，尤其是用餐时打菜像抢一样。难于忘记的是，9月底，说是142兵站医院要调离昆明，要搞一次聚餐，大家高高兴兴说，打牙祭了！到开饭时一看，也只是增加一点猪头肉而已，让大家很扫兴……

一天，她们在昆明南屏街《宣传海报》上看到：1941年9月至10月9日，日军第二次进攻长沙。日军集结10几万人兵分两路。其左翼由平江至株洲一线包抄我军第九战区的主力部队，另一路沿粤汉路正面攻打长沙。第九战区司令薛岳指挥10几万人，利用有利地形，在正面逐次抵抗。也是9月间，我军第五、第六“两个”战区的部队向汉口以西一线的宜昌、荆门的日本占领军发动了反攻。

在返回北教场142兵站医院驻地的路上，母亲与谭正、邓韵3人边走边谈南屏街近日楼墙上张贴《海报》的两则战事，自然联想到1939年间，也就是3年前，她们亲身经历的第一次长沙会战和武汉会战，深感不安，战争殃及百姓的灾难历历在目。

邓韵悲伤诉说“倒霉哟！家里人不会……”话还没完。谭正看出两个湖南同学的情绪反映，赶忙安慰说“我们同为‘湘雅人’（意旨湖南湘雅医学院同学）一样的担忧。不过衡阳地区仍处于二线防守，么得事、么得事（贵州方言）的！会战在湘北岳阳地区打，距离衡山还有距离咧？么急、么急哟！此战役衡阳地区目前还是平静的，暂不会殃及衡山、南岳一带嘛！”母亲稍微冷静下来说：“哪都是早些时候的事了，我们不如找军方打听后再说。”

142兵站医院与在北教场附近的西南联大距离不远，偶尔会有学生来兵站医院找老乡聊天和玩耍，这些学生最喜欢听她们讲抗日战场上的故事。在那艰苦的岁月中，她们也和学生们很快处熟了，他们也说：联大有

抗日战争时期昆明城中心“近日楼”街景

的同学参加远征军去了。还悄悄地说，在皖南事变后，我们学校有些师生是中共地下党员，还有一些同学下乡到各县中学教书去了，在云南各地都可碰见湖南老乡哩！并安慰她们说国事为重，根本用不着寂寞和孤独，打败日本鬼子就可以回家乡了。可她们还是思乡情切，邓均就含泪领头并齐声朗诵起她们都熟悉的宋·范仲淹《渔家傲》：

塞下秋来风景异，衡阳雁去无留意。
四面边声连角起。
千嶂里，长烟落日孤城闭。
浊酒一杯家万里，燕然未勒归无计。
羌管悠悠霜满地。
人不寐，将军白发征夫泪。

而在此时，母亲也收到了在贵州兴仁父亲给她的回信：“华卿，来信知道你们分配在昆明的第142兵站医院工作。据说，兵站医院继续保障6

军医疗救护任务，所以我们原第6军看护训练班的教育主任，现任野战医院的湖北老乡方景风提升为上校军医，派往142兵站医院当院长，同时抽调来昆明的还有王越夫等湖北老乡，他们的到来将对你及战友们会给予关心和照顾，我将随中国远征军第6军入缅作战，若能幸存活下来我们再相聚……”

可以想象得到，父母那个时候正是青春焕发、风采动人和才华横溢的时候，他们是具有洗雪祖国被侵略耻辱的民族意识，具有医疗专业素养的中国军人，具有“先天下之忧而忧，后天下之乐而乐”的情操。但作为一对正在热恋中的情侣，也难免在书信中流露出生死离别之痛楚和忧愁……

国立西南联大校址——位于云南师范大学校内

第八章　兵站往事

一条神奇的铁路

第二次鸦片战争后，法国通过中法战争用武力打开了中国西南的门户，7年时间修建了越南海防至云南省会昆明全长854公里的滇越铁路，其中昆（明）河（口）段468公里。轨距为1米的窄轨，俗称米轨铁路，于1910年通车，西南地区有了一条不通国内通国外的神奇铁路。

滇越铁路

解读《云南档案》获悉：滇越铁路运输在1940年9月底之前，有过很多鲜为人知的故事。尽管有日本人的飞机轰炸，但大量的公私物资还是涌入越南海防港码头仓库，货物充塞，马路上机器材料和设备堆积如山，有的船只不得卸货，只能停滞江心。那时迫于战场形势紧急，蒋介石任命其内弟宋子良亲赴河内主持军需运输，规定所有待运物资实行统一支配，军火物资、兵工机器、医药器械和五金材料优先起运。就此苏联等国支援我国的战车、战防炮、弹药等军火物资得以通过滇越铁路直运昆明。

滇越铁路当年向昆明驶来的人流、物流、资金流，特别是战时给予滇南运输军需物资重要地位，显然被日军视为眼中钉肉中刺。遂凭借日军的空中优势，对滇越铁路实施狂轰滥炸，图谋切断这一重要国际通道。据记载：1939年12月至1940年8月，在不到一年的时间里，日军就先后派出飞机625架次，炸毁沿线站房、水塔、宿舍、铁轨设施无数，铁路工人和沿线民众死伤惨重，就日军对芷村机务段的轰炸就造成了200多人的重大伤亡。

当年，云南省政府主席龙云在兵员十分短缺的情况下，组建扩充高射炮部队在重点地段防御，担负滇越铁路重要桥梁和隧道的防空任务。据说在这支部队临行前，龙主席专门交代防空部队指挥员：即使付出多大的牺牲，决不能使“人字桥”遭到破坏，否则要想在短期内修复是不可能的。为此，防守该桥部队的高射机枪由7.9厘米口径全部更换为性能更好的13.2厘米高射机枪，配置在人字桥两端的高山顶上，还进行严密的伪装。由于“人字桥”位于两山绝壁之间，加之防空部队隐蔽，炮火精准猛烈，使日本人的军机不敢过低俯冲。虽然日军军机先后投弹700余枚，将“人字桥”周围炸得草木尽飞，可是硝烟散尽，“人字桥”仍奇迹般地傲立于陡峭的绝壁之上。

中国境内滇越铁路425座桥梁中，最传奇是跨越屏边五家寨的“灭”字桥，俗称“人字桥”

最为惨烈的是白寨大桥之战。在1940年3月1日，36架日机组成的庞大编队，呼啸着向大桥扑来。而此时，由于河口开往昆明的旅客列车正在通过大桥，火车司机开足马力，想急速冲过大桥进入隧道，防空官兵也向敌机猛烈开火。狡诈的日军机散开队形，分别对火车和防空阵地进行轰炸。

在火车即将冲入隧道时，敌机投下的数枚炸弹击中机车，在一片火光之中，桥梁被炸垮，车身被炸坏，现场血肉横飞，惨不忍睹，当场死伤200多人。我防空官兵有6人被炸死炸伤，部队当即移开牺牲战友的遗体，继续向敌机射击，又有数人被炸伤。此次轰炸，我军民付出惨重代价，当时由于铁路沿线缺医少药，一些伤员因得不到及时的救治而死亡。

滇越铁路重要桥梁——白寨大桥新旧照

1940年9月4日，法国与日本人签了军事协定，从9月15日起法殖民主义者同意将越南的河内、海防、金兰湾以及在中国广东境内的租借地广州湾（今湛江市）等基地让给日本使用。26日在日空军支持下，日军第5师团攻占越南海防港口，接着侵入谅山铁路起点和河内空军基地，以及云南边境老街（红河河口对面），妄图沿滇越铁路进犯云南。

为了防范日军乘虚而入，中国政府预期作好准备，在1941年的9月10日起，为避免背后受敌，防范日军从越南沿滇越铁路入侵，万般无奈的民国政府下令炸毁中越边境河口铁路大桥和隧道，拆除碧色寨至河口170多公里的铁轨。但碧色寨至昆明的米轨铁路，至鸡街、个旧和石屏的寸轨铁路仍保持畅通，以利于军需品和兵员的运输。

上述滇越铁路在抗日战争的沧桑历史故事，无疑加深了我对守护这条钢铁运输线的军队和人民群众作出的牺牲而敬仰和缅怀，必须牢记这些民族伤痛，谨记：吾辈自强！

奉命驻扎团山村

建水县位于滇南红河北岸，面积3787平方公里，居住着汉族、彝族、哈尼族、傣族、苗族等民族，掺杂各种文化。南诏时筑惠历城，汉语译为建水，元时设建水州，明代称临安府，清乾隆年间改为建水县，民国31年（1942）云南省第三行政督察区驻该县。县境东临开远，西与石屏接壤，北依通海，南邻元阳，建水也是滇南的主要交通要塞，蒙（自）宝（秀）铁路通过县域并与滇越铁路相连通。

武汉会战后，在整个中国战区中日双方处于相持态势，日本人以建立“东南亚共荣圈”晃悠，并扶持傀儡伪政权，选择我防御薄弱地区突破，民国政府非常有必要加强地处陪都重庆之南大门——云南的军事及后勤保障力量。

抗战时期，联系交通与后勤对于战争的重要性不言而喻。前期在昆明建立了4座兵工厂，生产了大批的武器弹药和军需被服，支援抗日前线。为保护滇越铁路这一国际海上进入中国陆地的运输通道，和高度警惕日军从滇越铁路进犯，中国政府从全局战略考虑，开始有了调遣军队进驻云南的举措。才有前面说的“兵马未动，粮草先行”之后勤保障的举动，也就有了由军政部在昆明组建141、142兵站医院等后勤保障部队并先期入滇，隐蔽配置于滇南和滇西方向。

母亲说那时，1941年10月中旬，方景风上校军医官已经作为新的院长到任，随行而来的有第6军军医处的赵侠梅，赵将军传达了军政部战区司令部命令，大概意思是：

日本从侵入越南起，使越南人民和华侨在惨受法国殖民主义者的残酷统治之余增加了双重压迫。我军目前为保卫滇越铁路，滇军部队已经沿中越边境一线布防，抗击从越南来犯之日军。按照云南省府的部署请求，同时为保障第60军、第6军作为中国远征军东路军的后方医院，军政部142兵站医院即日起改为第73兵站医院，整体调防到滇南地区建水（今为红河哈尼族彝族自治州辖区）县城附近团山村。并从即日起正式命名为：军政部第73兵站医院，相当于团级建制。暂设100人的编制。

母亲深有感触地说："数天来，军政部新的第73兵站医院医护人员，来往于昆明巫家坝机场、昆明火车北站与驻地北教场之间，忙于接收配置下来的医疗器械、药品等，紧接着进行调防物资的前运。一周后，在昆明乘坐米轨火车，随着汽笛声'哦'……'哇哇'！地尖叫，'哐当''哐当''呼噜''呼噜'地呼啸南下"。

一路上，平生第一次看见，修筑于山谷、河流、悬崖峭壁间的滇越铁路十分艰险，好像铁路一会儿在山谷弯曲行驶，不时会穿过隧道，又像悬挂在悬崖峭壁上……坐上车才感觉到"英雄的司机，亡命的乘客"的说法。难怪出发前人们说，修筑铁路前后的7年间，总数不下30万人，因工程浩大、天气炎热或被虐待折磨致死1.2万人，可想而知修建时确实是"一根枕木一条命，一颗道钉一滴血"啊！

再看火车的运行速度为15～30公里／小时之间，正如民谣流传的"云南十八怪，火车没有汽车快，不通国内通国外"，十分有趣并为现实，实

滇越铁路上的米轨机车

建水团山村寨子门楼

际上只有233公里的路程。但是第二天下午乘坐米轨火车到达碧色寨火车站，随着换乘更小的寸轨火车，傍晚才到达建水火车站停靠，这时蒸汽机火车头停下来加水、加煤后，又再行驶13公里才抵达目的地——团山村。

军政部第73兵站医院驻地，从蒙自到建水的团山村火车站（战时设团山村临时乘降所）

让母亲印象最深的是：她们坐在靠近火车头的车厢里，风尘很大，煤烟难闻，十分的疲倦不说，下了火车后，头发上沾染厚厚的一层煤屑，作为爱清洁的女医护人员来说，那里有时间打理啦！那时女孩当男孩用。村民们也闻讯前来帮忙，连夜搬运物资，直到凌晨五六点钟，村子里的“鸡鸣”“犬吠”不断。由于兵站医院的医护人员都是经过残酷实战检验的，连夜在团山村（原为乡会桥乡，今为西庄镇）的古宅院张家花园内进行调整与布置，次日清晨一座像样的野战医院展现在这偏远古老的山村。

团山村的这座私家宅院张家花园，有着清朝建筑的精美高雅，空间层次有序，园内小桥池塘样样不缺，根据地形而建、弯曲有致的走廊将各庭院及房屋串联起来。医院也依其宅院结构，即“四合五天井”占地1万多平方米，并联系医疗机构前院门诊；后院疗养设置布局，形成纵向横向联排两组三进院的医院格局。

忙碌完毕，只见一群军中年轻貌美的芳华女兵成一列队形，每人端着面盆并装有洗涤用具和干净的棕黄色军装走出村子，在田间地头村民们羡慕好奇的目光下，这一队军中女兵充满着青春的气息，她们在距建水县城不远的泸江河边上一处僻静的树林里，脱掉沾染泥土的军装，半赤裸着身子沉浸于泸江上游清澈凉爽的水中。哒哒，嘿！豁然展现出且宛如一幅充满浪漫色彩，衬托着女性人体曲线美的风景画，即从人到景，简直美得没道理。她们一个个充满青春活力洁白无瑕的玉体，尽情优美地呼吸着天然氧吧！在碧蓝的天空下朝霞相映着，圣洁的泸江水洗浴了她们沿途的尘埃和疲惫，乃至早些时候脑海里难以摈弃的硝烟和血腥气息。

著名的建水十七孔桥

1941年10月底，第73兵站医院在滇南建水县团山村开设完毕。这样一所堂堂正正的军队医院设在偏僻的小山村。过了一段时间后，他们觉得在这里“上不沾天下不着地”，生活保障极为不方便，大多数医护人员感觉迷茫，也很不理解其中的战略目的。人们抱怨，当初在昆明北教场不是很好吗？为什么要来这个偏僻的地方？其实他们都是久经沙场过来的，这完全是出于对将来战时卫勤保障需要，相信接下来随着工作任务的展开，必然会加深对云南抗战的整体和重要性的认识。

滇越铁路的开远火车站位于全程中段，曾是修建滇越线时最大的补给和医疗中心。开远站附近的法式建筑群里，有几间房屋正是73兵站医院（习惯称142兵站医院）设置的医务所。在碧色寨也配置有医疗站点，还在距中缅边境四五百公里的石屏宝秀终点站也设置医疗中转站，赋予统一编制的各站点实行按级管理，分段负责，独立施救和转诊转院的战时急救任务。团山村的张家花园为兵站的中心医院，或者是总医院。

碧色寨中转站

兵站医院及其所管辖医疗站点，主要担负中国军队第一集团军等驻军在滇越铁路和远征缅甸东路军的医疗救护任务。可是这条铁路线地处山高谷深，自然气候和生活环境非常恶劣，冬来天气冷，夏天很闷热，很多地方条件相当艰苦容易患各种传染性疾病。在这条铁路线上患病官兵和少许的百姓都是送到兵站医院所辖医疗站点来医治的，若有重度伤员和病号可以利用便利的铁路运输线，逐级转诊到团山村73兵站医院本部。所以说，在这样的条件下，兵站医院的救急任务格外艰巨。

再说，该兵站医院医护人员的给养列为云南省政府驻建水的第三行政公署地方供给，得力于骨干军医、护理人员为“抗战五支主力”的第6军野战医院并在入缅远征前分流出来的一部分专业人员，他们大多经历过抗日战场实战锻炼，另一部分来自中央陆军军医学校毕业学员，除第6军看护训练班的几名军医官年龄稍长外，全院医护人员共计100多人，平均年龄在23岁上下，专业文化素质较为精湛，多数为校级、尉级军医官，级别高的大多为欧美留学人员，他们在院内十分受人尊重。那时，助推了医院的内部建设，带动着山村医疗的发展。兵站医院官兵和老百姓的关系处得相当好，往往尊称他们为：某医官或者某军医官。

随军入滇滞安宁

为了取得抗战最后的胜利，保卫中国大西南，加强中印缅战区的军事力量牵制日军，英方也试图借助中国军民长期抗战的经验和力量，支援其国在远东殖民地特别是缅、印、马（马来亚）方面的军事存在，挽救远东大后方的殖民统治危机，于是中国远征军诞生了。

其实中国战区早在1941年初以来就加快了战略调整，国民革命军以第5、6和第66军等王牌部队，加快组成10万远征军以利备战赴云南。将士们唱着堪称当年最有华夏尚武气质和文化底蕴的《中国远征军军歌》（早期歌名：知识青年从军歌）高调向云南开进：

君不见，汉终军，弱冠系虏请长缨。
君不见，班定远，绝域轻骑催战云！
男儿应是重危行，岂让儒冠误此生？
况乃国危若累卵，羽檄争驰无少停！
弃我昔时笔，著我战时衿。
一呼同志逾十万，高唱战歌齐从军。
齐从军，净胡尘，誓扫倭奴不顾身！
忍情轻断思家念，慷慨捧出报国心。
昂然含笑赴沙场，大旗招展日无光。
气吹太白入昂月，力挽长矢射天狼。
采石一战复金陵，冀鲁吉黑次第平。
破波楼船出辽海，蔽天铁鸟扑东京！
一夜捣碎倭奴穴，太平洋水尽赤色。
富士山头扬汉旗，樱花树下醉胡姬。
归来夹道万人看，朵朵鲜花掷马前。

门楣生辉笑白发，闾里欢腾骄红颜。
国史明标第一功，中华从此号长雄。
尚留余威惩不义，要使环球人类同沐大汉风！

父亲和章洪叔叔曾回忆道：是年底，我们入滇的远征军部队配备了新的武器装备，隐蔽从贵州兴仁，朝西南方向长途拉练、徒步行军进入云南罗平、泸西一带。可能是为了回避和迷惑日本特务的跟踪，中途还模拟了热带丛林地战前演练。

为了达到演绎大部队声东击西的作战企图，我们这一路长途跋涉，穿着草鞋靠两条腿行军，人人携带各种武器装备和器械，一路风餐露宿，不分白天黑夜翻山越岭长途跋涉。可说是天当铺地当床，我们是挑战生命的奇兵，真不容易啊！

尤其记忆犹新的是，我们军医处和野战医院的医护人员从兴仁出发，到兴义前就分头下到基层连队了，除配合部队完成指定的演习任务外，还要担负随时发生伤患者、骡马的医治和收容工作，半个多月的时间行程三四百公里，克服各种艰难险阻终于来到开远。开始以为是乘火车沿滇越铁路南下中越边境，或猜测向73（142）兵站医院驻地的滇南方向开进。可令人失望啊！万万没想到，是在开远站调头乘火车继续向滇中方向开进啦！

到昆明后，按云南省政府与部队的约定，为避免扰民，部队绕城郊（现昆明总医院位置）休整，不日徒步进至安宁。在安宁时，军医处及时组建了伤兵转运站，父亲被派到伤兵转运站出任上尉军医，和他一起的有中尉军医章洪、潘声华等一批专业技术骨干，主要负责伤员临时集中救治和转运。在这期间，将近2个月的时间里，沿途送来的伤（患）官兵不少，慢慢地治愈归队后，伤兵转运站转入训练仍滞留在安宁，与其大部队一样停滞不前。

父亲回忆“两个月来第6军先遣大队滞留在大理、后续机动部队在楚雄，伤兵转运站在昆明安宁待命，加之军纪严明和人地生疏又没有去处？查阅了在衡山购置的那本《中国分省图》册，自入伍以来参战至今已经穿越湘、鄂、豫、桂、滇等5省地域，从没有像现在这样的……自己整天把随身携带的医书翻来覆去的看了又看！心里总是纳闷得很……”。就此如何是好呢？对于刚好21岁时的父亲，正是春青年华的时期，人在伤兵转运站救其伤员，但心却无时无刻不在思念一年半未能见面的心上人——康华卿。

昆明市郊

本来章洪几次约我父亲，叫父亲一起请假离开伤兵转运站，去昆明重新找一家军队医院去谋职……可是父亲难以忘怀5年前（1938年5至8月），在兰封作战中受伤下来那些煎熬的日子。为了寻找后方167医院的崔子富（三爷爷）沿途奔走乞讨，堕入衡山常备队蒙受人格和生活磨难的教训，认为同样的错误不能第二次重犯了。也就打心底不愿意离开自己的部队。

是呀，常理说得好：人生和爱情一样，不能错过爱情又错过人生。过了一段时间后，章洪又开道父亲说，是不是请假试探一下，理由是去看望在建水团山村兵站医院的老师和同学……这样在安宁硬待着不是回事，若能到母亲现在（73）兵站医院不是很合适吗！如果日军沿滇南或滇越铁路进犯，去她们的兵站医院参与卫勤保障服务，甚至打到越南去为远征将士救死扶伤，既能报效国家又能解决个人婚姻问题，这不是双赢吗？

想啊，想！就在考虑走与留“两难”之时，遇到一次最大的人生与爱情的转折，应验了父亲自己的想法，或者说是“天意”！

对此，现仍健在的章洪叔叔已经90多岁高龄了，神志清楚，他多次感叹地对我讲过：“战火早已远去，时光来回流转。时间过得真快，至今70多年了！记得1941年12月上旬，6军赵侠梅带着新任第73兵站医院院长不久的方景凤上校，和新组建的防疫大队一班人，乘坐吉普车来到安宁的部队及伤兵转运站巡察备战工作。”

“他们一行人在附近部队早餐后，到了伤兵转运站，我们礼毕跟随其后，他边走边询问伴随的下级军官：‘现在第6军的49、93师已经有部分部队推进到缅甸景栋地区了，很快会与日军交战。你们防日军生化、细菌武器袭击和伤寒、疟疾防疫大队组建，和142兵站医院改建73兵站医院及调防情况以及人员调配情况……进行怎么样？’”

赵侠梅听取各长官汇报，下级都反映各单位人员编制不落实，最缺乏专业技术人员。方景凤院长特别提及父亲在两年前（1939年12月25日）昆仑关对日军攻坚作战时，6军野战医院医疗救护组在反敌袭扰战中，徒手捕获日军少佐情况……随即请示赵侠梅长官，“崔永龙曾在安顺的‘蹄铁训练班’受过专业培训，学过防生化训练。可否？士为知己者用！”

赵将军听后看父亲一眼，见他满脸期待的面孔，好像是觉察到了他内心秘密似的，随后静静地思索了一会儿，淡淡地说道：“要处理前方作战与后方保障之考虑，军政部的73兵站医院也是我军的后方医院，保障滇越铁路、东线入缅部队的任务也是繁重的，可以抽调现有人员补充嘛！一旦前方打起来了，后方卫勤力量更要加强，你们说呢？”换一种思维形式，人人都懂上下合作才是达到知人、选人、用人的双赢选择的道理，无疑正合方院长与父亲的想法。

这时方（景凤）院长，朝父亲瞄了一眼，笑了一笑，意思是合乎你的想法吧？父亲按捺不住内心的激动，立即会意地点点头，自己顿时心想

“一个好汉三个帮，一个篱笆三个桩”，这可能就是众人拾柴火焰高的道理，心里默然念着：上帝保佑呵！自己会不会是运气要来了。送走长官回来的路上，也身不由己地发出了“哈哈……”的笑声。旁人却不知他笑声源于何处?

到傍晚时分。嗨！真是吉人自有天相，果然调配命令下来了，父亲和章洪等均为调整人选范围。他们得知消息，一时心里激动不已。啊呀！几天来总在焦急等待、忐忑不安的心情终于舒畅下来……

父亲的幻想变为了现实，令他去军政部第73兵站医院报到，也就是按章叔叔话说：“我早已知晓他爱着康华卿。他到建水就是要找康华卿。”就此分道扬镳、独行其道、各得其所。啊！那时章叔叔和父亲一样，激动的心情，难以言表哟！他们在昆明分手时，由于父亲爱花钱，买了一些东西，已经身无分文，章叔叔知道后给了他两块大洋（银圆）做路费，章叔

章洪，1921年9月5日生，浙江永康人。部队番号：陆军伞兵第一团，部队职务：中尉军医。1938年10月在江西南昌中央伤兵第二休养院当卫生兵，1939年考入贵州陆军军医学校，1941年分配到第6军任少尉军医，1942年在昆明接受伤员。在伞兵第一团，对外叫红翔部队。主要工作治疗抗日受伤将士

叔只身一人就到护国路上军政部驻滇第10疫防大队报到去了。

父亲在昆明火车北站买了车票，坐了10几个小时火车，在碧色寨换乘寸轨火车来到建水的乡会桥，在团山火车站下的火车，经过寻问才走了几百米进了寨子不远，看到“军政部第73兵站医院”的牌子。奔跑迈进这山中村子一所远古民居庭院，只见王越夫、谭正等看护训练班的教官和好几个同学大声喊叫：永龙，来到了！母亲闻讯从药房跑了出来，激动得话也说不出来啦，只是“嘿嘿……”的傻笑。父亲转眼一看，在第6军军医处时的教官杨广平和同期同学黄汉光也在一旁笑逐颜开！

今日患难与共的同学和战友相见激动又高兴，对父亲的到来感到惊喜，十分友好地迎上来问寒问暖。尤其头两天回到医院的方景风院长，基于他们第6军看护训练班时的教育主任的师生关系，加上过去在战场上生死与共的感情，这次又帮父亲调入兵站医院和大家重逢……

当晚，在这偏僻古老的团山村张家花园他们给予热情的欢迎和接待，大家欢聚一堂到午夜，搞得父亲自己彻夜难眠。啊！这是久别的生死战友、同学情谊会聚，更是方院长为他与母亲忠贞不渝爱情，搭成了乡（相）会桥，并在团山（圆）于张家花园相聚。

张家花园大门

父亲（右）在建水县城与第73兵站医院的黄汉光（左）合影

悲壮的远征将士

1942年2月初，在父亲离开安宁第6军伤兵转运站后的一个多月后，日本人很快就侵占缅甸，首都仰光沦陷全缅告急，经美国多方斡旋，这时英国终于同意中国军队入缅作战，并将缅、泰、印（法属印度支那的越南）与中国战区合并，称为“中缅印战区”，蒋介石出任战区总司令，美国派出史迪威任参谋长。

同年2月中旬，蒋介石下令先运送第5军第200师为先头部队，紧接第6军主力部队也从景东地区进入缅甸，军部及直属队在雷列姆，整个军负责掩护远征军的左翼作战。后续远征军大部从大理、楚雄和安宁等地待命数月后，10万中国远征军先后进入缅甸北部山区与盟军联合对日作战。至此，日本侵略者用于进攻缅甸的军队大约只有6万人。可是中国军队已经错过了最佳攻击时机，导致我孤军奋战，而且作战情况变得错综复杂，仍然与日军进行了艰苦卓绝的战斗。每当说起这次作战和牺牲，或者说病亡、失联、失踪的战友，父亲总是说着说着，唉……一声声长叹。

两个月后，消息又传来我军第一次远征惨遭失败，4月暂编55师和49师在毛奇、垒固、雷列姆一线遭日军18师团击败，其日军的搜索联队向缅东方向追击，55、49、93师全部后撤。5月8日，第6军军部抵达景栋，日军过渡萨尔温江的企图遭93师278团、49师146团挫败后，随即沿江向北进攻滇西。随军入缅作战的各野战医院建制已经被打散，5月份回到国内的中国远征军伤病官兵，只有向后方医院转移。那时，142兵站医院除承担滇南驻军的医疗保障外，也作为军政部在云南的直属医疗机构，首要任务是承担起接收远征军东路军转来的受伤官兵。兵站医院派出医疗救护组到石屏宝秀、蒙自碧色寨、开远和昆明火车站接运，将伤病官兵们接二连三沿滇越铁路和碧石铁路接转到团山的兵站医院进一步手术、治疗和康复，而且都是危重伤员。当年父亲比较年轻，有时要去接运伤员，回到医院后又不分昼夜配合几位老军医工作，每天都有一至三起截肢手术要做。

唉！那一段日子在张家花园院子里，看着一个个出国征战前还称得上身强力壮，出国后出生入死，即使庆幸活下来，可是消瘦得皮包骨，还缺胳膊断腿的伤兵战友，成天悲痛欲绝的样子……大家心里总不是滋味，让人心碎啊！

没几天，他们在第6军军医处时的文书王跃华，晋升为上尉沿东线入缅对日作战，死里逃生回到驻车里（今景洪市）东路军部队。因他左小腿伤口感染，从佛海（今为勐海县）到南峤县（今为勐遮镇）美军第14航空队的野战机场，护送其他伤员一起乘坐飞机到昆明，又从昆明坐火车到乡会桥乡公所的团山村来。

就是这一天，父亲在乡会桥乡的团山火车站见王跃华拄着拐杖，艰难的下车来，拖着一条残腿，朝父亲哭丧着脸、扑面而来："永龙，你从安宁伤兵转运站调走后到142兵站医院来，大家一直惦记着你。这次来之前是我向赵侠梅处长请求，让我来建水找你们的。离开车里营地时，赵将军身体不太好，心情也很沉重，让我转告对大家地问……问候呵！话没说完，就哽咽起来。"

到了医院，王跃华协助父亲他们将伤员安顿后，又讲述了他在缅甸北部连同几个伤员被鬼子俘虏，日军企图让他们在阵前向中方发起冲击当炮灰。幸亏200师一部攻击腊戍之敌时，王跃华才听到我方人员喊话，避开日军监视后，寻机跑了回来，200师继续防守该地区，掩护第5军、第6军大部队撤退。

就这样，王跃华跟随新22师和93师一部分零散官兵由于中途掉队从西面绕道缅北，至5月中旬辗转撤回国内住在佛海。只是进入国内时，左脚被山石击伤，这比起其他弟兄来，倒是算不了什么！

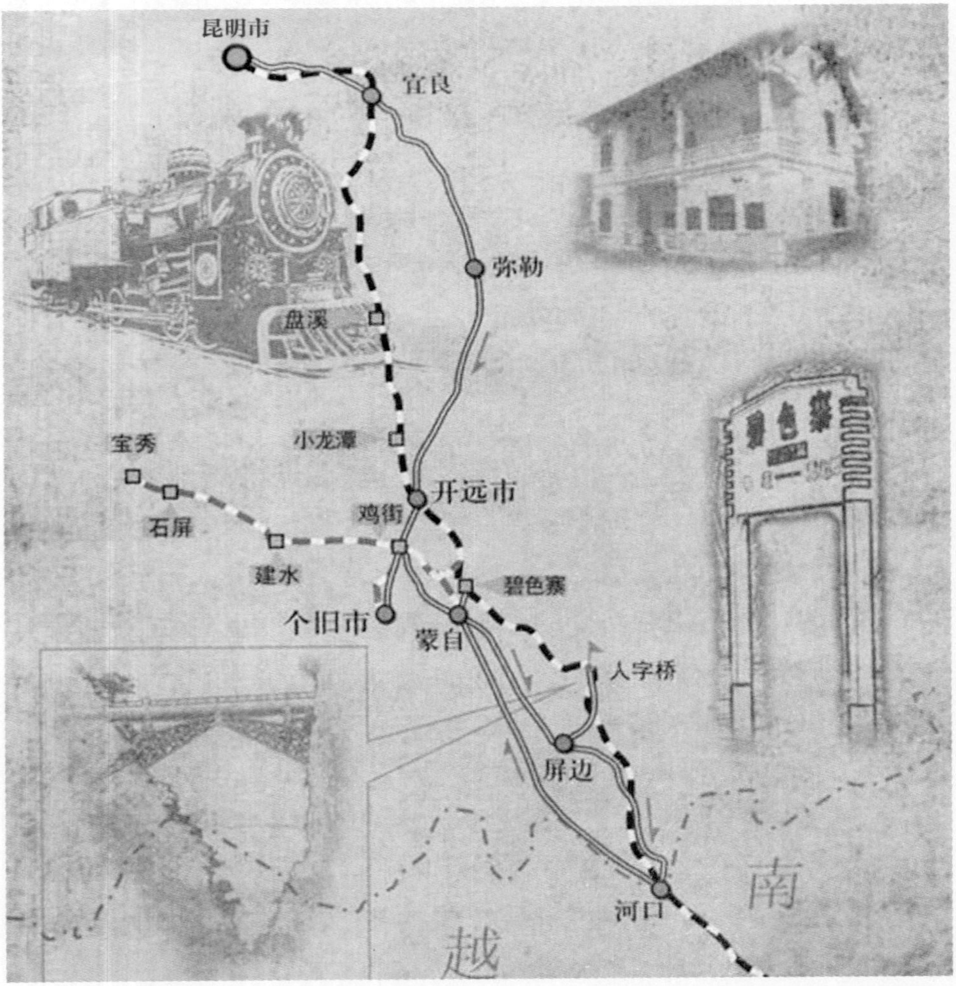

滇越铁路昆明至河口段及碧色寨至石屏宝秀段示意图。碧色寨中转站连接（寸轨）昆明——越南河内及海防港口段。以及（窄轨）鸡街——个旧；鸡街——宝秀段

记得入住142兵站医院的伤员说：从胡康河谷开始的3万多人进入野人山，而最终走出野人山的确只有3000多人了。部队在作战中其实没有损失多少人，而是在撤退中竟损失如此之多呀！

又说英国军队数倍于日军，却毫无战斗力，完全是一群怕死鬼，防务交给我们就撤退了，一看见日本人的膏药旗就丢盔卸甲而闻风逃命，不仅把战场上的压力全都丢给我们。他们还处于历史的偏见，竟然干扰中国远征军的战略部署，甚至装备配发和后勤给养也一拖再拖。

1941年12月至1942年8月中国军队远征第一阶段的失利，也因英国军队未执行中印缅马军事考察团制定的防御方案导致的。加上撤退时的指挥失误，各部队各行其是，致使因落伍、掉队、染病和饥饿而死亡的人员，数倍于战场上与敌战斗的死伤人数。200师师长戴安澜将军也是在突围时牺牲的。

中国远征军此阶段参战总数约10万人，生还仅4万人左右。一部返回滇南车里、佛海一带休整，另一部返回滇西，据守怒江天险以阻敌；还有另一部退入印度蓝姆伽地区，组成中国驻印军，亦称新军，接受美国装备并受美军训练。

总的来说，我们这支军队虽然经历失败，但其付出的牺牲为世界反法西斯战争胜利赢得了时间和空间。可以说，中国远征军从其产生的那一刻起，就注定了成为世界反法西斯战争中的重要角色。

有情人终成眷属

1942年4月，在云南楚雄成立中国远征军长官司令部，并前移至距怒江一线70公里的保山马王屯，过了两个月驻印军总指挥部也成立。两军准备从印度和我国云南西部同时向侵占缅甸和滇西的日军进行反攻，意在合力打通中印公路为总的作战企图，以解决国际援华物资供应和各种运输保障问题。

显然云南的主要作战方向已经转移至缅北和滇西。其实，这在云南战区划入中缅印战区后，民国政府军政部对日作战的重点转为保障滇西毗邻的缅甸北部。进入4月春夏季后，随着战场情况发生根本变化，转来的伤员渐少，滇南的卫勤经费和物资保障有所削弱。142兵站医院有些被遗忘的样子，主要由建水的地方行政公署管辖，出现药品供应短缺和医疗设备保障不力，起码的生活保障也成了问题。

基于云南红河地处西南边陲的前哨，百分之九十以上地界属于山区，虽然是人类起源的重要地区之一，但也是少数民族居住集中的地区。由于地理、气候和文化等因素，各种传染性疾病流行，这里的世居民族千百年来为了生存，在民间积累不少对鼠疫、霍乱、伤寒、麻疹、脊髓灰质炎及流行性脑炎等传染性疾病防治的良药方子。医院号召全院医护人员以院本部为中心，以“西医为主，中医为辅”，实行“以医养院”的惠民医疗举措，定期流动到各医疗站点服务或沿线部队巡诊并图生存、谋发展、作备战。要求大家每到一个地方根据季节气候变化，注意收集研究疾病易发特点；注意走访当地民间医师治疗手段和偏方为己所用，组织病例分析，制作医院制剂，弥补医院药品供应的不足。

王跃华来到兵站医院疗伤痊愈后，留在了兵站医院工作，任上尉军医，多次说过我父母婚姻大事。即在大姐崔远信上学记事时，王跃华伯伯对她讲过：小玲，在建水兵站医院的时候，正是春夏时节的一天，在院内和相处甚好的一伙战友们正在分析当前抗日战争的形势，认为整个战局进入最困难的相持阶段，我们当面越南的小鬼子也不敢打进来了……王伯伯说到这里话题一转，立马动情地说：那年你爸爸、妈妈从相识、到相恋3年多了，又经过战争的考验，只为爱情始终忠贞不渝的又走到一起。两个人恋情犹如泸江、塌冲“两条河”河水蜿蜒如龙，怎么流，始终交汇在双龙桥一样嘛！对此我就提议，是不是我们同学、同事和战友们为永龙、华卿举行婚礼——来个百年好合，喜结良缘吧！好不好呵？大家一听，异口同声地响应“要得，要得……我们大家让他俩既是亲密的战友，结为更加亲密无间的夫妻吧！”王跃华又号召大伙，“那么我们一起张罗，好吗？哈哈……”

几天后，战友们在乡会桥团山村张家花园——兵站医院里张灯结彩，母亲穿着一件简朴漂亮的旗袍为婚纱礼服、父亲身着母亲她们凑钱在衡山买给他的西服，终于成为母亲梦中永远的“白马王子”了，这也是他们彼此相识到相恋及梦寐以求的追求吧！

1942年的父母亲

在结婚仪式上，方景凤院长作为证婚人，他用标准的湖北腔说："弟兄们！咱们一起抗击倭寇，历尽艰辛，生死离别的战斗生涯；如今战场消沉……无论如何，今天我们是女大当婚，男大当嫁，把他俩倒过来说，这是因为华卿比永龙岁数大嘛！也是我们兵站医院留住了永龙、华卿俩人永恒的幸福；这样的爱情能与战争联系在一起，以见证今天这激情燃烧的青春岁月，也见证了我们曾是楚（国）人，湖北湖南，一水之隔。今湘鄂情，一家亲呵！祝愿他们有情人终成眷属……相亲相爱，永结同心！"话音未落，大家一片热烈的掌声、喝彩声……好热闹哩。

方院长在婚礼上致辞后，大家又唱又跳，很是高兴。此时在母亲的口琴伴奏下，父亲唱起《梁山伯与祝英台》的流行片段：

蜜蜂辛勤花盛开，
彩蝶双双久徘徊。
千古传诵深深爱，
山伯永恋祝英台。
同窗共读整三载，
促膝并肩俩无猜。
十八相送情切切！

父母亲联袂表演，掀起婚礼高潮，大伙仍然兴致勃勃，其乐融融。王跃华向来开朗、活泼、耿直。又吼道，现在我用“战场失意，婚场得意”来形容这个结婚典礼，再适合不过了……如何？那时任中校医务长的王越夫也满面笑容的接过话文绉绉地说：那是“情场得意，赌场失意”，看跃华你瞎编的？不过编的有意思、有水平，形容的恰如其分，有意思，有意思，我赞同。哈，哈哈……母亲也激动得“乐哈哈”地笑起来了！

哪一晚，大家欢声笑语，众说纷纭。真可谓：穷折腾，不亦乐乎？

就这样一场别开生面，既简朴又热烈奔放的茶点婚礼，战友们为父母在乡会桥团山村的居所院落举行，一直折腾到深更半夜……

团山村民居

第九章　山村杏林

驰援滇西救伤员

父母所在兵站医院大部为医疗专业技术人员，大多数人曾在抗战爆发之前就置身于医学专门学校执教和学习，成为这一特定时期医学界的爱国精英和志士青年，民族英雄主义较重，其父母双亲出身于学生、学徒又受社会和身边有进步思想的师长影响，他们的意识形态，满脑子里都是抗日救国、救死扶伤的世界观、人生观和价值观。

就在1943年2月，正好父亲到142兵站医院工作一年多了，而且各方面的表现尤为突出，医院呈上级军政部军医署批准，授予他少校军医头衔。这年他满22进入23岁，与同年进24岁的母亲一样，处于青春妙龄成熟时期，在过去的五六年里辗转抗日战场，甚至可以奉献自己宝贵的生命，现随着年龄的增长，繁衍生息引导着青春期的新思维，萌生“家国万事亨通”的理念。兵站医院的其他军医们也同样随着岁数的增长，医院结婚的逐渐多了起来，家眷也随之增多了，他们的家庭生活占据了思想和工作的一部分。

父母的婚姻同样经历战场洗礼，也是血与火劫后余生的基础上建立的。婚后母亲怀孕了，随着肚子高高隆起，她特别穿上了肥大的军装作孕妇服用，这个漫长的过程中孕育他们爱情的结晶，对母亲来说既辛苦又幸福。就在这一年的3月23日，大姐在建水142兵站医院出生，新的生命啼哭代替了十月怀胎的艰辛，换来了欢喜和希望，他们给她取名“远信”。又因建水县城旧时称之为“临安城”，取乳名“小玲”（玲即临的谐音）。此时，为人之父母的现实，父亲晋升校级军医官，也算得上“双喜临门”了。

这时刚刚过完年不久，还有逢佳节倍思亲的念想。父母写信告知离别五年之久的湖北、湖南老家亲人。可是信发出去了。半年的时间过去了，不见家乡亲人回信，一年又过去了，还是未收到回信。他们左思右想，莫非没收到云南寄出的信，难道是因战争，都已经……想到这里，更加激起他们痛苦思乡之情。

从全国抗战形势来看，1944年中国军民已经转入对日军的战略反攻阶段。可早在1943年10月旱季起，中缅印战区的中国远征军驻印军与盟军开始对日军实行大反攻，相继7个月之后（1944年5月）滇西的中国远征军也对日军实施大反攻。

1944年3月，方景凤院长接到建水行政公署转来楚雄《中国远征军长官司令部的命令》密电：即令，军政部第73兵站医院（142兵站医院）组成中国远征军野战医疗救护队，编入第一集团军后勤保障分队序列，担负第二十集团军的医疗救护保障前往滇西方向指定位置待命。具体集结位置也不明，电文念完，当场就烧毁了。只是补充告诫涉及派出人员以国家利益和受伤官兵生命为重，安排处理好各自的家庭事宜，若在执行任务中发生伤亡，政府会给予丰厚的抚恤金。

军令如山！中华儿女始终体现着革命军人，国家干城，前仆后继，抵抗敌军救急我伤员的民族大义。医院一共抽调父亲和王跃华、黄汉光等10几名具有实战经验的医护骨干人员，由王越夫医务长率领，带着必备的医疗器械和药品，即进入战斗准备和出诊状态，不到10分钟整队完毕，这是长期的战场救护养成。就在当天下午与医院留守的一些同事和战友，跟各自家人在团山火车站乘车挥手告别时，大多都流下了眼泪，母亲抱着大姐，父亲拉着她的小手难过地对母亲说：我们是军医，战斗需要就得上……次日凌晨到昆明站并授命完毕，紧接着转乘汽车抵达大理祥云县境内并驻守在野战飞机机场附近的云南驿。

“云南驿”是古代南方丝绸之路“茶马古道”上的一个重镇，已有1200多年历史。早在“云南”二字出现前，云南驿就是一个古老的驿站。滇缅公路通车后，它也是作为二战中盟军在远东最重要的军事基地和物资中转、兵员转运站，曾一时蜚声海外。

云南驿牌坊

几天后，沿途星夜兼程，风尘仆仆到达集结地域后，被派到在古代驿站的大马店老建筑里，其负责滇西战场部分伤员前送后运任务，为生命接力来回穿梭于楚雄、腾冲和祥云，以及昆明等地担负痊愈伤员的前运和重度伤员后运的任务。其间，他们要对伤势较轻的伤员施予手术处理并接收治疗，如是重伤者就要进一步止血后，紧接用救护车或个别搭乘飞机送往昆明近郊条件较好的医院进一步手术处理。

经过3个多月的时间，和伤员挤住在云南驿马店里尤感其夏日的炎热，外部环境和生存条件也差。到6月中旬为限，他们记不清收治和转运了多少伤员，有的伤员在街道即行救治，或进一步处理后向上级医院转治。只记得从前线送来的伤员，总是穿着血泊侵蚀又破烂的草黄色军装，从前方送来的伤员伤残部位只是做了简易包扎，伤口处血肉相连肢体残缺。可想象得到当初战斗的激烈、战争的残酷和将士的英勇顽强，较之其他战场上所遇到的一样，照样目睹到如此悲伤难过的惨状。

据后来战况通报获悉，中国驻印军向驻缅日军发起攻击，先后赢得了胡康河谷、孟拱河谷战斗和密支那等战役的巨大胜利；滇西的远征军将士们乘胜向畹町一带推进，接连攻克日军重兵防守的松山、腾冲。其中，父母他们老部队参与滇西南面对日反攻，于5月配合第71军收复龙陵、芒市、遮放等重要城镇。

6月的一天早上查房会诊时，王越夫告诉大家中印缅公路快要打通……啦！这是激动人心的消息，意味着云南抗战将取得完全的胜利！他还告知，滇西集结军队太多，除少许后勤保障分队随队靠前跟进外，大部参战的部队进行人员、武器补充和部署调整，可能陆续转向内地其他战场迎接新的作战任务。

没过几天接到通知，他们在祥云县云南驿的142兵站医院医疗救护队驰援任务完成，奉命撤回归建，远征军长官司令部军医署还强调各后勤保障分队，回到原建制单位休整待命，进行评功评奖。

大家听后，兴奋不已的惊呼：胜利啦！鬼子完蛋了！他们相互拥抱，高兴、激动得热泪盈眶…… 3天后，留床伤员均处理完毕，他们启程返回建水县团山兵站医院驻地归建。

繁忙的滇缅公路物资运输

嗨！别提这对日本人最后一战涉及人员的评功评奖了，倒是医院人员补充调整早就在暗地实施了，这事父亲他们回到兵站医院才晓得的。各单位均在加强内部权力掌控，怪不得回来的路上，偶尔可见抗战下来返乡的散兵游勇四处游荡，兵站医院外面土坯墙上也写了“精诚团结，效忠党国”的标语。

随着抗战形势的变化，国民党特务机关了解到红河地区已有数十名地下共产党员，是滇南共产党组织的骨干。那时其秘密外围组织——中国民主青年同盟（简称“民青”）成员，也以民主青年同盟思想对有识军人产生思想和行为影响。个别军医还与附近山中土匪有医患往来，有叛党误国的倾向等等。潜伏在医院内的军统人员也借机在内部对进步人员监视，并借故找一些岔子整人。

结果两个月不到，方院长换走了，新来的院长，叫谭师伦（安徽人）并带来一些人，接下来进行所谓的医院内部全面整治，实际掌控医院高层和院内主要科室的领导权，首先被解除医务长的王越夫，被指责其多次为土匪疗伤，擅离职守……随即是在过第6军负责医疗、医务的医官们被全部换下来，有的派出到在滇的其他部队当军医。原先兵站医院和睦相处，亲如一家的氛围没有了。

这些人来兵站医院后竟搞窝里斗。人事管理松懈，不务正业，查这查那一浪高过一浪。在医院内部会上，新上任的谭院长训话，扬言要肃清思想影响，不要以行医为名交往社会上思想过激人士，也不允许与下乡而来的联大学生往来，包括学生中的同乡在内。便训斥军队医院只能为党国的军人服务，不愿意的可以走人。这话听后，令人担心、忧虑和气愤。

在这样的工作和生活环境里，原有的骨干医护人员人心浮动，就像眼里有沙子一样不舒服。尤其是他们原来在第6军军医处、野战医院这些人认为：现在是一朝君子一朝臣，说不定哪天就要轮到自己了。他们不得已一起秘密商榷，而且一致认为，不能这样无意义的折腾下去了，完全违背出征抗日时，为国家民族大义而舍生忘死的初心，应该把对祖国人民的忠诚，对救急乡下劳动人民的生活和医治其病患为已任。我们要转化为对百姓疾苦的关注，这就是我们作为医生幸福和快乐的宗旨。

大伙都说，当今政局走向我们是难以预料的，也无法预知未来怎样？却可以把握现在的嘛！此处不留人自有留人处，干脆一不做二不休，按照前期面对乡村缺医少药、医疗与患者之间的供需对接做法，抱有一颗慈悲为怀的心，再做一次他们认为的“逆行者”，回到劳苦大众中去做山中杏林人。通过大家七嘴八舌讨论终于达成共识，决定一起筹钱到昆明购置药品和器材，分别选择个碧石铁路沿线的原先兵站的医疗（站）点，开启普济惠民诊所，寻求普惠民生之道。

方院长的调离，王越夫被撤职，坚定了父母离开兵站医院的想法。面对何去何从的选择，父亲想起了清朝光绪年间，石屏县的清末进士，曾任自己故乡湖北天门知县的陈鹤亭先生，和经济特科状元袁嘉谷先生的家乡，享有文献名邦、文学南滇第一州的石屏。产生在此处服务民众、兴办医院的动机和愿望。用自己的一技之长去耕耘石屏异龙的荒山，让杏林之风去温暖山村百姓。

普济温暖杏林风

滇南石屏县素有“九分山有余，一分坝不足”，地势以山多地少、山河相间、岭谷并列、群峰突起、山势陡峻。坝心地处县境内上、中、下“三个坝子”之一的下坝，最高海拔2156米，最低海拔1190米，山川河流千姿百态，山清水秀，景色迷人。年均气温18℃，最冷时月均气温11.6℃，最热时月均气温22.2℃独有的宜人气候。

异龙湖位于境内，湖周长75公里，水面面积32平方公里，平均水深4米，是云南省九大高原淡水湖泊之一。其湖面天然形成“三岛九曲七十二弯”，湾湾波光粼粼。整个异龙湖好像一枚璀璨明珠镶嵌在县城（中坝）至坝心（下坝）的东西两端，美不胜收。

坝心古镇位于新街集市的洄澜阁有石屏“东大门”之称，距石屏县城20公里，离建水县城28公里。山区面积115平方公里，坝区面积仅10多平方公里。境内居住着汉族、彝族、傣族、哈尼族等13个民族。

据石屏县志上载，从明朝始，直到民国年间，石屏人口尚无定数，并呈现人口减少之势，坝心地区也不例外。一方面出于个旧锡矿做工或走西头去元江一带经商的人较多。另一方面因疾患且缺医少药非正常死亡人多。那些年，坝心总人口也不到2万人，居住于异龙湖南北两岸的山寨里。

石屏异龙湖（国家湿地公园）

石屏县坝心建于乾隆三十八年（1773）的洄澜阁（全国文物保护单位）

在石屏县辖区，两汉至东晋时属胜休县，隋属昆州。西汉称“旧欣”——彝族族名，意为“居住在山麓林水边的民族”，唐天宝十一年（752），本地土著民族掘地得石坪，聚为居邑，始号“石坪邑”。南诏政权时，隶属通海都督。宋大理国时，石屏邑属秀山郡。元至元七年（1270），石坪邑置为州，设土官，隶属临安路（明改临安府）。明洪武十五年（1382），改“石坪州”，后改“石屏州”。民国2年（1913）改石屏州为石屏县，隶属蒙自道，民国18年（1929）裁蒙自道后属行政专员公署。民国23年（1934）划石屏、新平、峨山、河西、通海五县部分属地，以龙武设治局属玉溪管辖。

1944年8月夏天，日军发动湘桂战役，威逼黔滇。这时正值学校暑假期间，《新华日报》登文号召知识青年下乡，西南联大学子到各地发动群众抗倭寇，传播进步文化思想。远征军长官司令部积极进行部署调整，准备抵御日军西进，在后方保障方面对142兵站医院人员进行调整。

这时的142兵站医院大概出现三种人员变动情况：首先是调整骨干管理人员到湘桂参战部队委以重任；其次是根据个人意愿选择补充滇军扩编的部队；再者是付诸地方主管卫生部门倡导的，填补地方现代西医诊所（室）空白点，弥补所需医务人员短缺之现状。

142兵站医院班底“大换血”，带来人们去留问题的关键时刻，应该是明白比聪明更重要。这时，母亲提醒父亲：“前不久，你不是老念叨去天门当过县长的陈鹤亭家乡石屏开诊所吗？其实这事在3年前，西南联大的学生都下乡支持落后的教育来了，我们也可以效法支持乡村解决因医疗匮乏致贫的症结；同样可以用我们仁爱之心，谋求百姓的根本利益嘛，现在走，正是时候……”此时母亲的提醒，两人正好不谋而合，顺应潮流、从长计议，选择了走为上策？下到邻近的石屏乡村开诊所去。

于是，1944年8月底，以母亲怀有第二胎接近临产期为由，请长假到建水县城待产，其实反向搭乘碧色寨开往宝秀的小火车，领着在建水142兵站医院出生，有一岁多大的大姐（小玲）并带着勤务兵，也是同父母学医的李小满（贵州普安人），带有行装和积存的医疗器具、药品，中途在坝心新街火车站下车，在坝心镇上会同老乡王越夫开诊所来了。

这样，既回避兵站医院内部权力争斗，又可到乡下去施展医技，一举两得。到目的地后，按之前父亲和王越夫来考察过的计划，诊所先在坝心叫作“大沙拉”地方且空旷的佛堂（兵站医院曾开办医疗站）里临时凑合，施于仁爱济助受到当地黎民百姓的热心关注，誉其名：“普济诊所”。

不久，为了不妨碍当地人们前来佛堂进香拜佛和办婚丧嫁娶之事，缩小房屋占用面积，又同时在不远处租用一幢法式建筑小楼，充其量只是一间上下两层不足100平方米，楼上用来住宿，楼下两间设诊疗室相当于门诊，治疗主要以佛堂那边为主。旁边有两棵大榕树，候诊患者可在树下休息；距新街火车站不到2公里左右，交通便利也方便群众求医问药。

坝心新街火车站、普济诊所印件

普济诊所开业和安顿的过程中，首先接触交往的是对门开米线餐馆而且热心肠的卢兆旺（卢四阿叔）家人，接着是心地善良的姜姑妈王同仙（她25岁时丈夫早逝，现养育二子：10岁上下的石云、正祥哥）。因她长我母亲7岁，父母则亲切称她“姜大姐”。还有老大妈、大奶（划船大奶［nai］下同）、大婶和孃孃，以及叔伯众乡村邻居们，他们予以普济诊所真心诚意的拥戴和帮助。

譬如日常生活帮衬、施予孩子照看等等。大姐（远信），加上王越夫伯伯的3个子女，由卢四阿叔的大女儿（桂芬姐姐）带着玩耍，减轻了诊所很多负担。促成普济诊所落地乡村并启动了医疗服务，较短时间建立了医生、患者、民众密不可分的鱼水关系，诊所也成为坝心不可多得的新型专业医疗机构。

1944年9月2日，二姐（远望）在坝心出生，往往我们家里逢喜之时，易激发父母亲对故乡及亲人的思念，父亲在二姐出生后的第二天一早起床仍怀着激动和幸福的心情，照常发出喜信报晓湖北、湖南老家的亲人们。但是和上次大姐出生时一样，同样一个月的时间过去了，又去信并寄去大姐、二姐幼时照片，仍不见“两湖”家人的复函。

10月1日这一天，父母亲在佛堂里为二姐（远望）请“满月客”，正好遇上中秋团圆节。父母请来要好的军中战友、老乡（联大学生）加上村里邻居们借此机会前来的相聚！饭桌上有谭正，还有当时在建水邮电局工作的沈幼斋（1921—2003），都要认长得乖巧的二姐为“干女儿”。谭、沈俩人合计一会儿，谭神秘兮兮说：是这样的，因为有临安出生的大女儿（远信）叫“小玲”。我们顺延“小玲”的乳名叫法……吧？又异口同声地说：这在石屏出生的就叫“小萍”（屏的谐音）。怎么样啊？！在场的朋友们都高兴地说：好呀！很有纪念意义嘛！谭又解释说“咱们崔医官、康医官在建水团山村得玲（临）安，转业石屏坝心来安家得平（萍的谐音）安”，还得意扬扬，举起她纤细的大拇指赞道“顶好！”

下晚，前来庆贺的人们都走了。父亲忙了一天，喝了酒，夜里难以入睡，朦胧中恍恍惚惚，乘着酒兴，思乡愁绪涌上心头，他起身披上军大衣，冒着秋露的凉爽，嘴里吸吮着香烟，走到两棵大榕树下，仰望明月和满天星星。脑海里回顾着5年前，参加武汉保卫战后，在宜昌地区整训期间乔装打扮从潜江到张港夏场村，躲避日军盘查去老家寻找家人的情景……

试问远方，怎么样啦？“我思故乡的亲人，想念你们呀……”他伫立榕树下，吸完烟后，踩灭烟蒂，回到房舍床边。父母俩人眼神相视，又望着透进窗口的月亮，并在月光映照下异口同声地说，二女儿学名叫“远望”吧？这有表达我们对家乡及亲人的思念、望眼欲穿的意思咧！然后，父亲为母亲拭去泪水，相互点了点头，对这个名字就这么认定了。

跟父亲一样的心情，这一晚母亲同样伴着思乡之梦入睡，又带着思念的情意醒来，情不自禁地撑起洋油灯，点燃香烟并戴上近视眼镜。先看了王越夫的勤务兵郭步云回到湖南衡阳寄来的信，说是家乡战事残酷，他家人无一幸存了，帮我母亲找姨妈和外婆也无果，他决定找部队参军再次投身战斗。

随后阅览沈幼斋带来家里的一份《大公报》见头版醒目报道《湖南衡阳市发生震惊世界的一战》，其主要内容是：

1944年6月23日至8月8日，奉命坚守的国民革命军第10军3个师8个团，总兵力为1.7万人，在当地民众的支持下，与日军近10万人之间血战47天。这是中国抗日战场上历次敌我双方伤亡最多，中国军队正面交战时间最长的城市攻防战。

这一仗，中国军队抗击近6倍于己的日军，持续之弥久、战斗之惨烈。国内所有的城市防卫战，似乎无一仗可与堪比。我守军一线作战人员基本消耗殆尽，连伙夫、轻伤员、马夫均上了火线。由于无法取得增援部队的配合而战败，但我方以少战多重创日本军，直接震动了日本朝野，促使东条英机内阁下台。

母亲还没放下手中的报纸，脑海里早呈现出乌云之下，滚滚硝烟和枪炮声及飞机轰鸣声、轰炸声，以及家乡部队及亲人英勇顽强抗敌的惨境。像梦游似的，身临其境，梦见可恶的日军飞机、重炮遍地轰炸，对中国守军施放毒气弹，还呈现出家乡陷落后，鬼子兵满街惨无人道的烧杀淫掠。脑海里不断闪现穿着褴褛衣服的外婆背着包袱、姨妈用篮子挑着年幼的侄女、侄子，逃难在山间羊肠小道上。如此凄惨的景象，她直恨得咬紧牙关，泪水浸润着脸庞……

嗨哟！清早起来母亲叹息一声，并自言自语地说，现在远隔家乡，不可尽到应尽的一份孝道和责任，也不知家乡亲人的生死安危，历来忠孝又不能兼顾，怎么惦记也莫得办法，时间和精力不允许去想那么多。只好把苦苦的思念埋于心底深处，面对现实为人之父母养育子女为重吧！带着疲倦的身体下到诊所里处理等候诊治的病人，顺势转入平常工作心态来了。

坝心这个地方，那时医疗机构主要是分布在附近的各村寨的林家珍、孔繁猷、陶云章等几家中医药诊室和游医（走访郎中）为主，崔氏新开的普济诊所成为本地区最早的西医诊所，填补了本地没有西医的空白。再说那些年，如《石屏文献名邦大百科全书》记载鼠疫过后霍乱、脑炎、伤寒……疾病流行。又遇恶性虐疾暴发，曾有《石屏患疫今夏复然感赋》云：

又哀新鬼众，故鬼已盈千。
疫瘾沿初夏，伤亡减去年。
夜昏狼竞啸，鼠腐屋难穿。
是否关人事，谁将理问天。

一年多来，父母亲和王伯伯保持在军队长期养成的工作习惯，交替外出义务巡诊并宣传现代预防医学知识。1945年参与国际红十字会在石屏进行传染病、流行病调查，收集民间偏方和收购一些急需的中药材，赋予医德医技传播和影响，并配合当地中医药诊室处理疑难症，无形中提升了普济诊所的知名度，即使远在建水县地界的病人，前来求医问药的越来越多，很快门庭若市，诊所面临药品匮乏，远不能满足群众的医疗需求。

再说，面对两家人合计5个孩子，仅靠诊所剩余的诊疗费收入，有时还要慷慨解囊济贫，不够维持生活和满足孩子们的学习教育费用。又萌生了服务军中医疗救助的想法，想再扩大一些业务范围。

王跃华（右一）、李小满（右二）和父母以及王越夫家人等，兵站医院战友们携家眷在坝心通往新街火车站的海河（泸江）石桥留影

姜姑妈王同仙及大姐、二姐

左图：父母带大姐、二姐和王跃华、张莲英（夫妇）、沈幼斋在异龙湖东岸；右图：王越夫和妻子（刘家凤）一家5口人

就从中越边境局势考虑，日军已经全面侵占越南，并企图侵入滇南。所以要是考虑生计和惠及广大民众，也考虑将来中国军队进入越南，建水这个地方进可攻退可守交通便利可以接纳伤兵，而且建水城除有苏北山祖上传下来的几家中医馆外，仅有一家六七年（1938）前成立的现代西医医疗机构——建水中华基督教会医院（今建水县人民医院），还是美国人办

的。如果在建水城里靠近教会医院设医疗点，可带动门诊治疗、药品销售和中西医合作来扩大服务范围。

父亲从小在大奶奶家受到经营中医药房的熏陶，了解一些生意门道，他的感官产生条件反射并迫不及待地提出，要在建水设点开办西药房的构想……后经两家商议后，决定增加药品流通和供应投入。

不日，父亲同王越夫一道就到建水县城选点，住在红井街马家庆家里并寻找商铺，次日在附近跑了一整天，最终选择从方便老百姓就医购药方面出发，经商洽选定相距建水教会医院和红井街不远的羊市街（今“翰林街”）地段开设了第一家民办的——建水惠尔康西医大药房。

2017年1月为纪念“建水惠尔康西医大药房”开办63周年，用建水紫陶制作的“崔氏·惠尔康”养生气锅

要说马家庆其母，是我母亲22岁时叩拜的干妈。那是3年（1941年）前兵站医院到建水不久，一次偶然机会受在外做官的马家庆之托，母亲帮她老人家送药去，并为她做健康护理相识的，知她孤身一人和用人老张奶（建水张宝石寨人）在一起。看得出来民国前马家庆的家境很好，老太太会保健、爱整洁、又善良，还会裁缝，手艺可了得啦。刚见母亲时，表露了她从未遇过这样知书达理、长得俊俏，随时面带笑容的湘闺女、女军医，对我的母亲喜欢得不得了。

过了几天，老张奶笑嘻嘻地对我的母亲说：我们选个黄道吉日，拜拜我家太太做你“干妈”吧？一听，母亲巴之不得啦。因她历经抗日战场的残酷生活，现20几岁身居异乡更渴望这份母爱，随之一拍即合。即日起母亲认了干妈，她送给母亲一张时尚的“法式钢丝床”（至今保存完好）和生活用品，吩咐老张奶为她布置了房间，从此在建水县城红井街有了母亲自己的“娘家”。

之后，父母亲在兵站医院期间经常往来老干婆家里，父母亲1942年结婚后崔氏随着后代的繁衍，也就是大姐、二姐出生后，我们姐弟名副其实提升其为“干婆”级别。她老人家的“四合小院”的家宅，也自然成了崔家名下的娘家，成为我们家人在建水城里的常住地。

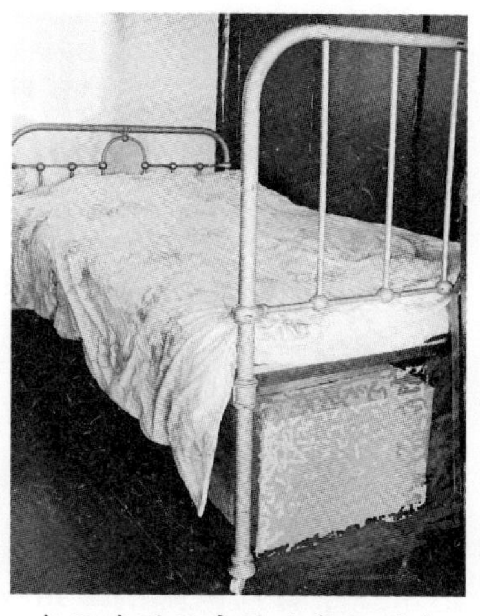

老干婆送母亲的法式钢丝床

这一年，有趣的是大姐已快满两周岁了。坝心寨子老辈们说“小玲，小时候很懂事，也聪慧机灵，母亲成天忙忙碌碌接诊病人，她每天带着妹妹（二姐），与王越夫家和邻居家的大孩子玩耍。”一群孩子由卢家桂芬姐“挂帅”，按当地习俗其他孩子管我母亲叫“孃孃”。大姐二姐见自家妈妈来了，也跟着喊“孃”。此称呼，桂芬姐多年后老爱说，都是她带头叫的“孃孃”，也怪那时自个岁数小，不懂事，也教不了两个妹妹呵。

母亲凭着她爽快、开朗大方的性格，对大姐饱含慈爱地教育道：“憨鬼，妈妈都不会喊，成天跟别人喊‘孃孃！’搞得你妹妹（二姐）也喊‘孃孃’了。”那时母亲“哈哈！”开朗一笑，反正想纠正也纠正不过来，也就不怎么在意，自己的孩子们怎么称谓她都行。导致我们崔家“妈”也就是“孃”，母亲随着岁月蹉跎，默认终身。

倾注身心医济民

1945年6月王跃华打听来消息：于今年年初，第6军军部按照中国远征军长官司令部命令，从缅甸景栋回到了原驻防地佛海休整了。又打听到现在第6军的93师编入第一方面军、预备2师编入第2军，39师已经裁撤。目前，第6军因无所属部队被暂且撤销部队番号，这说明老部队似乎完成了抗战的历史使命……

同月，捷报又传来。即继“滇西会战”取得胜利之后，湘西雪峰会战同样取得完全胜利……

我的父母铁骑军旅生涯在建水团山村兵站医院成为终结地，他们实际上已经转业到地方开诊所，仅仅维持相处甚好的战友关系往来。倾心践行“医德誉同济，惠顾千万户”的抱负和理想，以集全力惠及民众之健康，以拓展自由生存和发展的空间。

父母坚定了融入民间并保留一种军人特有的坚毅、干练、果敢、端庄品行和医德医风，在医疗技术上倾心钻研，精益求精；在治病救人上患者至上，普济百姓；在进药渠道上利用各种关系之力量，竭力以低廉上好的服务解除患者疾苦，开辟创建民族贫困地区的西医诊疗的先河，追求一个普通医师的梦想——山乡惠尔康。后来，沈幼斋还为此填写南歌子一首。

沈幼斋及题写横屏

付诸生命救援，随时刻不容缓！父亲曾提过一例惠顾伤者的事：那是坝心何宝寨村子因族群掺杂匪患的长期利益冲突，一贫民叫何国汉的血性汉子早些时候与另一族群的暴徒发生冲突埋下隐患。这事过了很长一段时间了，在1945年8月的一天夜幕来临时，天上下着倾盆大雨，多个不明身份的匪徒，乘其家人回娘家不在，闯入何国汉家中将他五花大绑并塞上嘴，又将其脖颈垫在门槛上乱砍，在他激烈抗争中血肉横飞，即刻昏迷过去。深夜伤者家属闻讯赶回，和邻居一道制作简易担架（类似“滑竿”），抬起伤者步行10余里直奔普济诊所送来……

数小时后，伤者何国汉被抬到诊所，他脖颈部位被匪徒们用刀砍了数十刀，脖子上血淋淋被砍成“五花肉”似的，动脉气管处的组织也被砍出两厘米左右创口，而且仅靠连接气管伤口处呼吸。嘀嘀、嘀的……可静静听到呼啸声急促，脉搏跳动微弱。父亲觉得伤者没有多大希望了，并对其家人说：“只能死脉当作活脉医啰！”病人家属用方言哭泣着答应：“好尼！崔医官，您就把他死马当作活马医嘎，有什么三长两短，不会怪您……”话毕之后，父亲凭着战场上的急救经验，在昏暗的煤油灯、马灯下分秒必争，紧急施行麻醉手术，立即进行止血和清创处理，还好动脉血管创口不大，赶忙验血后，抽取其亲属的血液输入。一针又一针地逢合上百针，直至皮肤整形……父亲把手术做完。天已经亮了，他与徒弟李小满，累得精疲力竭。随后每天精心护理及治疗，用的都是从昆明购置而来的紧俏药品，数天以后伤势好转，终于把何国汉从死亡线上抢救回来。

但是昂贵的医药费用，何国汉的家人是无力支付的，父母凭据自身仁者见仁之举，普济诊所分文未取。感动得全家人泪流满面，纷纷跪下致谢！口里念叨着“崔医官、康医官，‘活菩萨呀’！是我们穷人的救命恩人呵！佛祖保佑您……啊！”瞅见这个样子，父亲也顺口回应：上帝保佑，阿门！怎么收钱呢？亦余心，之民所善兮，还得把这一家老实巴交的老少扶植起来。

这事真正实现崔氏“济贫帮困，心存真善”扶危济困的家训教诲，换来了可贵的民心和口碑，真是本性的善良，天性的温厚，用事实说话，用效果验证，用爱民之心养其行，一时间在当地数十里外广为人知。

这一年，兵站医院的同窗好友谭正，与我母亲一样受过高等教育，又经历过民族抗日战争的洗礼，她的医疗专业技术是精湛的。她素来性格耿直爽快，大是大非面前更是敢作敢为，受父母的影响也毅然请假回贵州独山，并在分别数月来信告知：

永龙、华卿，去年在石屏坝心八月十五中秋节之际，做完干囡小萍满月客，不日离开了兵站医院，先是回到贵州独山县城的家里，准备筹办诊所事宜。

侵华日军以支撑其注定要失败的侵华战争，再次发动了对湘桂地区的作战行动。从退下来的官兵口中打听，鬼子除了在衡阳遭到第10军的顽强抵抗外，一路所向披靡，国军大部分溃不成军。

去年12月2日，日本占领独山县我的家乡前，将与他人合伙开的诊所搬迁转移到了麻江县，尽义务救治战场上后运的伤病员，忙里偷闲的时间都没有……快一年才写信给你报平安呢哟。

说起，邓韵与谭正二人是一起请假分别回湖南、贵州老家的，可是邓韵走后再无信函往来，担心她在一年前参与“衡阳保卫战”之残酷、伤亡之惨重会不会遭遇不测，或许是回衡山后生活不太如愿呢？还有看护训练班的同学潘声华，时而有书信往来，他已经几经周折辗转在26军当兽医。倒是王跃华频繁往返于兵站医院与建水、坝心之间，有时帮着搭把手，看看病或上昆明采购药品和器械。

回想起那段时间，父母和他们的亲朋好友们在一起，生活得有滋有味。正如袁嘉谷先生“异龙湖道中”记载：渔家妇子总无愁，杨柳阴中击小舟。捕得锦鳞堪换酒，芦花归卧月如沟。

在建水结识的沈幼斋闲暇时也会来坝心，他们在一起很愉快。他喜欢带着他心爱的德国120相机，几个朋友在坝心周边走动走动，拍拍照……在集市上买些鱼虾回来让姜姑妈烹饪，一起享用享用，物质上和精神上备感充裕，赋有乡间的生活乐趣和氛围，犹如新街（子）洄澜阁石桥碑帖写的。

桥下：欸乃过轻舟，乒乓水上流。

桥上：鱼虾蟹莲米，叫卖到街头。

坝心新街洄澜阁桥

母亲带大姐、二姐与沈幼斋、李小满等在海河石桥

大姐、二姐在异龙湖岸边

如今他们要好的一班子同学暨战友先后离开了兵站医院，但7年来的军旅岁月生活难以忘怀，他们与兵站医院尚未完全脱离关系往来。那时正处于抗战后期，对于下地方开诊所这事，也不仅此我们一家，反正大伙都心知肚明，没什么大不了的。大家认为，作为一名有良知的医生，在那里都是治病救人。无非是作为一个医生做了应该做的事，也是一种必然和无

奈选择。

这一时期，父母政治上民本思想占据主导地位。他们善用平常在兵站医院建立的人际关系，赢得仍在职在位同事的理解和支持。如，父亲同王越夫、王跃华时常上昆明买药品，曾遇到各种查验非常麻烦，为了图个方便父亲想到兵站医院的刘靖忠，认为这个人向来能耐大，他思想上很现实并易于冒进，是个富有同情心的人。

他们去了建水城里东门外，刘靖忠经常活动的一家安徽人开的瓷器店找到他，并借来他的少校军医（军衔）资履章让王跃华佩戴着，王越夫还从医院弄来出差证明。一起同行去昆明，有时王越夫要处理重病号去不了，王跃华就戴上他的中校医务长资履章，与父亲同去。这样做，其实是顺从战时规定，校级医务官可以畅通进药渠道，还可以赖以车上不买客货票。后来父亲还戴着中校医务长资履章上昆明买过几次药、医疗器械和医用耗材。

在这一段时间，由崔氏主导开办的惠尔康西医大药房，附设了诊所运行效果很好。与隔壁中医世家的苏北山中医师合作，设置了苏氏祖传中成药（丸、剂）专柜，中医处理不了的病人转送惠尔康来；与天门老乡郑振英的“建水镶牙馆”也有了业务往来，拓展了口腔医学合作。后来，从王越夫伯伯的子女上学方便考虑，建水、坝心的诊所分开营业。建水的惠尔康西医大药房铺面、诊所盘给王越夫伯伯负责。崔家仍旧在坝心开办普济诊所，并实行坝心、建水诊所双向转诊和药品供给。

普济诊所、惠尔康西医大药房的开设，吸引了一些进步开明人士的光顾和往来，也成就了几位要好朋友的婚姻和爱情，成为名副其实的“婚姻介绍场所”。且说大药房对面住着一家在个旧开锡矿的经理梁鼎享先生大户人家，育有九女一男，其二女儿、三女儿与他们中的常客（战友）章洪发生了一桩戏剧性的爱情故事。

对这桩婚事，章洪叔叔风趣地说：“你爸爸、妈妈在建水羊市街开办惠尔康西医大药房期间，我们要好的朋友时常在这里聚会，那时我年纪轻长得又帅，每天坐在你家大药房柜台里，看着梁家人进进出出的，他家里有两个女儿在城西隅西书院——建民中学上学最吸引眼球，二女儿梁惠

惠尔康西医大药房对面梁鼎亨先生家。左图：大门；右图：内宅

梁琳嬢嬢

梁惠芬婶婶

章洪叔叔

徐诚自画像（1947）

“牛郎织女”——王跃华、扮娘（另朋友之妻）在异龙湖岸上的留影

芬（1920年生）比较朴实和善良；三女儿梁林（1929年生），那时她芳龄16（岁）天真、活泼可爱和聪明，一时动情写了一封信给她以表爱意，可她把信转给了她二姐。哈哈！之后就与你们现在的婶子（惠芬）谈起恋爱来了。嘿嘿！相处了一段时间后，双方深感情投意合，歪打正着结为夫妻……哈哈！”

同样有趣的如上面所述，王跃华伯伯也是借助西医大药房搭起了与建民中学校之间的“红桥”，他们随身带有照相机去隅西书院玩耍，在师生中会老乡，找对象、谈恋爱，后来也与小他9岁就读于该校的学生张莲瑛（1927—2014，建水高营村人）喜结良缘。还有就是建民中学的徐诚、张洁本属师生关系，同为乡会桥新房村人，徐老师当时在校教音乐、美术，也是“民青”组织的进步人士，与张洁志同道合，俩人常带家人来药房看病拿药，也在其间结为幸福美满的夫妻。

云南省立石屏初级中学校师生员工

说起当年建水建民中学和兴建于1923年的云南省立石屏中学（1939年改为省立石屏师范学校）以及龙港中学集聚了不少流亡学生和进步文人，在这些学校里还建有“民青”组织。

再说父母亲这群年轻人，他们从医科学生、医院学徒投笔从军放弃学业，加入抗日救国的队伍，是当代进步青年的典型代表。直白地说由于军医背景，造就了如此特殊的身份，社会交往更加广泛。譬如，罗广斌（重庆集中营的幸存者、著有《红岩》小说）、沈幼斋、彭少恒、向大甘等中共地下党员都是普济诊所、惠尔康西医大药房的常客。

忍能养福善育德

1945年8月20日，正是中秋佳节，也是春华秋实的季节，异龙湖畔只见四处野鸭和菱藕浮现在水面，让人感受秋收满畈稻谷香的景象，村里人们怀着丰收的喜悦准备欢度佳节。一大清早农民去地里薅草，渔民划着木船去撒网。坝心大沙拉的集市格外热闹，家家都在置办佳肴美酒度中秋。

这一年也是崔家到坝心开诊所一周年的日子。这天早上起床后，父亲见街上节日氛围很浓，突然触景生情，高兴之余，随手提起摆放在桌案上的毛笔，用他喜爱的颜体书写了一首《秋词》（隋唐·刘禹锡）：

自古逢秋悲寂寥，我言秋日胜春朝。
晴空一鹤排云上，便引诗情到碧霄。

父母亲和王跃华夫妇、沈幼斋等朋友，下午带领年幼的大姐、二姐到建水县城看望老干婆，顺便调拨两地药房和采购些药品。正好老干婆家的儿子马家庆也回来，长时间没见面了？叮嘱老张奶生火做饭，盛情招待大家！自然知心朋友相聚开怀畅饮，十分高兴直至午夜。干婆再三挽留母亲和两个外孙女儿在建水多住几天，母亲也想陪她亲爱的干妈好好过过节就留下来了。

第二天上午，父亲和王跃华带着买的药从建水回来处理候诊的病人，只见诊所门口围了很多人，留在诊所的李小满已被乡公所上任不久的乡长毛洪文及谭子敬伺机带着保安团的人打成了重伤。毛、谭二人生怕出了人命脱不了干系心有余悸，见父亲和王伯伯身着军服回来，乘势骂李小满是散兵游勇，嘴里还结结巴巴喊着：打死他，打、打、打……死他！

围观的邻里乡村们劝阻都没用，他们执意要赶走普济诊所的人员，并限时离开坝心……

此时此景，让父亲气愤极了，很想教训他们一下。可又想："自己还是现役军医，与兵站医院尚未脱离关系，妻子和两个女儿在建水。而且建水还有与王越夫合开的药房和诊所，如果此时走了，就要赶走候诊的虱传回归热（病）患者及家属，况且，强中更有强中手，强龙斗不过'地头蛇'，只有暂时忍了下来。"父亲回忆当时的情况时说。

原来是，趁父母他们到建水过节、买药的时候，乡公所有人得知主人不在的情况，毛乡长就带人到诊所上演了这场闹剧。看乡长毛洪文凶神恶煞的样子，事态还在不断的恶化。正好，不久前经王跃华介绍在"省立石屏师范学校"任教的朋友，叫向大甘（湖南衡山人，中共地下党员）借故中秋来临，在龙港中学彭少恒（湖南人）陪同下，从县城来拜访同乡母亲目击事件经过。彭少恒急中生智向父亲使了眼色、作了一个写字手势——让出示军中证明材料的意思。父亲立即心领神会，赶忙回屋里拿出以前被抽调去国际红十字会参加疫情调查，上昆明领"奎宁"等进口药材，印有"中华民国国徽、军事委员会军政部军医署"的空白信笺，造了一份《云南驻军调查急性传染病通行证明》握在手上并理直气壮地说，因为回归热螺旋体经虫媒传播引起急性传染病流行，我们是上方派来调查疾病的，并非散兵游勇……这一招果然起到作用。接下来，又承蒙一位与我父亲年纪相仿的朋友谭自箴（民青成员，坝心海东村人）占着当地人的面子，左右逢源和反复争辩后，事态基本平息了下来。

乡公所这些家伙溜走了。好心的百姓也前来安慰劝父亲说，崔医官，人活着，不过一口气，幸好没出人命，把受伤的李小满医好算了？又劝说道：崔医官，你们都是见过世面的人，为民做善事的人。成大事者必有大气，有大气者必要大忍呀！以后你们平时要注意打点打点这些"狗杂种"呵！不然乡公所这些人"走马灯"样的轮换来轮换去，天下乌鸦一般黑，他们都会敲诈勒索，欺压百姓作威作福惯了，都是雁过拔毛惯了嘀，还会来找你们麻烦呢喃。

民国时期，坝心乡公所（三元宫）

脱下军装的父母

通过这件事后，使父亲想起古人曰：人须在事上磨，方立得住，方能“静亦定，动亦定”。眼下要讨还公道，他们是拒不接受的，还是把人家没办法，只得忍气吞声了，只能把它默默领教下来、作为最靠谱的与官府交道之修炼吧？注意认知这些恶人，也认识众多好心人的关爱和支持。如走过的路，脚会记得；知遇之恩，心会记得！

也就从这时起，父亲通过不断反思自己，相信忍能养福，需尽可能改变一些军旅医事生涯养成的举止习惯，俯下身去低调为民服务吧？即使无法改变所存留的军人养成，但要低调做人，高调做事，毅然从之日起脱下军装立足当下社会。

路不通时，选择绕行；心不快时，选择看淡；情渐远时，选择随意。父亲开始接近地方上一些当权人物和本地富裕阶层，光有民众的支持是不行的，不然还会“水土不服”呀！父亲逐渐采取一些力所能及的办法，隔三岔五请乡里的官员们吃喝一阵子，对他们及家人给予就医优惠，甚至免收费用等等。母亲也凑合说：“过去在军队酒逢知己千杯少，如今到地方酒逢千杯知己少！只要我们有一颗充满慈爱的心，坚持行善积德，就不要计较哪多了。”

入乡随俗，顺从当地文化和习俗，不要高高在上，要温文尔雅，主动融入地方民众，以医传导真情，希望这些不愉快的事就会迎刃而解。慢慢地，崔家诊所逐步在乡镇上数十里之外站稳了脚跟，能够倾心惠顾民众救治乡里了。

回过头来想想：今天再大的事，到了之后就是小事；今天再大的事，到了将来就是故事；今天再大的事，到了来世就是传说。

抗战结束添喜悦

1945年是一个平年，是农历乙酉年（鸡年），中国人民和军队这一年打败了凶恶的日本侵略者，8月15日，日本天皇宣告投降；21日，日军在湖南芷江缴械投降，9月3日，中国人民终于取得了抗日战争的伟大胜利，国际上，德国、意大利和日本三个轴心国集团走向覆灭，第二次世界大战结束。

1945年9月8日，驻守滇南的第一、第九集团军合编为中国陆军第一方面军，入越接受北纬16度以北日军投降，卢汉为司令官。第一方面军所属52军、62军，暂编19师、23师以及归属和划属指挥的53军、62军、第93师等部队，分5路入越。

73兵站医院，本来是负责第一集团军、入缅东路军卫勤保障的，现随之部队任务转换调整为担任进入越南受降部队的卫勤保障。对此早在9月上旬，兵站医院进行人员精简和装备调整更新后，连夜从建水团山村撤出，凭着双腿步入越南境内。被调整下来的人员就地遣散，每人多发了一个月薪水，退出军队现役自由谋取职业。自此第73兵站医院（原第142兵站医院），退出了中华民族抗日战争的历史舞台。

父母亲曾多次慷慨激昂地阐明，当年最鼓舞人心的话是，天下兴亡，匹夫有责。我们这些学生，是在面临国家民族生死存亡时挺身出来。我们与逃难出来的人是有区别的，是自觉自愿报考加入“国共两党”建立在抗日民族统一战线基础上，加入国民革命军正面战场抗日队伍的，在战场上历尽千辛万苦，心甘情愿流血牺牲都无所畏惧，如今辗转千里投身抗击侵略者，即使在抗战快要结束也未消沉。直到远征部队陆续班师回国后，才决定离开兵站医院到乡下到山村到民间开诊所。为此赋《七律·忆父母》诗一首：

日寇侵略家破亡，民族大义岂能忘。
国共合作抗倭路，不分疆北与疆南。
滇军壮士步武汉，父母湘鄂赴战场。
至今胜利皆在望，倾心山间图尔康。

兵站医院的内乱仅仅是诱因，而是爱国的抗战精神仍然激励着他们这些有良知和觉悟的年轻人，使他们从根子上不接受国民党的胡作非为，对军队医院内部人员的调整打压，心里仍想着乡村老百姓的疾苦，决然下乡发挥一技之长惠及民众健康，落脚云南红河哈尼族彝族地区——石屏县坝心乡镇上。

到了年底，突然间父亲收到叔叔永宽从重庆寄来一封非常简短的信，信封里还内装有一张学生模样的肖像照片，父母感到意外的惊喜。信上说：

哥哥、嫂嫂，近好！

我在（14岁）家乡沦陷时，我们几个同学跟着老师们逃难出来，转入重庆的北碚国立第八中学校读书，正准备参加远征军抗击倭寇，但日本投降了，未果。

也因日本投降后，回到家乡考入武汉大学机械系上学。今年回了一趟天门，看了大哥、大嫂从云南石屏寄给家里的信，晓得大哥、大嫂在坝心安家立业了。我不久前来到重庆，即日启程要到坝心欲见哥嫂一面。恭请查收，详情面洽。

弟，永宽

1945年12月

父亲看完信后连续数日可纠结了？信中简短的文字，其真实内涵搞不清白（天门方言）啊？又一度激发对抗战初期往事的追忆之中。父亲大永宽叔叔6岁，他今年应该有20岁了。当初，在父亲加入200师汽（战）车团离开老家时他只有13岁。现在是武汉大学的学生，此时，正是昆明发生“一二·一”爱国民主运动的时候，来坝心的用意是啥呢？父亲掐着指头算了算，还是搞不清呦……

父亲与母亲用完晚餐后，点着香烟，聊起了叔叔的来信。要说8年前，一切都成为过去、变为历史，时至今日记起来，回想起哪些悲壮的往事。当年，日军疯狂入侵逼近中心城市——武汉。即武昌、汉口、汉阳三镇将面临日本人和汪伪政权的统治，驻鄂部分团体、学校、工厂……撤走。

那年，父亲从战场上受伤下来，在沿粤汉铁路南下的路上经停武昌火车站，听到叽叽喳喳的各种噪声、看见人们挤车的一幕幕场景……父亲对母亲说：永宽他们是不是那个时候离开武汉？母亲说，是呀！后来随第6军部队参与武汉会战，深知家乡被日伪政权统治的惨境。最后，他们猜想这封信来自重庆，莫非是他于1939年上半年随武汉的学校迁往重庆的，都不得而知？这都是碍于战争状态通信和交通不便，近在云南到四川、重庆几百公里也未能相见。

父母当然明白，战时管制和军队行动的绝对保密，严禁与敌占区民间通信往来。所以，永宽叔叔在重庆五六年了也是一概不知晓。难怪去年和前年先后发出信件，也不见回信，原想家乡亲人生死不明？现在终于收到永宽弟弟的来信，可就是那么几句话，不能从信上如愿了解家中的基本状况。父母的心里，既感觉高兴又深感焦虑不安，还是百思而不得其解？

第十章　医者仁心

兄弟相逢叙衷肠

12月下旬的一天，天上下着绵绵细雨，约有几分寒冷。中午时分的时候，永宽叔叔突然来到位于坝心大沙拉的普济诊所门口，只见他身穿一件打了补丁的棉袄，一副穷学生模样装束，手里提着父亲再熟悉不过的箱子，也就是大爷爷留学日本时用过的手提行李箱。

父亲清楚，叔叔小时候因患天花感染，脸上留有淡淡的疤痕。可是叔叔瘦削的身子不像照片上那样健壮，只是显得不那么孩子气和幼稚了。叔叔进门后扔下手中箱子和行囊，径直扑向正在坐诊的父亲怀里，哽咽起来，随后嚎啕痛哭！在场人们听说是崔医官的兄弟，也深感羡慕和惊喜万分！

母亲见状，以浓厚的湘音喊道“姜大姐，孩子她叔远道而来，看样子饿惨啦，赶忙做饭给他吃……”过了一阵子，姜姑妈端上饭菜来了，诊所里的桌子摆着石屏煎鱼、烧豆腐和鸡蛋汤等几道菜。姑妈为永宽叔叔递上碗筷，他急忙伸手接住……叔叔一下子见到香喷喷的饭菜，根本来不及道

崔子荣（大爷爷）留学日本时用过的手提行李箱

声“谢谢”。毫不客气地俯下身子径直的吃啊，母亲叮嘱“洽菜（湖南方言，吃菜的意思）、慢点吃［qiā］哟！豆腐，在石屏不是用石膏卤水，是用天然井水点制的哟！要沾上酱油辣子才好吃……”他一边吃一边答：“蛮好吃……不用沾。”一口气吃得精光，看来是饥饿极了。“哈哈！真是穷学生，饿老鹰呀！”父亲站在一旁爱慕地说。

稍晚，父亲带着永宽叔叔并按他的个人习惯到异龙湖边去游泳、洗澡，上岸后，叔叔换上父亲带去的一身干净衣服，可叔叔是1.78米高的个子，比父亲要高出许多。穿着父亲的衣服，裤腰略有肥大，裤脚也吊得略高些。虽然不太合体，倒是蛮清爽的，即刻变成形象英俊的“帅哥”啦。

父亲又带他借住到隔壁，曾在香港上过学、经过商回来的王景尧（王琼仙的父亲）朋友家里。只见他打完招呼，放下行囊、打开箱子，里面装有几件衣服和厚重的书籍（其中有几册书刊），以及简陋的生活用品。难得兄弟之间在异乡久别相见，两人在点燃的煤油灯下，促膝谈至深夜，还觉得仍未完全尽兴。

永宽叔叔的到来，父亲方知家中大致情况并在后来说：“大爷爷，因信基督教非常虔诚，升为牧师（实为‘教师’，相比低一级）与医药界频繁交道，又任天门县医院的院长多年，还兼任着老家崔氏家族族长；大奶奶由于家里开的中医大药房、制鞋作坊厂倒闭，她在家管理操持家务，有时帮二奶奶（何秀清）做些医院妇产科的事务；崔永珍孃孃嫁给一个连长，育有子女；堂叔崔永安在武汉市第42男中学校上学，与沙洋教会杨牧师的女儿杨华芝婶婶（1928—1985）指腹为婚，证实了过去的记忆；自己的同胞弟弟小黑崔永凤在张港夏场村胡家沟老家务农，至于其他的你们永宽叔叔也知道得不多，固然，我自己的后妈生育多少子女不晓得、我13岁离家出来，记不清啦？”

“就说你们的爷爷崔子华，因在张港的夏家场老家平常得罪人太多，也冲撞过当地有权势的官员，1942年或是哪一年被汪伪政权借日本人之手杀害了，也许是别的原因遭遇不幸……”说到这里，父亲唉声叹气地说，“这就是悟静师傅道来的《三世因果》经文：命是由自己造就的；怎么为自己造好命；行善积德与行凶作恶终有报应。他们上辈父子间，缘来未聚，妄加珍惜；缘尽已散，无力回天也。”

面对父亲痛心疾首的样子，我们不好得问下去，只是好奇的转个话题问：那让您找得好苦没找到，曾在167后方医院当院长的三爷爷崔子富呢？他不是167后方医院的院长吗？父亲答道：“他仅仅是个抗战时期的院长，因家里还有妻子（三奶奶），或许是回去了，所以我和同起出来的邓汉汝吃尽了苦头也没有找到，后来只知道生育崔永宏（1939—1998），你们的堂叔，日本人投降前后，或是早些年也回到老家去了。据说，不到30岁就病死了……具体情况搞不清白？”

石屏“异龙湖”坝心岸边一角

王景尧的老家，左边一间耳房为永宽叔叔住房

崔永宽叔

杨华芝婶

崔永安叔

1945年12月，父亲与崔永宽（汉柏）叔叔在建水合影

父亲记录湖北亲人的笔记

那一晚，兄弟俩相谈甚欢，悲喜交加，天渐渐的明亮起来，父亲一早起床、简单地洗漱并处理完病人，带领叔叔去了建水县城，在服装店为他置办了几套衣服，购买一些生活和学习用品。然后，带他理发、收拾打扮一番，下午，哥弟俩去相馆照相合影。

建水老县城不大，叔叔自个到孔庙（为全国第二大孔庙建筑规模）、朱家花园逛了一圈。晚饭后，父亲在惠尔康医药房与王越夫处理一些药品经销事务后，时间已经很晚，就一起去了附近一家剧院看戏，当晚就在老干婆家舒舒坦坦的住了一宿。

建水县城——朱家花园

也是这一趟到建水，叔叔在睡觉前才对父亲道出了来云南的缘由：这次返回重庆，想来你们能大概猜得到，现在全国政局出现混乱，我也是因为在武汉市参与声援昆明反内战、争民主的“一二·一”爱国民主运动，被当局列入逮捕名单、受到国民党特务和警察的追杀。在汉口、武昌时到处躲藏，逼得走投无路的时候，得到一些进步教师和同学们掩护，得以逃生出来，本打算沿滇越铁路到海防港，再坐船去香港。

他还指着自己的那件棉袄说，这件棉袄是离开武昌的当天夜晚，武汉大学的中共地下党组织让人转交给我的棉袄，再三交代有“一封秘密信”缝在棉袄里。信是写给在香港的民主斗士——马寅初（浙江嵊州人，曾任北大、浙大校长）教授，让我凭据此信在香港谋职另有重用。

到重庆后因自己身上的钱花光了没有路费，又一次成了流浪学生，进退两难才找到哥哥、嫂嫂来的，只要把钱给我了，过天还要去香港找马寅初先生，了结这件大事去。听他这么一说，父亲才搞明白，原来是怎么回事，就没有多问了，并答应他来年春节过后，凑钱让他去香港。

医者仁心救难处

1946年6月，滇南的第一个县委——中共石屏县委员会在“石屏师范学校”成立。父母亲从学界湖南老乡口中了解一些，他们视为当初老家的湘、鄂红色政权一样，它是维护广大劳苦大众利益的，是在共产党的领导下，长期以来隐蔽艰苦工作的结果。

虽然地方红色政权开始隐蔽崛起，但在国民党顽固派主政的历史背景下，当地的匪患依然成为政局动荡，社会变态的产物祸害百姓。这匪患不是一朝一夕冒出来的，滇南地区可追溯到19世纪中叶，起源于过去的黑旗军，他们从越南返回国内，被清廷下令解散后，有些流为游勇，遍布滇、黔、桂的南部地区，并不断演变而来。

民国年间，云南有记载的土匪头目220多人，仅红河和玉溪有匪首55个，股匪40余支。仅石屏就有7大悍匪：彭万有（坝心白浪村人）、李自鸿（弥勒沟人）、李春和（宝秀阿白冲人）、孔庆美（坝心底莫人）、白小七（1900—1948，牛街甲乙己人）、白永山（坝心红土坡人）、许昌友（新城许家山人）。可见坝心籍占三人，匪头目更为彪悍!

其中匪首白小七，率领匪众300来人，以元江和石屏中、下坝180公里为活动半径，东至坝心与建水交界，西至玉溪的元江界，多年来官匪勾结随意枪杀、抢掠、滋扰，令老百姓吃尽苦头。在民间曾经流传着一首专指土匪的歌谣，人们常常背地里唱道：

石屏有个石牌坊；小男妇女来送山。
县长是他小舅子；太太是他小婆娘。

就众匪之祸害来说，红河、玉溪地区的土匪同样是以抢劫、绑架、勒索等暴力手段获取生存，他们纵横百余里山区。活动于滇越铁路连接的碧（色寨）、鸡（街）、石（屏）铁路沿线石屏、建水、个旧和通海、元江等地段，滋扰车站、拦截火车、攻村劫寨、劫其枪支弹药无恶不作。

民国时期的石屏县城城门

大姐关于《父亲母亲坎坷人生的回忆》中写道：救死扶伤是做医生的天职。小时候在父母开诊所期间，坝心地区土匪活动猖獗，对老百姓抢掠造成伤害，招惹群众的切齿痛恨。同时众匪间相互残杀不分青红皂白，也带给普通群众造成极大的伤痛。但父母亲作为医者，不论贫富都竭尽所能给予救治，而且保持过去在部队野战医院雷厉风行的医德医风。

“如当时坝心海东村有一姓‘张’的贫困家庭，遭土匪虐杀所剩三口之家的例子。即在小男孩——张庆昌幼小时，因家里遭土匪抢虐，把他的父亲和爷爷打死了，又企图强暴他的母亲，造成腹部中弹受伤。小男孩受奶奶的嘱托，天不亮跑来普济诊所求医生去救他妈妈，我父母亲尚未听完小男孩的诉求吐露完毕，就如同战时急救一样，二话不说拿着出诊箱跟随小男孩跑到他家。立即给他妈妈做了手术，把腹腔里的子弹取出，数小时完成伤口处理。我爸妈看他家遭遇如此不幸和老弱伤残的惨状，又给钱帮助料理他父亲、爷爷的丧后事。”

“记忆中小男孩七八岁，每天来接我爸爸或妈妈去给他妈妈换药，直至痊愈，所欠医疗费仍然分文未取，后来医患两家关系很好。多年来，就像亲戚一样来往，我与二妹小萍时常会随小男孩去他们家住上一段时间，称他母亲为‘海东孃孃’；称小男孩‘庆昌哥哥’；称他奶奶为‘海东奶奶’，从此后，庆昌哥总是亲切称呼我爸爸、妈妈为阿叔、阿婶！你来我往就像一家人。可见父母的平易近人，淡泊名利，得到当地百姓的爱戴，形成血肉相连、医者与患者的关系，这一点也不夸张。”

在1946年7月间，即“李闻惨案”发生后不久。滇南中共地下党为了准备武装斗争，派人联系石屏县委掌握的四五十人枪潜入他坎莫距斐尼伍山寨（白小七居地）的附近，去找民变武装白小七部，欲在策反白部的人马参与反蒋斗争并改造这部分武装。可是白不听招呼、拒不接受领导。尚未进入正式谈判，即刻酿成武装冲突，致使匪首白小七等中弹致伤。

这次策反行动，彼此武力悬殊太大，主攻一方对整个局面难以控制，在双方均有伤亡的情况下，以失败而告终。就此大姐在其《回忆录》中描述“我刚记事，传说山头上斐尼伍的土匪挨打，白小七的人死伤很多了。”

“到天亮，下着暴雨。几个土匪背着枪来到家里（诊所），叫我父亲去给他们治伤。领头是白小七部的大队长——白永山，还带领白匪首的贴身保镖等人牵着一匹马。看架势来者不善，可把我母亲吓坏啦！错觉如同见到日本鬼子兵经过一番伪装来袭扰一样，我（大姐）在一旁见状很害怕、受惊吓、直打抖。土匪们‘呜哇，呜哇！’喊了一阵子，母亲帮忙收拾急诊用的器械和药品。之后很快见到父亲背着一大包袱，被他们持枪劫持走了。”

“求助无力，度日如年。曾听说白小七杀人如麻，一次骑马下山来路过坝心旁边村子，看见一户房顶上有人在修房子，一匪徒掏出枪来‘叭’一声枪响，就这样把无辜的百姓打掉下来了……即想到爸爸去了那么多天，妈妈带着我和妹妹，担忧和纠结的等啊，等啊等！音讯全无，不知是生是死？感觉母亲天天在担心、着急和流泪。”

被劫山寨险丧命

父亲被劫持走后，母亲既要承受极为恐惧的精神压力，还要处理前来就医的众多患者，真是又苦、又累、又焦虑。好心的群众看到崔家的遭遇前来安慰：康医官，不用怕。他们不会伤害崔医官的，因为他们需要治病治伤……这是起码的江湖人须有的义气、即使是土匪，信誉还是会有呢！您千万不能急坏身子呵！听到大家如此安慰，母亲得到一丝丝慰藉，但是心中牵挂在所难免。

从父亲被劫持的那天起，永宽叔叔因年纪轻，而且生性内向和胆小，加上人生地不熟只有干着急。母亲一天天扳着手指头念叨，直至第18天夜里听到了敲门声，开门一看，父亲终于回来了。他哭丧着脸，满茬胡须，背着带去的包袱，向来蛮讲究仪容、仪表的他，简直让你不敢相信会变成这个样子。母亲心疼地说，这才26岁的人，怎么苍老一大截了，她既高兴又心痛，心酸的泪水直往下流……忙问道：是你一人回来？他们没送你？父亲答：

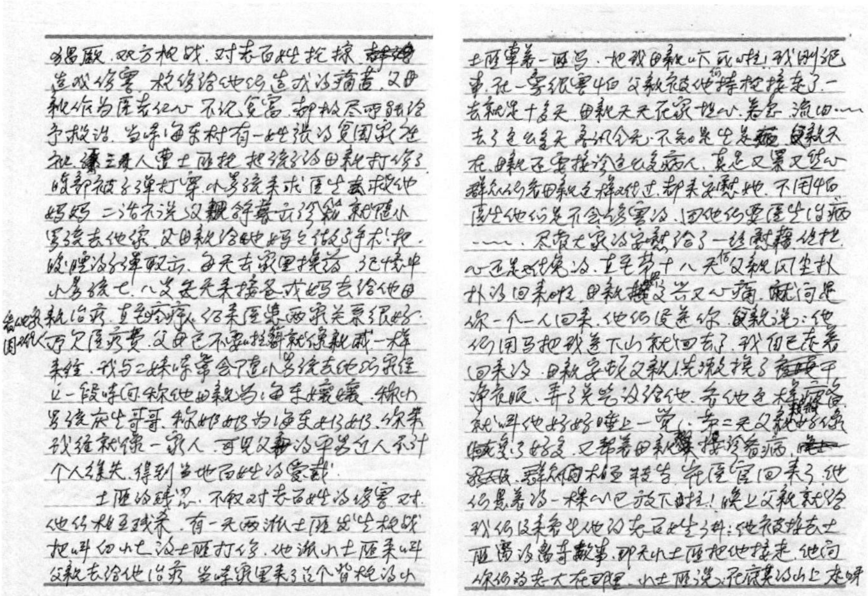

大姐在《父亲母亲坎坷人生的回忆》中对匪患的描述

他们用马（匹）把我送到底莫的红坡脚村背后的山上就回去了，我自己从二三十余里外的山路走回来的。母亲看父亲已经疲惫不堪了，赶忙安顿他洗澡、洗漱，换去长满虱子的衣服并用开水烫，穿上干净的衣服，弄了点吃地给他，并倒一杯压惊酒，让他吃完后好好休息。然后，母亲又去看留床的急诊病号了。

父亲一觉醒来身体恢复好多了，又帮着母亲坐诊看病去了。坝心村里的百姓闻讯后，纷纷相互转告，并赶来看望：崔医官，回来了！乡亲们也总算对父亲的安危和担忧解除了。晚上，围拢在一起的乡亲们对他被接去土匪窝的故事很好奇，问这问那。父亲提醒道，把门关起，让我再慢慢道来：

“那天，在（父亲）被劫走的路上武装队长白永山客气地问道，早就听说，崔、康医官，夫妻二人都是从大学校出来当兵，跟日本人干过好几仗的，杀过日本鬼子，救过不少人的命，老百姓都夸奖你两口子呢……说着说着，到了孙家寨（老街）他就消失了。忙问旁边小土匪，你们老大去哪里去了？土匪吓唬到，少废话，你只管往前走得了。不要磨磨蹭蹭呢？小心枪走火！……就不敢多嘴了。从老街子冲到底莫（此乡原为建水县辖区），经过红坡脚后下到腊历河。”

老街子冲

“过了腊历河，他们给我眼睛蒙上黑布条，冒雨直往冲沟朝元江方向走。不知走了多少山山、坎坎和泥坑……又翻越一座座山头。大约五六个小时才到达土匪驻扎的他坎莫村子山上的斐尼伍山寨，自己有些饥饿、劳累，但还是忍受着。首先来到白小七躺着的土房子内，借助油灯看了他的伤情，经检查后，为胸、腹部被子弹击伤。我马上说出了诊断结果：你们老板流血过多伤势极其严重，快找来他直系亲属抽血补血。话音刚落，只见他约有十几岁的儿子白汝光立马说，崔医官抽我的吧！以前我受过伤，验过血，还输过血，是“O”型血通用尼嘛！……我当时，也顾不上这么多了，抽吧！麻醉效果上来了，就立即给予手术。还算顺利，父亲小心翼翼地取出了弹头。又接着去处理其他受伤的土匪……”

停顿一会父亲叹息地说：“嗨，经过两天的观察守护和认真治疗，白小七总算脱离了生命危险。要是白小七这个大老板救不回来，肯定是被他们用我来陪葬了。”讲到这里，父亲习惯性地吸了一口烟，用手抹了一把脸……坦然一笑。

“在斐尼伍山寨，开始的几天由于劳累过度，自己长期患有肠胃病，加上饮食卫生不适应，在给白小七手术后的一天夜里漆黑一团，肚子绞痛得厉害，忙捂着肚子跑到屋后面草丛里解手，可是情急之下忘记口令一时答不上，刚解开裤子正要蹲下去的刹那间。”

白小七（右）、白汝光（中）和护卫孔某某

少年时期白小七

"叭，叭……两声枪响！弹头从头上飞过去，我吓得全身直冒冷汗。急忙呼喊：我是崔医官……呵！夜幕下，等开枪的人走近，才认出是白小七的儿子白汝光，他手里提着一支二十响枪，还闻得到枪管里散发的硝烟味。他结结巴巴对我说：'是，是整错啦！把您当成是前几天来谈判、袭扰寨子的人啦？……好危险哟，您差一点被我崩啦！'自己只好凑合解释道，你没错，居安思危，警惕性高嘛！话是这么说，可自己心想，真见鬼！为了救你爹的一条命，才抽你四五百毫升的血液，把你爹的命救回来了，你差一点把我干掉了，自己的命也搭上去了。"听得大家受恐若惊，随后，又会意"哈哈哈"笑了……

"几天后才注意到，在山寨进出关口布满岗哨，还有暗哨潜伏着哩，确实戒备森严，但山上空气清爽环境优美。土匪们见我每天早上起床来，总是由白小七的师爷（蒋太福）陪着在附近走走转悠，闲聊闲聊……有时一人在房屋前面空地上，挥舞几下'武当拳术'活动身体消磨时间，他们十分敬佩（或者说是'拍马屁'罢），声称我是'文武双全'的'武林中人'；每天为其他匪徒的治疗时聊上几句，他们又夸我有起死回生的医术，是会武功还会医治人的'神医'；生活上每天吃的都是二老板（二当家的白云福）来安排，一日两餐好鱼好肉好酒招待表示感激之意，感觉到白小七这人，个头小，但蛮机灵的，还是格外的客气和讲义气。"

古人说，洞中方一日，世上已千年。待到第15天的时候，眼看白小七的伤口基本好了，尚无伤口感染迹象，另几个土匪伤病已经治疗得差不多，带去的药品早已用完，还教会他们在山上采些中草药自医。就提出想回家啦？因为两个女儿年纪小需要照管，家里找自己看病的人又多……白小七显得比较沉稳，想了半天，没明确表态，只说"崔医官医术可了得，以前听永山队长说过，今天眼见为实，呵呵！别着急，我让弟兄们好好招待你，再住几天……"

"直到第17天的晚上，帮他察看伤口时，才勉勉强强同意放行了。他用手比划让手下人端来一盒金银首饰说：这些东西，是作为医药费赠送给你，让我收下。听他这么一说，我马上婉言谢绝了。之后，他又弯下身子，从床底下拿出一包“烟土”交在我手上，足有一斤重的样子。这时想，既然人家又一次伸手，不能再扫“笑脸人”的面子，所以没过分推辞，收下了。”

“第二天回来的路上，我骑在马背上想来想去，担心土匪使坏，自己默默祈祷着，望上帝保佑自己平安回家呦？什么财物都不重要了，只要保住性命就行。不一会儿，小土匪帮我取下蒙在眼睛上的黑布条子，并小声地说：刚才我们走过的是4公里外的龙潭田，几年前寨子里的人早就杀光了……听后，我心里阵阵寒战和恐惧，心想他们都是些贫苦百姓呀！觉得这些土匪太惨无人道啦。”

“在坎坷的山路上，白（小七）给的东西（烟土）装在行囊里驮在马背上，早就觉察3个负责护送我的小土匪，不时有偷窃小动作，只好睁只眼闭只眼，假装没看见。直到红坡脚山上下来与护送的土匪分手之后看那东西？本想着今后可以当作特殊药品治疗某些疾病用，可是打开一看只剩下‘核桃’大小的一点点烟土了。”

“不过，斐尼伍山寨里，蒋师爷这人还不错，是个小有文化的人，看得出来是见过世面的人。平时和他聊起来，他们对现实时局是抵触的，也非常清楚老百姓对土匪是深恶痛绝的，祸害百姓是会遭千古骂名的。也希望有朝一日把队伍拉出去，接受收编，干一番得人心的好事情去。不能老藏在山里，这不是长远之计……”

故事大致讲完了。大家你一句，我一句议论纷纷说，咋个不要那些金银首饰呢？都是他们抢劫偷窃的呢喃，不要白不要……有的说，崔医官，这一趟辛辛苦苦不说，还冒险去救他白小七，自己险些丢了命，这是应该领取的酬劳；有的又说土匪抢劫富人、窃之于民，收来用之于民，拿去换些药来，为我们看看病嘛……

山乡行医助平安

1945年10月，龙云失去了云南省主席的职位，到重庆任职，后由卢汉任云南省政府主席。紧接成立云南绥靖公署，卢汉以绥靖公署主任兼省主席，正式合法地总揽全省的军政大权，抓紧扩编云南地方武装——保安团。

这期间云南的中共地方组织也为了适应武装斗争的需要，加快组织建设的步伐，在滇南基层党组织逐步恢复的基础上，各县级组织领导机构纷纷建立，重新严密组织开展武装斗争。1946年上半年，罗广斌回西南联大上学，沈幼斋也因地下共产党员的特殊身份调离建水，走的时候留下的“债”还是父亲帮他买的单。

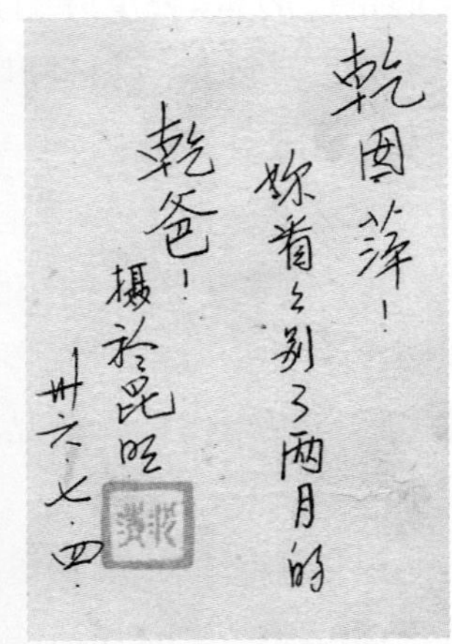

沈幼斋（沈清）调昆明工作后寄来的照片

随后，中央军第26军93师278团来围剿白小七进驻坝心。因93师在1938年8月组建到1945年6月是隶属第6军的比较熟悉，有一个连长叫李靖，他来找父亲看病时说起，早年在昆仑关作战时，父亲给他医过枪伤，还觉得蛮亲密的。以后又带士兵来看病，父亲几次招待并陪他们喝酒打牌。

李靖还领着他的营长也是父亲早年参与武汉会战时，在大冶阵地上认识的刘桂荣到我们家里打麻将，席间，喝酒划拳，3杯下肚，话匣子就打开了，便汩汩滔滔地讲起了他们和共产党游击队打仗的事，还讲了在他坎莫设置炮阵地用迫击炮对着白小七的斐尼伍山寨轰击等等……借此机会劝他们好自为之，打内战的事不比打日本鬼子。鉴于这些想法，当看到刘营长、李连长微微有点醉时，父亲也借着酒兴对他们说，要小心！悠着点……顺从时代潮流转业算啦？但他们听不进去，看来已经不是当年的抗日英雄和以民族大义为重了。这些人已经变得唯利是图了，父亲只好赔输了些钱财，之后找借口说，每天要接待众多病人无空闲，从此再没有同他们来往过。

278团输送连的一个连长栾怀生，因潘声华（与父亲是战友、同学的关系）与他有过工作上的交道。栾怀生后经潘声华、王跃华介绍认识父亲，他们也曾在一起打过牌、吃过饭，同样对他耐心说服，不久他转到鸡街铁路机务段工作后，就很少来了。

相比上面这些人来说，地方保安团的一个连长，叫刘福元为人不错，也是带他的士兵看病中与父亲认识的，他结婚时请父亲去做过客（解放后，他的老婆王永珍在建水县人民医院工作），他曾经卖过一支大德响（枪）给父亲。最后，被乡公所拿去用了，给了父亲原价250元半开（也叫半圆银币）。

1947年7月，章洪叔叔来约父亲到个旧县王大桥合伙开办“克灵西药房”，在了一些时日，后因父亲不适应个旧气候成天流鼻血，更主要的是自己已经适宜石屏县异龙湖边上坝心古镇的生活，加上母亲有孕在身，于8月间就与章洪分伙，父亲仍回坝心来了。

1947年12月26日三姐出生，为记住这一趟往返个旧——坝心开办“克灵西药房”的盲目举动。回来后没几天，父亲为她取名“远新”（谐音“心”）为纪念，意在提示自己不再为开诊所之事，劳民伤财穷折腾了，但愿做好山村杏林人即是，须一如既往立足坝心“推陈出新、惠民尔康”作为自己的行为宗旨。

父母用过的部分医书

按古人把“立德、立功、立言”当作“三不朽”。做事先做人，关键看人品，做人如此，交友亦然。打铁还需自身硬，医品更要技术精，为了倾心研究医学并用之于临床，父亲的桌子上、床铺上布满医学书籍，不停地用医学知识充实头脑。

根据临床实践需要，除巩固在抗战期间对普通外科、儿科、解剖学实用医学技能掌握外，在母亲的帮助下加强妇产科方面技能的提升。在我的记忆中，父亲学习能力非常强，这得以记忆力、算术力和理解力特别好，实际运用得心应手。对此，大姐也在《父亲母亲坎坷人生的回忆》中有这样的描述：

“人们常说，没有金刚钻，别揽瓷器活。长期以来，父母无私奉献及对当地百姓热忱，以及精湛的技术，已经博得群众的信任。坝心村里有一农妇，丈夫叫王有福。他妻子在家里生小孩，好几个小时产妇腹中不见动静，孩子生不下来，来请我母亲去处理。母亲去后经检查是死胎，产妇面临生命危险。叫人去把父亲请来，他俩一起商议怎么办？那时的交通极为不便，每天一趟火车外，就没什么交通工具了，产妇首选要转最近的建水教会医院救治，相距30多公里是不可能的。”

“产妇丈夫跪下来求我父母亲‘崔医官、康医官，想办法救救我老婆，我家里还有4个年幼的小孩子，不能没有她……’在他的苦苦哀求下，父母亲很为难。看着面前4个年幼无知的小孩及床上躺着痛苦不堪的产妇，只有一个唯一的信念，救人！赶快救人！父母亲商议后决定行子宫胎儿碎尸术，即把死胎从产妇体内取出。并在征求她丈夫的意见时说明：这是冒风险的，也许在手术中产妇就会大流血或心力衰竭死亡，但也是九死一生的最后一点希望，问王有福是否同意？王有福答应并找来村中两个有威望的证人，签下协议、按了手印。”

“在那时简陋的医疗条件下，父母亲把医用器械煮沸消毒后戴上手套，开始按他们的手术方案进行着……门外围了王有福的很多亲戚和乡亲，焦急等待手术的结果，我（大姐）也穿梭在其中，只见父亲小心地在产妇的下体把死胎肢体一块块、一点点取出放入盆中；母亲在观察产妇的呼吸和脉搏，并同步施展着急救扶助措施。看见那奄奄一息的产妇，在场的人们非常的揪心和焦急，都默默地为病人祈福。”

“通过父母的精心、沉着的奋力抢救，手术总算结束，产妇转危为安。产妇得救啦！大家悬着的一颗心放下了。手术结束后，产妇丈夫王有福很感动，流着眼泪说‘你们是我们家救星，我千谢，万谢！永世都要报答的救命恩人啊！’吩咐家人给父母亲煮了两碗热气腾腾的糖鸡蛋端到面前。”

“经过一夜晚紧张忙碌的手术，父母全身汗水湿透衣裳，感到极度疲劳，尽管他们分别吃了那两碗红糖煮鸡蛋，却一直守护产妇到天亮，看见产妇平安无事。仍不放心又反复交代注意事项，并叮嘱产妇家属注意观察，有什么异常情况立马来人告知。”

“当他们离开产妇家时，天空破晓，一束阳光透过云层撒在身上，病人家属纷纷谈论，崔医官、康医官就像天上掉下来的救星嘎，他俩如同神仙眷侣，好暖我们百姓的心哟！这是我家前世修来的福分呢啰……此时，父母也为救回一条生命心里感觉暖洋洋的，深感欣慰，全身心的疲倦顿时消除很多，两人回到诊所，又投入到了新的一天工作中。”

“在我幼小的心灵中，父母亲每天坚持不懈，全心全意为病人忘我的工作精神，一丝不苟地服务病人，他们视病人为上帝，从小给我心里打下了深深烙印。后来我也随他们走上了惠民行医的这条路。”

“多年后救治产妇的这一幕历历在目。我曾问过父亲：您拿手术刀进行手术，会不会划破产妇的子宫？他告诉我要把手术刀埋在手心中，紧靠产妇子宫内感应死胎形状，对准肢体分解，把肢体逐步分割完毕，一块块的取出，摆成胎体形状，不可遗漏一点点。原来如此！父亲给我上了生动的一课，自己很受启发，受益匪浅。”

乱世遭劫父母难

1947年秋，全国解放战争实现了伟大的历史转折，人民解放军由战略防御转入了战略反攻。10月10 日，提出“打倒蒋介石，解放全中国”的口号。党中央作出了在云南开展武装斗争的指示，同年12月，中共云南省工委在建水县西林寺召开扩大会议，部署在全省开展大规模游击武装斗争。

决定充分利用地方实力派和国民党中央的矛盾，争取中立的地方势力，集中力量打击蒋介石的顽固势力；为在策略上不过分刺激敌人，所建立的武装部队命名为“云南人民讨蒋自卫军”；计划先在滇东南建立第一纵队，尔后在滇南建立第二纵队。自此，滇南地区的石屏、建水进入了集中力量发展武装斗争的阶段。

1948年10月下旬，听坝心人在东北参加内战的国民党军官兵回来说：60军在长春起义；93军则被解放军歼灭于锦州，国民党政府的统治摇摇欲坠。眼下之石屏县境内，大桥河乡成立“云南人民自卫军”第三支队；宝秀镇成立“云南人民自卫军”第七支队。数月后，石屏县的第三支队、第七支队与龙朋县的第四支队编入“云南自救军第二纵队”。县境内的各所中学“民青组织”输送了大批骨干，如“石屏师范学校”、宝秀中学、海东中学的师生成批的参加云南人民自卫军。

在此期间，永宽叔叔两年前去了一趟重庆，拟绕道去广州但交通被封锁，还是没有去成香港，他又返回，就在坝心住下来了。他平时看看书、打打乒乓球。应邀参与海东中学校的老师杞岱松（湖南人）、张锦涣（石屏人）、王滦化（坝心人）现代教学法研究，直接辅导过王琼仙的数理化等自然学科知识，后来通过教师之间接触认识“石屏师范学校”的向大甘等民青骨干成员，频繁活动于石屏县城“石屏师范学校”、海东中学进步知识分子中，宣传从武汉、重庆内地带来的进步思想和理念。

思想进步的崔永宽叔叔实际上干的都是民国政府不容许的，是掉脑袋的秘密活动。父母亲猜想？他们是参与了石屏县民青组织（对外称之“读书会”）活动，秘密接受中共石屏县委领导，殊不知暗中有人告密，引起了县政府、乡公所当局警觉并纳入监视对象。

父亲追述道：1949年的新年伊始，永宽来到坝心的第5个年头，他一直居住在海东中学上学的王琼仙（1926年生）家里，两个年纪大小一岁，在一起情趣、爱好相投，渐渐相爱而且到了难舍难分的地步，可是天公不作美啊？

在这年深冬的一天夜晚，坝心寨子里漆黑一团，坝心乡公所的个别人与土匪串通，意在逮捕王琼仙等民青成员破坏该组织。时任乡长张成林也乘机串通土匪施行对她家的抢劫，并绑架了崔永宽，混乱之中绑匪将王琼仙的父亲王景尧和她年幼的三弟枪杀在他家开办的商铺的路中央。

人命关天啊！瞬间案情恶化，万分火急，父亲赶到现场时，得知自己的兄弟永宽也遭受绑架，他平时忙于行医，一点也不了解事情的原委，看势头是要满门抄斩哩！几经周旋趁机掩护王琼仙翻围墙逃脱了。又急忙找母亲拿来家中值钱的东西准备去打点绑匪，在返回来的路上，父亲正巧碰上王琼仙年仅14岁的二弟王树候，躲躲闪闪、战战兢兢走进寨子巷口。父亲趁着黑幕抢先一步，边说情况边撑着他身子，塞给他一根金条，帮这小子翻围墙逃走了。

父亲和叔叔崔永宽摄于1948年

王景尧（炭精画）

1949年父亲和崔永宽叔叔摄于石屏

这时寨子里的公鸡开始打鸣，天快亮了，剩下来父亲面临的是，永宽叔叔仍然被劫匪关押捆绑着，怎么办呢？只能满足惯匪财迷心窍的习性，还要借助在当地行医5年来的行为影响和声誉来处理。嗨，不出所料绑匪捞取好处后，奸诈的匪首果不其然地出来了，马上吩咐两个看守道：误会、误会！这是崔医官的兄弟，我们抓错人啦？给老子立马放人！随即下令群匪，时间不早了，赶紧撤！趁天还没大亮，他们骑上马慌忙地离开了现场。

这起事件的最终结局，造成四口之家陪了两条命另有两人失踪，这起事件的背后，看来相当复杂。乡公所执政者非常狡猾，谁都不愿出面承担责任，全部恶果推卸给了匪徒。借此父亲苦思冥想一番，首先考虑自己作为崔氏“永”字辈的长兄，再出事与远在湖北的家人怎么交代呢？虽说自己花了不少钱，如俗话说的会不会祸不单行哟？他果断做出两项决定：一是继王琼仙逃离之后，让叔叔也远走高飞一了百了……只望他能够劫后重生；二是在真相尚未大白之前，赶忙出钱委托寨子里的人处理丧葬事宜，先让王景尧父子入土为安吧！

眼前，永宽叔叔与相爱的王琼仙失去联系；他的个人安危也难保证，情况十分紧急。父母给他筹集了充足的路费和生活费，母亲把两根“金条”缝在他的棉袄里，还给他带了一些“金叶子”和半开银圆（1950年以前，在西南地区和湖北、湖南是流通的，也可兑换人民币）。就这样，父母为了安全起见，让永宽叔叔很快离开了坝心，躲藏起来……他随后到四川去了，在重庆住了一段时间，直至形势有好转后，回到了湖北家乡，后继续在武汉大学机械系复读。

王树候在83岁高龄时，即便是70多年过去了，他清楚记得“随身携带着崔叔叔（他历来视为再生父亲）给我的金条逃到玉溪，很快找到在自救军二纵队的姐姐——王琼仙。”他反复与我念叨过，也讲过一些事件情况。2019年春节，整整70年了，叔叔的长子崔文专携妻专程到此走访，我作为弟弟陪同他们，并专门作了介绍。

7、8月间，崔永安（清明）叔叔也来信告知：他已改名崔俊，现从武汉市第42男中学校高中毕业，录取入南京建筑工程学院学习；杨华芝婶婶于武汉市第2女中学高中毕业后，怀有身孕在家待产和待业也急用钱。期待着大哥、大嫂邮寄给生活费、学费和路费。急！急！

母亲在经济上极为困难的情况下，第一时间，按各自地址分别汇去50块银圆，以解燃眉之急。永安叔后来来信告知："收到大嫂寄给我的50块银圆，我才能前往南京报到，改变我一生的前途和命运。如果没有这50块钱，我就上不成大学了，要不然……今天，也就在老家任个小学教员罢了。同期，华芝收到钱解决了暂时的生活困难"

崔俊叔叔、杨华芝婶婶合影

人们常说"世路难行钱做马"，或者说有些事情，只有靠钱来铺路。父母历来对于金钱得之坦然，挥之泰然，随事而往，随遇而安，秉承豁达而明智的态度。

此时，说起家里的经济收入与支出状况，除资助家人和亲朋好友生活和花费外，大姐曾说道：

"哪些年，普济诊所已铸就成了石屏县周边求医者亮丽的'金字'招牌，以为开诊所赚了不少钱。也遭到黑恶势力的压榨、土匪的恐吓、无赖来向他们借钱，也为了打点和应酬当时发生在身边的这些突来的重大事件，苦心挣来的钱都花得差不多了。家人随时还受到威胁，孩子们的安全让他们担忧，经常把我和妹妹们送去建水的老干婆家里躲避。"

第十一章　家安山乡

加入边纵武工队

1949年1月1日，中国人民解放军总司令部将战斗在桂滇黔边的自救军第一纵队、桂滇边部队，以及广西左右江地区、靖镇区、黔西南和滇东南的弥泸、罗盘、开广地区的游击部队合编为中国人民解放军桂滇黔边纵队，7月，成立了中共滇桂黔边区委员会，组建中国人民解放军滇桂黔边纵队，简称“边纵”，按所在区域划分为某某支队。

作为父亲仁者仁医，更是医者医其身还医其心，受过传统教育并在抗战中经历了战场残酷洗礼之后，导致父亲人生观、价值观和世界观的重大转变。这在他请求落实民青边纵问题《申请书》中是这样写的：

“1949年7、8月间，我作为职业青年在石屏坝心开（普济）诊所期间，经谭自箴同志介绍，加入中共地下组织领导的中国民主青年同盟，即‘民青’组织。同月编入边纵第十支队（后收编为云南军区基干第一团）石屏第一武工队担任情报员。”

“为保密起见不暴露身份，在上级组织的布置下以行医为名，而且只限于与谭自箴同志取得单线联系，重点进行白区情报工作，具体任务是：做好（当地）上层人物的统战工作；了解国民党党政、军队动态；争取部分地方武装及土匪力量，团结他们掉转枪口共同对敌，为本地区的早日解放，而积极地工作并做出一定贡献。”

开始时“借故我在坝心开诊所，结识人员多和广之便利条件，中共地下党员谭自箴同志在5年前相识的基础上，为了革命工作（他）又以看病为名多次找我。通过一段时间的接触和交谈，逐步建立了同志之情，而且达到相互信任。在他的积极引导下，懂得了不少革命道理，认清了国民党内部滋生的腐化堕落，共产党是劳动人民翻身求解放的唯一政党；民青是中国共产党的外围组织，边纵是中共在滇、黔、桂地区敌后作战的武装力量。在谭自箴同志的帮助下，更加认清了形势，使本人过去自觉和不自觉的革命行动，变为有计划、有步骤的工作。”

“经过多方侦探到：去年（1948）农历三月十五晚上，白小七和师爷蒋太福以及边纵的陈营长被李绍昌带人去斐尼伍山寨枪杀死了。此事件的起因是：李绍昌（系建水狗街人），从小跟着白小七手下认过红兄弟（喝过鸡血酒）的哥哥李绍仁，并在山寨里长大。他哥哥李绍仁死后，因白小七令李绍昌脱离斐尼伍，自谋生路。为此，李绍昌怀恨在心，他下山后走投无路，被建水塔冲村一户地主收买，并派一杀手跟随他一道进山，两人在斐尼伍山寨住了几天。白小七心想，从小看着他长大，没任何防备心理，可万万没有想到遭此横祸……当天晚上，李绍昌和他带去的杀手，知道边纵派去的营长陈云昌（化名），实为中共地下党陈福灿。第二天要带白小七及其人马要到元江阿底接受整编，白小七将任大队长，李就动了杀机。在准备动身前，白首和蒋师爷被打死，还有陈营长也牺牲了；塔冲村去的杀手也死于乱枪下，当天一共死了4人。事后严审李绍昌本人，才知此事件的原委。这一重要情况报告谭自箴后，他说：这个情报很重要，令我不能对外泄露，让他考虑一下行动计划，再碰头。”

记忆犹新的是“没几天，果然应谭自箴同志之约，他喊我整理药箱，安排好家眷，到附近孙家寨老乡家去看病人。当晚住在好朋友叶吉斋（1899—1960）其孙女，是父亲的干女儿——崔玉琼家，我俩坐在床前。谈话中他慎重地对我说‘通过这段时间的接触和考察以及工作表现，你的思想很进步，为党做了很多有益的事情，现在我受组织委托，正式介绍你加入中国民主青年同盟，接收你为民青成员，参加边纵第十支队石屏第一武工队工作。今后你就是革命队伍中的一员了，你在工作中仅和我发生单线联系。另有一位丁培忠也是我下线万不得已不联系。’又特别交代‘这件事非同一般要保密，千万不能泄露秘密。’”

“那时，我的心情是多么激动啊！第二天他又与我边走边谈，交代了目前民青组织石屏武工队的任务后。路过孙家寨村就到已故白小七的大队长白永山家，要进门前又对我交代：‘为了工作方便，以后（你）叫我小马好了，万一遇到什么意外情况，就说是你的徒弟。’”

“就这样，我们以师徒相称，行医为名互相掩护，同吃、同住和同工作。多次深入到白永山家里，同他讲述革命道理，并教育帮助、说服他靠拢共产党游击队，协助武工队为打‘老黄狗’而努力，为白小七、蒋太福和陈（福灿）营长报仇。当时，通过我们做工作，对白永山触动很大，不久白还回应说，从过去（1946年7月间）请我跟白小七治伤，送我一盒金银首饰没有要的事情来看。评价我不光有胆识而且不贪财，很赏识我的人格魅力……崔医官所说的我都信。从此以后，他也为后来协助武工队的斗争提供了很大方便和支持。”

“想一想，在1939年间与湖南省衡山常备队‘地下党’交通员汤队长接触认识，较之现在更隐匿、背景更复杂、风险要大得多，对地下共产党员的隐蔽工作方式知之其一。所以在老街活动的这段时间，长达一月之久以行医为掩护方便多了。加上谭始终坚持与我传播革命知识，教会了一些工作方法，对我启发很大。同时他使我进一步有了对中国共产党的正确认识，坚定了革命到底的信心。”

“可是9月上旬的一天早上，谭自箴对我说：‘由于革命工作的需要，我们暂时分手吧。’自己感觉有些惶惑、纠结和不安，如同十年前与衡山常备队的汤队长分手一样，所不同的是临行前多了一项深层次的交代：‘我走后，也许会有人来找你？你要注意隐蔽自己，千万不要暴露身份，要继续以行医为名，利用有利时机，认真做好白永山的统战工作。’”

“谭自箴走后，估计是海东中学的地下组织或是丁培忠通过朋友关系交给我一张字条，大意是：昆明发生逮捕中共地下组织成员几百人的事件，即将在各地大搜捕，情况紧急，注意安全。阅完销毁！看来谭自箴的走与此有关啦，我当机立断撤回了坝心，经反复考虑，预测各种可能发生的情况。并将家属、小孩送往建水躲藏，独自一人在坝心工作，随时提高警惕以防万一，还暗暗下了决心，即使自己暴露也绝不出卖同志。”

“过了没两天，意料中的不幸终于发生了。这天中午，住坝心现在乡公所的云南地方保安团副官，来普济诊所买药（折价当时的‘半开’，价值80多元），他让我跟他去拿钱。心想不好了？因当时我看他神态，咋看也不像是专门为买药而来。但又看他气势汹汹的样子，我只好老老实实地随他而去。”

海东（龙港、老街）远景

叶吉斋宅院局部

海东（龙港）中学原址

“在路上纳闷得很，我试探性地问：长官，贵军的刘福元连长，是我很好的战友和弟兄，他结婚时还请我去喝喜酒……他立马打断我的话说：‘晓得啦！’不一会与他来到了乡公所。没想到，刚进屋他又变脸了，破口大骂：‘他妈的，崔永龙！你竟敢勾结土匪，这笔账还没跟你算，还想要钱？这点药，老子用了，滚……’又使了个眼色说‘你明早来，我们团长有话问你？’”

“回家后，细细思量？不对啊！这副官是在暗示我呢嘛？看来是自己已经暴露了，情况复杂，敌人可能要采取行动和下毒手。我个人心里鼓励自己，曾经历生死战场过来倒没什么，但绝不能因为我而给组织带来不应有的损失。于是，我连夜走路到（距坝心火车站3公里的）四家村躲藏，天刚蒙蒙亮又走回来，坐火车到建水隐蔽起来，或者说幸免了一难。”

新街火车站周边地貌

“后来知晓，卢汉从重庆返回前，蒋介石要他逮捕黑名单上的一大批共产党员及进步人士。卢汉表面上予以同意，于9月8日下午飞回昆明后，但立即通知了黑名单上的一些地下党员迅速转移隐匿。难道说谭自箴当年虽然是一个基层地下党员，难说就是得到上述消息转移了，或许后面不慎又被军统局的人抓捕了都有可能……包括卢手下的保安团在坝心对我诡迷的做法，是不是这样的因素也不得而知。”

建水掩护游击队

1949年10月14日，中国人民解放军边纵第十支队协助建水县委策动乡会桥武装起义，这是滇南武装斗争的重要组成部分之一，是对蒋介石想利用云南作为反共基地的一次沉重打击，这次武装起义也充分体现了滇南军民迎接解放而进行英勇斗争的精神。

一个多月前，父亲因民青团员身份暴露从坝心来到建水，一家人蜗居老干婆家里。在乡会桥起义的那一天晚上，天气很好，月光明亮，“砰，砰砰……”子弹清脆的声音突破屋顶，从上空飞过。不远处街道上看见，中央军第8军的人手握轻机枪边扫射，边追踪一手持步枪男子和一背包的女子。视情况判断，认定是边纵武装人员被追击。很快这一男一女慌慌张张、不知所措、气喘吁吁地朝着红井街老干婆家的方向跑来。

见此情形不妙，父亲当机立断到家门口把这一男一女引进家里来，让男的攀附在房屋顶上隐蔽；让那个女的及时换上母亲的旗袍和大衣，交代与其母亲干姐妹相称，急忙告知她盘问时回答是来照顾年幼的3个（远信、远望、远新）干侄女的。又把那个男的携带的一支汉阳造步枪藏在墙头与扁豆棚中间，并把他们随身携带的文件藏到鸡圈里，不一会儿名彪悍武装士兵破门进家搜查，其中一上士班长对全家人逐个盘问，又上下、左右环视一圈、匆匆忙忙撤走了。哎呀！确实让人提心吊胆的，幸亏父母巧妙应急，这二人才算躲过了当晚的追杀和抓捕。

确切地说，他们是患难之时见真情。事发后的几天，俩人都是藏在光照微弱的小矮楼上，每天由老张奶端水、送饭，服侍他们；父母轮番按战时医护办法，为他们做心理疏导和药物治疗。四五天后惊吓所致的忧郁症状缓解也算是康复了。他俩才放心叩谢道：崔医官、康医官，连累全家老小了！我叫潘光、她叫张梅，我们是参加乡会桥武装起义的，那天险些被捕了，差点给你们家引来杀身之祸。没想到确得到你们全力营救，还给予无微不至生活照顾和施行耐心的心理治疗……现在好多了，我们想走了！

共同商定后，母亲带着身孕出去侦察回来，经过分析认为紧张局势稍缓了。他们按照我父母预定的逃逸方案。便利用老张奶到水井边洗菜的机会，让张梅挑上一对水桶跟着，从南门巧妙地把她送了出去，潘光也设法出城后再与她会合一起去找部队。

1950年1月30日，野战军与边纵在建水会师。潘光和张梅也随部队来到建水，他们买了一些饼干和糖果等东西，带着我母亲的旗袍来还，并在之前了解一些情况，声称有缘遇上自己人了，才告诉父母真实姓名：男的叫潘兴隆；女的叫张梅英。反复解释，对不起了，在此之前都是用的化名

（潘光、张梅），并说了不少客套话，再三感谢父母的搭救之恩。

红井台和因此“井”得名的红井街

潘兴隆还得意地说：去年10月14日在乡会桥乡公所发动的武装起义，是中共建水县委策划并得到我们边纵十支队第46团接应取得成功的。当晚参加起义的200多人秘密会集乡会桥乡公所，通过与我们46团里应外合，夺取乡公所的机枪，长短枪30余支，还有手榴弹、子弹和被褥等等。我方得手后起义队伍向元江的根据地转移，现在已经编为边纵十支队护乡第5团了。还介绍说：崔医官，您早些时候接触过的黄源昌（任团长）、王朝贵（任政委）、刘朝义（任副政委）都是该团领导班子成员……

聊了大半天，父亲只表示可以理解，有一些认得和知晓的意思，其他没说什么。热心的老干婆让老张奶做好了饭菜，招呼他们吃完饭后，父亲把枪和藏在鸡圈里的文件袋及衣帽取出还给他们。父亲自我感觉是作为民青组织成员应该做的，也是作为医生好比救活了危重病人很欣慰似的。

事后想，在那特殊时期，稍有疏忽，就会招致人头落地，后怕呀！这次营救活动，真是有惊无险，避开了敌人的搜捕，他们得以安全脱险。要不然，那时母亲怀有身孕接近分娩期，算起来全家老少七八口人，若有三长两短，向谁交代呢？

惠尔康会解放军

1949年11月下旬，贵阳、重庆相继解放。人民解放军已迫近云南境内，卢汉将其第74军和第93军调往昆明及其附近地区，作好起义的准备工作。

此时，滇南的天气渐凉，进入疾病高发期，4年前王越夫携家人到个旧另开诊所去了。早已把惠尔康西药大药房交还给我父母亲，那时到惠尔康西医大药房就医病人来自方圆数十里，真可谓“山潮水潮不如人来潮。”更幸运是，这月的24日四姐出生来到世间，她可是“生在新中国，长在红旗下”，母亲深感幸福和欣喜，更是没有跟民间坐月子、休产假的一样讲究了。3天不到，就忙于应急四面八方来就医的伤病号，也忙不过来为她取名字，家里人仅仅按排序喊她“四姑娘”，在朋友圈里和求医者则习惯叫她“崔四”，这无形中形成了习惯叫法，直至今天。

不到一个月的时间，来惠尔康就诊的人还是络绎不绝，接诊时听一些消息灵通人士议论说，12月9日卢汉在五华山宣布了“昆明起义”的命令，向全国发出了起义通电，标志着滇系军阀的最终结束，这无疑是一桩振奋人心的喜讯。十几天后，又议论解放军即将进入云南，昆明保卫战已经结束，国民党中央军纷纷撤退。蒙自机场运送滇南部分中央军上尉军官以上家眷到海南完毕之后，又飞回来装载了上尉以上军官的两架飞机，一架滑行刚要起飞，另一架准备滑行待飞，均被及时赶到的解放军“尖刀”连队截留，两架飞机上的人员全部成了俘虏。从祖国西南解放的形势来看，再次证明了5年前，他们离开兵站医院到地方为国为民行医道的正确选择。

1950年1月25日，解放云南的最大之仗——元江战役结束，国民党中央军第8军军部及下属3个师2万多人被歼灭。又悉1月26日，解放军第二野战军第13军37师的副师长吴效闵率部及配属该师的38师114团两个营，在红河州石屏白沙冲一带打了一场小规模阻击战后，渡过玉溪元江继续向南追击。

2月3日，114团沿思（茅）普（洱）大道追至思茅（今普洱市）墨江县把边江吊桥附近，与边纵九支队胜利会师，合并组成追击部队。吴效闵据情报得知，国民党中央军第26军93师278团经红河绿春、思茅江城，一路向车佛南（西双版纳）地区狂逃，当即率部队展开追击。

中央军278团滞留车佛南地区南峤县（今勐海县勐遮镇）——二战时期第14航空队的野战机场，也是抗战（远征军）时的93师长期驻防地。传言接台湾方面2月15日来电称，大年初一，会派来飞机从海南岛起飞接应该团撤离大陆。可惜吴副师长已于14日（农历大年三十）指挥部队强渡澜沧江，278团的官兵正准备吃年夜饭，解放军114团和边纵部队突然发起攻击，除278团罗伯刚团长率少数人到城里做客外，278团1000多人死的死、逃的逃、降的降。彻底消灭了国民党在云南的全部军事力量，这一仗成为解放云南的最后一仗。

云南解放后，南下解放军进入清匪反霸。时任13军37师副师长的吴效闵因指挥滇南地区剿匪来到建水，一天，他慕名带着部属走访惠尔康西医大药房，这是父母亲第一次见到解放军如此大的高级首长，这是他的随同人员悄悄介绍才晓得。父亲曾描述，当时看上去，这位吴副师长皮肤白皙，戴一副眼镜。感觉他亲切，开朗，平易近人而且健谈，和父亲同龄，似乎有些一见如故，颇有好感。

吴副师长很讲礼节，操作山西口音说道：“崔大夫，久仰，久仰。我这老胃病犯了，找您看病来哟，不胜打扰，多多包容啦！”经随行的一位叫郝鸿钧（河北人）的部长介绍后，也才晓得吴、郝两人曾同期入伍，是同在一个班的战友……哪里，哪里！父亲也文质彬彬地一边说一边赶忙让座。吴副师长座下后和蔼地谈起他率队追剿93师278团残部的战果。从与吴副师长的谈话中，父亲方知早年认识的278团营长刘桂荣、连长李靖等人均已失踪，这对父亲来说十分震

吴效闵副师长

撼，当然也是预料之中的。因为之前就劝过他们要以识时务者为俊杰，但他们还是与国家民族团结统一相违背，注定事到如今是要自取灭亡的。

父亲听吴副师长讲起国民党中央军93师被歼，倒蛮有兴趣，听着听着把他来看病的事给忘了，直到随行警卫员提醒说："喂，喂！首长……"指了指父亲手中抚热着的听诊器，他才停下话来。经观察、问诊和诊断，吴副师长患的急性痢疾，这是父亲最擅长医治的病例了，随即，亲自为他配制针水和治疗。在和父母分手时，吴副师长分外热心，交代父亲今后有什么麻烦事？需要帮忙，尽管找他。还说以后我们在这块土地上工作，都是云南人了。又交代郝鸿钧如数付了医药费，他才起身挥手告别，又坦诚地说：只要在滇南这地方，我老毛病再犯，还会来看你崔大夫的，请留步，不送了！

父亲回想起与吴副师长的偶然相遇，对解放军的军官赞不绝口，夸吴副师长出生晋商家庭，很有文化素质，是难得一见的儒将。也得知他是抗战爆发后，在上中学时参加山西青年抗敌决死队，他和郝部长身经百战，屡立战功，居然未受过伤……郝部长又介绍说。

一连几日，看着数几十里外的病人都惠顾西医大药房来，尤其是共产党的高级干部吴效闵亲临大药房访问和就医，态度谦逊和如数付费的举止，深受感动啊！父亲常常处于欣慰之中。一日，他抱着四姐并握着她的小手，哼着京剧唱腔比划着。母亲忙提醒他"崔四"还没大名咧？他咯噔一下，想了一想：嗨，人们都惠顾药房诊所来了嘛？顺口就为四姐正名"远惠"。从此，四姐得学名——崔远惠。

数月来，父母身心愉快，雄心勃勃，专心致志，在建水继续办好"惠尔康西医大药房"和"普济诊所"，也打算将来有条件的话办成医院，要广开门道为解放后的建水、石屏"两地"县乡村民众求医问药提供更好的服务，为山乡的医疗事业作出自己的奉献。

火灾无情人有情

1950年春天，建水设立了滇南行署。在这春回大地雨声落的季节，天有不测风云。完全没料到羊市街惠尔康西医大药房地段发生大火灾，由于救火无力损失惨重，大药房租用的古民居土木房子毁于这场大火，从道义上支付房东一些补偿。幸好火势是慢慢地延伸，虽然屋子及设施全都被烧毁，但也抢运出来了部分医用器械和药品。

建水城关门坊

惠尔康西医大药房原址

这无奈之下，一家人只好暂时生活在老干婆家里，没过几天，正在束手无策之时，春天温润悄悄地靠近而至，白永山派人从坝心找来建水县红井街并带口信说，他已经出任石屏县人民政府坝心第五区副区长、兼任武装队长。白副区长让转告父亲“正是春耕好时节和农忙的时候。坝心缺医少药，需要像崔医官、康医官这样的好医生。白副区长他代表区人民政府请你们回去继续开诊所，为坝心五区的人民群众医病呢？”

应白永山的邀请，父母亲思索一番认为，若是在建水恢复“惠尔康西医大药房”，现已经一贫如洗，一下子拿不出那么多钱来重新启动开业，一家六口人的开销缺口又大。再说现在白永山队长都走上自新之路，可以出任人民政府的区长，说明当下社会已经天下太平匪患清除了，考虑坝心村里“普济诊所”店铺还在，哪里更有优美的环境气候和厚重的百姓情感，做好乡村医疗事业终归是他们的愿望。

再说，乡会桥武装起义时，经父母营救脱险的潘兴隆原在个旧和平小学工作，现调该县文教局任职，他在任职前回建水探亲，知道惠尔康西医大药房遭受火灾后跑来看望，给予一些心理安慰之后。与父亲说起他与谭自箴同志在边纵十支队认识，现在谭已经调离石屏了。并说他们曾在一起谈起过，崔大夫、康大夫的救命之恩，都说我父母是难得遇到的好人、好大夫、好同志！还说要不是谭自箴闲聊说来，去年你们救我和张梅仙的时候，还不知道崔医官早已加入民青组织了，我们同是边纵的战友哩，那时候真是怠慢自己的同志了，非常抱歉。

谢谢，潘光同志，哦！父亲一下子改不过来应叫他真名潘兴隆。潘接着说：谭自箴同志跟他说过，在此之前他专门去坝心普济诊所找过你们，没有找到就匆匆忙忙离开了。他还说在坝心老街做白永山统战工作期间，对崔医官（那时，谭自箴对父亲的常用称谓）有所怠慢，只身一人逃避大搜捕走了，难免给崔家人带来政治上的麻烦，并表示既然坝心的诊所还在，造成崔医生与组织失去了联系之事，改天会去坝心向你们道歉。

惠尔康药房被大火吞没后，来慰问父母的朋友很多。其中还有从建水调到石屏师范学校的徐诚老师和爱人张洁也来到红井街，并请父母去他们所住的永贞巷家里吃饭。席间，徐老师讲到父母在他的故乡——乡会桥团山兵站医院时，还是年轻的军医，现在已能独闯医事，开医药诊所，是当地百姓健康的保护神。母亲也受到启发说，你和张老师是学校的老师，教书育人是你们本分；我和永龙是普普通通的医者，只好回坝心乡下，医治一些小伤小病。父亲又提起了石屏人陈鹤亭在自己家乡任知县，兴办师范学堂的创举之事；徐老师附和陈进士创办石屏中学的事迹，彼此间谈古论今，话音乐，道戏剧，论书画，其乐无穷，这顿饭吃得真是开心愉快。

徐诚老师石屏一中企鹤楼前

这一年的3月下旬春分时

节时，父母带着4个姐姐回来坝心。在离开建水收拾物品时，父母亲把他们过去的军装，身着军服拍照的所有照片连同底片烧为灰烬，父亲只留有一张刚入伍时的免冠军服照片，也就是在湘潭时平生第一张照片，显然是怕今后惹来政治上的麻烦。

离开建水时，把惠尔康西医大药房余下的医用器械、药品等等统统赠送给了王跃华、张莲瑛夫妇在建水县高营村的乡镇上开了一个西医诊室，以维持他们一家人的生计，让其夫妻二人继续弘扬和传承医技，施展多年来在部队打拼和刻苦钻研的医疗惠民本领。

四个姐姐和王伯伯大女儿在建水

解放初期拟返乡

1950年3月春夏，当地领导干部加强了与人民群众的密切联系，对普济诊所格外关心和重视。回到坝心这片热土，激励着父母重振诊所的业务，因有建水惠尔康大药房品牌的影响，再现普济诊所本色，来求医问药者和从前一样络绎不绝。但诊所主要是母亲带学徒李小满来运作，父亲要参加农会工作，他们虽然很辛苦，可精神上有了莫大的收获。那时大姐刚上小学，4姐妹平均年龄不足4岁，主要是姑妈帮忙照管。

由于父母过去与王嗣东遗孀老星星、老通海和老南瓜夫人的长期医患关系往来，时常去他们家1940年兴建的“王氏宅院”送医上门，既有一份难割的私人情谊，又有一份公心付出的收获，尤其得到其子王天宠（留美归来，原个旧市第一中学校教务主任、副校长）的友情相助，这一家在坝心颇具实力的人家倍感真诚和热情，让我们全家搬进了他祖父王镇东祖上居住的现已闲置宅院（王镇东曾做过云南省第一届议会议员）。即建于明清时期的“司马第”老宅（今为“古民居保护单位”）居住，其身心得到休整和抚慰。

说起司马第的庭院，为传统明清古建筑正八间四耳房，附设有生活作坊、用人住房十分考究。进至院内看上去古色古香，冬暖夏凉，有着舒心宜人的感受。先期入住的有在坝心学校任校长的火星成、当教师的妻子苏琼仙、其父火建民和3个幼小女儿，我们两家有12口人。在那个时代也算得上是文化人在一起了，崔家把堂屋布置作为诊所用；火家在堂屋中央摆了一台钢琴，闲暇时随着火校长的弹奏，优雅之琴声四处飘逸，两家人在一起颇有文化人聚居的品位。

年底，祖国各地开展抗美援朝运动，中国人民志愿军赴朝对以美军为首的“联合国军”作战，人们到处传唱着《中国人民志愿军军歌》。这嘹亮的歌声威武雄壮谓也！

雄赳赳气昂昂跨过鸭绿江，
保和平卫祖国就是保家乡。
中国好儿女齐心团结紧，
抗美援朝打败美国野心狼！

正如歌词中唱的“保和平为祖国就是保家乡”。如今新中国的诞生，从此结束了上百年来半封建、半殖民地的社会。在中国共产党的领导下，受苦受难的中国人民终于站起来了！中华民族终于可以扬眉吐气了！中国人民志愿军终于出兵与以美军为首的“联合国军”作战了！

在这振奋人心的时刻，远在湘、鄂家乡的亲人们联想到我父母先后于1938、1939年间因抵御外敌远离故乡，会不会以军医身份参加志愿军赴朝保家卫国去了？这时亲人、战友、同学、同事们纷纷带着疑惑、亲情和无限的牵挂，来信报晓近况，和询问他们何时回故乡等等？

王嗣珍新建中西合璧庭院（省级文物保护单位）

司马第老宅——二门天井（县级古民居保护单位）

司马第堂屋庭院正房

首先是，母亲在湘雅医学院的同学谭正来信：“华卿，分别4年后的她（指自己）你感觉怎么样！？（英文，看不清）”看得出她内心世界充满希望，她那贵州籍抗日军人的性格脾气和相貌都没变，只是缺少过去的一身戎装打扮而已。看来新中国成立后，谭正在麻城县开办的西医诊所也是红红火火的，日子过得很充裕，意气风发，富有新时代女性的激情和特征喔！

借此，母亲曾富有深情地说：“这封信是我们老同学心底最美好的呼唤和牵挂，未必从前天天见面，如今只须心心念念，让我们的眼泪变为笑脸，就是一生的伙伴和缘分。啊！前生的回首，今生缘，我们数载同窗、战友情，终归宴席的须散，从此我们天涯几多牵挂。”

華卿

谭正“解甲还乡”4年后，寄给母亲的信（已遗失）和照片

接下来湖南、湖北与滇南崔家“一族三地”开启了亲人之间信函往来：

湖北老家对于父母亲有了在云南坝心乡村安家的这事上，不予认同。老家亲人总是盼望父母能回到养育他们的故乡，为家乡恢复建设施展才能，为家乡人民尽其应尽的责任和义务。先是湖北天门的大爷爷崔子荣，由于他一贯热衷于过去在教会办医院的差事，加之永宽叔叔回湖北后，在家人面前夸耀父母的医疗水平和能耐。大爷爷认为崔家的大长子、大儿媳都是地方享有一定名望的医生。1949年初，就来信函一定要父母亲携家回天门县协助策划兴办一家医院，寄希望于父母继续完成他未竟事业，还在信上再三叮嘱。

母亲也接到湖南故乡姨妈康洁和姨父朱楚雄的来信说：姨父朱楚雄从衡东回来，准备暂住时日。今天看了来信，知道父母在云南成家还添有4个姐姐，一家人生活得很幸福美满，深感无比的高兴和欣慰！

姨父母信中告知，她们在老家，身体、生活也都很好，表姐军伟从小把母亲作为她的偶像，立志要好生学习，将来像母亲一样做一个保家卫国、志在千里的好医生，她现在衡阳上中学准备报考上海卫生学校。表哥大辉在衡山县城关上学，也把母亲当作学习上的好榜样，成天翻阅家中收藏的书籍，练习书法……

姨父母信上还说，他们想来想去，还是把3年前的事告知我父母吧？信上说：自母亲1939年3月，跟随（第6军看护训练班）部队走后。长沙、湘潭和衡阳地区先后成了与日军交战之地，战场的惨烈、血腥真是惨不忍睹，到处尸横遍野，血泪交融，连草木也知愁呦？姨妈和外婆带着表姐和表哥，老老少少在乡下四处奔波逃难，为躲避战乱无固定居所，住得相对长的地方仅有外婆的出生地——衡山罗家渡。也收不到母亲的信，更不知我母亲是生是死？外婆和姨妈无时无刻不在牵挂着母亲啊！指望日本人投降后母亲会回来，可是……

抗日战争时期衡阳会战惨境

再说老外婆天天念想着，要回南岳曾外公家里等母亲回家，她们几经周折从乡下的罗家渡准备回到城里，其实只是回到大浦镇姨夫家里，而且原先的房子都被日本人飞机炸塌，被炮火烧成了残墙断壁了，只好作些修整后凑合居住。姨妈为一家老幼的生存，每天起早贪黑帮人洗衣服、生火做饭和做家教，没多久老外婆病倒在床上，抱着母亲走时送给她的白瓷茶壶，天天以泪洗面，哭干了眼泪。

外婆随时嚷嚷：华卿，要信守当初（1936年）入湘雅学医时的承诺……她老盼望在垂暮之年能与你（我的母亲）见一面，发誓才能瞑目呦！多次叫姨妈写信给母亲，到现在已过去七八年了，外婆曾经也说日本鬼子投降都已经两三年过去了，要母亲千万回来，即使为保家卫国尽力，也应该报答养育之恩呵！就要尽其儿女之孝道也！

这叫我姨妈怎么办呢？姨妈想，心病终须心药治，解铃还须系铃人。在收到我母亲最近来信的前些年，只能从报纸上了解到母亲随部队去了广西，随后编为远征军进入缅甸打日寇，回国后也不知在什么地方……但不晓得信往何处寄？老外婆积劳成疾又无钱医治，实在是煎熬不下去了，在1947年那个寒冷的冬天过世了。她老仙逝时，手里还抱着母亲给她的茶壶，嘴唇不停地颤动着，流着极度悲伤的泪，离开了人世，让人非常心痛。

峥嵘岁月母子别，凋落人亡两不知。外婆与世长辞而母亲于3年后才得知。回想过去，母亲一生中从未提及这无以言说且极度悲伤之事，只是听姜姑妈、老二妈等老人说，母亲知道外婆带着病痛和忧伤，得不到治疗而凄凉死去后，很长时间都心如刀割似的痛苦。只见她成天哭丧着脸，那是痛定思痛的反应呀！隔壁邻居怎么安慰，都无济于事……

而如今我写到这里，恰逢2018年“母亲节”，拙作《七律·思念母亲》一首，以寄托对母亲的思念，也深切体验母亲对外婆深切怀念的感受。

十月怀胎母子情，
母爱儿女是天性；
梦游湘江泪千行，
不忘初心精为国；
未抵青袍送玉珂，
娘在九泉华卿吾；
唤醒妈呀惠尔康！
乌儿反哺知几分？

既能想象并能感受到68年前母亲知晓失去亲人，撕心裂肺般痛苦的样子。也能想象她们那一代人的大义凛然，终归为了国家和民族的独立，背负着失去久别亲人的悲恸，决然默默地承受下来了，这真是常人无与伦比的承受能力啊！

表姐、侄女、姨妈、表姐夫之母及后排的保姆、表哥

表姐、姐夫及侄女

人和是本，心善是根；尊师是方，重友是法。父母经过复杂的思想斗争后，思念亲人，也思念过去的师长以及同窗好友们，邀约一起返乡创业的想法也曾占据思想主导地位，已经拟定并准备打道回老家。后面又反转回来立之于“和、善、师、友”的情谊和人生的选择上，这又从何说起呢？就此大姐在《父亲母亲坎坷人生的回忆》中写道：

“早在1949年5月底的时候，大爷爷来电叫他们回湖北天门县国立医院工作；然后帮他协同筹办一所新的医院，这也是父母历来准备回老家的想法。所以在石屏、建水就没有置办任何房产和地产之类的，留下的十几两黄金原想作为回老家创业和安家之用。到1950年5月底，他们已决定回老家办医院了，从昆明采购来七八个超大型行李箱子，把家里必要的行李、衣物和用品，以及医用器械开始装箱，将着手变卖家具或将带不走的东西无偿送给邻里邻居。”

6月间，大姐7岁多。在坝心学校上小学，这一天放学回家来，看见家里围了好多人，都是来挽留父母留下的村民。他们还叫来与父母结下了深厚友谊的坝心区委杨富龙书记、政府副区长白永山说服父母留在坝心，参加当地的土地改革、会分给房子和田地，并给在场的坝心村村长兼民兵队长的王有福交代，崔医生和康医生是外省人也是中国人，他俩参加抗战不远千里来到坝心，这些年尽心尽力为大家的身体健康起早贪黑看病救人。要好好对待人家，让他们占其天时、地利、人和，坝心要留住他们一家子呀！

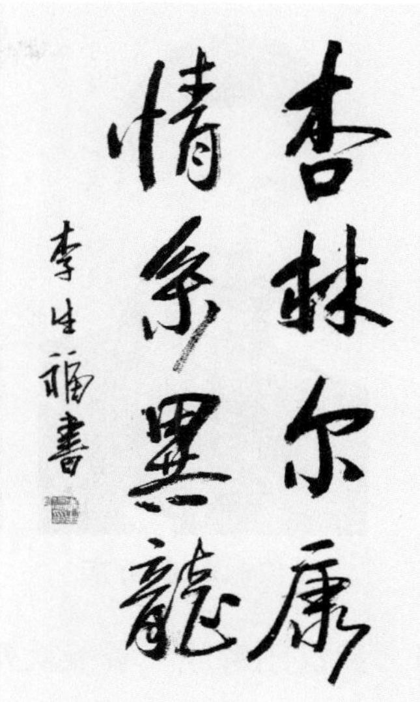

李生福题书

心地善良的父母亲回过头来想一想，坝心地区医疗资源确实是极度贫乏。自离开142兵站医院携家来到坝心6年了，当地人们是那么尊师重医，深知这里老百姓确实需要他们。以前，一个普通感冒引发肺炎都难以医治，当下流行的痢疾、虐疾等百姓称之为“打摆子”的病更是求医无门了。时至今日普济诊所也是群众认知仅有的西医诊所，坝心老百姓这样诚心诚意、重情重义的挽留，如果撤走了于心不忍，心里放不下。再考虑新的人民政府这样重视崔家的诊所，更要好好地回报才是。所以，反复经过走与留的酝酿，心悦诚服答应留下来了，宁愿继续做个乡村杏林人！一家6口就留在了坝心。

到了1950年年底，收到老家大奶奶寄来信说，汉清，吾儿。谢谢你们去年资助你们的弟弟——清明（崔俊）到南京上大学；现在又资助你们弟媳——华芝，还给我和远辉（堂姐）寄生活费，尤其要感谢崔家的大儿媳——华卿。

信中还告诉说，早于去年5月中下旬的一天，崔子荣大爷爷突发肾绞痛仙逝了。大奶奶、二奶奶当初顾虑父母亲会因大爷爷去世，就不回老家来了，又顾虑父母感情上难以承受突如其来的打击，大奶奶、二奶奶让叔叔们不要告诉我父母亲实情，直至一年后的今天才予告之。

父亲如今知道这一噩耗，尽管是一年之后了，心里仍然说不出的难过。脑子里总闪现出伯父那严谨、执着、亲切的面容，心情久久不能平静，很长一段时间仍无法接受，特别是怎么死的也不知道？其哀痛和伤心不言而喻，成为他心中永远无法消失的痛苦，也成为一个未解之谜。

直到叔叔崔俊91岁高龄时，才忧伤地与我解释说，“在1949年5月17

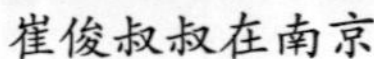

崔俊叔叔在南京

杨华芝婶婶和远辉姐

日，武汉刚解放大爷爷就死去了，年仅50周岁。那年我才22岁，大爷爷患的肾结石，平时没有任何先兆，突然发病时，只见他疼得在床上打滚，还伴随血尿、恶心、呕吐的样子惨不忍睹喔。”

“开始时，与大爷爷要好的一位英国大夫，将对他施行开放手术治疗，可大爷爷坚决不肯！这可能是因为他常年与教会医院往来，又任职过几年的天门县医院院长，知道如此剧痛不仅仅是肾结石引起，也许还有输尿管结石所致，手术复杂而且不可能解决问题。所以，尊重大爷爷的意见采取保守治疗手段，但都无济于事，后来并发输尿管结石梗阻，更是一阵阵的激烈疼痛加剧，引起肾衰死亡。唉！大爷爷就这样带着不少遗憾离开了人世。”

对此，我从小随父母在医院里长大，曾任省医保处长十几年。患肾结石急剧绞痛，不至于危及生命嘛！并向叔叔提出疑问？他说：应该是肾功能衰竭死的，反正在他死后家里经济上很困难。当年，叔叔上大学的路费、学费也没有了，生活也很困难。看叔叔91岁高龄，固执己见的样子，对大爷爷死因无从争辩下去……

稍后，叔叔不厌其烦地转话题说，他认为大爷爷的暴病而死，致使在天门开办一所私立医院的计划落空了，这也许就是我父母没有回到湖北天门老家的原因之一吧。不然，云南崔家的历史可要重新写啦？！

第十二章　天降横祸

中西结合探疑病

1950年10月，为适应新中国成立后新时期、新任务和新形势的需要。巩固新生人民民主政权，彻底废除封建剥削的土地所有制，开始进行减租退押和清匪反霸。有了新中国成立初期的抗美援朝、土地改革、镇压反革命“三大运动”。

1951年10月，云南历时一年多的清匪反霸和镇反运动，基本消灭了猖獗的匪祸，取得了清匪反霸斗争和镇压反革命的初步成果，保证了群众正常生产和生活秩序。在新政权的领导下，各族人民积极努力发展生产、恢复经济和稳定秩序，让人民过上了和平幸福的生活。

全国土改有三亿农民分得了约七亿亩土地，免除了过去每年向地主缴纳700亿斤粮食的地租。1951 年 8月的秋季，中共云南省委颁布《云南省土地改革实施办法》等文件。按照依靠贫农、雇农，团结中农，中立富农，有步骤、有区别地消灭封建剥削制度，发展农业生产。

崔家在石屏坝心村司马第庭院一楼，暂时分有两间正房（中间无隔断）、一间耳房（作厨房用），二楼上有库房兼粮仓。还有公共部分的堂屋、上下天井等，以及一亩多的稻田地，由村民们帮助耕种。真可谓，崔氏一家人名正言顺地成为坝心的村民。

回顾一年前，即1950年8月在北京召开的“第一届全国卫生工作会议”。其会议精神在数月之后传达到滇南石屏这偏僻的地方，无疑是医药工作者的空前盛事，如医药界平地一声雷！会议要求，预防为主、团结中西医、面向工农兵作为新中国卫生工作的“三大原则”，这也为父母在坝心开办普济诊所提供了政策支持。

司马第大门、二门

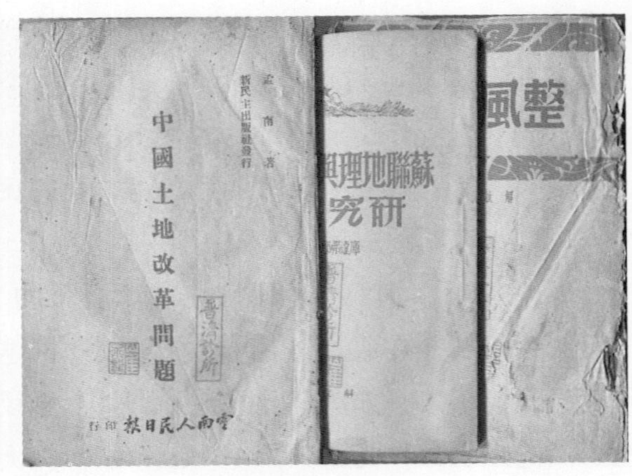

父亲及当时普济诊所遗留下的学习资料

党和国家领导人特别重视中华传统医学的传承和发展，这固然是从政府层面采取措施。要坚决控制鼠疫、霍乱、伤寒、麻疹、脊髓灰质炎、乙型肝炎、流行性脑炎蔓延，也将为阻断或预防结核病和麻风等传染性疾病，以及针灸治疗脊髓灰质炎（俗称小儿麻痹）带来了福音！

对此父亲说，传染病的传播，每个人都不例外。1951年的夏秋，他在石屏城里参加全县农协会的汇报会，因工作劳累和饮食不注意发生呕吐，觉得头痛发热，患上了伤寒病。会务组报县农协会得知后，及时安排在宝秀镇联合医院来开会的刘靖忠（原在142兵站医院的同事）前来医治。

老朋友相见特别亲切，两人也谈些未解之密。父亲问道：靖忠同志，你（1944年间）在142兵站医院，怎么有这样大的本事？当初，只见你经常往建水东门外一家安徽人开的瓷器店跑，不久把院长方景凤给告了，你也被关了禁闭。但以后放回医院还升了少校军医，这是怎么回事？刘答道：过去的事别提啦！是被别人利用的，也是没有办法的事。哎呀，今天提及这事，真是后悔莫及啊！父亲安慰他道，过去的事算了，让它过去吧！方景凤院长为人实在、技术精湛、终将会有好的因果报应，但愿今生有幸，我们再作解释也不迟？

因为他们同为军医出身，眼下石屏县上、中、下“三个坝子”还有那么多的贫寒山区，缺少医疗专业人员，他们要做的事还多着呢？俩人倡议并承诺，以后刘靖忠在上坝（宝秀）、崔永龙和康华卿在下坝（坝心），咱们一起为石屏的老百姓做些好事吧！为保护人们的健康和生命。我们比比看，谁先把现在的传染性疾病控制下来？不再让疾病造成的悲伤扩散，共同合作与疾病作斗争……最后，两人异口同声地说：好的，言而无信，非君子！

那一年，父亲有31岁。刚正不阿，精力旺盛，诚心诚意为百姓的健康着想，紧紧围绕国家卫生工作的“三大原则”的内在联系。眼看疫情蔓延，病人渐渐多起来了，昼夜治病仍忙得不可开交，看来靠个人的力量是不足矣！父亲曾说。

可那时，农村医疗卫生状况基本是以个体诊所、个体药店和游医（走访郎中）为主。各自为政、自主经营、自负盈亏，犹如一盘散沙。

因此他们借鉴七八年前，在142兵站医院以“西医为主，中医为辅”行之有效的济民施医举措，再现过去走访当地民间医师治疗手段，和为己所用的经验和做法，父亲结合地方病的发病规律和基本原理拟订了带有学术性研讨，与当地农村发展适应的《中西医疾病防治研习实施方案》。

父亲查阅资料，倾心研究地方传染病防治办法和措施

父亲认为，人生不可有所亏欠，否则良心就会不安。按照这个《实施方案》确定了任务目标，着眼于热带旱季、雨季易发、多发、复发鼠疫、霍乱、伤寒和麻风等传染性疾病的防治特点，组织坝心的知名中医师林家珍、陶云章、孔繁猷等（因其三位中医师，均比我父母年长，吾辈尊称：孔、陶、林大爹）和有过医事经历的刘春林等一批中青年人研习，每次研讨两三个病例。

这当然不是简单的中药加西药，而是中西医结合治疗的有机配合、互相补充。先将预防视为对传染和慢性疾病例为主攻方向，提出中西医疾病预防及基本治疗手段。母亲不愧于湘雅医学院药学科班出身，不时参与并指导熬制中草药饮片和帮助加工诊（室）所制剂；普济诊所到昆明医药市场、门店购买疫苗，一并指导和提供易感人群无偿服用和注射，在坝心周边乃至地处95%山寨的大多数人受益。所需成本费用包括参与者活动的用餐，均从普济诊所和过去在惠尔康西医大药房积攒下来的微薄收入中支出。

在短期内，传染病疫情得以控制的同时，坝心的中西医诊（室）所的医师们会聚一起，也将传统的中药与西医药知识和治疗方法结合起来，进而在提升临床疗效的基础上获得新的医学认识。比如，父母亲与陶云章医师合作进行针刺麻醉、中西医结合治疗骨折及外伤；与林家珍医师合作治疗急腹症等等；与孔繁猷医师通过建立中医理论的动物疾病以寻找中西医理论上的结合点。而且孔医生曾深有感触地说过：中医学基础理论内容是十分丰富呢，有些与西医学理论完全不同，以往对阴阳学说、脏象学说、气血学说及有关“证”的研究等，还得从西医角度去探索咯。

在父亲的带领下，他们最得意的是把传统针灸应用于西医临床，开创了头顶针、耳针疗法和电针、穴位注射方法等；把舌诊所见舌苔、舌质的变化通过病理分析、生物化学等方法客观地进行反应研讨，对脉象及舌象进行中医对照。即，取西医定名、行中医辨证，以此指导并在治疗时协调和配合，无论在临床医疗而且在疾病预防等方面应用，他们都有了突出的研究成果，使得父母亲传导的西方医学和传统医学这两种医学并存，其学术研究成果深得业界赞扬，得到各级地方政府卫生部门的认可。

据此，在翻阅父亲《自传》中和帮他整理《请求落实民青、边纵问题的报告》时看到，刚获得解放的穷苦百姓，在中国共产党和人民政府领导下，逐步恢复正常的社会秩序和发展农业生产。使耕者有田，住有居所，病有所医。曾听邻里长辈们夸耀，那时你父母亲的医疗技术很得到社会的欢迎和敬奉，甚至于被当地民间称之为“神医”，而受到人们的尊崇爱戴，他们自己也感到无比的高兴和自豪。

推选是信任，履职是责任。1951年，父亲应政府的邀请参与组织成立石屏县首届卫生工作者协会。县卫协会的成立，全县医药工作者总算有了期望已久的“医者之家”。这是医药工作者人心所向，也是改进卫生状况的事业所需。吸引了县乡村医药工作者踊跃参会，人们奔走相告很快全县发展有50多名会员，下辖的坝心区卫生工作者协会小组也有了20多人，占全县参会总数的40%以上。父亲被推选为县卫协会执行委员兼坝心区卫生协会小组组长，同时与杨宇杰医师任领了县卫生工作者协会的主要头衔。

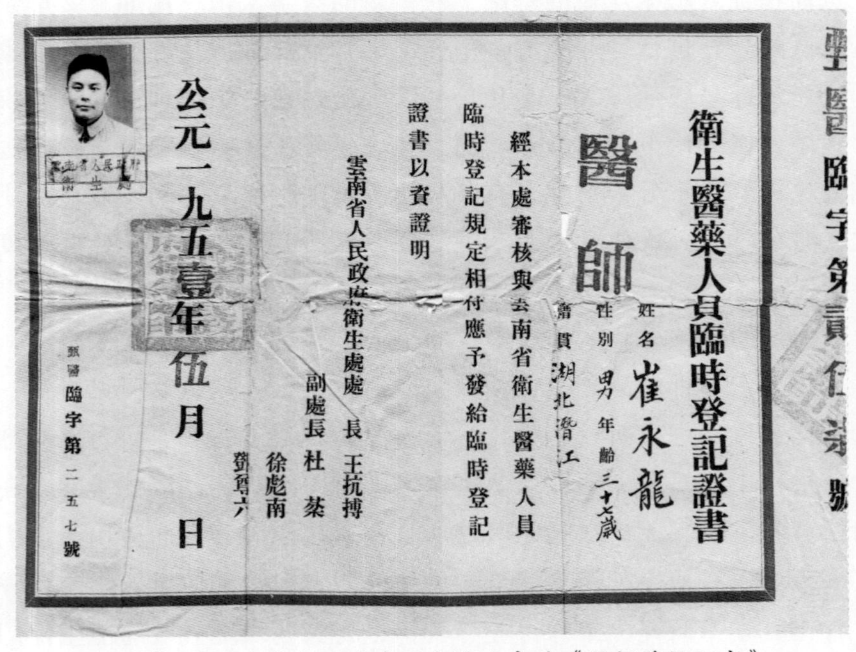

衛生醫藥人員臨時登記證書

醫師

姓名 崔永龍

性別 男 年齡 三十七歲

籍貫 湖北潛江

經本處審核與雲南省衛生醫藥人員臨時登記規定相符應予發給臨時登記證書以資證明

雲南省人民政府衛生處處 長 王抗搏

副處長 杜 棻

徐彪南

劉尊六

公元一九五壹年伍月 日

甄醫臨字第二五七號

1951年5月云南省人民政府颁发给父亲的《医师登记证书》

学术研习引祸端

1952年，石屏人民深感生活初步改善，教育卫生事业得到很好的发展。医疗卫生取得的实效，这要归功于党和政府的正确领导；归功于人民群众的积极支持与配合；归功于当时成立的石屏县卫生工作者协会，它对于有效控制鼠疫、霍乱、伤寒、脊髓灰质炎及结核病的蔓延作出的辛苦努力。

父亲曾讲过：一荣俱荣，一损俱损。不盼别人好，本身就是一种病。见不得别人好，也就患了“眼红病”。庞涓因嫉妒孙膑的学识超过了自己，用毒计陷害孙膑，使孙膑致残。但最后他未得以善终。

他还讲过一个“天堂勺子”的故事：说的是有一个人很好奇天堂与地狱的差别，天使就带他去看。先是看了地狱里的人都坐在一盆盆肉汤前愁眉苦脸，因为他们手中的勺子有一米多长，根本没办法将手上勺子中的汤送到自己的嘴里去。而到了天堂，同样的勺子一米多长，但他们是互相用勺子喂对方，大家也就非常快乐满足。按这个想法父亲认为：

时间不等人，岁月最无情。石屏县卫生协会成立之后组织化程度更高了。进而父亲和众医师认识到时间的重要，继续组织参与坝心区卫协小组的疾病防治研发，珍惜每一次机会，珍惜每一次相遇，珍惜每一次交流。按照前期行之有效的《中西医疾病防治研习工作方案》，坚持每星期组织一次业务学习，加大传染疾病预防、中西医学术研究，同时开展临床运用，旨在更好服务人民群众的健康之目的，为全县卫生工作起好先行示范的作用。

按照往常惯例，坝心区卫生协会小组进一步传承中西医疾病防治研发和研习工作经验，更加开展得有声有色，尤其是疾病防治研习可以说取得了很大的进展。特别是中西医结合治疗脊髓灰质炎（小儿麻痹）取得了明显效果，转入如何有效控制麻风、流行性脑炎、天花和癫痫的临床运用上来。

1952年2月，在第一周的“中西医学术研习会”（也称：中西医研讨会）会议上，父亲向当天到场的15名卫协小组的成员，首先讲述了《运用西医做法规范中医诊疗暨创建中医临床路径》的方法。然后由孔繁猷医师传授《马宝与狗肉主治癫痫病根法》之复方，并为实现中医临床路径正名，众医家热情高涨产生学术认知与共鸣！医师们，你一句我一句反复讨论，随机编辑了与中医临床诊疗《脉诀歌》相呼应，实行中西医诊脉融会贯通与并用，是坝心区卫协小组中西医学术研习会成立以来最富有成效的一次。

来日并不方长，世事总是无常。嫉妒是人的劣根性从娘胎里就带着有，果然会议期间个别人产生妒忌并挑衅，说些风凉话：现在政府开展清匪反霸，镇压了不少土匪恶霸，土匪头子白永山也难逃一劫，坝心已经镇压50多人（据悉52人）了。是想，卫协组有些人跟他们关系不错呢嘛……不如研究一下自保吧？父亲一听火冒三丈，当即臭骂了此人，与其嫉妒他人不如下功夫苦修技术嘛？怎么老爱跟政治扯在一起了……想不到父亲对此人的批评，却为后来发生的灾难埋下隐患。

按照往常召开研习会的习惯，会后要安排聚餐。父亲高兴之余，让村里厨师将用作病例解剖后、配制马宝药方的一条土狗，做成“狗肉宴”犒劳大伙，也表示对此次活动成果的庆贺。不曾想：几天后，这平常得很的《运用西医做法规范中医诊疗暨创建中医临床路径》《马宝与狗肉主治癫痫病根法》的研习会，居然导致全部到场好学的众医师们乐极生悲！

2月13日的清晨，有四五个背枪的人突然闯入崔氏在司马第的住宅来抄家。他们里里外外反复搜查，甚至对可疑之处挖地一尺深，可比喻为翻个底朝天，家中所有值钱的东西被没收：金银首饰金表及黄金，合计12两多被拿走，父亲比较珍惜的一支派克钢笔、瑞士大座钟和上好的衣物被窃走，还搜出一台沈幼斋走时留下的德（国）制（造）120照相机，逼迫父母指认是发报机或电台，但父母执意解答就是普通照相机未成，他们一直耿耿于怀不罢休？唯一幸运的是父亲在兰封会战时，缴获的日军匕首，因被他视为一把不寻常的刀，把它长年藏于土坯内，砌在墙里没被查出来，不然要加以何种罪名慨然不知……阿门！父亲默默祈祷着。最后，当场查封和没收了普济诊所全部医疗器械和药品。

就其原因，多年后才知。是有人心存芥蒂，曲解、诬陷坝心区卫协小组的“中西医学术研讨会”是“反共青年团”组织。对此，孔祥庚曾著书《理想的父亲》澄清“狗肉宴，变成了中西医研讨会，气氛十分融洽，大家尽兴畅饮，挥杯共醉，相扶而归……顷刻间变成一场灾难。16名参加狗肉宴的医生，无一幸免，都遭到了拘留审查。100多名亲属，凄凄惨惨，都遭到牵连”的恶果。

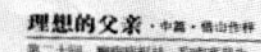

第二十回　癫痫病根祛　狗肉宴悲生

父亲倾心于研究治疗疑难杂症。

滇中民间流行着一种怪病，患者突然口吐白沫，眼睛翻白，双手握紧，躺倒在地，来势令人恐怖。当地人叫羊耳疯，实际是癫痫病。孔宪钦老先生传给父亲的秘方中，有一个用马宝为主药的复方，能祛除羊耳疯的病根，治愈了无数患者。慕名而来长安药室者也不少。我们家至今还保存一盒民国二十三年（1934）出厂的“三角牌马宝”。

坝心有个西医叫崔永龙，比我父亲小13岁，但医术很好，是难得的外科医生。他是湖北人，1941年在国民党第六军担任过军医，又在建水县国民党一四二兵站当过军医，1945年转到坝心开私人诊所。

崔永龙以狗肉筵席酬谢父亲，同时邀请了16名医生赴宴。筵席上，崔永龙讲了许多客气话，并赞扬我父亲：“孔医生看病切脉，百分之百！”在座的刘春林是西医，对中医切脉颇感兴趣，提出了许多好奇的疑问。父亲一一作了解答，从扁鹊首创切脉诊病，使虢国太子起死回生，讲到华佗刮骨疗毒、张仲景著《伤寒杂病论》、孙思邈撰《千金要方》，而且一气背诵了几段《脉诀》歌，赢得了众医家的共鸣！狗肉宴变成了中西医学术研讨会，气氛十分融洽，大家尽兴畅饮，挥杯共醉，相扶而归。

崔永龙

“我本将心向明月，奈何明月照沟

孔祥庚：《理想的父亲》一书摘录

横祸突致母遇难

据当年知情者述，对崔家的搜家从大清早开始折腾到下晚，人们都被蒙在鼓里。他们把崔医官带走时，路上遇到来诊所看病的患者家属和村里一些群众抗议而被制止，他被押进区政府的一间小屋里关起来；康医官也被莫名其妙带去禁闭在坝心学校，由持枪民兵昼夜看守，与当时的一些所谓的改造对象集中一起学习和接受教育。现在想起，我拙作《江城子·家劫难》一首：

辰龙生死两茫茫，
常思量，恐难忘。
家破查封，无处话凄凉。
纵然关押君不识，
愁满面，哭断肠。

夜来幽梦还故乡，
倭寇残，国将亡。
几度从军，惟有泪千行。
料得山村杏林医，
明月晓，怎奈何。

好人还会有好报吗？这场从天而降的灾难困扰着母亲，她百思不得其解！且说，母亲是出身书香门第，受过传统、良好家庭教育，还受过大学教育的知识女性，在当地已经享有盛誉的知名医生，怎么忍受得了如此凌辱。面对这突然来到的一切，母亲感叹世态炎凉，有些人冷血无情，恩将仇报一时想不开。她这湖南人倔性，不会屈服，导致精神彻底崩溃，为唤醒人们的良知，丧失了生存念头。在学习期间，她在屈辱之下痛定思痛，寥寥数笔写下《为×××堕胎的情况》材料。

在一个僻静的夜晚，母亲将写好的材料上交后，趁看守民兵不注意的时机摸黑出来，带着绝望和凄凉，只身跃入学潭（校内池潭）欲轻生。哎呦…！？

幸亏当晚值守的民兵张庆生，恰好走在去学潭边换烟筒水的路上，他忽然听到池潭里叮咚、哗啦！连响两声并瞅见水花溅起很高，靠近见到有人在水中挣扎。借着宁静的月光，仔细一看浮出水面的身影，是他备受尊重的——康医官呀！

说时迟那时快，在这千钧一发之际。张庆生急忙跃入水中救急，奋力把母亲背上岸来，这时母亲已经奄奄一息。他撕开嗓门急呼：来人嘞！救命……啊！康医官溺水、淹得快不行啦！……

在这寂静的夜晚，呼救声使得邻近人们从睡梦中惊醒，匆匆忙忙赶来学潭边。乡村们赶忙回去牵来一头水牛，并将人事不省的母亲托到牛背上，富有同情心的王莫氏奶奶（民兵连长王宝山之母）脱下自己身上的衣裳给母亲披上，迈着她那双“三寸金莲”，扶着母亲随牛不停地走动，来回控出腹腔里的大量积水，施予土法抢救幸免身亡……

再说，在司马第搜家的那一天。据老二妈回顾“姜大姐（村里同辈们的称呼）被惊悸和恐吓后，不晓得那个时候走了。第二天，恰逢星期天娃娃们没上学。你可怜的4个姐姐，由9岁的大姐带着妹妹们去坝心学校找妈妈，妈妈没找到就回来了。紧接着的几天，挨个挨个地生起病来。”

大姐（小玲）

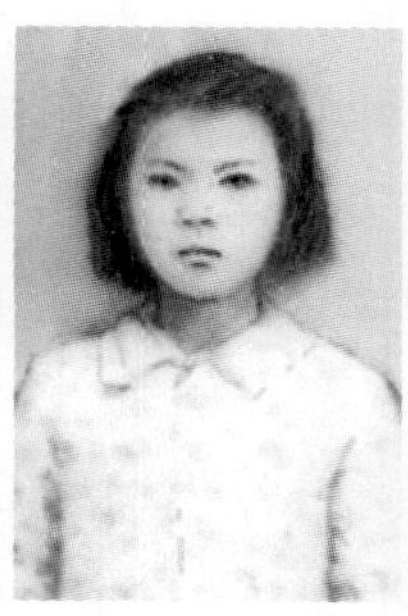
二姐（小萍）

三姐（小新）

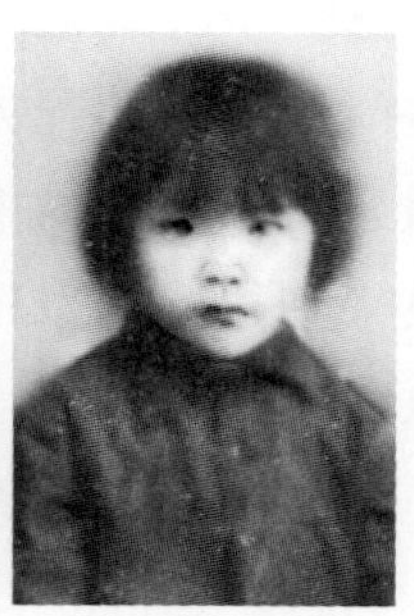
四姐（崔四）

“惨不忍睹嘎！”老二妈感叹道“俗话说得好呵，小娃娃不会害假病，4个娃娃从最小的崔四（2岁）开始，挨着病倒在正堂屋临时搭起的床铺上。我伸手抚摸上去，一个个发高热；眼看不停地发抖、咳嗽和抽泣。……瞅着她们蛮可怜呢喃，我心都快疼碎啦，像样点的铺盖被子被没收，穿的盖的用的都没有。赶紧去邀约几个要好妇女帮忙挨个刮痧治疗，又忙去恳请姜大姐回来一起呵护……”

在坝心学校，虽说母亲被救活过来，得以生还，可她全身疲乏无力、恶心呕吐、一阵阵畏寒发热。自己感觉到有如此症状，这对于身为医生的本能来说，并下意识地断定是患急性黄疸型肝炎了，她最担心的是病毒传染给别人。请求看管人员把她快速隔离……

乡亲们闻讯后，纷纷来到学校里，大概有十几二十人聚众一起脸上都写满了忧伤和怨愤，随后到区政府请求放人。主管的王宝山马上报请了刚走马上任的坝心区军代表——张藤。可他却说“一个反革命分子及家属，死了算……啦！”他此言一出，激发了群众代表的不满。经过一番周旋，他只好同意了大家的诉求，当即答应，予以宽大处理——放人。

翌日，母亲被人搀扶着回来了，进家见到年幼的4个女儿，躺在堂屋里临时搭起的床上，每个的皮肤不同程度出现红色斑丘疹，和颊黏膜上有麻疹黏膜斑的症状，她知道孩子们是感染麻疹病毒；因呼吸道炎症、眼结膜炎引起发热；如病情加重不及时治疗的话，可能诱发麻疹脑炎、亚急性硬化性全脑炎等严重并发症就完了。嗨！急死人了？

眼下普济诊所及其药品被查封了，如何是好呢？只有请自己结拜的干姊妹——林继仙（我们姐弟称“孃孃”），去挖来中草药，然后按照早些时候研究的配方分别熬制服用，母、女分别对症治疗。姜姑妈又请人报告给坝心区的书记杨富龙。杨区委亲自出马叫着军代表张藤和有关人员来到司马第家里，给予热心的慰问还让随行的王宝山拆封，取出一些急用药品。

就这样，在母亲的精心治疗下，两周后4个姐姐的病情慢慢得到了好转。同时，她自己所患的黄疸肝炎也好些了。母亲也欣慰地感叹“专业知识方到用时不显晚，用自己平日掌握的中草药配方，施展西医配合中医的传统疗法。一天天地煎熬着，两个多月后，我们母女病情渐渐好转……直至完全治愈。”

5月18日，县卫生工作者协会负责人杨宇杰医生，接到通知从县城来到坝心司马第家里，对崔家被没收的各种医疗器械，贵重药品进行登记造册，并当着母亲的面，带人把药品和器械搬运走了。

撑起崔家一片天

狗肉案被抄家之后，崔家已经“一贫如洗、人财两空”。学徒李小满被驱赶走了、父亲被羁押在石屏县公安局教场坝看守所，当初示好的那些人，为了不被牵连，纷纷避而远之。母亲这年33岁，“因交代个人历史，被集中在坝心区学校里，作一星期‘反省’交代，蒙政府教育宽大处理。1952年得于保释，可回家继续营业，我去建水医训班学习，顺便租借一些药品和器械。”这是她《自传》中的记述。

母亲通过建水县“预防医学班”的学习，领会到党和政府，毛主席十分重视对卫生人员政治和业务素质的培养与提高，体会到毛主席强调指出“医生一定要政治挂帅”，也就是为工农兵群众做好服务，得民心者得天下，失民心者失天下，民心是最大的政治，对于医生而言，以自己学会的医术治愈群众的病痛就是政治。

母亲还从对毛主席在《纪念白求恩》一文，为广大医务人员树立的光辉学习榜样——伟大的国际主义战士诺尔曼·白求恩医生的学习中，体会到：白求恩医生“对工作的极端负责，对同志对人民的极端热忱”和“对技术精益求精”的精神是我们医务工作者都要好好学习，自己要以白求恩医生为榜样，做一名白求恩式的医务工作者。

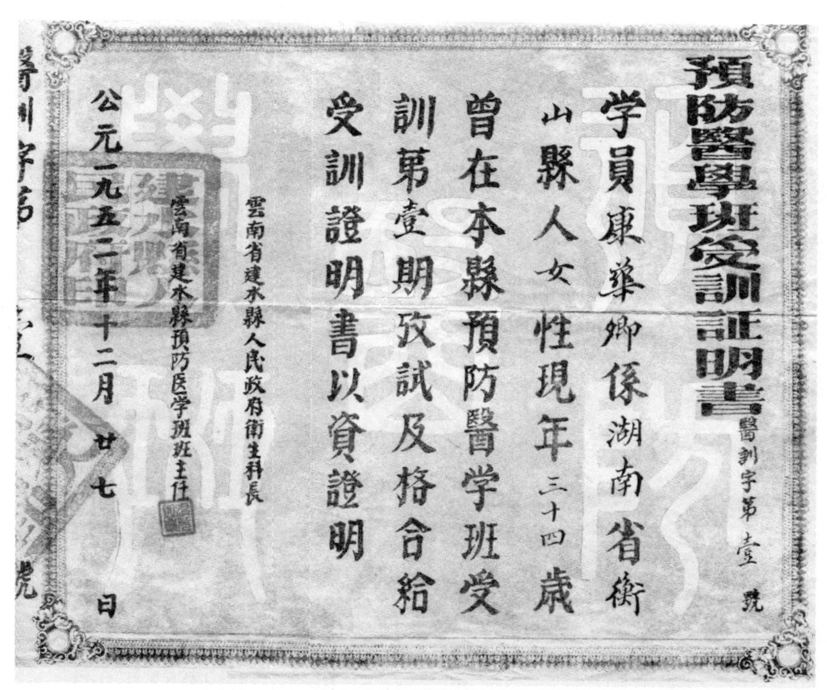

預防醫學班受訓証明書

醫訓字第壹號

学員康華卿係湖南省衡山縣人女性現年三十四歲曾在本縣預防醫学班受訓第壹期攷試及格合給受訓證明書以資證明

雲南省建水縣人民政府衛生科長

雲南省建水縣預防医学班主任

公元一九五二年十二月廿七日

1952年12月，母亲在建水“预防医学班”学习结束时，发给的《预防医学班受训证明书》

为了控制鼠疫、霍乱、伤寒、脊髓灰质炎及结核病等疾病的蔓延，政府责成普济诊所要承担公共卫生业务，熬治预防汤药，宣传卫生防疫知识和不计任何报酬的开展公益活动。此时，母亲带着4个姐姐，虽有部分老百姓在日常生活上给予一些救助，但在生活上十分困难和艰辛。在去建水预防医学班受训报到前，只好把年迈的老干婆请来坝心，与姜姑妈一道照看年纪尚小的姐姐们。

干婆来后将母亲不再适宜穿着的旗袍翻出来，拆解并做成漂亮的女童装给姐姐们穿。同时教会了近40岁的姑妈裁缝手艺，一起还帮着寨子里的村民们做衣服，换来些柴米油盐弥补一大家子人的生活。

12月27日，母亲从“预防医学班”受训学习回来，苦苦地支撑着诊所的经营。在当地党和政府关心支持下，和广大群众的关怀鼓励下，普济诊所的经营服务也得到了政策帮扶，诊所也带有一定的公益性。她继续父亲倡导的中西医结合预防、治疗地方疾病的事业，认真贯彻毛主席的革命人道主义医疗卫生思想和路线，开展预防为主与治疗相向，中医药与西医配合，密切了与群众的联系，她尽微薄之力，撑起了崔家的一片天。

恰巧这时，王越夫在8年前从兵站医院带下来的勤务兵郭步云，他回湖南衡阳后，所带去的钱也花光后，又因其亲人们均死于战火，无依无靠又从老家返回坝心来。可现在的崔家面临生活很困难，母亲又担心政治上受牵连，只好劝他找个合适的人家成亲过日子算了，他倒是听劝。不久，在距坝心10几公里的新海子村当了个上门姑爷。

眼下，在坝心家里的亲人苦苦煎熬和挣扎，母亲想到3年前离开坝心回到湖北老家，已经从武汉大学毕业后，现在荆门沙洋中学教书的叔父崔永宽。考虑他只身一人无家庭负担，就迫不及待地向他寄出一封“救助信”件。

母亲把信寄出后左顾右盼，过了一月又一月漫长的煎熬，几乎把这根期望的“救命草”忘了之时，在一年之后的1953年9月，收到署名“周敏”的来信、照片和5元钱。方知永宽叔叔与小他10岁，信中自称其“敏妹”的天门县城关镇的资本家女儿，在荆门沙洋县城结婚成家了。

到了年底，叔叔崔俊，得益于前些年母亲的资助，以优异成绩毕业于南京建筑工程学院公路工程桥梁专业。叔叔说：1953年9月毕业时，已经25岁。他们作为新中国成立后的第一批录取学成毕业的大学生，本来他是分配回武汉市工作的，受大哥的多年影响和感化，积极响应党和政府的号召，主动申请并与他人调换，支援云南边疆、民族和山区的基础建设来到昆明，分配在云南省公路工程局工作，任技术员。按照报到时间，叔叔从南京乘船回到天门县城，探视了老家的亲人大奶奶、二奶奶及在天门城关当小学教员婶婶（杨华芝）和远辉姐姐后，在家住了几天，就匆匆忙忙到武昌，搭车赶往昆明报到。

年轻时的婶婶（周敏）

大奶奶、杨华芝婶婶与堂姐远辉

叔叔一路上在想呀？搞不明白自己的大哥、大嫂近两年去了多封信函无回复了，也无汇款寄来呢？脑子里装着这种种疑问和担忧？到昆明后，到了云南省公路工程局还未来得及住下，赶忙找到时任局长王宪岸说明理由，算是办毕报到手续了，他顾不得旅途疲劳，连夜从昆明乘坐小火车到坝心去看望哥嫂。第二天下晚，在新街火车站下了火车，打听到坝心街巷大门上悬挂司马第的住宅。立马进门一看，殊不知自己备感尊敬和爱戴的大嫂子，竟然落难到这样困苦的境地，实在是心酸难受……

两天后，在叔叔要回昆明临别时，母亲把一个“土罐子”交给叔叔，里边装有她积攒下来的一些钱币。母亲让叔叔尽快在昆明把工作安顿下来后，嘱咐赶快回来把4个姐姐带去抚养和教育，搞得叔叔不知如何是好？想来是继我父亲25年前后，又要重演下一代“崔氏托孤”的家族悲剧……

十年功过向谁说

1952年2月13日，父亲被石屏公安机关拘留审查；1952年2月23日，刘春林被石屏公安机关逮捕；1952年3月5日，参加“狗肉宴”的其他14名医生也拘留审查；总共有16人之多，不同程度经受着牢狱之灾。1952年4月14日，30岁的刘春林医生被石屏县人民政府宣判死刑，以组织反共青年团暴乱罪就地枪决。

在这新旧社会交替时期，真是看不透的人心，身边的人居心叵测，借中西医学术研习会和会后安排的“狗肉宴”，捏造出无中生有的恶名，陷害为组织开秘密会……父亲等众医师一下子遭来如此之大不幸皆蒙在鼓里，更冤屈的是还不晓得事件发生的真相。

这倒霉透了！明明是开的坝心区卫协小组“中西医学术研讨会”嘛，参与者都明白而且已经习以为常，竟然说成什么组织开反革命秘密会议？完全是颠倒黑白的诬告。

父亲回忆刚进去时，有一次提审后疲惫不堪地回到囚室，与同室另案的孙广培（石屏冒合乡人）交流。

孙广培安慰说“大哥，您是石屏、建水、元江……方圆数百里的名

孙广培捕捞杆条鱼的照片

医，帮助众医师研究医术当之无愧，是当今不可多得的好人，好医生。要挺住啊！我也是长年在异龙湖上打鱼为生，只因几个朋友在渔船上聚会，被陷害成搞反党、反革命活动关进来，还打成这样？我这只左手臂被铁丝捆绑断了，要不是你跟我医治，早就残废甚至于命都没有了。我们现在公安局看守所，要是承认是搞反革命活动的话，就该被拉出去枪毙了。我们明人不做暗事，不能承认那些‘冤枉鬼’（泛指把过错嫁祸于别人头上）的污蔑。”

一年之后，参加研习会和“狗肉宴”劳教审查的人员陆续释放。接下来就是没完没了的延伸为审查历史问题，从少小时期和7年间（1938~1944年底）抗战岁月结束以及下到地方来。为什么弃学参加国民党军队？参与徐州、武汉、长沙、昆仑关和滇西南抗日会战从医的过程和加入“国民党”？为何来到云南“潜伏”下来开诊所等等？而且只能交代与所谓负面人物的交往，显然不能表达自己真实的救死扶伤功劳和军衔、职级晋升……情况。

俗话说得好，夫妻本是同林鸟，大难临头各自飞。多年来父母却不是这样的，父母任凭风浪起，一路风刀霜剑地走来，父亲落难时，母亲非但没有带着姐姐们离他而去，相反在这两年多的磨难里，始终牵挂着在看守所的父亲，经常把自己学习、生活和工作情况写成书信鞭策他，劝导父亲如实反省和配合调查，并嘱咐他一定要认真学习和改造，注意反省交友不慎酿成如今严重的后果，痛改过去吃吃喝喝不节俭的行为。

还托人转告父亲，最近（1954年初）天门县老家的亲人们收到信后十分牵挂。永珍孃孃准备辞去医院的工作，并将从四川西昌动身到坝心来帮助母亲一起开诊所。提醒父亲不能忘记医者仁心的本色，冤枉只是暂时的，要对得起那么多亲人和乡村邻里的关心和爱戴，让父亲不必担心她和姐姐们的生活、学习等问题。

父亲说，那时在看守所听了这些托人带来的书信和口信，感动得流下不少激动和心寒的眼泪。是呀！心想有这一大家子人，自己不做亏心事，不怕鬼敲门；相信正义会迟到，但终究会来临的。不能忘记当初出来抗战的卫国之志，现在立志爱国为民的本能嘛，不能让这10年辛勤努力功亏一箕哟！

经历了这次生死离别之后，母亲意志也变得更加坚强，且有了更加理性思考。相信父亲是一个有胆识、有毅力、有智慧、有追求的职业医师，都会深深地爱着自己和亲人们，以及他所追求的乡村医学事业，坚决不会接受各种莫须有的指认，坚信会有重见光明的一天。

母亲精选一些医学书籍、订阅了他特别钟爱的《中华医学杂志》和《中医杂志》托付给每周划船到石屏县城“赶州街”的“划船大奶”让值班干警交到他手中。

在看守所学习改造两年后，有人通过与县公安局的关系慕名悄悄地来找父亲看病。父亲也说“为了帮患者看好病，需要不断提升自己的医疗技能水平，在里面求知欲望最强烈，创新思维能力也增强了。闲置下来就倾心钻研送进来的医学书刊，学习了解医药卫生领域防病治病的新技术、新成果和新经验。对未来如何发展医药事业，开办医院在脑子里形成了完整的思路和想法。因此时间长了，在思想上把那些无聊的政治审查抛于脑后，提审时也只是置身于应付状态而已。”

父亲自1952年2月13日被错误关押，学习改造26个多月，从1944年算起，截至1954年5月24日无罪释放。恰巧是父母离开142兵站医院，到异龙湖畔坝心开办普济诊所行医十周年。

第十三章　杏林芬芳

山乡杏林重开张

1954年5月24日，父亲把一些简陋的生活用品留给同室囚友，告别了关押两年零两个月的看守所。孙广培后来回想到，崔医生走后，我时常会想起与他在一起被囚禁的时光，心里既高兴又难过，高兴的是崔医生放出去了，难过的是自己身边没有知心人了，没有这位可敬和可爱的大哥了。

父亲从看守所出来后，带着疲惫不堪的身子，一路上太阳炙烧着大地，他顶着夏日的炎热。背着狱中研读的大捆医书和写的医学笔记，步行到县城边上的祠庙码头，坐上“划船大奶”的小木船，在13.8公里航程

异龙湖春夏景色（崔嵬，1977年旧景写生）

中，呼吸着自由的空气，望着远方的蓝天，看着大水城、小水城、马垉垅“三岛”和身边碧波荡漾的异龙湖水，忍不住跳进湖水里，跟着小木船游啊，游！要洗去全身的晦气。上船来，又把入狱前的衣服洗净晒干穿上，显现出十足的“精气神”，他觉得此时真是无比的轻松和爽快！

那一天，天气闷热让人满身直流汗水，一场雷电大雨之后，父亲高高兴兴地回来了，全家人得以团聚。几个姐姐的印象是刚好雨后天晴，家里屋檐下的燕子飞来飞去、叽叽喳喳叫声不停。父亲在一些村民们簇拥下回到家里，看得出他比以前消瘦多了，但是潇洒帅气十足的面貌仍然一样。“爸爸……”4个姐姐喊完这一声，喉咙像似堵上一块石头，再也吐露不出半个字来，感觉视线已经在泪水中迷失。或许是两年多了，在母亲艰难的抚爱映衬下，与父亲的关系和情感变得“陌生”了？！

可父亲不一样，他见4个姐姐身上穿着的新衣服，目光留意似的停顿了一下。很快在众人群中一眼认出颇具崔家人气质的孃孃崔永珍。父亲激动地喊：“唷！妹妹……这是你的孩子？”顺手抚摸着站在身边的“明娃儿”（李汉明哥，1946年生），又双手接过永珍孃孃怀里的“美儿”（李光明姐，1952年生）说“你在孩子父亲过世不久，自个儿心里创伤未愈，只因顾及你嫂子的困难，辞去稳定工作来到坝心，谢谢你！”孃孃一听，马上打断话说：“大哥，那来么子客套，谁让我们是亲兄妹哩？”她用老家方言反驳道。且边说边走，一副端庄秀美的身影进了厨房，撸起袖子帮着姑妈，烹饪风味独特的红烧杆条鱼去了。

姐姐们说：唉！如今想一想过去，60多年前父亲还没有放回来。32岁的永珍孃孃带着明娃儿、美儿到了坝心家中有一段时间了。刚刚来时，她看我们4姊妹日子过得有些寒酸，两三天后带我们坐火车进了石屏县城，估计是顺便想去看守所看父亲未成，就改主意到了一家裁缝店定制衣服，裁缝师傅认出是崔家的人，很是热心并答应为我们加班赶制衣服……从裁缝店出来，我们在城里文庙附近转了一圈，在一家饮食店里每人吃了一碗米线和烧豆腐，晚上住在杨妈妈（坝心区政府干部杨子会的夫人）家里。次日取了做好的新衣服，又带我们去照相馆照相。一路上，看得出她是个很要面子的女人，而且是心地善良十分耿直和坦诚的人。

1954年初，永珍孃孃和4个姐姐，汉明哥、小芳姐摄于石屏

石屏火车站

记得永珍孃孃是武汉老牌的护理学校科班出身，到坝心前在天门县公立医院工作过好几年。来到坝心能够熟练地帮母亲处理来就医的病人，也帮姑妈操持一些家务活计。最难忘的是她特别爱干净、讲卫生、又勤快。

大姐说：只要见我放学回家，孃孃就把所有的餐具拿出来擦洗，她还支我去挑水，每趟来回要走三四里路，辛辛苦苦挑来的水一会就用完了，又得去挑。她往往堆满笑容地对我说“阿玲，是崔家大闺女。既懂事又勤快，将来最有出息哟……”怪不得那个时候，姑妈说孃孃总是把家里的坛坛罐罐、锅碗瓢盆勺擦到能照出你的影子来了，真是个“老妖精”。听了这话，孃孃想不通，去找爸爸评理。爸却多方解释说“妹子，这是说你做事认真，喜欢精益求精嘛！没骂人的意思，纯属地区文化差异。”唉！这事至今，大姐仍记忆犹新，忘记不了。

家里年长的人还记得父亲回来时，他眼下所面临的是一年多前司马第的庭院内，除火星成和我们家外，又搬迁来8、9户人家，其中，姜姑妈在天井边、老二妈在二楼各分有一间10平方米的左右房间，加起来足有10户之多。崔家原有房屋使用面积大大缩减了，如前面所述实际仅有堂屋半边两个房间和做厨房用的一间耳房，崔氏兄妹两家9口人的住房拥挤不堪，亟待父亲来解决。

父母商榷，要解决永珍孃孃及汉明哥、光明姐无房可住的问题。准备在天井边隔出6、7平方米的房间，为另一个贫困户王成民夫妻同时砌成一间厨房；因1953年发的《土地房产所有证》产权所有人，已经没有了父亲的名分，4个姐姐也改姓“康”了；队上划给一亩多的雷响田，仍然请好心的村民王金贵、王四代和王石友兄弟等人帮耕种，平常由十几岁的大姐、二姐去薅薅杂草……母亲作出无奈般解释，父亲表示想得通、能够理解。他从心里感谢母亲支撑起这个家，也正是母亲和这个家给他以希望和自信。

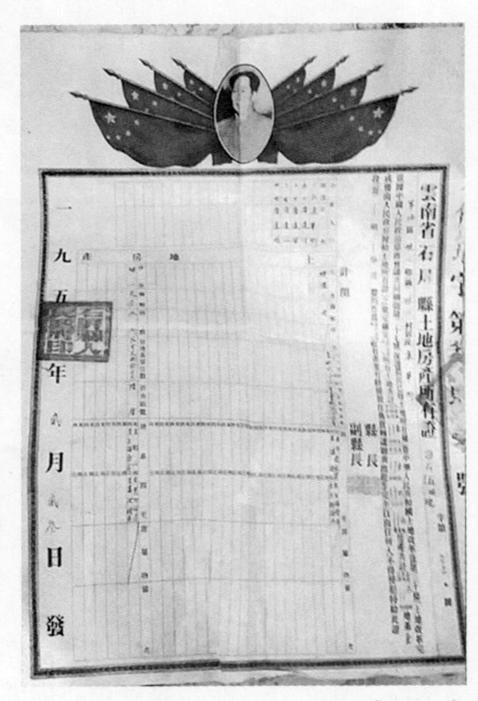

1953年2月23日，颁发的《土地房产所有证》。产权所有为：康华卿、康远信、康远望、康远新、康远惠

相反，父亲从另外角度安慰母亲：关于阶级成分经土改复查，幸亏没有土地和房产，划定为劳动人民家庭出身范畴的自由职业，属于团结和改造的对象……又说，要不是两年前，十几两黄金被收缴了，恐怕家庭成分不会是现在的自由职业喏？恐怕阶级成分更高，情况更糟。

没有几天，父亲很快就把心态调整过来了，反省这次进看守所只因小人作怪，也没有定任何罪名，自己认为比起战场上的残酷算不了什么，只把它当作是一种人生路上磨砺而抛之脑后。若要从家庭和个人角度来讲，无非是检验他们忠贞不渝的夫妻感情和对家庭的责任而已。同时，提升了对救死扶伤的革命人道主义认识，并发誓不辜负群众对他的理解、尊重、信赖，至此在思想上、行动上要更加人性化作为。

这时的诊所由母亲和永珍孃孃支撑着。父亲经常只身一人背着出诊箱跑遍附近村落寨子为群众看病去了，有时就寄宿在黎民百姓家里而乐在其中；一次，何宝寨煤矿发生瓦斯爆炸、矿洞坍塌等工伤事故。矿山医务室管志医生发来应急通告，父亲得知后，当即赶到矿上抢救，只见受伤的矿工呼吸困难、血压下降、呈休克状，在没有任何辅助诊断的情况下，父亲凭着多年临床经验及过硬的诊断本领，确诊为血气胸，马上给予穿刺抽液治疗，及时挽救了矿工的生命。随后又将病人送往建水部队医院作后续治疗，部队军医对父亲在矿山的诊断处理给予了高度评价。

1955年1月28日，石屏县召开“全县卫生工作者协会代表大会”。父亲作为正式代表荣幸的参加会议，还是继续担任县卫协会的执行委员。与会代表认真学习总结“面向工农兵、预防为主、中西医结合、卫生工作与群众运动相结合”的工作。会议期间，县上领导征求他意见，并让他参与县人民卫生院的筹建工作，使他由衷感谢党和政府的信任，有了做人做事的资本，倍增了自豪感和幸福感。

1955年7月31日，崔家在坝心司马第住宅降生第一个男丁。父母无比的高兴和欣慰，为大儿子取名“远鹏”。其顾名思义鹏程万里！

显然，在石屏的崔家名下可以延续香火了，可这时是在永珍孃孃及汉明哥、小芳姐回老家天门3个多月后了。老家的亲人们来函并寄来贺礼，坝心村的乡里邻居也闻讯前来祝贺！其间，父亲情不自禁祈祷上帝保佑这娇贵的大儿子，能够健健康康地长大成才，父母还给予特别的溺爱。

母亲在坐月子，听广播里传来，全国开展肃清内部反革命分子的运动（简称肃反运动）声势浩大……就此，她劝导父亲：“汉清，你历来性格耿直，做事执着，交友不慎，今后要学会明哲保身、韬光养晦呵！以后话不能说过了，事不能做绝了，枪打出头鸟呃？尽可能避免抛头露面呦？”

父亲说“华卿，从现在来看，民本主导至上了。过去开诊所有公益和营利的两重性，现在普济诊所差不多变成公益性组织了，我们基本剥离了商业营利性的一面。只要突出革命人道主义的防治疾病方向，就不会错到哪里去？相信政府就是了，大多数群众的眼睛是雪亮的！”

母亲与大哥在司马第家中

公私合营杏林暖

在完成社会主义经济改造进程中，国家允许一定范围的私营经济存在，并逐渐地来改造这些私营经济实体，最终都要转变为社会主义的国家全民与集体所有制。也就是实现无产阶级革命的最终目的——消除私有制，建立起公有制的社会主义国家。

因此，在国家大政方针政策下，1956年伊始坝心联合诊所的组建富有前瞻性、实效性和合理性。它是源于整合中西医诊所（药室）等医疗卫生资源建立起来的医疗合作组织，1～3月间在“王氏宅院”（三进四合院的前院）筹办了坝心的第一所，也是唯一的一所集体所有制性质的综合医疗机构。为解决坝心辖区及周边医疗资源匮乏、整合小少分散、农民缺医少药，发挥了农村医疗卫生防疫的统筹功能，开创了农村合作医疗的先河。

父亲始终热爱着坝心山山水水和这里朴实的百姓。1955年初冬，他谢绝参与石屏县卫生院的筹建之后，县政府授予父亲坝心联合诊所所长的职位。他认真地领会1951年卫生部《关于健全和发展全国卫生基层组织的决定》《农村卫生基层组织工作具体实施办法》和《关于组织联合医疗机构实施办法》等文件精神，带动私营诊所（室）的业主们积极响应政府的号召，参与到筹建联合诊所的工作中来，父亲要集中各诊所药室业主会商联合诊所的筹办事宜；还要走村串寨的接种天花疫苗和进行治疗，以及普及健康知识千头万绪，成天忙忙碌碌、辛辛苦苦地工作着。

那时，区委书记田清明是抗美援朝结束后，从部队转业下来的一个营长，像在部队一样抓日常管理，颇有几分“军阀”作风，工作要求特别严厉，动不动喜欢教训人。倒是在平时交往中，生活上蛮会体贴和关心人的。

在一个深冬的夜晚，父亲正在“王氏宅院”前院的临时办公室兼诊室翻阅1951年拟定的《中西医疾病防治研习实施方案》，并着手拟定联合诊所内设机构职能和管理规定，以适应农村经济与社会结构集体化发展方案时。田书记从区政府所在的后院转悠、转悠地来到临时办公室，他习惯性的双手叉腰，愁眉不展地冲父亲说道：老崔，我已经下命令了，先解决联合诊所这个阵地与你们驻地距离远的问题。你和康医生夫妻两个，不要挤在司马第的房子啦，从明天起搬进区政府来吃住，这样便于你靠前指挥办诊所的事，也方便人家来看病。明天，就照我说的办？这事，我跟负责后勤和卫生工作的杨子会（我们姐弟称杨伯伯）、孔厨师（称其“亲亲的孔大叔”）交代了，没得商量嘎！转身就走了。

父亲回家一说，母亲“……哈哈哈！”大笑道，“这田书记，确实带有几分国军长官的脾性哩，他以前是否在国军部队里干过吧？”父亲只是付之莞尔一笑。这样，崔氏一家顺乎自然地服从他的安排，搬到了区政府与联合诊所间中院内配给的一间60多平方米的房间居住，缓解了当下住房紧的问题。

田清明戎装照和在王氏后院办公照

中院二楼左端为父母亲住房

母亲在楼梯口小憩

一枝独秀不是春，百花齐放春满园。正是父亲所说：你和钱财万贯，不及知己者相伴啊！联合诊所从一开始，就以普济诊所为家底，在自愿申请结合的基础上依然是智者为伍，善者同行，敢为人先，首批积极主动加入联合诊所的有林家珍、陶云章、孔繁猷的长安药室和翰春药室等几家中医药诊室。同期，有石屏县城关并入的胡丕镜西医师，还有那时在新街集市摆药摊子、早些年在县衙门当过师爷的许均阳带着他的上海籍夫人也入股进来，算起来总共有五六家中西医诊室。后期还有县里派来的会计何应林、中药制剂师丁家贵大爹等一群志同道合的医者。

联合杏林锄岁月，药炉家当炼春秋。在执行私有制改造、公私合营过程中，值得赞颂的是这5家诊所（室）的主人，与父亲同一口径都称是“杏林中人”。他们大公无私，顾全大局，把自家私有的医用器材设备、药材药品、医用耗材等等，包括家具桌椅和生活设施，无偿地搬弄到联合诊所来，令人非常感动！如，孔繁猷医师的翰春药室捐献了金紫铜擂体，象牙杆、纯银盘、金秤砣的戥子……崔氏普济诊所捐献了所有的现代医用器械、检验检疫和西医药品等举不胜举，而且都是到昆明置办来的欧美国家制造的医用设备，以及诊所原有的全部家当，包括红木制作家具桌、椅、凳子和柜子……

常言道“孤举者难起，众行者易趋。”1956年的初春到来之际，坝心联合诊所开始进行公私合营。通过优化组合后的联合诊所，较过去人财物资更具实力，更加集中统一、缺失补漏、博采众长、互教互学，让多家个体医疗诊室的骨干医师如鱼得水。在誉满杏林的氛围中，有了难能可贵的医护专业人才、有了当时优质完备的医用设施设备、有了较为充实的中西医药品，并实行独立核算、自负盈亏、轮流坐诊、巡回医疗的做法，面对民众中仍然蔓延的传染病、寄生虫病和地方病反映和防疫治疗需要。如，鼠疫、霍乱、伤寒、麻风、流行性脑炎、天花脊髓灰质炎及结核病疫情，采取联合诊所筹办与疫苗注射和吃大锅药防治“两不误”。

在此，从孔繁猷医师日记看得出，自1956年2月14日起，在三年零三个月的时间里，无论春夏秋冬、刮风下雨，视疫情为需要，他们都奔走在山乡小路上。除在总所本部处理繁琐各种业务外，还要轮回组派各医疗组到坝心区各村落接种疫苗和与患者治疗。

那几年在联合诊所工作的人，生活条件确实艰苦，经常去黑尼、邑北孔、铁所（原隶属石屏县）等彝人、哈尼人山寨给群众接种疫苗、巡回医疗和普及宣传防疫知识，以及组织参与征兵体检。总是奔波劳累不说，疫情导致工作上压力很大，在山寨百姓家里吃的也很简单，能填饱肚子就算不错了……

父亲——崔永龙印章

母亲——康华卿印章

通过联合诊所试运行，到1956年3月15日，坝心联合诊所正式挂牌成立。于1957年11月18日，红河哈尼族彝族自治州成立，石屏、龙武两县隶之。坝心联合诊所隶属石屏县第五区（坝心，也称“海东区”）的综合性中心医疗机构，并历史性地延续过去普济诊所、惠尔康西医大药房的传统做法，医疗服务延伸于建水县以西的邻近乡镇及其山寨。

那些年，本县范围的国家干部和职工，实行了公费医疗制度，他们生病不论门诊或住院，都不要个人出钱；生病无论门诊或是住院，都不需要交费；其家属和未成年子女享受半公费医疗，也就是办个公费医疗证就行了，坝心区的农村人口均可免费住院治疗。联合诊所开始组织培训了几十名卫生员，拟留用或分配到各乡村寨子。

坝心、坝心！顾名思义为石屏异龙湖东这个最大坝子的中心，因其占据区位优势。坝心联合诊所医护人员矢志不渝，同心协力，经过两年多艰辛努力及耕耘不懈，始终视病人为上帝！父亲信奉疫情就是命令；疫情就是责任；疫情就是生命。无论是黑尼、邑北孔或者是铁所、甸尾或高寒山区。中西医医师们通过“中学西、西学中”的融会贯通，都要分头背上一大个特制的出诊箱，靠两条腿走路、翻山越岭奔赴疫情战场。

那时一去就是好几天，联合诊所只有交由母亲负责了。坝心联合诊所实实在在的做到了人心齐，泰山移啊！所发生的各种烈性传染病发病率逐年下降。如死亡率高达70%以上的鼠疫、霍乱、疟疾和天花染病者死亡或留下“麻子脸”等疾病，及其广泛流行的传染疾病基本上得以控制，大家很有成就感！

父亲作为坝心联合诊所的首任所长，功不可没，有口皆碑。有了父亲这样能干的所长、总负责人，有母亲这个科班出身的“贤内助”，并根据疫情防治，从中西医师中提出传、帮、带的意见建议。联合诊所陆续增加医护人员，采取多形式、全方位的人员培训力度，也弥补联合诊所医护人员不足的问题。

新建公社卫生院

正当坝心联合诊所顺利发展的时候，国家开展了“大跃进”、人民公社化运动，紧随而来的是反右运动。据悉1957年、1958年父母的朋友王跃华、沈幼斋（多年后才晓得）等人，也先后被打成“右派”送去劳动改造。

在这场运动中，父母信奉宁静致远，言语有戒，行之有界的思想。心静平稳沉着，专心致志谋求医道，厚积薄发有作为，认真吸取过去的教训，成绩面前不骄不躁，时时小心、谨言慎行，一心投身在坝心联合诊所的工作上，成天思考着推进农村公共医疗卫生事业发展。同时积极参加“反右及补课”教育活动。如母亲在肃反学习班里，老老实实，坦坦荡荡，从历史正面客观公正地复述家庭情况、社会阅历，而且态度诚恳地谈认识和学习体会，取得了良好效果。

1958年9月人民公社成立之后，坝心联合诊所积极响应政府公共卫生事业和教育“全民大办”的号召，经上级批准并由集体协商后，将联合诊所升格为公社第一所全民、集体混合所有制性质的公立医院——坝心联合医院（习惯称：坝心医院）。仍然是父亲任院长、林家珍任副院长。医院在后来成立了党支部，公社派来白高义任书记，接受同级党委的领导。

为了加强医院的服务能力和服务范围，公社联系卫生工作的干部杨子会正式调入医院，并派驻铁所的医疗点（今甸尾乡卫生院）当医生，去辅佐医院首批培训的山村骨干医生赵连昌工作；胡丕镜西医师、王伯珍护士和代白士学员常驻老街医疗点；孔繁猷中医师对西医诊疗熟知掌握很快，独当一面驻守黑尼。致使坝心医院有了在铁所、老街、黑尼山区寨子长期驻外三足鼎立的医疗点外，还协助做好红河州龙潭田疗养院（民间称——麻风病医院）和红河州何保寨煤矿卫生室的医疗业务保障。

当年繁杂的医院业务管理工作，造就了父亲运筹帷幄而不恃强凌弱的脾气性格，尤为可贵的是保持着谨慎勤勉的品行，在院内可谓德高望重。职工们评介崔院长是“高调做事、低调做人、循循善诱、执着认真”的好领导、好医生。

新扩充组建的坝心医院很快增设了中西医内、外科和妇产科、儿科、骨伤科；开设有中西医药房、注射室、药剂室等重点科室，设置相应的30几张住院病床。根据医院内设科室及人员配备要求，新招了一批人员，如：叶琼仙、王伯珍、王福秀、张乔英、白兰英、孙乔金、崔远信、崔远望、周凤英、林建卿、林建荣、姜秀芬等等，还有充实到后勤的孔医生夫人（两个孔大妈）和董金凤……

医院还从方便老百姓的就医、购药需求考虑，按照公社、大队、生产队“三级所有、队为基础”的公社管理体制，在农村居民集中的村子布点设站。除老街、黑尼、铁所山寨长期设置固定医疗点外，陆续在一些偏远的生产队培训并安排有卫生员，或是保健员、接生员，率先在红河州实现公社、大队、小队“三级”医疗资源分级配置。

坝心医院升格后，医护人员和后勤人员加起来有20多人。若按当时坝心辖区总人口计算：每500余人1张病床；医务人员与服务对象比例为1：1000左右，还不含一些大队、生产队的兼职卫生员、保健员、接生员。医院统一组织对新招来的人员，实施分科室轮流跟班学习和培养。受训人员采取留任医院、下派医疗站点“两种”选择并形成梯状定格，同时不断选派医护人员到上级医院进修学习，大大提升了院内院外医疗卫生服务能力。

自此，医院本身医疗卫生业务空前扩张，医院面临着解决正常医疗营运及其生活用房的巨大困难。不可能与区政府挤在“王氏宅院”合署办公、经营医疗卫生业务了。好在前两年，加入联合诊所的众医师辛辛苦苦劳作及付出与收获，滚存资金也有了一些积累。经过研究并决定，一致选定王官武祖上留下来（占地约一亩多，使用面积将近3100多平方米，含上、中、下天井和堂屋，以及耳房等空闲地在内）的庭院为医院的新址。

在田清明书记的关心和领导下，责成时任公社社长刘汝珍（人们习惯称他“刘区长”）全权负责，医院还得到广大群众支持和配合。自1959年初开始，艰难的因势利导逐一动员土改后分进来，长期入住在王官武家庭院的近20几户人家搬迁到医院为各家各户购置房屋。并按照土木工程改建方案，组织当地工匠全面装修和改造，把破旧的古式门窗一律改为玻璃门窗，还在主体建筑房屋两侧分别加盖了产科和职工宿舍两幢平房。将这一座陈旧的明清农村庄园初步建成一所古色古香、古朴典雅、具有特色文化、透着现代气息的综合性公立医疗机构——坝心医院。后来经过精心打造的坝心医院，环境整洁清雅、鸟语花香，大家蛮有感触地说，这要特别感谢杨子会医师、何应林会计，因他两个喜爱种植花草，每天会挤时间锄草、浇水、施肥，勤恳耕耘，把庭院内打扮得花团锦簇。虽然，这些都已经成为历史了，医院原有建筑早已被完全拆除了，如今只能从医院内拍摄下来老照片，即可分享得到一二局部景观。

过去坝心医院的美好环境，真是令人留恋不忘……当年一些来就诊的患者到了院子里，都会深有感触地赞美一番“……来到医院里就觉得环境美，服务热心周到，比在自己家里好，一下子心情舒畅起来啦，仿佛病都好了一半似的”。

在“大跃进”背景下，各地不顾实际地大炼钢铁……又遇上了自然灾害，粮食和副食品供应出现短缺，带来生活严重的困难人群发病率攀升。坝心医院在尚未完成主体项目建设还未完全搬迁新址时，根据医院地点原址与新址比较分散的特点，就投入模拟运行并在新旧两地开展医疗业务。全院面临医护人员新手多、药品供应不足的情况下，院内骨干医师责任更大而且是超负荷运转。母亲也带着身孕玩命的工作，于1959年1月11日因早产，生下我两三天就去处理病人，始终保持着医务工作者的高尚品质和敬业精神。

如今我们姐弟已退休，相聚一块常常笑谈往事，也就有如下的回忆：那个时期各生产队都成立公共大食堂，吃饭不花钱，但往往是定量供应。在坝心二队大食堂生活填不饱肚子，大姐、二姐一致“攻击”四姐饿得不行的时候，常到公社食堂与母亲分享有限的份额。造成母亲因饥饿和营养不良，以及妊娠后期的劳累引起生理性水肿，脚上按下去，马上就留下一个坑。所以二弟降生世间来就没享用母乳，也患上水肿病，老是肠胃不好拉肚子，打吊针，成为大饥荒中的“奶干儿”。

四姐不服，一笑了之，并转变话题狡辩，“二弟因早产下来体质弱，好在有医院优越的条件，加上我们的母亲在湘雅学医时是获得过“爱婴学科奖”的学生嘛！她对二弟施予临床人工喂养和医疗护理，方能让他存活并创造出生命奇迹，是临床儿科学婴儿喂养成功的典型范例……哦？”倒是大哥不以为然，手指照片说：“爸爸和我俩兄弟在一起，嵬弟是爸爸抱在肘臂弯下，如呵护在安全的港湾里，哪有不避风不存活之理”。哈哈哈！姐姐们没想到，大哥平时闷声不出气，慢条斯理道出这般的话语……

叔叔崔俊也曾说，他远在野外公路桥梁工地上，得知此事欣喜回函祝贺并命名——崔嵬。其名曰意为高大，可惜是生活在有石头的土山上，长在石缝里的“小草”。后来到坝心探望，还形象比喻说：到处闹饥荒嘛？崔嵬，这娃儿犹如“种子”虽然播种下来，但是生活环境艰苦也犹如土壤肥力不足啊？又面向一傍和蔼的姑妈说：姜大姐，我们要好好生生喂养？这是云南崔家的第二个嗣子，也是大侄远鹏之后又添第二炷香火呢呦？

1960年，母亲于7月30日在坝心联合诊所原址又喜添弟弟。叔叔为之取其名曰：“敏”，《说文解字》释为“疾”，即机敏、迅速。但愿小侄子聪明机灵，长大成人，有所作为吧！这就是崔敏一名的来由。

作为医生的母亲，“崔敏”这名字恰恰彰显了她一贯的工作态度和作风，才分娩不到3天，母亲忍受着产后诸多不适，敏捷、疾驰的去诊疗室上班。大家有目共睹，同期住在一幢楼的刘汝珍一家，其妻子车彩琼也生育一个女儿，因是头胎，妻子责怪丈夫（刘社长）成天在外忙于大干快上，对自己分娩缺少起码的关心和护理而发泄不满……他冲着妻子吼叫：你看看隔壁的康医生，人家还不是生完孩子没几天就上班啦，那里像你这样的娇气……嘛！

好在后来全家人为城镇居民户口，享有粮油肉等配给。大姐、二姐高小毕业，没有继续升学，先后于1959年、1960年在坝心医院参加工作，每月分别有38、37元工资收入，可帮衬家里的一些生活开支，减轻了父母很大的经济负担。三姐、四姐能够正常在坝心小学校念书。大哥及我和弟弟出生在联合诊所的新建和升级医院时期，三兄弟的童年时代相对其他家庭来说是幸福的。

这一时期，湖南、广东的亲人时常有信函往来，姨妈和表姐、表哥终于苦尽甘来。表姐朱军伟。从上海市卫生学校毕业后，在韶关铁路医院工作，1953年成家后已经育有4个子女；表哥朱大辉，在衡阳铁路局车辆段工作，已经育一子，取名朱升。姨妈多年来回奔波于韶关、衡阳之间，帮着表姐、表哥带孩子。姨妈和母亲在那个战火纷飞的日子里分别至今20多年了，她与我母亲彼此非常思念，都盼望能尽快团聚。

5年前，永珍孃孃带着她的两个孩子从坝心回到湖北天门老家。也来信说，她在天门县人民医院工作，与大哥（对父亲的称谓）和自己的同学，现在天门中学当会计的陈善长相爱已久，并于1959年春结婚，新组合的家庭生活过得不错。明娃儿、美儿两个孩子分别改名，李汉明取名陈少善；李光明取名陈小芳之后，俩兄妹进入天门县城关小学校念书了。1960年初，又生养了一个可爱的女儿，叫陈周（谐音，沉舟）。即释解为“破釜沉舟，才能乘风破浪”的意思。一切尚好！

姨妈与表姐一家

表哥一家

1959年父亲、大哥和作者

1958年冬天，崔俊叔叔

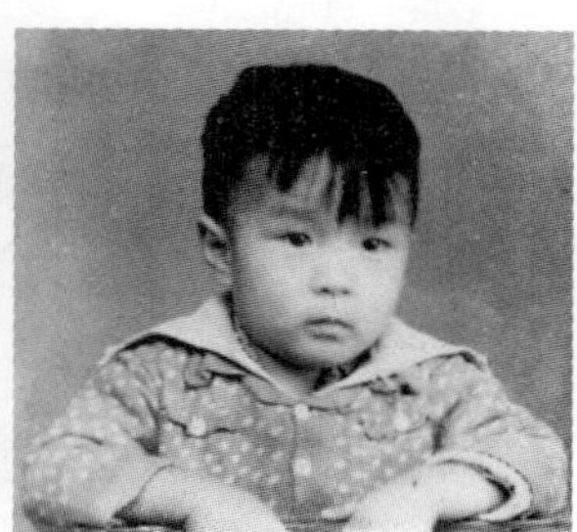

崔远鹏、崔嵬、崔敏三兄弟照

崔远信、远望、远新、远惠四姐妹

坝心（中心）医院大门局部及花台

父亲

孔繁猷

杨子会

田清明

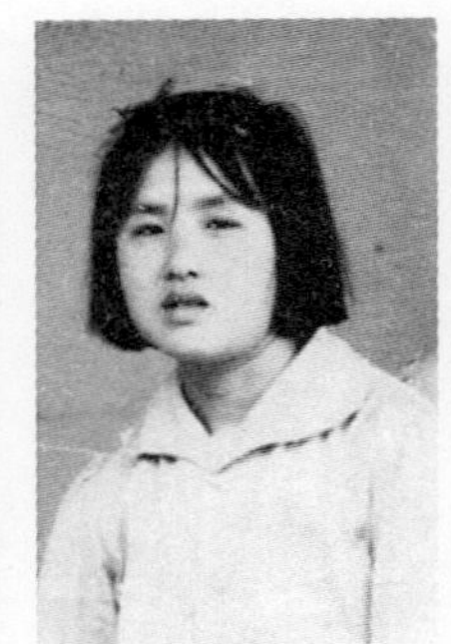

母亲、孙乔金、二姐远望、哥远鹏、王福秀、张乔英

母亲、夏琼英、大姐远信、董金凤和女儿苏波

崔远信（后排右二）等在个旧市人民医院进修参加劳动

叶琼仙、夏琼英、姜秀芬、崔远信

坝心医院部分医务人员合影。前排陶云章（左一）、王福秀（右一）；三排丁家贵（右一）、王伯珍；后排母亲康华卿（左一）、父亲崔永龙（右二）、大姐崔远信（右三）、姜秀芬等

淡然宁静家常事

父亲作为一院之长，按崔政论政《崔家家谱》……祖道丰熙，忠义修正，宽良庶俊……当作自己的座右铭。平时注意修医德和行仁术，也要求大家“不能有傲气、怒气、小气。但要有正气、志气、和气”。常把这“三不气”和“有三气”挂在嘴边上。

1958年初，为了解决建水坝子的农业灌溉和供水，党和政府有关部门决定修建羊街水库，水库在位于东经102° 45′、北纬23° 46′的建水羊街与坝心接壤处，是一个系统工程，羊街水库建设施工项目确定下来后，父亲常常出入水利建筑工地，利用医院的区位优势，协作动员移民异地搬迁。2018年初，早年间曾经父亲医治痊愈的李文斌回忆：

石屏县境内上马的水利工程场地景象

“我母亲常常说，1958年以前，我们家住在甸尾山村，准备修筑羊街水库（后来定名‘建水跃进水库’）的时候。按照政府总体规划，正好涉及我们这个村子要搬迁，家里到处选择搬迁的居家地点。走遍毗邻的乡镇之后，偶然到了坝心当地走访，主要是看好坝心有一座像样的中心医院，就非常爽快的携家从甸尾村搬来坝心了。”

他略有些激动并伤感地说：“搬迁坝心定居后，我于1959年3月出生，两年后验证了母亲当初的想法，在我小时候患了虐疾或是痢疾，类似于人们说的‘瘴疫’，已经奄奄一息不行了，准备扔到大山沟里去……幸亏崔医官从水利工地回来，就直奔医院病房来，予以我即时抢救医治，每天有好几次到病房查房，他帅气十足，心地善良，没有架子。几天之内病情逐渐好转，才把我从‘死人堆’里拽出来。”

“崔医官，大医精诚，大爱无疆，医德医风更是令人钦佩，他颜值越高，责任越强，他不知道谁是谁？但他知道怎样为其治疗，高超的医疗技术，医好数以万计的病人众所周知。对我来讲崔大医官施予大恩大德，是我的救命恩人呀！他不愧为我们坝心的‘神医’喔！要不然哪有我今天这个厅长呢？”

几十年过去了，如今坝心甚至石屏在昆明及各地工作的一些人中类似说法比比皆是：

如石屏旅居昆明的云南文化名人——段存信。他生于1942年，长我

段存信与画集

16岁，我俩先后从师于石屏一中徐诚先生，是我的好学长。他常赞美我父母亲是石屏乡村医疗的奠基人，可以堪比1923年石屏中学校创始人——陈鹤亭先生。更难得可贵的是崔、康医生犹如石屏地区医学界的神仙眷侣，而且颜值很高，应该把他们的事迹写入《石屏县志》，永远铭记历史！激励后辈为国为家乡作贡献。段存信学长赠送我画作多幅，其中所创作的《卖炭翁》《李时珍》……拟收入他《水墨人物画集》作品中，以表达他对父母亲的怀念，同时告知我在医保处长任上要传承精神，引以为鉴，像老父母亲一样人美心善，为当下的医保工作作出成绩。

父亲在院长任上，善于尊重长者，以身示范，在工作中互帮互助。坝心医院这支医疗团队养成了感恩、付出、团结、真诚、承担、合作、共赢共享的良好风气。而且通过救死扶伤密切与工农群众的联系，在当地老百姓心中父母被视同“神医”再世。

1961年12月下旬的一天，父亲拿回一份16日《人民日报》给母亲看，全国人大作出第三次特赦战犯的决定，她看到释放的将级军官中有他们在第5军200师参谋长、桂南（昆仑关）会战时22师师长廖耀湘等68人。母亲感慨地对父亲说：1959年底还特赦有你们200师师长后升任5军军长杜聿明等人呢。看来每年都会特赦一批，说明政府对待战犯是功过分明啦。

父亲也坦然说：我们本来就是“草根”之人，也出身社会底层、普普通通的百姓军医，1944年底就离开国民党军队医院呢。不但没有参加过内战还在边纵十支队做了很多有益党和人民的事，也许将来不会在每回政治运动中充当“运动员”——老是挨整啦？今后可以专心致志把医院和病人的事情办得更好了。看得出来，那时父亲对未来充满着希望和光明。

大约在1961年左右，建水的老干婆由于年迈过于操心和郁闷过度，引发冠状动脉硬化、持续性缺血缺氧卧床不起。发病后，母亲赶往建水像亲生女儿样的日夜守护她，身为医生的她虽对老干婆尽力医治抢救、但老干婆不日还是在红井街的家里因心力衰竭，导致心肌梗阻去世。

哀哉！崔家在云南永远失去这位慈祥善良的前辈，母亲长时间处于悲痛和哀思之中。父亲劝她说：人和人之间再好，也会分离，再好的关系、再深的感情也终会烟消云散。你作为医生更要明白，这生老病死是自然规律，人之常情呀！

至于陪伴老干婆的老张奶，虽说与她贫贱之交，可相处靠的也是真心。自从干婆走后她无依无靠，她回到建水县团山村的张宝石寨老家，与女儿一道生活也不容易，到坝心一趟又无什么交通工具，时常挑着自家树上摘来的“广石榴”，或是种的红薯、蔬菜等，拐着缠过的小脚步行10几公里来我们家住些时日，父母会把积攒下来的钱粮（票）分给她一些，有时候由姐姐们陪送回去。

也是多年来，姜姑妈置身于崔家亲密无间，不是亲姐妹胜似亲姐妹，她承担着琐碎家务事，真心帮衬抚养我们姐弟，默默地支持着父母乡村医疗事业，使他们能够全身心地投入工作。父母为报答姑妈辛辛苦苦的付出，除给予她应有的报酬外，也倾心帮助她培养两个儿子，分别为其子石

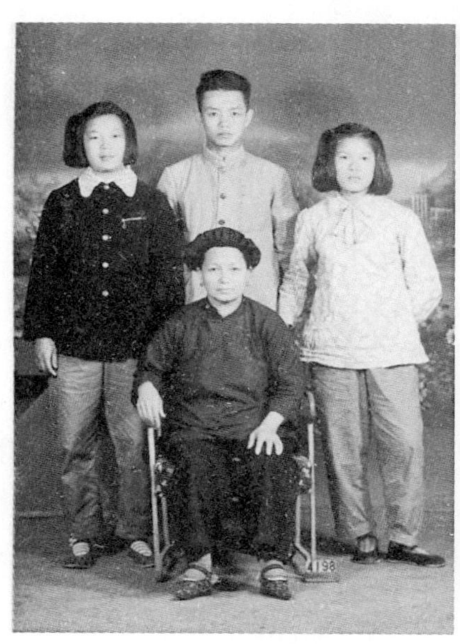

姑妈与石云哥、大嫂、大姐

姑妈与二儿姜正祥及家人

云（哥）娶媳张转秀（大嫂）；正祥（哥）娶媳姚转琼（二嫂），到后来分别购置行装送去云南锡业公司松矿、屏边县供销社工作，两家人彼此结下了珍贵的感情。

60年代的坝心医院，在父辈及众多职工和家属及有关部门单位的支持下，无论是从家庭角度还是从医院层面来说，基本解决了当地农民和工人回家探亲就医以及工伤人员回乡康复治疗问题，也与当地群众结下了深厚的感情，老百姓的健康水平大大提升。从统计数字看，人们平均寿命增长为68岁，较解放前增加33岁以上。特别是婴儿的死亡率，过去婴儿死亡率30%，如今婴儿死亡率下降为2%，这些数字正是那时所取得成就的反映。

1961年4月1日，石屏县整风运动卫生系统全体合影。前排：年长的林家珍、陶云章、孔繁猷等医师；二排：王伯珍、董金凤、罗秀珍、张乔英、崔远信等；三排：父亲左四、胡丕镜；四排右一杨子会等

那时在“发展体育运动，增强全民体质”的活动中。医院每天傍晚忙里偷闲组织棋艺比赛，打打麻将，在上堂屋打打乒乓球锻炼身体。在医院下堂屋古戏台前天井里，经常自发地举行医患人员及家属参加的文艺联欢活动。

我的4个姐姐，那时正处16至20几岁的芳龄少女，在当地颜值算得上比较高的了。二姐不光人长得漂亮，护理技术水平也是拔尖的，还成为坝心人民公社机关事业单位篮球队队员；三姐、四姐在石屏县第一中学上学爱好文艺，加上家庭影响格外喜爱文体活动。

一天，父亲邀约建水县人民医院的郑振英（原建水镶牙馆馆长，曾留学日本）叔叔一同去找两年前从印度尼西亚归国，并在昆明金碧镶牙馆的堂兄郑扬州馆长和郑猷堂购置牙科器械，分手时，扬州伯伯把自己最心爱并随时装在衣服口袋里的一把十分精致镀克罗米的多功能手术刀赠送给他。父亲也顺便为陪他一起去昆明的大姐、二姐们买了月琴、口琴和乐谱……

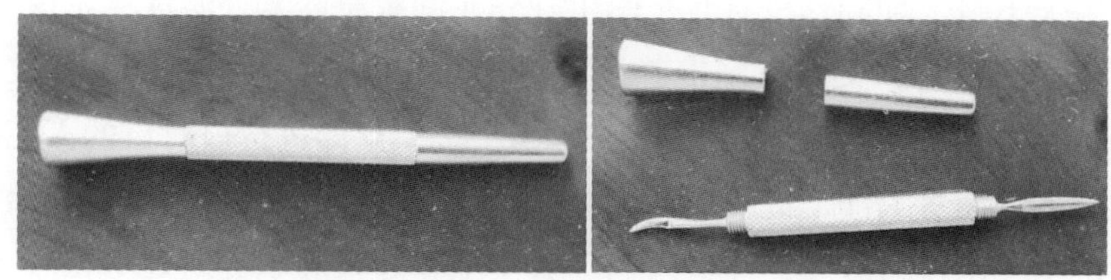

当年，郑扬州（伯伯）送给父亲的多功能手术刀

石屏县一中排球队合影：三姐（前排右一），四姐（后排右二）

母亲闲暇之时，会摆弄一下她喜爱的口琴、吹奏一下箫管等乐器。如，唐·杜牧《寄扬州韩绰判官》“二十四桥明月夜，玉人何处教吹箫”

等曲子，她还利用业余时间教会姐姐们识谱并一起演奏，父亲也会唱上几段京腔予以助兴。

特别是许均阳先生，称得上医院里的风流才子，他爱喝酒，经常醉醺醺哼唱着京腔，并手舞足蹈比划成京戏老生角色。医院里的何应林会计，会早晚用留声机定时播放古典音乐唱片，大院内充满了欢声笑语和团结友好的气氛。

父母在闲暇之时，也会带着子女们到异龙湖边走走，散散心，一家人真是幸福。

一天下晚，坝心学校有几个学生到异龙湖东岸沙滩处游泳，不慎有4个学生溺水，此时，父亲正好带着大哥在湖边散步，听到救喊声，急忙带着大哥赶到溺水学生旁，对溺水救上岸的4个学生立即进行口对口的人工呼吸抢救，忙得满身大汗，最终救活了3个学生，并将他们带回医院继续治疗。这事说明父亲作为医生，守护人们生命安全和健康的职责何处不在。

这时的坝心医院无论从内部建设，还是从外部形象看都进入了鼎盛时期。内部医护人员的精神面貌和业务能力，外部服务的形象大幅度提升。全体医护人员之间和睦相处，互帮互助不分彼此如同一个大家庭。就连越南在医院跟班实习的两个学员也成为崔家的常客，数月来因与母亲融洽的师徒关系，她们为表达感激之情，几次请母亲收她们为干闺女。母亲笑颜推辞道："使不得、使不得呦！这可是违背外事纪律的，开不得国际玩笑……请多多包涵！你们将来学成回国，有这份感恩之心足矣？！"仅留下这张两人合影照片。

越南在坝心医院实习的学员

庆幸的是，昔日父亲的生死弟兄和同乡——王跃华（伯伯）。被打成"右派"在个旧市新建锡矿劳改7年后，于1964年夏天，刑满释放留在矿上的卫生室工作。

也就在第二年的春天，王跃华听到坝心籍的工伤职工回矿上说："崔医生，医疗技术如何如何了得……医院的服务管理水平，如何之高，我们不光残疾身体康复得很好，致残后的身心也得康复……”王跃华听后，无比欣喜，他特意邀约在个旧市古屯医院的王越夫，来到坝心医院进行工伤职工医疗康复业务对接。

父母的这“二王”长兄，以前在普济诊所时，早已经结识的一班同行如：林家诊、孔繁猷和陶云章老中医。多年未曾想见今天聚集一起，自然开怀畅饮，乐而忘返。医院里曾有人赞言，他们是难得的好大夫，这次重逢来之不易，可把医院食堂的赵师傅忙碌够了，还有刚来医院学医的孤儿白章雄，也忙得不亦乐乎。

此时期的坝心医院还培养锻炼和交流了一批医护人员，选送到红河卫校的有林建卿；到上级医院的姜秀芬……县里培训陆续分配来况大可、夏琼英、苏官应、王朋锦；有医院自己培训留下的卫生员李官有、白章雄和周凤英等等；有从州防疫站来的昆明籍倪传元；有因其丈夫在何保寨煤矿调入的朱咏红，还有从北京来的印尼华侨陈权占等等，医护人员有进有出，形成内外交流的良性循环，可谓结构合理，生机勃勃，团结和谐。

石屏县卫生局派来卫生防疫宣传队，领队的李学谨与才到县卫生局工作不久的段永和两人进驻坝心医院，医院抽调许均阳协助做好卫生防疫宣传工作。李学谨后来说：1965年初，才参加工作被抽来卫生防疫宣传队，在坝心医院3个月里身临其境倍感熏陶和深受教育，而且身心愉快干劲十足。相比他所在的大桥乡卫生院来说，这简直是另一方新天地让人快活。尤其是在伙食方面，大家在医院食堂就餐，天天有肉食供应哟！只要赵师傅摇着“叮当、叮当……”的铜铃声，口里喊着“开饭……开饭啰！职工和病号以及家属会纷纷端着碗、盘朝医院食堂走去。

教授坝心诊母病

1965年，毛主席对医疗卫生工作“重城市”和“轻农村”的问题，批评国家卫生部是“城市卫生部”“城市老爷卫生部”。提出了“把医疗卫生工作的重点放到农村去”的“6·26”指示，城市中的一些军民医务人员掀起了分批分期到农村的热潮，省级卫生机构派出医疗组到各乡村医院帮扶和开展巡回医疗和教学活动。

1965年春夏，昆明医学院第二附属医院的蓝瑚教授、外科学专家带领一班医师来到坝心下乡，同时处理坝心山火爆发后的烧伤人员并下沉帮教，举办了普通外科、解剖学业务培训班，让基层医生享受到了大医院专家的技术指导，享受到了顶尖专家的亲历帮教。在短暂的一个多月里与扎根基层医护人员朝夕相处，对基层医疗机构的中西医临床医学颇感兴趣，尤其是父母亲与陶云章医师介绍中西医合作进行针刺麻醉、治疗烧伤及胆石症临床经验等学术方面，他记了厚厚一大本笔记，获取不少中西医药学民间原始素材。

他欣慰地说：我自1942年从法国里昂大学医学院毕业，虽然获得西医学博士学位，还在法国圣埃颠城市医院任过住院医师，到抗战结束回国至今在大城市从医、从教多年。但是还不了解在云南偏远山区小镇上，有这样一所像样的基层综合医院采取中西医结合治疗办法，挽救着农村数万计群众的生命疾苦……由衷地感到高兴，真没想到博大的中西医药学的专家、大家、高人在民间呀！

蓝瑚教授

蓝瑚教授在坝心医院期间，不仅仅是在学术上锲而不舍，日夜处理烧伤病人，对于就读于长沙湘雅医学院，因参与抗战辗转千里在坝心乡村安家的母亲备感钦佩。一天快下班前，抽空听取母亲记叙她学医、从医的传奇故事。他听着听着，突然眉头一皱，好像发现什么似的？原来是他凭着多年临床直觉，看出母亲脖颈活动异常，感觉有着不寻常病灶？

他来不及脱掉工作服了，第一时间找到我父亲交换意见说：崔院长，康医生是你的好妻子、好爱人、好伴侣，更是人民群众难得的好医生，我长你们六七岁，算得上兄长了，我说你算得上是个乡级医院称职的院长，可不是一个称职的丈夫啊！这湖南妹子骨子有股蛮劲、狠劲，首先是对她自己狠，她受过医学专业学习，医技娴熟，为患者诊疗热情专业，一心为基层民众服务，可就是不顾自己的健康，我真为之感动。但，我们不能对她的健康忘乎所以，不能再让她玩命的工作了。

随后，教授立马招集巡回医疗组和本院医师对母亲的病灶会诊、研究……初步会诊后的结果，按照中医说法是：情志心力忧伤太多；思虑烦事肝郁气结；脾不健运体虚毒侵；邪火遏结颈患瘿瘤……

而蓝瑚教授认为：按西医学诊断，康医生脖颈上的病灶，十有八九可确诊——甲状腺肿瘤。需要采取进一步治疗手段，必须施予手术摘除，有无病变的可能？等我回到昆明后，你们尽快到昆医附二院来找我检查，制定完善的手术方案。这时，父亲恍然大悟，心领神会。

不日，父亲到新街火车站为他们送行，蓝瑚教授又对父亲交代：康医生的病，不能够久拖不处理，这样会有病变的可能，你是医生知道后果是难以想象的，有必要赶快施行手术摘除，看其肿瘤在颈动脉血管处，这个手术风险由我们共同承当……

手术前的父母亲

父亲从火车站回来，急忙把大姐、二姐叫在一起说：这些年来，我们对你妈妈关心照顾不够，也有我的失误和大意。长时间来，家里人都知道，你妈妈平时光为别人着想，丝毫不顾及自己的身体，心里还承受莫大压力，成天几十、上百个患者，疑难杂症要她去诊治，累坏了身子。她在生活上要照顾你们姐弟，别人不吃的食物她才吃，现在已经积劳成疾。

他深深吸了一口手上的香烟，极其慎重吩咐大姐说：小玲，你已经22

岁足也，眼下与你的同学高国有相好多年，不是正准备结婚的事吗？我决定让你俩带着远鹏（那时刚好10岁）陪你妈妈乘火车赶赴昆明，找到你熟知的蓝瑚教授作进一步检查诊断……

随即又说：尊重你妈妈的愿望，赶快把我和她写好的信，寄给你们姨妈来昆相遇……

大姐（远信）、二姐（远望）、弟（崔敏）

大姐夫高国有大姐崔远信与大哥崔远鹏

大姐、大哥回忆说：到昆明几天后做完检查，蓝瑚教授把妈妈的手术方案确定了下来并作介绍，爸爸也收到“加急电报”急得不得了，他乘火车赶到了昆明，为母亲做术前心理安抚。

妈妈出于医生的本能术前心态很好，在施行甲状腺囊肿摘除术中。在场的亲人处于焦急地等待着，父亲不停地走过来走过去，结实的背影，掩不住紧锁的眉梢，止不住风干的泪迹，回想走过的岁月，难忘往日卿卿我我的柔情，自问来时路，爱得好伤喔！他不时向窗外眺望，心中充满无限忧虑……

哎！到了中午时分，意想不到的情况发生了，突然从手术室里传出：病人出现失血性休克、心脏骤停……啊！一听，急死人啦！可是手术还在继续进行，医生正与死神抢人，只见手术室医生匆匆地穿行而过，无论医生和护士，一个个脸色凝重；赶忙从护士那里打听到：手术暂停，即将施行开胸术，直接进行人工心脏按压复苏。大姐哭泣着说。

坝心寨内寨外都传言康医生死了，多少群众为她流泪悲伤，二姐在下乡回来的路上也听到了传言。就在那一天，我和弟弟待在家里肚子饿得不行，到处找吃的东西没找到，正在用酒精炉煮红糖鸡蛋吃，二姐惶恐不安地进家就问：昆明有电报来吗？我胆怯地答：不晓得……二姐说：妈，没啦！随即俯身把我和弟弟抱在一起失声痛哭：妈，妈！你真走了呃！……妈，妈！我们姐弟三人抱成一团，悲痛欲绝……

大姐接着说："这出乎预料的消息，如晴天霹雳，直达心底。在场的爸爸和国有、远鹏及我潸然泪下，我们心里像刀割样的疼痛。再次沉浸于更加焦急的等待中，傍晚时分妈妈人事不省地被从手术室推出来了，见她面容苍白的样子，让人心疼得直绞痛。我们连夜轮番看护，第二天才慢慢苏醒过来，睁眼见到一起陪护的杨华芝婶婶。可她却直喊：姐，姐姐……我们轻声告诉她，姨妈已经在来昆路上了，她才不吱声。"

数天后，妈妈终于度过这一生死关，而且是起死回生的一关。出院后住在云南饭店等候姨妈的到来。因父亲、国有哥和大姐要上班，大哥要上学，换成姑妈、三姐，我和弟弟来昆陪伴。由于母亲经历这次大手术，实为连续二次手术过程，耗时长并使用过量麻醉，记忆有些失常，活泼开朗的性格也从此改变了。

几天后，姨妈从湖南衡阳表哥处到达昆明，按照电报上写的地址，在下车后背着行囊，直奔云南饭店来。母亲与姨妈已有26年的离别，在这样的特定条件下，姐妹重逢更是难以倾诉多年来心中的话语，姨妈抚摸着躺在床上的母亲难过得说不出话，只有一阵阵抽泣，心酸的泪珠直往下流……

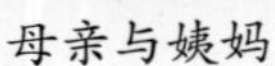

母亲与姨妈

母亲与姨妈、姜姑妈、婶婶及三姐、崔敏、崔嵬

母亲与婶婶

不久，母亲和我们一起坐火车从昆明返回坝心，途中发生了一起令人寻味的往事：当火车“呜呜”“哐当、哐当”地驶入开远地段，车厢里热得不得了，4岁多的弟弟崔敏口渴难耐，见前一站有红糖水饮料卖，他嚷嚷：“要喝红糖水！要喝红糖水……”由于一时没有人管他，要喝红糖水的要求没有得到满足，就发脾气把自己一只小皮鞋扔到车窗外。母亲见状，轻轻地拍打他一下，随口说了声“牛脾气……”然后就弯腰将弟弟另一只皮鞋脱下顺手扔出了车窗外……

看到手术后，身体虚弱的母亲会有这样的举动，在旁的姨妈朝车窗外看到拣鞋子的山区妇女后，叹服道：“妹妹，你良心太好了！”

我们一行回到坝心医院的家里，前来看望母亲的群众络绎不绝，有的送来鸡、鱼、蛋和水果等等，朴实的百姓都是拿出他们家里最好的补品来了。诚心祝愿他们的好医生早日康复，祝愿康医生早日回到治病救人的岗位上。

两个多月过去了，在姨妈朝夕相伴，形影相随的护理下，母亲身体渐渐有所好转。而此时的母亲也能在姨妈搀扶下，拖着尚未完全康复的身子开始上班了。

这一年，45岁的父亲进入中年，得知饱经风霜，操劳大半辈子的二奶奶（何秀清），已由永宽叔叔接去沙洋家里供养了，由此勾起他无比思念远在两千里外的大奶奶，近年多次去信让她迁居云南，让她老人家来坝心逸亨人生，以尽其为儿之孝道……

婶婶周敏、叔叔永宽

直至这年5月，叔叔带着我父母亲的嘱咐和愿望，在赴徐州参加公路交通大会战的路途中，回到湖北天门老家处理大奶奶迁居事宜完毕。叔叔把大奶奶和14岁的堂姐远辉送上武昌开出的客车。

父亲和大奶奶终于在跨越30年岁月之后，在昆明得以相见。

姨妈和表哥一家

1966年春节为1月21日，是春节来得较早的一年。大奶奶来到坝心生活半年时间了，父母如愿以偿尽孝心。而姨妈却因为表哥的孩子等她去带，没等到春节就依依不舍离开了我们，返回衡阳去了。倒是在一年前，婶婶从广州林业学院毕业，分配在一平浪林场工作后。相继在今年新年前，大奶奶和远辉均落户昆明叔叔的单位：云南省公路工程管理局；远辉姐也正式转入昆明市第6中学念书。

在新年到来之际，母亲的身体基本得以复原，崔氏云南两兄弟永龙、永安携一大家人，陪伴在大奶奶身旁，享受着三代同堂的喜悦和幸福。到了6月间，38岁的叔叔婶婶又喜添一个堂妹，她也是崔家在云南最小的一个妹妹，因出生于一平浪林场，取名为：崔林。

崔林

第十四章　经受曲折

新建医院住院部

1966年的春季，坝心医院持续注入“自力更生、艰苦奋斗”的精神元素。全院职工忠于医疗卫生事业的建设，全心全意立足本职为患者提供优质的服务，排除各种困难甘于奉献，而且知难而进锲而不舍。医院众长者决定用近几年积累的资金，由县建筑工程队负责施工，在原址外征用一亩多地扩建医院住院部。

坝心医院历经十年来两次大的改扩建后，医院很有地方特色并与坝心古老建筑群融为一体，既有古典民居文化内涵，也拓展了乡镇医疗机构的规模，又增添了基层卫生院功能齐备的设施，无论是基本建设还是社会效益都不断取得新成就。1964年底，坝心医院被评为“云南省农村医疗机构先进单位”，父亲被评为红河州卫生系统的先进工作者。

父亲在查看建成的住院部

1966年春节过后，早年就认识的红河州副州长郝鸿钧因陪同越南国家卫生部代表团，再次莅临坝心医院。父亲回忆说：“郝副州长和以往一样，首先是肯定坝心医院自1956年开始，近十年来的建设成果，称赞我们医院是全省、红河州公社卫生院建设一面旗帜，希望在州、县卫生部门的指导下，加快医院基本建设……在离开医院时，又单独对我说‘去年3月份，你在建水开诊所时医治过的吴效敏将军升任13军军长了，他曾让我向你问候，还让我谢谢你对滇南基层医疗卫生作出的辛勤努力。’”

父亲又说：“郝（鸿钧）副州长以前到过坝心医院检查指导工作，曾多次聊起他和吴效敏军长是同一部队的战友，二三十年都并肩战斗一起，都同样有着与日军作战的传奇经历，彼此也结下很深的情谊。”

郝鸿钧

1983年，父亲曾说“没想到，如今郝副州长的女儿云芳与我大儿子远鹏结为夫妻，我们成为亲家，算得上知遇之恩，亲上加亲了。”

言归1966年9月的秋天，新学期开始了，大哥戴着鲜艳的红领巾和少先队小队长臂章，带我穿过医院住院部在建工地进入坝心小学上学很开心，看着一些高年级的大哥哥、大姐姐，更是羡慕不已。我也很是激动，因为我就要在这里学习了，融入这个学校大集体了。学校高音喇叭里传来《我们是共产主义接班人》的歌曲：

我们是共产主义接班人，继承革命先辈的光荣传统，爱祖国，爱人民，鲜艳的红领巾飘扬在前胸。

不怕困难，不怕敌人，顽强学习，坚决斗争，向着胜利前进，前进！

向着胜利勇敢前进，向着胜利勇敢前进，前进！

……

我上学后，父母亲尽管工作非常繁忙，但对我们的学习要求很严，并教育我们尊重老师和同学搞好团结，真正做一个共产主义事业的接班人。在班主任毛汝富老师的循循善诱下，我学习成绩和其他方面在班里排名不错，第一批就加入中国少年先锋队戴上了红领巾，还被推选为班长。每天早上见任课老师走上讲台，即喊：起立！然后在“老师，早上好！”“同学们好！”的师生相互问候完毕后，开始上课。过了一段时间后则改为：起立！“好好学习，天天向上！”放学则是“团结紧张，严肃活泼！”

进入第二个学期时，国家教育部门，实行中小学教学改革，政治与语文课合并，即以毛主席著作为基本教材。不会忘记的是每天朗读、背诵“老三篇”。即毛主席在抗战时期写的《为人民服务》《愚公移山》《纪念白求恩》。这文章中三种精神赋予我们新时代的道德思想，语文知识的积累也从这三篇经典之作开始。

在“为人民服务”课文中，我们认识到“人固有一死，或重于泰山，或轻于鸿毛。为人民利益而死的，就比泰山还重；替法西斯卖力，替剥削人民和压迫人民的人去死，就比鸿毛还轻。”我决心“要做一个高尚的人，一个纯粹的人，一个有道德的人，一个脱离了低级趣味的人，一个有益于人民的人。”这篇课文，深深地影响着自己的世界观、价值观和人生观的树立。

关于“愚公移山”的文章，通过课本熟悉了寓言大意，并通过母亲讲述加深了理解，她说“在很早以前，北山有一位叫做‘愚公’的人将近90岁年纪，挨着山居住。长年苦于大山阻隔，进出都要绕远路，就与家人商量：‘我跟你们尽力铲除险峻的大山阻碍，让路通向豫州的南部，到汉水南岸，可以吗？’全家纷纷表示赞成。但他妻子提出疑问：‘凭您的力气，连旁边这座小山都不能挖平，能把太行、王屋这两座山如何呢？况且把土石堆到哪里去呢？’众亲说：‘我们可以把它扔到渤海的边上去。’于是，愚公率领子孙凿石挖掘泥土用箕畚装了土石运到渤海去。”

“这时，一位聪明的老翁讥笑‘愚公’并制止他‘你太不聪明了！就凭你衰残的年龄和剩下的日子，能把这两座大山上的土石搬走？’北山愚公长叹说：‘你这人想法太顽固了，连孤儿寡妇都比不上。即使我死了，我还有儿子在；儿子又生孙子，孙子又生儿子；儿子又有儿子，儿子又有孙子；子子孙孙是没有穷尽的，然而山却不会越来越增高，愁什么山挖不平？’聪明的老翁没有话说了。”

“这时，山神听到了他俩的争执对话，就将这件事告诉了天帝。天帝被‘愚公’的诚心所感动，当即命令大力神夸娥氏的两个儿子背负着两座山，一座放在朔东，一座放在雍南。从此，冀州的南部去汉水南岸，没有山冈高地阻隔了。”

徐悲鸿·《愚公移山》

母亲就愚公移山的精神教育我们“人有执着，方有成就。智慧和聪明，是愚公移山。前进的道路，会遇到干扰，要沉得住气，发得了力。只要有持之以恒精神，无论什么场合，都能取得成功。”她这番话语，50年有余了，依然历久弥新。联系他们成天忙忙碌碌为乡间百姓治病疗伤的实际，父母无愧于石屏乡村医疗的表率，在石屏山村医疗事业上有很大的成就，也是他们人生、事业的写照啊！

学习“纪念白求恩”一文时，学校毛汝富老师讲解：诺尔曼·白求恩不远万里从加拿大来到中国，在条件异常艰苦的战地手术台上，他展现出了高度负责、精益求精的专业精神；在异国他乡炮火纷飞的抗战一线上，他展现出了大爱无疆的国际主义精神。

毛老师还联系实际讲，时下你们身边崔嵬同学的爸爸、妈妈也是这样的人，少年时期弃学从军赴国难，辗转千里抗击日本侵略者来到云南，来到坝心创建了现在的医院，而且一心为了人民群众的疾苦，每天忘我的工作，在他们身上也展现了“毫不利己，专门利人”的精神。我认为他们就是我们坝心白求恩式的医生。毛汝富老师给予我父母高度的评价，如今也记忆深刻。

医者仁心苦涩味

父亲长期积累了丰富的基层医院管理工作经验，医疗水平也是当地政府和人民群众公认的。论他本人的月工资收入81元，母亲的月工资收入75元也算得上高工资了。在他主导下的坝心联合医院社会效益很好，外面老百姓的口碑也好，但也招来一些人嫉妒眼红，蒙受一些无耻之徒的打压。

1966年初，父母与大姐、二姐、四姐

1966年，随着“文化大革命”的开展，坝心医院成立了毛泽东思想战斗队。抽调来医院培训下放村里的卫生员，与本院“根红苗壮”的一些人，成天手臂上戴着红袖套。利用晚上并招集没上夜班的职工召开“斗私批修会”，要“兴无灭资”。否定私人利益；否定私营经济，联合诊所时期的老医师均遭受批斗挨整。

批斗会上，他们不顾事实，无中生有，造谣中伤，指责父亲等长期抓业务学习培训，搞中西医临床研究……是带头搞资产阶级反动学术活动。白高义支部书记不管政治学习教育，放任资产阶级反动思想“犯滥”。进而无理延伸为，把医院办成了“崔家医院”。又诬陷父亲是走资本主义道路的当权派，用大家入股、苦来的钱扩建住院部，是妄想扩大集体所有制为私营经济等等。事实上账目清楚，在付完住院新建设工程款后，据1983年4月4日，“石屏坝心联合医院资产移交表”反映，财产总计：131976.03

石屏县坝心公社卫生院用笺

石屏县坝心联合医院资产移交表

兹将财产分列於下

①固定资产　合计90,274.12元

②库存药品材料　〃〃17,488.44元

③借给公社农具厂　币3,000.00元（借字全交）

④代卫生院付电水钢款币751.00元（发单全交）

⑤〃〃〃〃单车款　币174.78元

⑥卫生院收云外药材　币934.48元

⑦79年12月卫生院借支药款　币6,458.62元

⑧交卫生院银行存款　币12,878.51元

总计　131,976.03元

大写壹拾叁万壹仟玖佰柒拾陆元零叁分正

监交：县卫生局　杨惠

接收：石屏县坝心卫生院

移交：石屏县坝心联合医院　何应林

1983年3月4号

第　　页

坝心联合中心医院资产移交表复印件

元，其中，银行存款12878.59元。

坝心辖区群众于每周日会在新街集市上赶集，我和弟弟崔敏与伙伴们常会聚一起去街市上玩耍。那一天，天气特别的热，我们攀附在街边“广石榴”树上，只见父亲、白高义支书、林家诊医生和何会计等人锒铛过街来，挂在胸前的“黑牌”上写着相应的“罪名”。父亲手里摇动着医院食堂赵师傅通知开饭用的铜铃铛，并清晰记得，他的“黑牌”上面写着“石屏县最大的资产阶级反动学术权威——崔永龙”。

父亲平日里仪表堂堂，一丝不苟，精神矍铄得很，可敬可爱。如今尽遭此凌辱，我和弟弟见如此情景，感觉尴尬极了。没说的，俩弟兄滑下树来，悄悄地溜走啦！自从父亲被斗游街后，我们弟兄3个就不再去新街集市去了。

虽然遭受批判，但父亲仍要在门诊坐诊看病，还要去住院部查房和手术，父亲的“黑牌”也因此从大换得小一点、从木板换成纸质的。每次游街、批斗回来，他会微小长叹一声“哎哟！这帮龟儿子……”顺手用湿毛巾擦去汗水，把“黑牌”挂在进门的柱子上。

记得那时，不过几天“黑牌”上面的字将会有变化，从“反动学术权威”“走资本主义道路当权派”“牛鬼蛇神”到“国民党反动军医——崔永龙”；医院外墙相应刷上“打倒……”“揭批……”类似内容的标语。

那期间，他和白支书，每天要履行早请示、晚汇报，还要打扫医院公厕卫生。常常会有病人家属看不下去，想来帮着打扫。可他挥手让其“快走，快走开……”坚决不肯。直到履行完毕造反派赋予的所谓政治任务，才挂着“黑牌”去处理候诊的病人和住院的病号。

那时，街上和大田头王府大院的围墙上，张贴父亲为数不多的大字报和标语，经过一个夜晚过后。一看。墙上署名崔永龙的大字报和标语，明显有人偷偷撕过的痕迹。医院里的部分职工及家属也躲着我们，倒是从印尼回国后，由北京来的陈占权和部队转业来的王必良在工作交往上与父亲的接触更多一些。

后来，医院革委会领导小组的几人想出了“阴招”，把黑体标语用土法加工的墨汁写到了稻田边的白石灰墙上……然而仍有群众有意识、无意识地对标语泼泥巴。更加想不到的是，每当晚上批斗回来，他和白支书，都被分别禁闭、吊起来被他们拳打脚踢……

父亲的臀部、腿脚被他们穿着皮鞋轮番踢踏致伤。到了夜晚，母亲会指导大哥用热毛巾、热水袋帮他热敷消肿……但效果不太明显。没几天被打的部位开始发炎了，母亲手指父亲臀部伤口处告诉大姐、二姐说："你们看，这就是你们爸爸的创口部位，已经出现化脓性链球菌感染了，需要及时处理。"

当一切准备就绪后，母亲把脓包切开并挤压脓血并说"这些都是身体本身的组织物坏死的组织液，死亡的白细胞和细菌分解产物构成脓液，也叫'脓细胞'"。父亲俯卧在床，也忍着疼痛强调说"如果机体反抗能力弱，细菌便在我全身扩散，形成败血症……那可麻烦啦"。

开始时，在家中狭小的屋里，会散发一阵阵恶臭。母亲每隔两三天就让大姐、二姐用生理盐水为父亲清理伤口，过后又用探针、镊子塞进自制的抗菌膜、纱布敷料进行治疗，重复数月时间，伤口逐渐有些好转，或者说基本痊愈。

曾记得当时还有一桩颇具讽刺的闹剧，至今说起都令人难忘。有一天夜晚，何宝寨煤矿的一矿工（坝心龙港人）家属难产，医院几个当时在场的年轻医护人员已经忙乱许久仍未见好，狼狈瘫坐在凳子上。看样子，母子生命垂危！产妇的丈夫急了，大骂起来"你们这些'庸医'。毬都不懂呢，乱整呀！要是我婆娘和娃娃有三长两短，我绝对饶恕不了你几个。……唉！你们还不赶紧请崔医生来呀！"

在场的医院革委会领导小组骨干"束憨苔"，跑来院子里喊："崔医生，您赶快下来……崔医生，请赶快下来呀！"重复重复地喊。我们一家人都听见了，奇怪啦？这个往常都是穷凶极恶"崔永龙，崔永龙，怎么、怎么的革委会小组领导……"今天遇到什么难为的事了，为啥语气暖和得像个"龟孙子"样的。刚睡下的父亲被喊醒了，猜想肯定是有急诊，赶忙起身穿上工作服、挂上"黑牌"下楼随其而去。

到妇产科手术室，父亲环视了一圈。只见造反派医师坐在凳子上累得不行了；另有一人酒后脸红心惊地站在旁边；白章雄穿着刚进医院时，父亲从自己身上脱下送给他的那件米黄色的毛衣也在其中，他担心父亲挂在前胸的“黑牌”影响操作或不便做手术，赶忙迎上来，富有同情心的帮父亲把黑牌调到后背上。

在手术中，每当父亲俯下身子，“黑牌”就会滑落下来打在产妇的腿上。一次、二次……产妇的丈夫见到了，一下子火冒三丈，又一个纵步冲上去把“黑牌”摘下来，撕成几块甩在地上。嘴里还骂骂哩哩的“你们这些‘杂种’，好医生都被你们整成这样……”随后，又朝着撕碎地上的“黑牌”跺了几脚。

通过排除外部干扰，父亲镇定自若，一丝不苟的操作，手术终于结束了，总算大人孩子平平安安，病人家属喜出望外。

父亲取下手套、摘下口罩，脱下白大褂抱在手臂上，看了一眼地下斯成几片的“黑牌”，走出了手术室……

友情难舍严家传

人呐，留不住的是一年又一年失去的时光。在那个“红色”年代，忘不了的是年轻时，经历过的沧桑岁月；时刻牵挂的是一路走来的战友，永恒不变的是珍藏在心里那份生死与共的情谊！我认为上辈人心灵相通，相互理解！重情重义，视患者为上帝的行为表现，潜移默化于百姓的心底，也留在了他们自己的心灵深处。

那时候，长辈们的朋友无一例外，都经历着这场运动的身心折磨。但他们一直信守着坝心老百姓历来对崔家是友善的，群众会出面来“保佑”。湖北老乡王越夫夫人刘家凤，从个旧市与我们家有着书信往来；王跃华的夫人张莲瑛偶尔会从建水高营来看望父母。他们互相安慰、互相告诫、互道珍重，流露出了浓浓乡情友情，现在想来都使我难于忘怀。

1967年1月间，全面夺权的派性斗争逐步升级，后来还发生了派性武斗。在家里姐夫和姐姐们“两派”政治观点不同，也发生过争执和辩论。

进入夏秋，石屏的两个造反组织因争权夺利引发了武斗，造反派将司令部临时设在医院最高层的手术室。为安全着想，以防万一，我和弟弟被大姐夫的弟弟高国亮和他外甥老邓，接去海东方向的山村——丘乜村子家中躲藏起来了。

一天，武斗打得很是激烈，造反派到医院，见到父亲正从医院楼上下来，就将他带到老街的朱家大院，让武装部长陪父亲为伤员包扎处理完伤口。处理完伤病后，父亲就溜之大吉，到干姑娘崔玉琼家暂且躲避起来。

不久，王跃华伯伯从个旧新建矿回建水高营探亲，也听说石屏发生武斗怕崔家受伤害，带着二儿子王明前来看望，并且沉痛告诉：前不久，王越夫（伯伯）也受不了摧残打击，自己服汞（俗称水银）中毒死了。唉！竟然如此冤死！可悲！可叹！他们一起沉痛衷曲道：忽闻噩讯斯雷击，于无声处听悲歌。昔日欢颜映目中，痛惜顿足万念灰。

王明后来回忆：这次跟父亲到坝心，来去匆匆逗留大半天，只见父辈们满脸愁眉不展的悄声谈话，我肚子饿得不得了。临别时，华卿孃孃哭得泣不成声，只是“我的天呦！我的天呦！”的哀叹着，她含泪用酒精炉子给我们父子煮了一锅红糖鸡蛋吃下，才难舍难分的话别。我们到新街火车站乘车返回建水，下车后步行回到高营寨子家里……

接二连三的知心朋友含冤死去，父母经受了一次又一次的沉痛打击。王跃华父子走了。再知晓杨子会医生在甸尾卫生院也去世了，父亲与母亲说“只要活着，就有希望。我们最大的希望就是养育孩子成人，在近20年来，我们都是风雨中走过来的，何时何地想过自己的生命有多长？现在即使天塌下来，也不可不明不白的寻求短见，酿造冤孽来。眼下要对七个孩子负责，绝对不能让孩子背上我俩所谓历史问题的‘黑锅’呀！”

我上小学二年级时。一天，学校里举行“红卫兵”和“红小兵”授旗宣誓仪式，自己身为班长未能批准加入“红小兵”觉得有些难过。在主席台上宣布大会开始时，我带着才入学的弟弟崔敏摸到后排小树林里坐下，听到会场上异常热闹喧哗，心里很不是“滋味”。过了一阵子，我叫着崔敏，不到散会及放学时间就回家了。

真倒霉！父亲认为我们是逃学回家来了，他不分青红皂白，从门窗下拎起棍子把我揍了一顿。我哭诉着解释。可他不容置辩“你这都是一些正确的废话，我不管这些？除了回家看书复习、做作业和吃饭、睡觉外，必须在学校好好生生地学习，绝对不允许逃课”！他泄愤完了，点燃一支香烟，满脸忧愁地转身下楼又去处理病人了。

当天夜晚，他教育我们三兄弟“不是因为我要你们去当‘红卫兵’‘红小兵’和别人比优秀，我是希望你们将来有选择工作的能耐，而不是工作选择你们，仅仅只是为了谋生。”又愤然地说道：“管它‘黑五类’和‘红五类’，要学会‘夹着尾巴’做人。你们重要的是要学好文化，将来才能选择做一桩利国利民的事情。不能像现在有些人一样？没有教养，只会成天合伙整人和搞破坏——成为当今草莽地头蛇之流败类呃？”

父亲还说道“包括你们三姐、四姐也是初高中生了，能评上‘红卫兵’就评上，评不上就好生学习，要多看一些有用书籍，不要去参加让人作呕的批斗会和辩论会啦。”可我忍不住地插嘴道：姐姐、哥哥，他们又不是班里的班长，可我是班长，都没评上呀？

我说到这里，母亲跟往常一样为父亲端来洗脸水放下，听我幼稚的在为自己辩护。她“嘿嘿，嘿嘿！”发出苦涩的笑声来，因势利导地说“我家小嵬，是他们班上的班长。理应评得上嘛！可是班长……”突然没后话了，她眼泪再也包不住，当我抬头看母亲时，她已背过身子去，掏出手帕来回擦着泪水。

崔远鹏、崔嵬、崔敏三兄弟

夜深了，父亲还用古诗“宝剑锋从磨砺出，梅花香自苦寒来”来勉励我们，可我们还小不完全理解诗句的意思，只想大概是要刻苦学习，不能学那些飞扬跋扈的败类。随后又叮嘱大哥辅导我背“乘法口诀”和课文……

审查关押被下放

1969年，坝心医院革委会领导小组的造反派干将形成一派，去参加公社革委会审查组了。其间，红河州人民医院清理下放来一批拖儿带女的行政、后勤和少数医务人员，带队的是龙港人张增庆，由他接任坝心医院院长职位，冠冕堂皇地接管了医院领导权和全部资金、财产。看这势头，一些医生也想办法调出了医院，如陈权占回印尼；王必良调个旧……

父母始终坚持不参加任何一派组织，这也避免了许多不必要的麻烦。可不管怎么样？医院多头负责，难免混乱，正常业务工作和生活很受影响。出现医院流动资金短缺，职工工资迟迟不能兑现，人心浮动，消极怠之，即使醒悟过来的人也敢怒不敢言，整个医院步入坐吃山空的境界。甚至于把抱怨情绪，有意无意地释放在工作中。

医院里一位医师曾因医嘱笔误，把开给病人服用的颠茄酊合剂每次10毫升，写成每次60毫升。幸好父亲发现并劝阻发药的值班护士，不然将险些酿成医疗事故。又如有一个半路出家的“医生”，给患者静脉注射氯化钾，超计量并从输液管给药，差点使病人心脏停搏、猝死……再如是晚些时候下放来的后勤人员，在医院跟班学医，不久送去上一级医院短期培训回来后，胆大妄为，对一些胃炎、血肉患者施以胃切除1/4手术。父亲和林家珍等跟踪服务会诊时，认为手术选择极为不慎重。如此作法，会引来诸多后遗症。

医院革委会小组还动员职工相互写揭发材料，往往波及每位资深老医生。这些人特别爱用做过县衙师爷、爱演戏的许均阳先生。对于许来说，自己挨整还成天写揭发材料，抄写批判《大字报》也不容易。其妇人董金凤装疯卖傻，又唱又跳，与下放来医院里一家族式患精神病的子女掺杂闹腾。

那时的公检法机构被砸烂了，县上造反派对崔家政治审查关注度极高，搞了一个“专案组”去了湖北天门外调，收集黑材料。公社的造反派还把回家探亲的大姐夫诱骗到公社关起来，威逼写揭发自己岳父的黑材料；逼迫大姐、二姐与父亲划清阶级界线，强迫到外面租房子居住和生活。这段时间百思不得其解的是，造反派伪造地对父亲“实行隔离审查的报告”也在此时悄然形成。

父亲只能抱着“遇横逆之来而不怒，遭变故之起而不惊，当非常之谤而不辩”的态度，坚决抵挡任何飞来横祸。于1969年“五一”伊始，公社革委会举办的学习班结束了，医院与县乡两级造反组织串通并商定：将白（高义）支书移交到他户籍地去批斗了；将早已失去院长职务的父亲非法关起来，也不让申述和申辩。谁都不知道他违反了那条“王法”？并夺去了人身自由和劳动的权力——作为医者看病救人神圣的职责。

关押父亲的平瓦房（右第二间）

耳房二楼审讯室

所谓专案审查组，是由县上造反组织专门指派成员刘某（绰号“老撬牙”），坝心本地的陆某（回乡知青）、王某（绰号“小斗鸡”）3个农民代表组成，宣称是代表广大革命群众对揪出“走资本主义道路的当权派”进行“隔离审查”的，还指控父亲是潜伏下来的国民党军统特务，要深究其所谓历史问题和背后的反动势力……至此，这些人违背起码做人的道德和良心，凭空捏造颠倒黑白的“国民党军统特务”假案，其目的是把父亲往死里整。

1970年1月，石屏县卫生局革委会领导小组宣布：县域乡镇医院成立时的集体所有制医护人员及家眷，取消城镇居民户口，疏散下放农村接受贫下中农再教育。1月4日母亲和我们三兄弟疏散下放到坝心二队，母亲带着我们又住进了“司马第”老宅；大姐带着两岁多的儿子高凯下放到大姐夫原籍大坡脚村，父亲却被分到距镇22公里的邑北孔。

仍处于关押的父亲被下放到邑北孔的消息，很快传到方圆数十里外。邑北孔的彝族群众由衷的高兴，砍来竹藤编成简易轿子还组成担架队，一大清早抬着简易轿子（滑竿）来到医院，准备接父亲去邑北孔帮助组建大队合作医疗站。

在上午时分，坝心乡村一些村民知道了，气愤不平，手握锄头、扁担、棍棒等前来围堵拦截，又聚集闹到公社革委会要求不予放行。搞得公社的一班人束手无策，骑虎难下。在事态无法平息的情况下，只好不得不让因“国民党云南特务组案”被非法隔离审查的父亲出来，配合他们做疏导工作。

公社革委会主任张缄说：“我只需搞定崔医生家就行了。”后面经张缄同意，把我二姐从老街调回坝心来。前提条件是父亲去距张主任龙港家乡不远，有950多户人家、2500多人口的彝人半山区寨子——新合村。勤奋好学的护士王伯珍知道后，也积极主动提出申请，要求从龙港

下放农村的大姐、三姐、四姐和二姐

婆家调整到新合村，跟随父亲一道去组建那里的医疗站。此事，直至折腾到天黑。

这样一来，下放农村的分配方案作了调整之后，至1973年1月初崔氏家人和医院其他集体所有制性质的人员一样，前前后后各就各位到了农村插队，但父亲仍继续被关押在医院一间小屋继续非法隔离审查。从此以后，医院大多数下放人员，凭着掌握的医疗技能安排在各生产大队合作医疗站，或生产队医务室上班，真正成为现代乡村杏林人——赤脚医生。享受所在生产队和大队“工分+补贴”的待遇。其他没有医疗技能的，只有去栽田、种地或寻求别的生活途径去了。

我们家下放坝心大队第二生产队人口较为集中，常住司马第的家人有五口，母亲、二姐和我们三兄弟，成为崔家在石屏的大本营。当年的生产队队长王有福，颇怀念救其老婆难产危及旧情，知道崔家下放回来了很高兴。组织队委会商量，在异龙湖水流经建水的河埂上按所在册的户口人员，划分了一块上好的自留地给崔家。那时，算上三姐、四姐于1969年2月4日知识青年下乡在大桥（河）公社大桥村知青集体户，由此一家人疏散下放分解在县境方圆100公里的四个村寨，一家九口人均成为农民，在各自的生产队过上了艰辛的农村生活。

异龙湖东的坝心镇

遭诬陷中风偏瘫

1970年1月5日，通海大地震发生后，坝心驻地部队卫生队转来三元宫（原坝心乡公所）的几十名受灾伤员接待困难。团卫生队向坝心医院求援并转过来部分伤员，父亲被临时放出来和医院倪传元，以及下放新街的陶云章医师一起参与救治伤员。那段时间，因查所谓“国民党云南特务组”无线索，暂且放宽了对父亲的监管，到了地震灾区的伤员应急处理完后，于1月下旬允许父亲去新合村大队报到。因大队合作医疗站尚未组建起来，他暂住在花树脚村生产小组李祝英（其哥之子为父亲干儿子）家里。

1970年，通海大地震后来自上海的救灾医疗队

坝心的部队是在1967年时才到坝心驻守的，当时部队的一些干部和家属常找父母为其治病，特别是部队中一位姓靳的首长，是湖北邢门人，其大儿子靳春江和我同班同学。早些时候，他的爹妈曾请我父亲去酌上几盅酒，叙说家乡情……也悄悄讲了家乡人老幼皆知——贺龙“两把菜刀闹革命”的传奇故事，并谨慎告诉处在风口浪尖上的父亲，贺龙夫妇已经被监禁受到折磨和摧残，提醒当过军医的父亲一定要想得通？这样的参天大树都挨整，何况我们这些草根百姓呀……

然而，一个意想不到的怪事就发生了。就因驻军团司令部指挥机关距坝心医院很近，其间本属于军队内部正常的无线电通信电波信号发射，也被诬陷为父亲在用秘密电台给国民党台湾当局发送情报；部队发射夜间训练的信号弹，也被诬陷为父亲与其他潜伏下来的特务组织人员联系，还胡说八道地认为父亲早已渗透到驻军内部，好像是“国民党云南特务组织计划”发现新线索……

为搜查父亲的所谓秘密电台，连续几天把医院的中药库房、制剂室、西药库房、停尸房和家里在司马第的住房翻来覆去查找，还怀疑收买了其他人，牵连到司马第住着的住户，包括几家“五保户”住房也搜查盘问，但毫无结果。其实电台、发报机什么样子连他们和我父亲本人，谁也没见过。

就在父亲到新合村大队办完落户手续不足一个星期吧！又一股政治旋风悄然来临——进一步贯彻追查国民党特务组织计划分子？父亲暂且获得的自由，像肥皂泡沫般的破灭了。他刚到新合村一个星期，就被传回坝心医院被继续隔离审查，可怜的父亲仍关在医院东侧原来那间不足6平方米的小屋里。

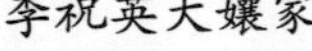

李祝英大嬢家

父亲暂住耳房

没完没了地被提审，不分白天黑夜不给睡觉，还不停地施以身心折磨，重复写交代材料和检举材料，最长的一篇材料足有数千字，写完个人履历还要写学习体会。

我和弟弟崔敏又重新轮流送饭，仍将装饭菜的提兜交由审查组检查。有时姓刘的“老撬牙”检查后，他带有讥讽的口吻说：么［me］是（石屏方言），坝心的农民都吃沙莜（指“红薯”）丝饭，他倒是怎么吃的净饭……随后由医院食堂炊事员吉秀芝或药剂室的丁（家贵）大爹再抽出空闲时转送给父亲食用。我们放学回家时，再去带回提兜。

长达一年多的时间，每天二次来回送饭。有时遇见医院的几个顽皮孩子向父亲被关屋子窗口扔石头、土块和攻击性小动作辱骂时，我和弟弟会奋不顾身地追击和大打出手，尤其是弟弟不仅外表英俊，而且身体长得壮实，动作敏捷，爆发力又强，打起架来，相仿年龄的两三个人竟不是他的对手。难怪得学校里有一些崇尚武术的同学，跟着一班驻军子女们称他为伙伴们的“一号首长”；称他的铁杆兄弟李买三为“二号首长”，对他们这一群伙伴，敬畏三分。

如果白天父亲没有被提审，他会披着长发、胡子拉碴地站在窗口隔着那一亩稻田，往对面六七十米的路边瞅呀，瞅！亲人们路过时，都会下意识地放慢脚步远远地望他一阵子，会有一阵阵心寒的泪水涌现出来。

有些时候，发现父亲被关的小屋里的煤油灯未曾亮过，姐姐们会差我去作“侦察”，由大哥负责掩护和接应。每次到了院落附近，我会脱下鞋子光着脚，利用夜幕隐蔽，小心谨慎地找个角度爬到二楼瓦房顶上，从窗外往屋里看他们是怎样虐待审理父亲的。常见到有一条四脚凳子在旁边，父亲不是站立就是跪在地板上，屋里有通明的大汽灯照着。通常履行审讯的两个人半躺在床上，有气无力“吱呀吱呀”的讲什么，听不清楚？

在1970年4月的一天，已经半夜三更了，突然狂风大作，电闪雷鸣，暴雨倾盆而下。母亲下夜班回家，洗漱完准备就寝，她喃喃地自言自语念叨“怎么啦？我右眼皮跳得厉害，不会是在医疗站接待就诊病人太多，用眼疲劳的缘故吧！”她一会儿揉了揉自己的眼睛又念叨“千万不要是俗话说的‘左眼跳财，右眼跳灾’喏。”

……话才说完，一念未明，万念俱灰。然而这狂风雷电不光带来倾盆大雨，还带来一个不幸的“噩耗”。审查组绰号叫“小斗鸡”的，跑来家里如同公鸡打鸣样的狂叫“不好啦，不好啦！崔永龙……哦！”忙改口“崔医生刚才，差点从楼梯上摔下来，幸亏有人抱住啦。现在医院值班的把他抬到住处去了，快不行啦！康医生赶紧去抢救呀！”他对我母亲恳切地说。

说时迟，那时快！母亲马上叫醒熟睡的大哥，她一手牵着他，一手提着“马灯”，冒着大雨往医院里跑。心想能在丈夫走时，按当地风俗让长子接上气；嘴里嚷嚷着“永龙，咋个啦？等你大儿子来了，再走哟！”又呼小名“……汉清，你咋个啦！要挺过去呀！这个家不能没你喔？不能把一大家子人，丢给我一个弱女子呀！”她和大哥气喘吁吁赶到医院。

父母亲及母亲用过的马灯

现场一看，父亲瘫痪在床、口齿不清，口角流涎，大小便……母亲止不住的泪水涌流着，还是那句话“永龙，咋个啦？要挺住！”并职业性的帮他垫高枕头，不停摇晃，按摩头部，同时指导大哥帮他按摩肢体。过了一会父亲有了意识，微微发出“哇啦，哇啦……”的颤抖声，用左手比划手语道：“他们准备押送我回屋来，下楼时感觉头疼眩晕，眼睛看不出去，右半边胳膊腿麻木动辄不了，伴随极其恶心难受……突然身后有人推我一掌。还吼叫‘装佯’什么？我就没有知觉了……”母亲根据父亲的手语表述和临床表现看，初步断定为：脑血栓引起的中风、半边瘫痪。

当场，母亲待围观的人群散得差不多了，她沉重地与家人解释并交代说：“这是长期久坐不动、久站、下跪疲劳，下肢血流减慢，腿部肌肉收缩，不能自主收缩和小腿肌肉紧张。造成长久处于‘易栓状态’，致使血压急剧增高，引起脑血管栓塞中风，肢体偏瘫失去知觉，医学上叫脑卒中或脑血管意外，民间也叫中风，病死率极高。”

“唉！脑血栓、脑梗死又没有什么有效的治疗手段，现处于生命垂危状态，即使活下来也是残废……”顿时，在场的亲友以泪洗面，戳心如骨。闻讯赶来的林继仙孃孃见状，怀有发自内心地感叹道：“这天长地久也总会有个尽头，可这整人的生死遗恨就没有尽期吗？”

一家人苦苦熬了一个夜晚。第二天，姑妈做了一碗糯米糖稀饭叫我送去。当然，这碗稀饭也寄托着姑妈一种别样的伤感哀愁，待我进门才见到父亲的屋里只有一个热水瓶、一个面盆、一堆医书和家里拿去的铺盖被子，桌子上摆放着近日正在写的手稿。低头便看到房间床下的一个小孔，这是他小便时的通道处，小便时打开，方便后即用木板盖上；大便用纸板接着扔出窗子外的稻田里。

从父亲偏瘫之日起，谁来照看父亲嘞？母亲和大姐、二姐在医疗站上班，正在坝心小学校读附中的大哥，因学校教学秩序不正常，所以只好向学校递交休学申请，13岁的大哥就这样在父亲躺卧的小床对边添了一条椿木凳作床铺，日夜陪伴在父亲身边，护理照看着偏瘫的父亲……

大哥在陪伴父亲时，发现父亲身旁有一支水烟筒，他知道父亲平时抽烟，从来不用水烟筒。便问父亲：“爸爸，这个烟筒是谁的，怎么会在这里，哪里来的？”父亲听后，稍停顿了一会后，慢慢地说道：“这是丁大爹拿来的……算好有它作伴，烟丝也是丁大爹拿来的，正是有了它们，我才渡过许多寂寞和忧愁……现在我已瘫痪在床，无力吸烟筒，你把它送还给丁大爹去，并替我谢谢他，也谢谢这支烟筒……”大哥听后，好像明白了，流着眼泪把烟筒送还给了丁大爹。

在中风治疗没有有效治疗手段的情况下，时任院长张增庆让其夫人李惠芬送来用玻璃瓶装着的银针；下放回海东的林家诊、新街的陶云章中医

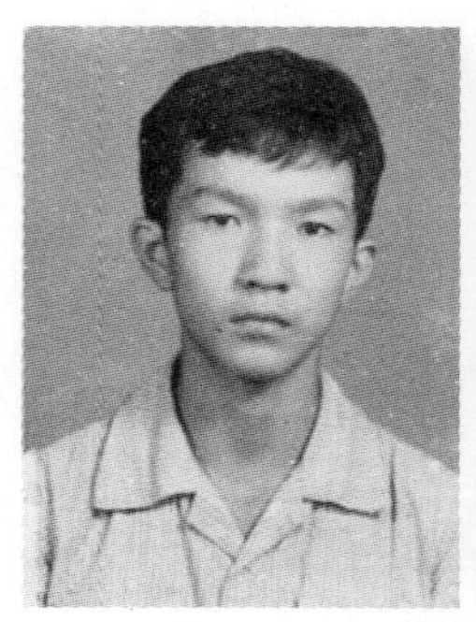

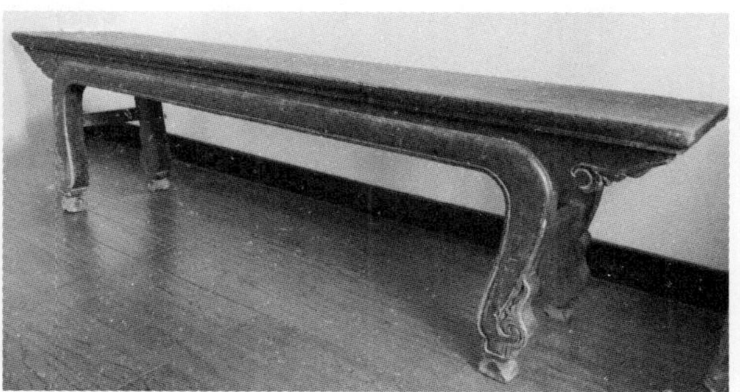

大哥远鹏和护理父亲睡觉用的长椿木凳（196.5×36.5cm）

师悄悄送来自制的艾熏条等中草药；就连坝心七队酒厂的师傅们得知崔医生患中风，每天坚持送些酒糟来做瘫痪部位熏熨，还有坝心、新街医疗站工作的赤脚医生王士民、罗秀珍等早期学医的学员，也常来帮忙做些力所能及的医疗康复服务，以报答父亲对他们的培养之恩。

大哥深情地讲道，在看护父亲四个多月的时间里。在父亲的循循教导下，按父亲的指点，用圆珠在他自己的身上划出穴位点，我每天定时在他身上作针刺、捻转、提插、重灼之后，再施行穴位和经络按摩。

为了帮助父亲练习口语，克服语言障碍和说话不利索的问题能尽快解决，大哥仿佛琢磨，并从医书上受到启发，别出心裁地让父亲给自己讲历史故事，从古代华佗、李时珍等古代名医，以及父亲个人的学医经历到现代的医学发展，同时也增添了自己的医学知识和学问。

大哥听从父亲的教诲，人生如“逆水行舟，不进则退”，闲下来的时候，除看书外，还在父亲辅导下认真研读朱琏教授《新针灸学》著作，对针灸学理论有了较为系统的领悟；熟记人体361个正经穴位，任意由父亲提问？都可以对答如流。还熟练掌握各个腧穴刺入角度和上烧灼、熏熨，以及隔药灸等操作方法。

慢慢地，真正体会到了功夫不负有心人，坚持就是胜利的道理。少年时期的大哥在父亲身上付出的辛酸苦楚，使他的身体渐渐得以康复。

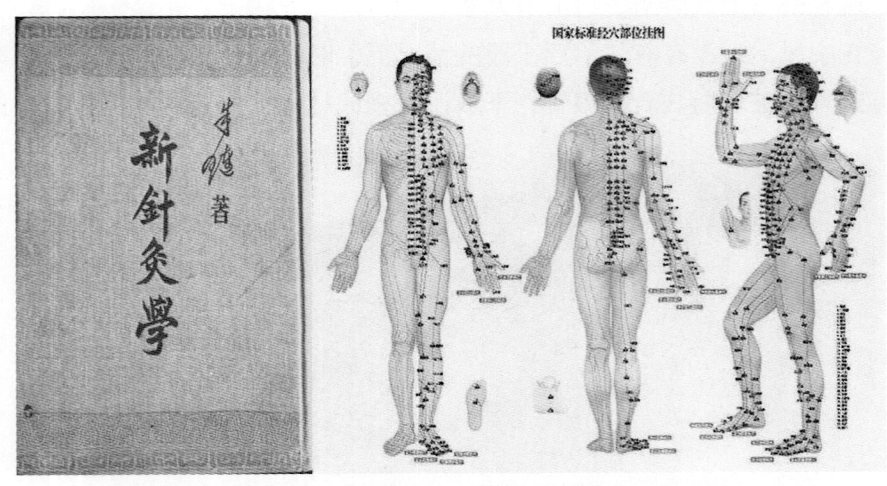

父亲藏书朱琏著《新针灸学》、挂图《国家标准经穴部位》

随后，父亲搬回司马第家中继续做康复治疗，造反派组织的政治审查无果告终。大哥感叹道，父亲半瘫痪，自个在护理照看中也学会了中医针灸治疗的绝技，也很有成就感。

从此之后，他与医学结下不解之缘，对中华民族文化和传统医学产生浓厚兴趣和爱好。直至后来从医，也成了一名杏林中人。

异龙湖畔

第十五章　春风又暖

下放彝乡医疗站

1970年9月下旬，在父亲反复要求下，也是父亲中风瘫痪治愈见好的一天，坝心古镇上连续几场大暴雨之后，这天中午举目望去，蔚蓝的天空仍有一层零散的乌云，从东向西朝着异龙湖的上空飘去。此刻，我想到了母亲昨晚对我的嘱咐，人从小“要像天一样坚强劲健；像大地样的宽厚和仁爱，才能承载万物。”

下午，在镇上称为大田头的两棵大榕树下，因年初通海大地震被震裂的王府大宅围墙上还粘贴着一些残缺的大字报、标语和漫画，靠近围墙的左侧停放着一辆马车，一匹白骡马在安静的吃草，周围挤满了村子里前来为父亲到新合村医疗站送行的父老乡亲。父亲手持一根黑白斑点的竹竿拐棍，在亲人的搀扶下，穿着一身破旧的卡几布中山装，带着因关押隔离审查一年多，摧残瘫痪的身体，步履艰难地从司马第老宅出来。

我因父亲半边瘫痪需要护理，刚念完初小进高小。肩挎书包跟着父亲乘坐红土坡寨子白亮师傅的马车，在赤脚医生孔祥信的陪护下，拉着简陋的铺盖行李和一捆医书，前往新合村生产大队，陪伴残疾的父亲去挣工分。要不然，有可能影响下一年分红、分谷子等作为一个农村人口在生产队上享有的生活保障。

这一路上，我带着难过心酸之情，眼前久久闪现着送行的母亲和姐姐哥弟沮丧的样子，以及乡亲们恋恋不舍地表情，耳边回响着句句叮嘱：“小嵬，听爸爸的话，照顾好他。不要跟别人打架了，要好好上学……啊！”乡亲们说“崔医生，慢走啦，多保重！”有的喊“崔大爷，抽空回家来……”

父亲因中风口齿不清，只能吞吞吐吐的回应：“再……再见！”只见他眼眶湿润，视线远远转向医院关他那小屋子的方向。默默自语地好像在说“天行健，君子以自强不息；地势坤，君子当厚德载物。不再计较这些不幸的灾难，去做好一个名副其实的乡村杏林人吧！”当时，未能完全听懂父亲说的意思？我在车上想，父亲可能是世界上最严肃的人了，也是最孤独的人，在这个世界上，最难读懂的人就是父亲，很难有另外一种角色的人像我父亲一样，在他深受委屈的时候，说些什么让你捉摸不清？

随后父亲从他衬衣口袋里掏出我们都很熟悉的瑞士折叠刀和镀克罗米的手术刀给我，并让我放在书包里。当时我就意识到：一把是作生活用的，另一把是作为他工作用的……

驾，驾驾……随着车把式白师傅的吆喝声，马车穿越约8公里弯弯曲曲的简易公路，走了将近一个多小时的车程，进到坎坷颠簸的老街子冲，新合村大队（有11个自然村）的花树脚村子李祝英大孃家门口，大孃一家人正忙着料理我们的饭菜。

新合村寨子

当他们看到，我和阿叔祥信（彝族人的叫法）搀扶着瘫痪的父亲进到院子时，他们赶快放下手里的活计。看着父亲步履艰难样子，忙过来搀扶父亲坐下。大孃李祝英的老公公伤心地说，“好生生的一个人，怎么整成这个样子尼啦！这些人太没良心啦……”一边说一边却情不自禁地流出寒心的泪水，他老人家来回用衣襟擦拭着。

吃过晚饭之后，我们收拾院子左侧小屋木凳床上的东西，也就是原先父亲用过的简陋铺垫被子。在村民的帮助下，搬进了孔家大瓦房二楼右侧作为医疗站的用房，之前是属队上公房。我和父亲与阿叔祥信（摆放着一张他临时用的行军床）合住在楼梯口的一间；对门是先期到来的护士王伯珍住房，两间房均有9平方米大小，中间有一个公共小客厅。大瓦房还住有从县城下放来、修钟表的孙继生家眷，他的弟弟孙中生也下放来住这里，另一个叫“迷眼”［yan］的懒汉，也同样住进了大瓦房（过了不久上吊自缢了），其他就是孔家兄弟五户家庭、分灶吃饭的一大家子人了。

新合村孔家大瓦房，原大队合作医疗站所在地

居住在大瓦房这家人为孔氏彝族，祖上以烧制砖瓦为业，村民们都称其为“老烧窑家”，土改时被划为“富农”，是村里成分最高的了。大瓦房建于民国初年，房子建筑用料以砖木结构为主而且砖的用量很大，在楼板上的公共部分的楼板上又加铺了一层很薄的青砖别具特色，在县域民房建筑中十分少见。

医疗站在大瓦房二楼靠南200平方米左右的区域，形成一个“F”字母结构。沿过道下进去，稍大的一间套房就是医疗站看病、打针、拿药的地方；中间还留有我们生火做饭的一小块地盘，砌了一个做饭用的灶台；远道而来和需要留住治疗的伤病号，只有搭地铺睡在旁边走栏内过夜或接受治疗了。

1970年农村小学仍然实行五年制义务教育，这里可不是每一年度都招生，也许是每隔一年招生一次，所以当年新合村小校没有四年级的班级，只好上的三年级。尽管我10岁多了，班里还有比我大7、8岁的同学。只是相比坝心同期上学的同学来低下一个年级，不知情的人还以为是成绩不好留级呵！其实不然，父亲安慰我说，多读一年的初小，文化基础会更扎实。

我在新合村的主要任务，除陪伴父亲和负责他的个人生活外，每天放学回来要做作业、练习毛笔字；帮着王伯珍孃孃生火做饭等。受村里伙伴的影响经常下河、下田摸鱼捞虾；做马尾套，上山支扣子，捕捉野生的禽鸟，还先后养过猪、鸭、鹅，并用那把瑞士刀学会了杀鸡、杀鸭、剐鳝鱼。还栽种有9厘自留地，但因不懂栽培又没有肥料、没有劳动能力，菜地竟长草不长菜。就生活而言，我比村里的其他孩子要苦得多，幸好我母亲没有缠过足，他们都认为我母亲不是汉人摩（彝语：指女性），和他们一样是彝族，就把我也当彝家人对待了。

人生就像过山车，有起有落，不可能一帆风顺，一次次的辉煌不能代表现在，对于湖北老家的亲人是不能认知和理解的。我和父亲到新合村不久，坝心医院转来湖北天门永潍河乡上寄来一封信。信上说，她叫崔爱珍，是父亲的亲妹妹，也就吾辈的孃孃，在父亲离开老家后的1934年出生，算下来爱珍孃孃应在36岁左右。信中说想来看望父亲，想一家人迁移到云南来就业和生活，她以为父亲还是前些年的一院之长哩！唉，爱珍孃孃还以为乡级卫生院院长有多大的权

90年代初，崔爱珍和子邓应成及孙女

利呵。让父亲帮她们找份事情做……望回信。

父亲看完信后，对我说：“儿子哦，你们还有个爱珍孃孃，实在是想不起这个妹妹来了，信中还告知她下面有一个亲弟弟——崔永清（1943—1997，又名：长清），另有一弟弟叫保安，这一概都不晓得啦，应该是后妈生养的吧？！你看看信上写的该如何是好？我们云南的一家人都沦落成这个样子了，自己从踌躇满志到万念俱灰了，手又不能握笔写字，这信怎么回呢？”

在当时的情况下，父亲不知怎样回信，最终也没有回信……现在想来，真是难为啊！

是呀，当下远亲不如近邻。倒是父亲的人缘关系很好，除家里的亲戚来看望带些好吃的东西来外，会有些群众和一些铁杆朋友有事无事都会来看望他。有远处来的老干部、教师、工人、农民等等，他们给予父亲生活上关爱和思想上安慰，对于我来说也会受到他们精神上的褒奖、得以些物质方面的享用。其中来过的有孙广培阿叔，他每次来都扛着几条异龙湖里捕来的大鱼、带来酒菜，亲自操刀掌勺，一起吃喝完了即走人。

父亲与朋友和孙广培及其侄儿子于80年代初在异龙湖

俗谚“一方水土养一方人”——实为“养八方”。父亲竭尽全力做他该做的事，流着该流的汗水，不再纠缠过去那些窝心的事。他相信只要坚持下去，命运自然会给他应有的赏赐。

我记得，当初在医疗站，父亲穿着白大褂、带着病残的身体坐诊，如同医院带实习生一样。他口述，由王伯珍或者是孔祥信写处方或病历；指导从红土坡村抽调来的白转仙、海马里村马绍华两个赤脚医生配药、打针……过了不久，父亲身体有些恢复，不再用人代写处方、病历了，自己将圆珠笔握在手心中央，极为艰难别扭地书写。这时的父亲，真是个了不起的人，他没有颓废，没有消沉，仍坚守着善良，不断地探索医技，始终怀着行医的德尚，朝着自己的梦想，艰难地逆行，他坚信没有达不到的远方。

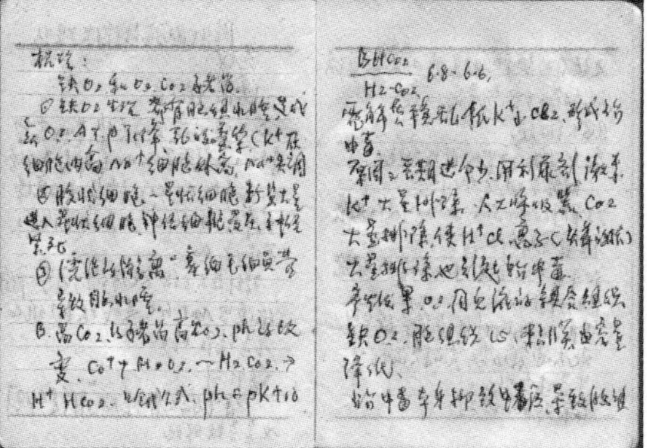

父亲彝乡医疗站时的照片和工作笔记

在新合村医疗站不长时间，接诊的病人便从自四面八方慕名找来，不用说附近村子的病人了，就连公社革委会主任张缄的夫人，常带着孩子从龙港村子走四五里的路来新合村看病，还有石屏本县高寒山区和邻县建水一带的患者。而且多数都是转外就医效果不好，或者费用过高承受不了的老百姓。有的在医疗站附近村子人家借住，多数挤进孔家大瓦房，在二楼过道上就睡下了。

父亲医者仁心，平生养成，见不得别人遭受疾病痛苦和折磨，更不要说因病造成家庭的不幸或致贫了。曾有几例血管肿瘤患者，其中有一个七八冲村子的姑娘，长得很漂亮，家境也很好。只因颌面下方、脖子上长了先天血管肿瘤，从广州手术治疗回来，脖子接近颌面处留下几条创伤痕迹，家里因此到了快揭不开锅了的境地，也就等于经济上不允许她重返广州治疗。

一天，骄阳似火，热得不行，只见她用块花布把自己的脖子和半个颌面围着，前来医疗站就诊。父亲一看那紫红色斑块，凭临床经验分析诊断为前期手术不彻底，出现血管栓塞旧病复发，必须抓紧时间进行溶栓治疗，从而使受阻的血管灌流区域重新获得血氧的供应。因此，为达到血管再通的目的，父亲对她采取了中医针刺、烧灼、熏熨，以及隔药灸等施以传统手法治疗，病情日趋好转，直至完全康复痊愈。

其他类似远道来的血管瘤病人，父亲会因病而异，采取不同治疗手法。如县城工作的一位长者，把女儿从龙朋山区带来医疗站医治，父亲付诸实施中西医结合的手段治疗，给予必要的手术摘除和中药调理，都使病人痊愈了。人们夸耀说，崔医生是妙手心医，妙手回春，让一个个美丽的姑娘重返美好的生活、重返美好的家庭和重返美好的社会。

靠山吃山，靠水吃水，既养医者又医患者。医疗站的赤脚医生们，每月要到建水的医药公司采购药品。在药品供应紧缺的情况下，父亲就让阿叔祥信到上、下假巴（两个村子，“邹”姓为主，均为汉族）的山上，和那里的赤脚医生邹文华去挖中草药来弥补。又通过白转仙的丈夫经常上山打猎的便利，收购来麝香入药专治闭症、肿毒、中风等病症，还相应配合针灸熏熨疗效来医治病患。

他在百忙之中，视当时环境条件和人员素质需要，每个月要腾出时间，注意挖掘培养人才，实行每10天半月上一课。在职培训大队医疗站的王伯珍、孔祥信、邹文华、白转仙和马绍华等“五名赤脚医生”。老街子、五合村的赤脚医生——代白士、何卫保等因就在附近离得不远，也会常来跟班学习，成就了他们后来的山村医疗工作。

开始时，他们重点学习掌握中医针灸学，依次进行针灸取穴、针刺灸法和治疗实操。父亲把自己纳入患者行列，让其他赤脚医生往他身上扎针。哈哈！父亲这一招极好，既培养医务人才提高效率，又为自己治疗中风后遗症，真是一举两得呦！他们还要每课必考，并与队里登记个人工分和大队发放补贴挂钩。

现在想起来，真有意思。往往遇到考试的头几天，邹文华和阿叔祥信会拿点花生、葵花子之类的东西给我吃。他们的目的是让我偷看考题并透露一下给他们，有一次被父亲晓得啦，他大发雷霆顺手拎起一根扁担冲我砸来，幸亏我立马跑下楼梯来没砸着。

当时，老烧窑家的老老少少都看到了，自己觉得堂堂男子汉挨打太没面子，立刻委屈的反击道：爸爸，我不管您啦！我要回坝心了，找孃（母亲）去告您打我！反正我的户口也不在新合村……然后，一个急转身，拔腿朝坝心方向跑。刚跑到老街两里处的黑泗海附近，就被从假巴来的邹文华追捕着了，紧接着阿叔祥信也跑到了。

两人围着我"小鬼长，小鬼好啊！反复跟我道歉……又担心我继续跑，强制背着我往回走。还说回去后，表示他俩会主动承担责任，不让父亲误解和责怪于我。还说马绍华做人不地道，扬言回医疗站后，要收拾打小报告的马绍华等等。后来想了半天？感觉到了父亲心底的酸楚，才有着恍然大悟，作为他的儿子更要学会光明磊落，从此读懂了父亲至上的教育和真挚的关怀。

还有一件悲伤的故事，我和父亲到新合村没几个月，他腿脚虽有了很大的恢复，但走路还不是那么利索。在一个晚上，已经到了入睡的时间了，父亲与阿叔祥信、邹文华在房门外客厅"嘀嘀咕咕……"说了一阵子话。随后，跟我打了声招呼，3人就趁着夜色，匆匆忙忙走了。

直到凌晨5点多，天还没亮。父亲气喘吁吁地回到屋里，坐在小凳子上，一支又一支地吸着我帮他手工制作的卷烟，还不停地叹气，把我弄醒了。父亲见我醒了就说："白支书，快不行啦！"又说"让我去跟他看病，发现肺叶内部发炎，咳嗽不止……据他说，是别人用枪木托打成这样……"白支书还上气不接下气地说："崔医生，叫您来，不是看病了，这是医不好的？是想有朝一日，帮我跟组织讲清楚，我两个对党和人民是忠诚的……另外还有一桩私事求您，我的两个姑娘还小，有机会请给予关照一下……"

过了两天，晚些时候阿叔祥信才对我说“前天夜晚，我和文华点着火把，送你爸去底莫（村）给坝心医院的白高义（书记）看病，你爸本身就是脑卒中残疾呢喃？可劝阻半天不要去了，他就是不听，非要去。我们只好走七八冲上去，来回坡又大、山路坎坷不平，他手脚并用，几乎是两个人架着他爬上滑下地走啊！路上，更担心你爸爸再次发生脑血栓，那就完蛋了！小鬼，你说！要有三长两短，怎么跟崔家交代呢？”

最后，他又告诉我：“今早上，天还没亮，敬爱的白支书死了！”随后，慢条斯理地说：“白支书，我们在医院培训班就认得了，他是个好人！”又转话题说道：“我爹是继承祖业的巫师，他还活着的话，我肯定会叫他去跟白支书看下坟地、超度亡灵，回报感恩嘛。”

又过了几个月，来看病的人说，下放底莫（村）的许均阳因穷困潦倒，饮酒过度也死了。

这段时间父亲常说，自去年发生的脑血栓中风后，时不时见他心绞痛难忍，估计是已经早就患上心脏病了。到1971年国庆节，由大姐、三姐陪同，他带我去个旧参加二姐（二姐夫，姚俊宝）的结婚仪式，实际上是两亲家在个旧市下河沟家中，吃顿饭而已。主要还是在个旧市人民医院做身体检查，几天后检查结果出来了，确诊早些时候或至少在一年前就已患上“冠心病”了。只好开些西药带回，配合中草药自药自医。

在新合村那些日子，父亲特别宠爱他的大外孙——高凯。过上一段时间，会让大姐把他送来短暂住些时日。每当这个三四岁的外甥来到，床头的医书就自然搬开了，我就得从床头睡到床脚去了。这样，我们三代人就挤睡在这1.2米宽的“床”上……我白天放学回来总是带着他，拿着白永贵（父亲的干亲家）给我竹编的渔具去田里拿鱼、上山支扣子，或用自制的钢珠盘车推他出去玩。唷！我这外甥嘴甜，活泼可爱，十分讨村里人的喜欢，往往会

父亲和我与外甥（高凯）

有人带去玩耍，要找回他很费劲。

左起：二姐夫、外甥、父亲、大姐、崔嵬、三姐、二姐

人非草木，孰能无情。大队革委会把医疗站设在大瓦房，即使一半的房屋早已收归公有了，对于老烧窑家来说是不太乐意的。起初，他们更不曾晓得每天会有几十、上百患者络绎不绝地进出自己家里。但从过去崔家开办普济诊所以来和大瓦房的孔家来讲，也有20多年的医患往来感情。所以说医疗站设在这里，随着长期相处，也与他们有着更深的感情。

特别是老烧窑家“宪”字辈中，有两兄弟孔宪金、孔宪统与父亲的渊源似乎不比寻常。这两弟兄过去在白小七、白永山手下当过差。其中，叫孔宪统的独眼（龙）——老五叔。曾在1946年夏秋，父亲去斐尼伍山寨跟白小七治伤及手下的人医伤病时他还牵过马；老五奶是大瓦房唯一的长辈，她质朴勤苦，早年也是从他坎莫不远处龙潭田村子嫁到孔家来的，没有生育过子女，是个心地善良和勤劳的彝族老妇人，她只要有空常来帮我一起做饭做菜，操持家务活计。

在大瓦房的三四年里，每到晚上老五奶和几个年长的孔家人，时常带着手工活计上楼来摆龙门阵，还一起帮忙做医疗器械洗消和备份医疗耗材。尤其是到了冬天季节，一起围坐在火盆边谈天说地。平时父亲很少参与时事政治的讨论，并已淡忘掉过去的成功与辉煌，不过当提到自己学医经历和抗战历史，他的话匣子就打开了。

他的故事讲了他出家学医，弃学从军和参加抗战的亲身经历及与母亲的爱情故事，以及驻守建水142兵站医院驰援滇西抗战医疗救护。到1944年底，解甲归田当村医、开诊所等等。大家听得津津有味，让人叹服。对我此生也是莫大的鞭策和激励，心想有朝一日要当兵打仗去。

母亲撑起半边天

1970年9月，自从父亲下放到新合村生产大队彝乡医疗站后，坝心的家里只留下了母亲、二姐和大哥、三弟4人。母亲再次撑起了这个处在危难之中的家庭。要照顾坝心的家，又要牵挂在其他村寨的亲人，还要在医疗站上班。

在这个特殊的年代，母亲多次教育我们“下放农村是崔家人的又一次生活体验，磨砺本身就是成长进步的开始，无论环境怎样艰苦；经历生活怎样的辛酸。还没有把你逼到走投无路时候，假如把你扔到深山密林里试试，把你推到风口浪潮里试试，你逃生的潜能就会发挥出来了。”

弟弟多年后幽默地说：“现在常说：常吃素，好养肚，吃米带点糠，营养又健康。那个时候，人们可不是这样的认同的。我们下放到农村里，母亲太苦、太累了，带着我们撑起这个家。她和二姐在坝心生产大队合作医疗站上班，按照全劳动力对待，所在第二生产队每天计10个工分，大队上每月补9元钱；二姐10个工分，补6元钱，跟在王家冲大队医疗站上班的大姐差不多。”

“在坝心二队，每年人均才分得200多斤谷子，一家人的粮食缺口大，我从小就挨着饿肚子的痛苦。在家里生活极端拮据的情况下，母亲会让16岁的大哥去建水县城农贸市场，购买红薯加工而成的莎悠丝。1971年的时候，莎悠丝卖到5、6角钱一斤，一买就是上百斤的挑回来，每天掺杂少量大米一起蒸煮来食用。没有条件荤素搭配，能吃饱就不错了，更不可能合理饮食。”

“还有就是县里豆腐厂会用马车拉来豆渣，4分钱一斤买来同青菜拌煮着吃，因无任何油水掺和烹制，那味道跟猪食（料）差不多，家里人都不太喜欢吃。有时母亲下夜班回来会悄悄进到厨房里，把吃剩的豆渣煮青菜用来充饥。显然白天她把莎悠丝饭省给我们吃了，这也是母亲平时生活习惯了，总是把稍好一点的东西先让家人吃，为避免浪费剩下的她才吃。还有是家里养着两只老母鸡下了蛋，都是给幼小的外甥高凯吃，自己上山挑柴才会轮着享用。”

“有一天，母亲可能是接诊病人太累了，晚上11点后回来就出现昏迷、晕倒了……姑妈用三姐、四姐从大桥河村知青集体户带来的红糖煮了两个荷包蛋给她吃。她坐在躺椅上，有气无力地说：‘自己代谢机能差不能吃，会引起血糖升高……哩。’我那时年纪小，对什么代谢机能、血糖高没有认知？只认为她是舍不得吃呀！她艰难地起身来，硬是把荷包蛋喂我嘴里。现在母亲已经远去了，如今想起，无不让我心酸难过。”

下放在农村的崔氏家人中，年纪最长的母亲50多岁；年纪最小的弟弟不到10岁。这一老一小应有起码的身体健康需求保障，也就是基本的生活起居和健康运动，可他们享用的是填不饱肚子的莎悠丝饭和超出身体承受的劳作。弟弟每逢星期天还要上山砍柴；每天都要到一里之外挑水；然后要下地浇菜水和打猪食，难免对弟弟的学习和身体发育有影响。母亲对她这老儿子看在眼里，疼在心上，为生活和家务上不能给他照顾很难过，可她又不显露于表，只能时常督促检查弟弟的作业完成情况，用这种方式倾注做母亲的爱了。

二姐也回忆说：“一晃多少年过去了，我和母亲从医院下放坝心合作医疗站那4年，每天要接应上百名就诊病人，我们这个医疗站撑起了坝心门诊医疗量的大半个天。就诊病人主要分为两类：一类是本大队户籍人口，在年度计划按‘以支定收’参加大队的合作医疗，所支费用由各生产队从集体经济收入中扣缴，医疗站根据合作医疗制度实行免费医疗；另一类是更多外地未参加本地合作医疗的病人，按照实际发生的药品、诊疗和服务成本价格，收取就诊人员应支付的医疗费用。”

下放农村时的母亲与弟弟

下放4年的母亲及大姐、二姐姐；姐夫国有、俊宝；三姐以及外甥高凯、高娅

“医疗站按现有医护人员分工，我们母女和一起下放的王福秀到了医疗站合并早期培训学员王士民、擅长中医王合元和大队上推荐来的王冬有等赤脚医生，实行医生与护理；西医与中医人员的大致划分，为适应更多

跟着医院下放医师随之来的门诊病人就医，母亲循循善诱，言传身教，帮助大家提升医技和服务水平。1970年开始的半年时间里由母亲带班，王士民、王合元所作病情诊断和处方开具，须经她的复查审签确认。至于我从医已经10年，一人独揽治疗室的工作；王福秀和王冬有负责中西药房的工作，忙不过来的时候，也会相互搭把手。”

“那时，经推选并报大队部同意王士民任站长，当然他身上的担子也重。我们几个护士要轮流值夜班，业务上处理不了的病人，会让人去喊母亲来处理。现在经常浮我眼前的是，她左手抬着一大搪瓷口缸冷开水、右手提着马灯‘唰，唰唰……’地迈着步子，来回医疗站至家里四五百米的砂土路上。最使我难忘的是，有时几里外的村子有农户孕妇生孩子，她不管天阴下雨，都是随叫随到。”

“曾经有过一患麻风病孕妇从龙潭田抬下山来，住在新街火车站旅店临产，母亲闻讯后，无所畏惧，仍然冒着大雨就去接生；还有一次接生时她视力不好挨得太近，孕妇养水破裂喷她一脸，她用毛巾擦拭后若无其事又继续接生；更难堪的一次是养水呛进了新生儿口腔引起窒息，她急忙俯下身子撮起嘴，对着新生儿口腔将养水吸吮出来。”

“哎哟，真恶心……太脏了！我捂着嘴嚷嚷道：‘孃，您老是为了别人，为难自己……’事毕，母亲疑惑地瞅我一眼，略有些气喘地说‘要设身处地想想，这是一个鲜活的小生命呵！如果养水再呛进肺里，那就没有救了？’又劝导我‘小萍呀！产科遇到类似情况多了，你姑娘家不要少见多怪，以后你也要学会处理嘀！’她这些自然而然的举止，正是她医德医风的体现，也是她对病人负责和对医生崇高职业的践行和诠释，感动得产妇家人泪如雨下……”

二姐更难忘的是“父母昔日的老朋友徐诚、张洁老师，因他们的第二个儿子（徐朝伟）患急性黄疸肝炎，由其母张洁带着来到我们家里求医，父母诊断后，立刻将其收治在司马第家中，像自家亲人一样热心接待，吃住和医药全包，他们母子住了一个多月，直至儿子完全治愈，才回乡会桥新房小学校的家里。他们母子走后，母亲对我说：‘珍惜永远是相互的，我们希望别人珍惜我们，那我们也要真心地去珍惜别人在困难的时候对你的所求呦！’”

“母亲付出的爱和辛劳太多了，各式各样的病人处理得太多了，她的忧伤从不写在脸上，长期以来从不为个人身体考虑，历来不会跟自己说声对不起，而且总是学不会遗忘。在医疗站早、中、晚三个班，每天工作10几个小时，缺乏运动又受外来精神上的刺激。发现她多饮、多尿、多食的现象，这是因为她长期的倔强，身体内显然受伤了，也估计那时如她所言，已经带上早期糖尿病了。但她还在继续工作根本顾及不了自己身体的异常反应，成天忘我地往返于医疗站至家里‘两点’一线之间，再苦再累，也不抱怨，透支着自己已经虚弱的身体。回到家中，还有患病的亲友在等她医治，现在来看母亲的一生中，她就是这样一个默默无闻和无私奉献的山村杏林人，一个平凡而心存大爱无疆的人，一个深受群众尊重和爱戴的人。”

1973年6月，为参加石屏县坝心学区统一考试，母亲让人把我接回来坝心，又把1971年12月招收在开远州汽车运输团（公司）上班的四姐叫回来，给我和弟弟作考前辅导。考完试之后，父亲也回来商议我和弟弟小升初事宜，时间一天天过去，父母还在发愁呢！同起下放的王伯珍从新合村带口信来说：崔嵬被录取石屏一中读书，这谁都不敢相信？一下子，可把我母亲高兴坏了……

为此，母亲催促父亲和我返回新合村去，到了孔家大瓦房医疗站的楼上，王伯珍果真递给父亲一张《石屏第一中学校录取通知书》上面的内容是“新合村小学校：你校崔嵬同学，按照石屏县统一招生考试择优录取的原则，被正式录取我校初中部（初七六级三班）学习，务必于1973年9月3—5日到校报道（注册有关事宜，详见招生简章）。石屏第一中学校（公章）”父亲看完《通知》和《简章》，欣慰地说：“儿子，我们把养的猪仔、鸭子处理了，你好去石屏一中上学呦！”

事后就我录取县一中的过程有人透露，当初在推荐会上，校长邓莲珍（弥勒人）手里拿着笔记本，传达周总理专门签署下发了一个有关加强学校管理、恢复考试制度、整顿教学秩序的文件精神。然后进入今年小升初毕业生推荐程序，贫管会代表提出崔嵬的户口问题？发生了争执……邓老师严正地说“管它户口不户口的？他是我们学校的毕业生，都属于坝心学区管辖嘛。崔嵬的考试成绩靠前，就必须让他去……”这话很强势，无愧于军嫂任校长敢作敢为，没人扭得过她。

新合村小学校毕业班（部分）合影（1973年8月10日摄于建水）前排左一邓莲珍（老师）；后排左二崔嵬

石屏一中教务处和总务处及喷珠池、喜客泉

至于弟弟的运气就不那么好了，据校方知事者说，崔敏正准备就读石屏第一中学的时候，有人把他的名额给替换了。弟弟只有按毛汝富老师的意见和建议，录取在坝心小学附设初中班学习。

重逢于山间林场

1966年，大学考试中断，4年之后到1970年学校才重新开始招生，实行群众推荐、领导批准和学校复审相结合。选拔推荐对象为：具有相当于初中文化程度的工厂工人、贫下中农、插队知青、现役军人和基层干部，当然也有开后门上学的学员。人们把这些大多从工厂、农村、部队选拔和推荐上大学的学生，统称为“工农兵大学生”，无论普通班、专科生2至3年毕业出来，即可成为国家干部或公职人员。

为参加1973年考试，大哥崔远鹏作为政治思想好、身体健康、表现特别突出的插队知青，经过坝心革命委员政治审查并评议推荐，准备参加考试。为此，坝心小学附中的原任课老师义务为他进行政治、语文、数学、理化“四科”的专门辅导。6月间，他满怀豪情地参加大学生招生考试，考完试后感觉很好，到了7月所公示的考试成绩在坝心考区200多名考生中名列前三。可是，院校招生通知下来居然没有他，和名列第一的全增发考生一样落选了。

猜想是石屏县革命委员会或者学校招生革命委员会复审时……整掉了，究其原因是不是由于“黑五类”（地主、富家、反革命分子、坏分子、“右派”分子）家庭出身的子女被“拉黑”呢？但父母是自由职业者成分，从未定性为“黑五类”呀！也无法去问为什么？有时想一想，奇怪啦！不是说考试前政审过关了，亲人们百思不得其解？

后来，偶然间看了8月10日《人民日报》发表张铁生写的“一份发人深省的答卷”和编者按语，才知道真相是这样的，考试成绩只作为参考，今年大专院校招生，基本上按照1972年的院校推荐制录取。

大哥落选后，心里很委屈，情绪不太好，觉也睡不着，饭也吃不香，一向健康的身体，显得有些瘦下去，是不是生病了……一天夜晚，母亲去堂屋隔出的小屋子看他时，见他一人点着煤油灯在翻阅《唐诗选集》《诗义会通》和《毛诗》等家中藏书，母亲就坐到床沿循循善诱地对大哥说：“孩子，妈妈年轻时喜欢李白的诗，喜欢他的行云流水、天马行空，喜欢他的傲岸不驯、阔大豪迈。但随着年龄的增长，我越来越喜欢杜甫的诗，觉得他的诗要细细体味，慢慢咀嚼，那种味道醇厚而持久，感情深沉而炽烈，沉郁顿挫中，多少事欲说还休的感觉。因此，读杜诗是需要通过人生阅历体验的，怪不得人们说‘五十方能读杜诗’，可能就是这个意思了。”

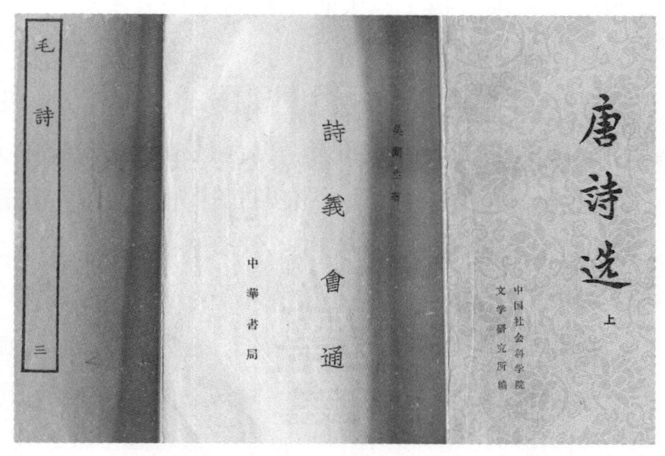

家中藏书《唐诗选》《诗义会通》《毛诗》

又沉静地对他说“孩子，在生活中没有受到过冤屈、误解，就不能深刻地理解那种百口莫辩、沉冤难雪的痛苦，经过这些磨砺你才会更坚强。现在的学校学制缩短了，教育要革命，要学工、学农、学军注重实践了，也要批判资产阶级。我读过旧学校，在教会医院当过学徒，湘雅医学院学习时，因抗战中断学习出来从医，一路走来几经不测，这就不说了……只是说30多年来，我和你爸也是在实践中，边学习、边行医、边生活的过来呦。”

“你是我俩的大儿子，才18岁且天资聪明好学，要学会在社会夹缝中洁身自爱，以后可以选一门手艺学习钻研，到了将来，如人们说的‘天干三年，饿不死手艺人。’我不相信你学不出来……学的东西多了，将来路子就宽，这样一来社会阅历也丰富了。

你就可以慢慢地领悟‘五十方能读杜诗’的内涵，到我们这个年纪的时候，对生活的体验就会深刻，就会更深入地理解寄寓诗中人生的深沉和真谛啦。”

母亲的这一席话，句句经典耐人寻味，对大哥启发很大，对他以后的成长很受益。

至此，大哥上大学不成，他的好伙伴蒋文有约他去生产队砖瓦窑上干活，每天可计10分工分。收工回来二人开始学着做木活十分上劲，欲当个木匠帮人制作家具……

不久，省测绘局来坝心招工，大哥仍按贫下中农推荐、大队上报、公社革委会审查的程序去应聘，招工单位负责人对他很赏识，许下愿，还告知他去到单位要进行2年的专业培训才能上岗等等……可是，没过3天就回话了，说是测绘局要的是根红苗壮的人，已经换成一个干部的儿子去了。这样一来，去测绘局工作一事化为了“泡影”，只能又是空欢喜一场。

这一天，是一个不同寻常日子。我从县城坐火车回来，只见大哥给我做的画架、画箱摆放在堂屋里，并在画箱给我写下一张字条，我看了字条上的“留言”，才知道他跟着朱德明（老六）亲叔，去个旧市黄茅山矿上搞建筑学手艺去了。我爱不释手地欣赏完了大哥给我做的画架、画箱后，就去找新合村迁移来的小猪，这时母亲对我说：“孩子，莫找啦！那小猪嘛？是个小耳朵猪（滇南微型猪），你们在新合村养了一年多，才有70多斤重嘎。”

我看着母亲满脸的笑容，她对我高兴地说：“孩子，告诉你一个好消息，原先坝心公社奎（中彩）书记当副县长下来传达政策，医院下放的全部职工和家属要收回了。你爸回来就到公社开会，听了传达我们回收医院的事。我们昨天邀请了几个老朋友和老同事来家里玩，没有什么好招待人家的，反正要回医院上班去了，加上你大哥去个旧矿上打工了，留着这小猪你弟弟一人照顾不过来，我叫人把它杀掉，用来招待他们了……”

1973年11月，坝心医院职工及家属下放人员正式收回。因为大哥是初中毕业生，仍处于知识青年上山下乡的范畴，没有跟家里一起回收，他的户籍继续留在坝心二队作为插队知青。基于个旧黄茅山的建筑工程项目完成后，他从个旧回来也照常住在司马第家中，闲时看看家里的藏书；学着制作些桌椅板凳等实用家具，修缮司马第这幢破损的老宅。还邀约他的伙伴在天井旁边打了一口水井，虽然水井里的水比不上一二里外水井里挑来的水水质清澈、甘甜、口感好，但也总算是解决了一大家子和邻里，尤其是司马第住着的三四户七老八十的残疾老人、盲人“五保户”的生活用水这老大难问题。

到1974年9月根据家庭和个人意愿，他将水井修好后，从坝心二队插队知青转换到新合村生产队知青集体户。

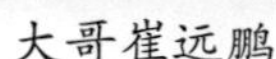

大哥崔远鹏

“蝴蝶牌”缝纫机

三姐崔远新

同年12月，此时在1969年2月就下乡到大桥公社的知青，除三姐一人外，其他知青都先后被招工离开了大桥村，只有三姐一个人还住在生产队仓库的楼上，每天往返队里的缝纫社上班，一个人倍加孤独、寂寞和恐惧，加之生活上比较艰苦，健康每况愈下，父母十分牵挂……是年底，正好碰到新街子人在县知青办当主任的毛金才带孩子来找母亲看病，母亲向他反映了三姐的情况……请求县知青主管部门给予照顾，让她回父母身边来。

没多久，县知青办批准，改为病残知青，作为城镇待业人员将户口迁移回坝心。三姐难忘的是“在离开大桥河村时，去邮电所与母亲通了电话，母亲在电话里交代我，要记住贫下中农的恩情，把所有的铺盖被子、生活用品和剩下的粮食，以及饲养的猪鸡等捐献给贫困农民家庭，只身一人回来就行了。”

三姐自幼多病，身体不好，回到父母身边后，在家庭的关照和父母亲精心的治疗下，身体逐渐恢复。父母考虑她今后的就业问题，还买来缝纫机，指望她将来做些手工活计，能够自食其力维持生活。平时在家里，还要与姑妈一起带两个侄男侄女（高凯、高娅），并担负起家里的一些家务事，于1975年初，她被安置在坝心合作商店工作。

大哥到了新的知青集体户，按崔氏“精勤于业，吃苦而劳，取之正道，邻里相处”的家训。在短短几个月时间里，总结几年来农业、农村和农民工作积累的经验。19岁的他凭着自己为人品格，良好身体素质，成天埋头苦干，很快当了集体户的户长。在他的团结带领下进行农村科技研发，改变集体户知青在社员群众中的形象，开创沼气池建设试点。

在开挖沼气池时，大哥突感肾绞痛，倒在池坑里，被同户的知青们用竹篮子抬来坝心医院，父母给予及时治疗。不几天，他病好后继续回到集体户，仍然是干劲不减，感召力更强，大家付出辛苦努力后，集体户方方面面均取得显著成绩，被评选为“云南省1974年度上山下乡知识青年先进

回到坝心医院工作的父亲

大哥在集体户门前

集体户”，大哥加入了共青团。

到了1975年6月，大哥得到新合村大队上的关心和照顾，经大队医疗站的使用观察，聘他为兼职赤脚医生，发挥他过去在给父亲治疗中风偏瘫学会的中医针灸技能。可享有赤脚医生每天10分工分，每月4元钱的待遇选择。恰在这时，从县上分来一个推荐昆明医学院“工农兵大学生”的入学名额，推荐条件是可以教育好的子女。公社推荐了新合村知青崔远鹏，并催促他抓紧时间填表上报《昆明医学院工农兵大学生入学推荐材料》。大哥心想上学同招工是一件事情，如俗话说“事不过三”，这次应该成啦？可材料上报县里还是被打了回来，说是崔远鹏从来就不是“黑五类”家庭子女，不符合“工农兵大学生”推荐条件……所以这次推荐入学还是未能如愿，亲人和朋友们为此感到惋惜和难过！

此时，何宝寨煤矿已经恢复工作的李德功矿长，对崔家长子上学和招工事几经波折，有所耳闻，深表同情，告知煤矿要招收30几名工人，让大哥去应聘。就这样，1979年9月，大哥当了一名何宝寨煤矿的井下矿工。

1975年的春夏，在家里下放回收一年之后，父亲才带着二姐和姐夫，弟弟及我和两个外甥一行7人从坝心坐小火车，在昆明转乘成昆线，坐上（准轨）大火车到了一平浪，去看望“文化大革命”初期离开坝心的大奶奶。

我们在一平浪下了火车后，又走一大段山路，才到达婶婶所在的林场。在林场，父亲愈见75岁的大奶奶，思念慰藉之切，他快步走到林场驻地的球场，大奶奶听到“妈妈……”一声撕心裂肺的长喊，惊叹啊！声音在山谷回荡，化作了千言万语，蕴藏无限的思念，穿越了离别近10个春秋的时空，我们和大奶奶重逢于山间林场。只见父亲上前下跪在大奶奶跟前，母子俩抱在一起，眼泪顿时浸湿了眼眶。

在一平浪林场婶婶处，叙不完的亲情……我们短暂团聚了3天。婶婶给我们买了当时最流行和时尚“的确良”衬衣；把屋里新做的衣柜、桌子、椅子和大木箱子包装好，通过火车托运到坝心。同时，我们护送着崔家的大长者大奶奶乘坐火车，短暂停留昆明后，又在开远四姐处中转，回到坝心医院的家里让她老太太逸享天年。

第一排左起：堂妹崔林、叔叔崔俊、婶婶杨华芝（抱着外甥姚军）、大奶奶何志清、父亲崔永龙、外甥高凯；第二排左起：弟弟崔敏、二姐崔远望、崔嵬、二姐夫姚俊宝

可怜天下父母心！父母既要操劳众多患者，又要操心家里的老老小小。一年之后，大奶奶成天吵闹并叫嚷着要回湖北老家去，要与1969年从昆明下乡插队到老家的远辉姐一道生活，不愿意百年之后安葬于云南。叔叔收到去信，无奈来与父亲商议，叔叔告知“远辉已经招录去襄樊中铁四局工作，这不现实……”初步想法先送返到一平浪，可大奶奶年事已高，生活上特别苛刻讲究，婶婶身体不好还要上班，叔叔常年出差在建筑工地，妹妹崔林年幼在上学，谁来照管她老太太呢？经商榷，再得到母亲予以理解和支持后，一致同意将弟弟转学到一平浪林场不远的禄丰县第二中学上初中三年级。

这样做，只为了减轻叔叔、婶婶的家庭负担，也为了弟弟将来的就业问题，16岁的弟弟肩负着父母及全家人的心愿和重托，于1976年9月转学并陪伴大奶奶到了一平浪林场。家里只需每月汇给生活费用，总算给予父母一些解脱和宽慰。但是，弟弟走后，与父母相见时少，留给父母惦记时多，父母只为了崔氏宗亲忍痛割爱，并寄希望在叔叔、婶婶的教育培养下，弟弟会有更加光明的前途。

从此以后，大奶奶的生活起居有弟弟照管了；9岁的堂妹崔林也由他照看了，并承担了繁重的家务劳动，柴米油盐样样备份充足，挑水洗衣做饭样样行，家里整理得有条不紊，可把叔叔、婶婶乐坏了……其间，弟弟在禄丰二中学习勤奋刻苦，也得以婶婶对他倾心辅导，顺利升入高中学习，还担任着班长。

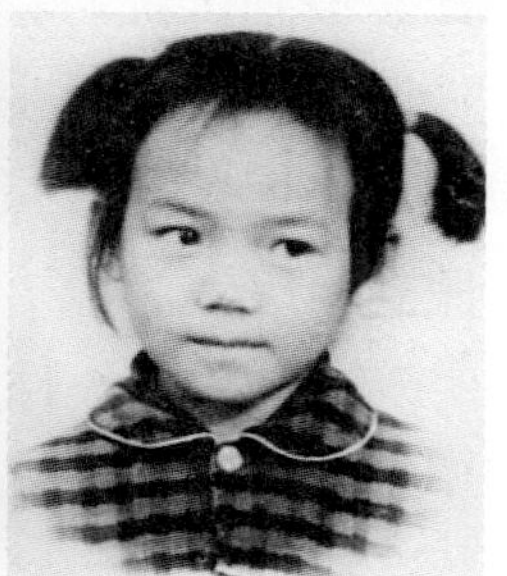

大奶奶、叔、婶、崔敏、崔林

春风又暖好行医

话说1976年，是中国历史上极不寻常的一年。1月8日周恩来总理病逝；7月6日朱德委员长与世长辞；9月9日中华人民共和国的缔造者毛泽东主席逝世。之前的唐山“七二八”大地震死亡24.2万人；10月“四人帮”被一举粉碎，延续10年之久的“文化大革命”结束了。

父亲回到了坝心医院工作后，虽然没有恢复他在医院的院长职务，但只要能工作，可坐诊行医，父亲就感到愉快和舒心，感到满足，很快就适应过来了。这是因为他们几十年的山村医务情怀，几十年为民诊病疗伤中形成的深深医患情，根植在父母的心里；医务工作者神圣使命，医者的德行操守，父母一辈子都没有忘记，顺时逆时的坚守，使重获工作的父亲，更加忘我的投入，真想把耽误的时光追回来，为基层医疗工作，为生活在山乡村野的百姓治病疗伤。

就父亲本人来说吧，没有院长职务的他，精神上依然显现着睿智和坚定的气质，工作上他为人更加低调，与同事相处和蔼可亲，对待患者温馨又从容。也好像是历经多年的风雨，多了看透世故人生的城府，使他眼角隐约添了几条鱼尾纹，与打仗时左额留下的弹片伤痕相映衬，焕发灼人的坚毅，让人浅唱低吟。

曾在坝心医院工作过的袁晓琳在她《难忘的一件事》一文中回忆道："我1973年从红河卫校医士专业毕业，被分配到石屏坝心医院工作。但到医院后，乡镇（当时行政划分为区）医院的规模比自己想的条件要差得多，医生看病完全就靠听诊器，体温表和血压计三件器械，好在坝心医院的老崔医生在石屏是有名气的，他临床经验相当丰富，我就跟着崔医生。"

"工作几个月后，有一天我值夜班，天已渐黑，突然一个被砍伤的农民被人抬着来医院，大老远只听病人家属在喊着崔医生，救救我家儿子吧……没过一会，崔医生小跑着来到住院部，那时坝心电都没有，就靠着点煤油灯上班，只见崔医生一边问情况，一边让我做他的助手拿器械，随时准备抢救；不一会又来了一个一岁多的小孩，高热抽搐，借助手电筒一看，患儿全身片状红斑，口腔内夹黏膜可见典型的麻疹白点，体温40度，再一听双肺满是湿啰音，崔医生即诊断为麻疹合并肺炎；这时又有一个上呼吸道出血的病人，边走边吐血，一跤就摔倒在诊室边，怎么办？此时，崔医生一边叫护士去喊其他未上班的人来参加抢救，一边吩咐我抢救小孩，我还未单独处理过这样复杂的病人呀，我当时有些慌张，崔医生在抢救出血患者的同时，还马上告诉我：要先吸氧、降温、静脉输注抗菌素等抢救方法，一直坚持到深夜。"

"这时候，崔医生又及时开导我，以后遇到这种情况，要沉着冷静应对，检查清楚病情后再尽心尽力救治患者……我感觉崔医生凭多年的经验能及时应对这么复杂的情况，一定要在今后的工作中好好地跟他老人家学习。”

“以上事情的经过对我的教育触动非常大，乃至后来我调至石屏县医院，我对工作都是认真对待，一丝不苟，崔老的教导一直影响着我，对患者我从不敢马虎，都是尽心尽力地医治。”

张成武医生回忆说：“那些年，崔老医生全身心融入农村医疗事业中，与群众结下的感情很浓厚，他同患者及乡亲们的言行举止，使我们深受感染，那时医院有些方面条件很差，起码的交通工具都没有，远程会诊和抢救病人时，大半时间都是我用自行车驮（带）着崔老；杨家来也骑车带着诊疗和药品箱子跟在后面，早出晚归，有时回不来，就住在农户家，太辛苦了。我们都知道他得过脑卒中又带有冠心病，况且快60岁的人了，生怕在外出工作中发生什么意外，又无公伤福利待遇制度作保障……真是担心不已。”

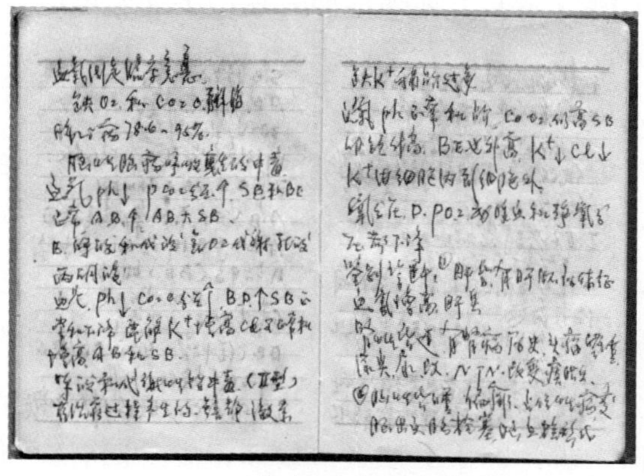

父亲每天身上装着的医疗巡诊日记和工作照

还在1973年的时候，时任坝心医院院长张增庆才40岁出头，父母亲诊断他患疑似肺癌症结。前期转入个旧云锡职工住院医治，经检查左肺有结节灶，肺癌包块位子不好、不适合手术，只好回来寻求保守治疗。其爱人李惠芬找到我父母帮助，恳请对张进行中草药治疗，可他肺癌进入中晚期胸腔有积液，只好抽干净胸腔内积液灌注化疗药物，并让他服用中草药进行综合治疗，控制癌细胞全身性转移扩散。

1976年的夏天，我放暑假在家里。这天中午我做好饭菜等父亲回来吃饭，过了2个多小时仍不见来，很着急！就跑到住院部2楼，准备请父亲回来吃饭，才知道父亲是忙于抢救张院长。这时父亲已经非常辛苦了，还在为逝者穿寿服……我心里想，这些丧后事，不应该由医生来做呀！这究竟是为什么呢?

父亲回到家，饭也吃不下，还在对我说："癌症仍难以治愈之病魔，我们为此竭尽了全力，延续他3年的生命，现年仅43岁就走了……唉！"父亲叹了一口气。"这个家庭失去了这棵'顶梁柱'，留下几个年幼的孩子，最大的儿子张俊在一中上学，最小一个女儿长期瘫痪在家，没了爹的家真是一个家庭最大的不幸啊！"听父亲这番惋惜的话，不觉产生一种共鸣，是呀！一个再难的家庭只要父母还在，比什么都重要。同时，目睹了父亲对待这样一个接替他的，已逝的院长，竟然如此宽以待人，更感觉到了父亲崇高的为人品格。

在张增庆临终前，县里把陶村镇卫生院院长陆文贵调来坝心医院任院长。同期，上级卫生学校也分配来一些优秀毕业生；白高义书记的两个女儿也招收到医院做后勤工作，坝心医院还调入龙兰芬、董保美、李秀珍、白守礼等新人。医院还帮助培训石屏一中开门办学的红医班学生，后来有的被保送推荐到上级医学专科学校学习，也成为未来的山村杏林人。

那时父亲只要不外出巡诊，无须顾及世间任何琐事，专心致志研究临床医学，借鉴山村医疗站的体制运行方式、中西医结合治疗的经验和做法，废寝忘食，孜孜不倦，不分白天黑夜带着一班年轻人，兢兢业业为患者服务。随时可见父亲穿着白大褂，脖子上挂着听诊器，手上同时在写着病历单子，或是手把手指导年轻医生实习和操作。

一天，父亲带着一班实习生，到了坝心寨子农户王长生家里，作血管闭塞性脉管炎中西结合治疗现场教学法授课。因两年前，王长生下肢患脉管炎病变，导致肢酸、胀、麻、木严重，小腿溃疡，一瘸一拐的行走。家人曾送他到了个旧市人民医院住院治疗，主管医生让他接受截肢处理。他看到同病房的患者已经第二次截肢，非常害怕！自己坚决不同意截肢，只有痛苦失望地回家来，忍受疾病的折磨了。

这件事得从源头说来，王长生从个旧回来后，父亲在路上遇到他老婆，问起王长生病情和去个旧的治疗情况。他老婆痛心地说，我们不同意截肢，回来等死呗！父亲听后，急忙赶去他家里，王长生向父亲苦苦哀求道，崔医生想想办法救救我吧？孩子小，老婆身体不好，把我的脚锯了，谁来代我操持农活，一家人怎么活呀？

父亲回到家里后，埋头伏案查阅和研究了回医院后订阅的《中华医学》《中医杂志》和《针灸学》等书刊，以及有关中西医学藏书，结合平常临床实践经验，有了底气，凭着爱心，为王长生的脉管炎病制定了中西医结合治疗方案。经过半年的溶栓治疗后，患者下肢缺血、血栓闭塞、动脉硬化现象有了改善，疼痛麻木缓解或是减轻，成效十分明显。这更加坚定了父亲中西医结合治愈脉管炎疾病的决心和信心，他进一步调整治疗方案。

经过两年的精心治疗，病情好转后可以下海捕鱼，全家生计已有着落，还给父亲送来他打捞的鲜鱼。从此，这病人及家属笑脸取代了哭脸，站立取代了跛行，健康取代了疾苦，感激取代了悲叹，父亲也为治好这样一位疑难患者感到很欣慰。

在工作上，父母亲历来舍得放手，善于推举使用新人；往往在处理疑难重病时，会把勤奋好学的大姐、二姐和张乔英、叶琼仙、袁晓琳、张成武、杨家来、李官成等一些年轻的医护人员叫在身边传授医疗技术，特别是大姐学习领悟最快，只要有她的协助配合，父母显然更加得心应手，分担了他们不少压力。再说在医院，他们经常每天接诊一百多病人忙得不可开交，这也是下放回收后分散的病人集中到医院来了，医院也时常把医院的业务骨干派去各村寨上门服务，处理一些急重病人，避免都往医院挤来。曾记得关上村子有一例产妇难产，当天父母实在忙不过来，就让大姐带上护士去处理。产妇家里条件很差，照明所用是墨水瓶子做的煤油灯，光线昏暗不说，房屋里杂七杂八，室内空气可以让人窒息……

大姐让同去的护士，打上手电筒照着开始接生，好不容易胎儿下来了，但是胎盘下不来。大姐赶忙伸手进子宫探试，原来是胎盘与子宫壁粘连，脑子里马上形成条件反射，意识到父母曾经讲过的胎盘植入病例。大姐急中生智，又想到父母教过的手动剥离方法，把胎盘慢慢地剥离下来了，紧急施行止血术，作抗菌处理，终于母子得以平安！

大姐，作为石屏县坝心本土培养成长起来的医疗专业骨干，于1975年9月被个旧市卫生局选调到鸡街卫生院担任检验师，分配了生活福利住房，她的俩孩子被照顾到鸡街地区中心小学校和幼儿园上学，还补发了她在石屏县疏散下放农村合作医疗站期间，应该享有的个人工资福利待遇。

袁晓琳也回忆道：“四五十年了，在坝心医院工作期间，有缘得到崔老、康老的帮助，他们精湛的医术，毫不保留地传授给年轻人，像慈父母一样的谆谆教诲我们，让人们敬仰。生活上也同样对我们无微不至的关爱，我永远铭记在心，并影响着我一生的事业发展……”

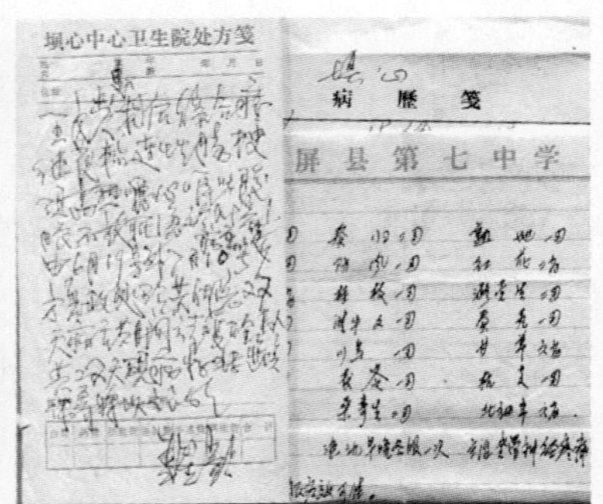

坝心中心卫生院处方笺

病 历 笺

屏 县 第 七 中 学

父母合影和他们开具的部分处方

左起：崔远信、袁晓琳和崔远望及张成武

坝心医院部分职工

坝心医院部分职工、石屏一中红医班学生

相逢一笑已暮年

1979年，以改革开放和以经济建设为中心的工作在全国展开，在社会主义现代化建设中，党和政府依然坚持把精神文明和物质文明作为一项极为重要的工作列入重要议事日程。坚持“两手抓，两手都要硬”。红河州人民政府开展社会主义精神文明宣传活动，文化部门组织文化下乡服务到了坝心。

父亲、孙广培和红河州下乡开展精神文明宣传的干部在异龙湖船上

那些年，联合国世界卫生组织，对我国的农村合作医疗给予了极高的评价，并在全世界范围宣传推广和应用。然而，随着农村实施分田到户，实行土地家庭承包制，乡村医疗卫生事业建设难免受到影响和冲击。反过来说也是农村合作医疗体系迎来发展和完善精神文明建设的最好时机，农村医疗理应由“政府主导，调整布局，扶持民营，双向转诊”的思路付诸改革。可那时坝心下放农村合作医疗站的待遇政策也没有落实，一些医护人员则设法调走，很多村级医务人员和赤脚医生与其他地方一样，大多回到村里当农民，有的渐渐演变为隐匿的乡村医师。

大哥远鹏到了何宝寨煤矿工作，每天三班倒，下井升井，从事的纯体力劳动，有的老工友下坑多年，身上或多或少患有风湿、劳损、疼痛方面的疾病。他从小受父母医者仁心的感化和驱动，一边干活上班，一边再行钻研针灸学，展现出惊人的勤奋和禀赋。利用工余时间帮工友作针灸、推拿、按摩，很受大家的欢迎，使这些常年劳作在井下的矿山工人所患腰酸背痛的疾病得以治疗，天长日久，他小有名气。尤其是对矿上职工杨发庭十几岁儿子因患小儿麻痹，只能在地上爬行，经大哥对他实施针穴治疗，半年之后即可站立行走，自己背着书包上学，上山挑柴火了，另一例小儿患支气管哮喘，也是大哥采取穴位注射疗法治愈。

1979年大哥在矿上深得群众推举和领导认可，调矿医务室工作，并参加石屏县第七期西学中医班的培训，从井下矿工成了矿上医生。1980年9月到1983年8月由煤矿保送到红河州卫生学校读书学习，卫校毕业后加入了中国共产党。

大哥在何宝寨煤矿工作的十余年间，与退休回老家贝贡的孔大爹（孔繁猷医师）家来往走动多一些，他家4弟兄与我们就在坝心医院一起长大，称1952出生的祥泉——大黑哥，称1954出生的祥庚——二黑哥，俩人参军复员回来在教育系统工作，二黑哥在建水西庄学区当校长，上下贝贡家里，会到煤矿大哥远鹏处聊聊天、叙叙情，互相勉励。孔大爹，生于1908年长我父亲12岁，下放回医院不久退休后回到贝贡，大哥时常去看望。讨教中医知识。孔大妈下到坝心来时吃住到我家，两代人的交往颇深，这一路走来也结下两代人深深地情谊。

父母及远信、远望、远新、远鹏、俊宝二姐夫，崔嵬以及外甥高娅、姚军

中共中央在全国开展了落实干部政策、平反冤假错案的工作。云南省委、省政府根据中共中央实事求是、有错必纠的原则，对被错划为右派分子的人进行复查，予以平反纠正。

此间，父母昔日的朋友、老乡和同事们得以平反和恢复工作，相互间恢复了亲密的关系往来。郑振英叔叔从建水县搬运社回到县人民医院上班，他让已在何宝寨煤矿矿上医务室工作的远鹏大哥去跟他学习口腔医学。那时，他幽默蛮风趣地对远鹏说，自己未养育子女无继承人，准备把手艺和本领带去阴间埋没喏！现你来跟叔叔学习了，我还要推后退休带你，再好好生生干上几年呦！

父亲和郑振瑛及其侄女在石屏宝秀秀山

1978年10月，我高中毕业后在龙港学校（原海东中学）校初中班任代课教师，一天是个周末，在家闲着看书、画画消遣。忽然，一个穿着朴素的老头，背着一个布挎包，手里还拎一个白布袋子装有他种的芝麻，用通海口音和蔼地问："你是崔嵬侄子吧！？"我感觉有些陌生，正准备反问？他又说，"一看你小伙子的长相，就像咱大嫂子（指我母亲）……"

我礼貌地给他让座，沏了一杯茶水，他说自己长期患有胃病、失眠症，不习惯喝茶水，又倒来白开水。他自我介绍说，他是沈幼斋，现改名叫"沈清"。在你这年纪上下的时候，与你爹妈已经成为好朋友了，也是小萍（二姐）的干爹。新街火车站下车后，问着在合作商店上班的三姐找到这里。啊！原来是沈叔叔呀！听我爸讲过，您不是在昆明当大领导吗？！我一时激动说。

他说，当什么领导哟？1958年被打成"右派"，在劳改队待了20年；现平反昭雪才放出来；去红河州邮电局报了到；就挨个寻找旧时的老朋友来了，今天到坝心来了，原以为你爹妈早已迁回湖北、湖南老家去了，没想到……还是找到了。看他高兴激动的样子，我忙跑去告知正在门诊上班的父母亲……可爸妈都只是习惯性回应一下，任何人来都不能离开，等处理完病人，下班后再说，你先回去陪着……

二姐先下班回来，她做了几个拿手的好菜摆好，以犒劳34年前，自己出生满月时跟她命名“小萍”的干爹。父亲、母亲回来了，与沈叔叔相见，顿时激动不已，“变了，变了，以为这辈子，见不着了……好吗……”三个老同志的手紧握在一起，老泪纵横，相互搀扶着，大家围坐一起，激起他们不少难忘的回忆。母亲举着酒杯说：“我们今天喝的酒，是我们坝心七队酒厂烤的，算不得好酒。可那是永龙八年前中风时，泡的‘生三七’留下的，现在喝它有些苦味，想来越苦越淳；就如好朋友生死相依，越久越真；好缘分久久长长，地老天荒，真诚友谊叫人终生难忘。我们三个老朋友，干一杯吧！”

沈叔叔在家里住了两天，因为爸爸、妈妈和二姐、三姐忙上班，只有我陪他到处转转看看，到了异龙湖边他叹息地问，水位咋退下去那么多？我告诉他，在1970年时，打通青鱼湾隧洞放水围湖造田，将本来可在石屏、建水、开远利用的水资源，白白放走汇入红河，流入南海。在湖边的抽水站旁，原坝心航运码头勾起他无穷的回忆，他说30多年前，自己作为地下党员与进步人士交往密切。常与我爹妈、王跃华等带我大姐、二姐在这里观赏湖光景色，照相、划船玩耍，每年到盛夏，湖内荷花争奇斗艳，

1978年，父母和沈幼斋，拍摄于坝心医院住房门口

清香远溢，碧波浩渺，湖口向东流经建水泸江。过去因大雨，海河淤塞，湖水不时淹没田亩，甚至蔓延湖边居家的灶窝里可捕捉到鱼哩。

唉！他转了一个话题说，时间过得太快了，王跃华已经死去9年了。我便好奇问道，王伯怎么死呢？他说这事太冤枉，1967年王跃华在个旧新建矿服刑期满留矿山医务室上班两年了。一天，一名矿工受伤，才送到医务室就不行了，这矿工死后手上戴着的上海手表不翼而飞，死者家属怀疑是王跃华“偷”的，对他谩骂不休，拳打脚踢……他实在忍受不了这种惨无人道的污辱。最终，只身跳进附近废弃的溃矿泥潭淹死了；死者家属贼喊捉贼，后来良心倍受谴责，默认是自家人取走了……

人之初，性本善。平生第一次听到王伯这番不幸遭遇，试想人都应该拥有一颗正直善良的心，遇到不幸的时候要学会冷静，不能随便枉其无辜之人，何况他是一名仁医，虽然服务于矿山工人的医者，也不排除劳释人员被人低看。嘿，只是太多的时候，人们往往被尘世的烟雾迷惑，深深地在潜意识中隐藏。要说王伯伯也是人怕伤心，树怕剥皮，一个抗战出来的老兵，不但不受人尊重，还受到这无辜的侮辱。成了尘世烟雾的受过者了。

最后，沈叔叔说这些老朋友里相比之下，章洪的情况稍微好一点，他现在蒙自县防疫站工作，是州里的政协委员。后来，在章洪叔叔陪同下，省政协副主席任上退下来的梁林阿姨（我姐弟称其“三孃”）及家人也来看望我的父母。

父亲也在1979年当选为县乡“两级”人大代表后，政治上也逐步卸下了历史包袱，

是年底，收到叔叔、婶婶来信，大奶奶于1978年12月10日在一平浪林场家中安详离开了人世，享年79岁。大奶奶她出生于1900年7月，活了大半个世纪。她的晚年生活应该说是幸福的，前后两次来到坝心逸亨天年，为了减轻叔叔、婶婶的家庭负担，敏弟带着爸爸、妈妈及全家人的心愿和重托，于1976年转学并陪伴到了一平浪林场，敬其大奶奶人生最后三年之孝道。

第十六章　魂系异龙

冠以三顶大红帽

1979年11月冬季征兵开始，在征得父亲同意后，我与医院的好伙伴黄旭鹏、李彪同时报名填写《应征入伍登记表》。是月24日，在体检的前三天，通知人员中没有我的名分，全家人疑惑不安，一气之下，父亲去公社找到武装部长白章红等人询问，公社负责人向县政府征兵办公室请示同意，重新发给一张《应征入伍登记表》由父亲带回家来。

县领导让转告父亲：崔老医官是抗日军人统战人士，县乡人大代表，之日起是革命军人家属了，今天党和政府把三顶“大红帽子”都给他戴上！

1979年12月5日，崔嵬参军在县城换装前与家人。前排左李母、母亲、父亲，中排外甥、四姐、四姐夫，后排大哥、崔嵬

1979年1月17日，参加坝心公社第二届人代会代表在大田头合影。父亲位于第四排右九

石屏县首届政协委员合影。父亲位于前排右七

父亲就是这样，为子女下得及时雨，总能在关键时刻为我们撑起了一片蓝天！

1979年12月，石屏、建水籍新兵有86名分到禄丰大旧庄某部队，通过两个月的集训，我留在勤务2连连部代理文书；刘兵（刘汝珍之子）当通信员；黄旭鹏在同连队班排：崔德旺（父母的干儿子）分在机关食堂；同院入伍的李彪在昆明兵站分兵时，已分到去嵩明的部队……

部队驻地距成昆线大旧庄有5公里，距一平浪镇上有17公里。直至春节来临前，由连长蒋贤明陪着我去一平浪林场看望叔叔、婶婶和弟妹，才知道弟弟崔敏准备到安宁“云南省汽车职业学校”上学，几天前回坝心过春节去了。在林场，叔叔陪着蒋连长聊天；我和13岁的崔林妹妹陪婶婶做饭菜，一起共进午餐后即回部队。

我入伍后，从父亲持有的《中华人民共和国工会会员证》看得出，他把我寄回家里的照片翻洗若干张，其中我和医院同起入伍黄旭鹏合影放在他的《工会会员证》里，随时可见！这样自豪无比的举动，也能体现在他和母亲喜悦的心情就像灌了蜜似的，更能激发他们把全身心投入在乡村医疗卫生事业的发展上。

逢人只知山间苦，且感军营茶花娇。1980年的春节过后，营区四周的山上红艳艳的山茶花把军营基地点缀得非常漂亮。弟弟崔敏护送着父亲和病休在医院的母亲，带着5岁的外甥姚军来部队探望我。这次父母能来，一是得以指导员赵强去坝心走访慰问时向父亲提出邀请；二是父母要到昆明省级医院检查身体才促成此行的。这是我离开父母后第一次相逢，显得无比的高兴和兴奋。尤其是父亲触景生情地说道：“三十多年（1944）的这段时期，我们兵站野战医疗队驻扎在云南驿，接运滇西作战的伤员，时常穿梭于这条滇缅公路上，如今我的儿子当兵在这里，和老伴到这里算得上故地重游，感慨啊感慨……”

在匆匆忙忙的两天时间里，连队勤务和训练任务重，陪他们也只是在这山间营区里转一转，走一走，看一看满山遍野盛开的山茶花。

在路上，遇见杜国玺主任穿着军装，我跑步上前敬了一个标准的军礼，并介绍我父母来队的缘由，杜主任听毕后，张大嗓门招呼道：好喱！

你们的儿子，能写会画，文化很高。谢谢你们，为部队输送人才……

父亲参加县人代会议

刚入伍在部队任文书的崔嵬

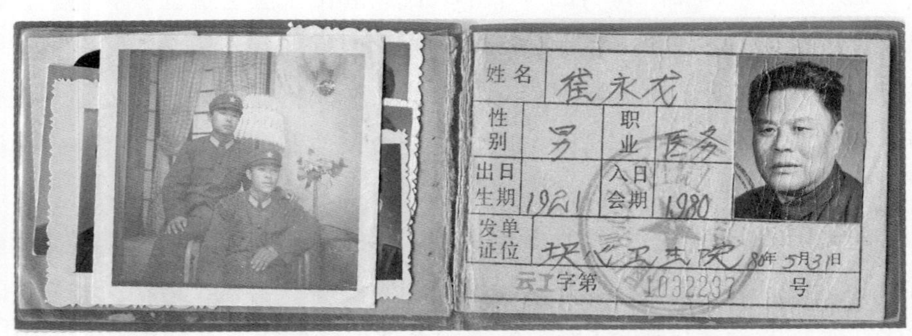

父亲工会会员证中夹放崔嵬、战友黄旭鹏及里层亲人的照片

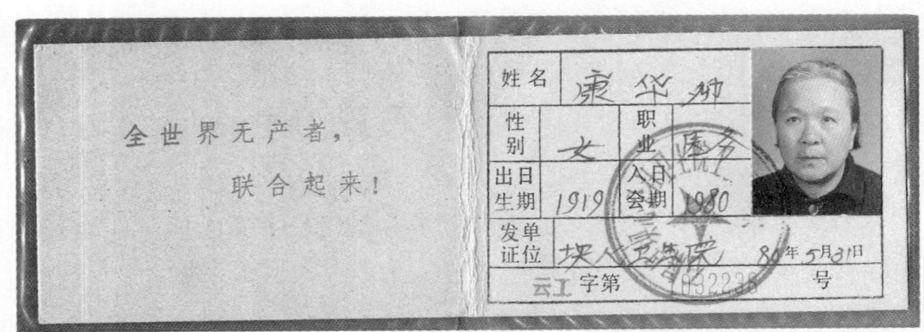

母亲的工会会员证

路上，见父母挺高兴，我随意问父亲母亲：我们两代人分别参加国共两党领导的军队，有什么相同或不同的地方，俩老有何感想？父亲现在当选为石屏县人大代表了，但是对1938年出来的抗战史没有澄清，所以还是有所顾虑地说：42年前（1938年），我和你母亲是不愿当亡国奴，加入抗日队伍出来，抗击日本侵略者；现在党的十一届三中全会政策好了，你算得上参加对越自卫反击战当的兵。母亲打断他的话，不假思索地说："我们这两代人都是爱国者，都是保家卫国的军人！"

连队不具备接待条件，全靠同起入伍的老乡们帮忙，跟杜主任当通信员的马云生、通信班的纳永兵借来卫生被褥在一间空闲营房铺了两张床凑合；占着连队炊事班有杨献昌、苏德周等老乡，他们给父母加了菜，其中一道红烧兔子肉，糖放多了一些，母亲吃得少。晚上爸爸告诉我，你妈妈这次在昆明省级医院检查身体发现，已经患上严重的高血压、糖尿病。

第二天，弟弟开车来接父母走了，望着远去的父母，我对母亲的身体备感担忧和牵挂……

当年入伍的城镇兵较多，部队基层干部文化较低，总认为这批兵调皮不太好带。并以城镇兵退伍可就业为由，有了不成文的规定，城镇

母亲在坝心医院

1980年3月，父母、弟弟及外甥（姚军）在昆明黑龙潭公园

兵不得安排技术岗，不得调入机关单位工作，唯我经常被抽去政治处帮忙。

为此，1981年1月的一天，赵指导员去团部机关发了一通牢骚说：“崔嵬这个兵，政治处要用就正式下调令，不要好不好就喊来跟你们干活，他个人忙不过来也影响连队工作……”随后，我从连队借调政治处电影组。一干，辛辛苦苦的大半年过去了，尽管布置我写的材料；制作的幻灯片多次被昆明军区政治部门采用，在单位电影组还要履行放映员的工作，仍属于借用人员，仍然是不见调令下来。

负责电影组日常工作的老班长悄悄告诉我，政委崔正海（河北人）调阅你的档案了。崔政委说：崔嵬这个兵，按崔氏家族字辈排列是14世代，我们祖上应该是同宗同族的一家人，虽然各方面的表现很好。可是，他父母亲曾经是抗战时国民党军队的军医，这种家庭出身的兵应该放到最艰苦的班排去锻炼和考验……

5月份，政治处干事文国相对我说：要我本月25日至27日参加昆明军区后勤部的“全军院校统一招生预选考试”并鼓励我，相信小崔考得上！

果然预考入围之后，于7月13日至15日由文干事带队，大旧庄部队一

崔嵬和战友合影

行十几人到昆明北教场军医学校参加全军统考；考毕归队后的8月19日，我接到《昆明陆军学院录取通知书》喜出望外；于21日离开服役两年多的部队，要好的战友派出代表送我到一平浪镇上。

与战友们合影告别后，我身着1975年婶婶买的“的确凉”衬衣，到林场看望婶婶和14岁妹妹崔林，得知婶婶杨华芝生病又到昆明看病去了。

当天下午，我到医院看婶婶时，她已于3天前做了直肠癌手术切除。在医院看护的叔叔告诉我，手术效果要半年之后才看得出来……这就意味着，我不敢再想下去了。当婶婶知道我考取军校，将于25日前去贵州遵义分校报到的喜讯，一下子精神好了起来，让我搀扶她到医院花区走一走，她边走边说，如今能当兵不容易，能考上军校，更是我们崔家的光荣，并激励我珍惜学习时光，机会都是留给有准备的人，还交代不少出门要注意的事项。随后，我带着沉重的心情，于晚上九点坐小火车，第二天回到坝心，看望年迈的父母。

婶婶和崔林在林场

在这一年，4个姐姐均成家有了孩子，二姐家已经调个旧市大屯医院，在坝心镇上挨近的只有三姐一家了。现在崔家把姐姐们养育的子女（五男二女）包括在内，刚好是20人的大家庭。可实际上家里仅仅剩下两个空巢老人，无一子女和他们一起生活和照顾。除三姐兼顾给予俩老生活照应之外，医院的护士和职工会轮流给母亲打针送饭，送药和在生活上也尽力给予关心和护理。

时年，父亲1921年元旦出生，超出法定的60岁退休年龄两年多了，母亲1919年10月20日出生，更是超出55岁的退休年龄7年，退休申请一拖再拖，批不下来，除母亲身体欠佳，不能正常工作，父亲仍然默默无闻的坚持上班。据说，县卫生局副局长段永和、公社领导包括县上领导多次来动员父亲迟缓退休并提出，即使退休也要返聘回来发挥余热，赋予他承上启下“传、帮、带”。只是在生活方面，段局长交代院长张成武、副院长杨家来，要注意安排职工照顾好石屏县两位元老级的宝贝医师。听他一说，父亲总是在面子上拉不下来，也舍弃不下众多找他的病人和继续帮扶勤奋好学的年轻医师们。

鉴于富有感恩党和政府，回报社会心理的父母，更不会向上级组织过多地讲条件和提任何要求。加上1980年9月，大儿子崔远鹏由单位选送红河卫校；三儿子崔敏录入云南汽校之后；1981年二儿子崔嵬又考取昆明陆军学院，父母也感到了极大欣慰和荣幸。

据三姐回顾说，路，都是自己走，累不累，脚知道。母亲自退休后住在医院的房子，时常坐在椅子用双手敲打自己的肌肉和有些萎缩变形的腿。可见已经积劳成疾，身体不太好，可每次看到她时，母亲都会给我们一个心情蛮不错的感觉。每天一早起来打开半导体收音机听新闻广播；翻阅当天的报纸和每月订阅的《中华医学杂志》《中医杂志》等书刊；思念故乡的时候会反复阅读彭德怀、罗荣恒等湖南家乡将帅的书籍；平常接待来看望她的乡村医生和众多病人及其家人，仿佛觉得老母亲一点也不显得孤独。

异龙湖晚霞

父母，大姐、二姐分别抱外甥女儿在医院住院楼前花园

母亲退休后浏览的部分书籍

三姐和她两个儿子肖扬、肖磊

父母和四姐家人在坝心

石屏县卫生局文件

石卫字（1981）第12号

关于批准集体所有制人员崔永龙等同志退休的通知

坝心卫生院、城关联合医院：

根据卫生部（79）卫医字第1065号、财政部（79）财事字第250号和国家劳动总局（79）劳总险字第4号文件精神，经县卫生局1981年11月3日会议研究决定，同意下列同志退休。

坝心卫生院崔永龙、康华卿、林家珍、何应林等同志准予退休。

城关联合医院和汝兰同志准予退休。

上述同志的退休时间，从1981年12月1日算起，望按政策规定办理退休手续。

特此通知

石屏县卫生局

一九八一年十一月五日

发：坝心卫生院、城关联合医院、坝心公社管委会。

抄送：县劳资科、县人事科、县公安局、县粮食局。办存(2)

父母退休的文件影印件

暮年思亲挂儿郎

十一届三中全会后，父亲连续七、八两届当选为石屏县人大代表，又当选为石屏县第一、二届政协委员，以政治名誉和“两会”代表委员的身份来看，理所当然摘除了蒙冤34年来无须有的罪名。

也是这几年异龙湖水从青鱼湾隧道流走以后，又遇上从未有过的干旱，湖水水位急剧下降，至1981年4月，全湖干涸见底。由于自然生态的影响，各种人畜疾病多发。1981年11月5日，父母亲的退休才正式被批准，并明确退休时间从12月1日算起。但父亲却没有办退休手续并接受坝心卫生院返聘，每接诊一个病人即开一个处方院方支付两角钱，每天至少要看三四十个病人，才有6~8元钱的提成，但，只要能为乡村百姓看病，解除他们的病痛，他无怨无悔。

父亲1989年后领取的退休金

母亲始终在工作、生活特别是在精神上支持、鼓励和帮助着父亲，共同经营编织着这个苦辣酸甜的家。更难能可贵的是退休后的母亲，仍尽全力帮助父亲完成《乡村医疗发展状态改革实施建议》材料，这份材料称得上是母亲呕心沥血之作，就如太阳把温暖送给月亮。父亲将《材料》提案上报，由政府卫生主管部门采纳应用，促成当地农村重现个体私营医疗诊所的发展定局，局部破解了农村医疗资源贫乏和医患矛盾突出的难题。

提案中体现着母亲的大爱无疆，医者仁心的高贵品德，母亲建议取消限制退休医师行医的规定，回归医生自由职业的身份，合理保障医生平等权益。并列举了前些年退休的林家珍、陶云章、孔繁猷和胡丕镜医师闲置待聘资源浪费的问题。

如常言说医生越老越值钱，应让退休医师发挥余热，再让他们活出晚年精彩的人生，将半公开的私人诊室无须潜水运作，是要规范审批，浮出水面，规范运行和规范管理。允许退休医师到私人诊室坐诊；允许退休医师处方外流；允许退休医师返聘和处方回流；填补乡村医疗资源贫瘠匮乏之不足。

治疗痊愈的患者杨老四带子女等看望母亲

为事业，为民众，为健康，天地无私，唯德是亲。建议私人诊室要内生动力，由此在提高服务水平、降低药品价格及方便群众就医方面求得出路。从而使过去农村合作医疗站复活了，使过去培养的乡村级医务人员和赤脚医生有了用武之地和发挥了作用，赤脚医生的私人诊室如雨后春笋般纷纷崛起，遍布乡镇和各村委会，县、乡、村分级诊疗，双向转诊，使老百姓小病不出村、大病进医院、康复回诊室的格局在当地得以形成。

1983年9月21日是中秋节，正直大哥（崔远鹏）与大嫂（郝云芳）的新婚之际，我从自己的日记中查看，即与家人早些时候来往的通信中，深刻体会一纸书信连两地，时常牵动当兵人的母子情。身在边境线上的我最能感应母亲因投身抗战离开故乡44年了，此时强烈产生缠绵的思念情结，她多么想回家乡衡山看看啊！当日夜里，睡梦中醒来，我特写下《中秋随想》敬献给我亲爱的母亲：

秋月同心结，故乡明月洁。
额缀思亲急，老母寒酸积。

母亲、姨妈和大哥

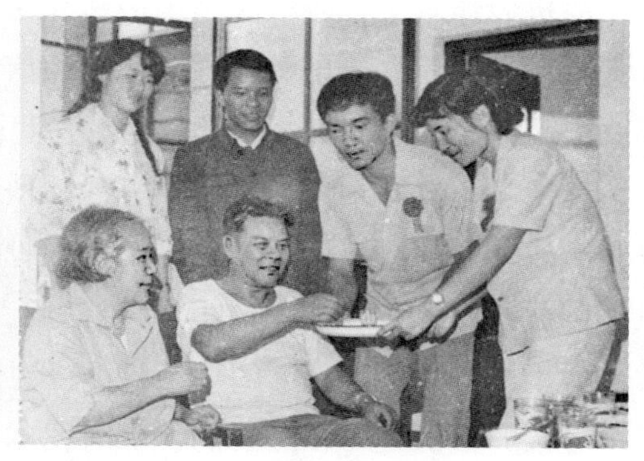

大哥、大嫂婚礼时向父母敬茶

岁月轮回，中秋之际，大哥成家了，触景生情，父亲深切理解母亲的心情，也考虑母亲身体健康原因，让哥嫂婚后既往广东、湖南看望表姐、表哥等亲人，并把姨妈接来陪伴母亲。哥嫂遵父母之命，将姨妈接来坝心。此次姨妈的坝心之行，给母亲带来亲情的温暖，老姐妹晚年的这次相会，让母亲终生难忘，日后常常提起……

母亲就像蜡烛一样，已经从顶尖燃到底部，一直都把光明带给了乡村的医疗事业，为当地疾病患者带去了健康。此时，她也是风烛残年，让病魔折腾得时而焦虑、抑郁和情绪不稳定，常出现智能障碍综合性征兆，记忆力减退，可就是抗日战场的经历常常回想起来而且挥之不去，当年中越边境自卫反击战又将她牵进了烙印在脑海中的抗日战争岁月。引起她产生过去战场上的幻觉，想起在战场上抢救伤员时，日机狂轰滥炸飞来的肢体，迎来送往的伤员又清晰可见，散不去的硝烟味和血腥味缠绕着她已经衰老的神经，常常泪流满面。

1982年9月，我从军校毕业分到驻文山壮族苗族自治州的一线连队任排长，后任指导员。参加了“两山”出击拔点和老山地区防御作战。这期间，母亲习惯每天摆弄半导体收音机，时刻关注着边境战事，听着文山边境一线战况的传播，始终牵动着母亲的神经，成天为我的安危担忧，和姨妈俩讲的湖南方言，没人听得懂？只见她俩嘀嘀咕咕一阵子，又哭泣不止，泪水流干了。母亲的眼睛都快要哭瞎了，身子也哭垮了，精神惶惶忽忽。听到路上手扶拖拉机的轰鸣声，也会想象为当年抗日战场的场景猛然喊：敌机轰炸来了，赶快隐蔽……傍人劝导她，小嵬写信回来了，活得好好呢喃！又把信念给她听，她还是不相信？竟然悲凉地说：小嵬，死啦！那些信函，是别人代写的，部队为隐瞒我们这些做父母的人寄来的。

母亲就是抗日军人出身，战争的惨烈和残酷依然留在她的记忆中，自以为对战场的事知道得清楚且经历也刻骨铭心，加之部队纪律和当时的通讯有限，母亲在听到几种不同的传信后，加上思子心切，就有这些“正常”举止，可怜啊！天下的母亲，可怜啊！我的亲娘！

母亲的担忧是可以理解的，那时我本身就在参战部队，直接参与“两山”作战和后来本部防区的大大小小战斗。偶然的“碰巧”或事出有因，或人们巧说乱传则促成母亲对我的无限担忧和牵挂。

在1984年4月底的一个夏天，一辆军用吉普车停放在医院我家住房下面，有几个着56式干部服的军人携有一包牺牲人员遗物从车上下来。马上有人造谣是部队来处理崔嵬的“丧葬”抚慰事宜……又有人传言，因崔嵬“牺牲”后事处理问题，崔医生坐着军车被接到黑龙坡部队机关去了……其实前一起，是另一部队来处理坝心籍一位士兵车祸死亡事故引起；后一起是父亲参加县七届人大会，应驻军之邀会商人大建议座谈导致的误传。

就其崔嵬“牺牲”的谣传：一种说法是崔嵬跟军长当警卫员，在看电影的路上为保卫军长，被越南特工杀掉了。另一种说法是崔嵬在给部队放电影时，被越南特工投掷的手榴弹炸死了，说得有鼻有眼，活灵活现。那时因为作战，干部、战士探亲假一律冻结，我和爱人王丽芬的婚期一推再推，谣言一传十，十传百就变味了，真像文艺节目中多人传话的演绎。

直到1985年5月，流言下的我请了探亲假回家结婚，在个旧至坝心的路上和未婚妻坐长途汽车未着军装，总有几个做生意的女人用奇异的眼光看我，甚至听到后排座位有人嚼舌头讲道“喂，喂喂！坐前面的小伙子太像康医生的长相啦？是她当兵的二儿子崔嵬吧？不是说已经在马关县边境上打死掉了。”另一人说“嗯，怕不是吧，活鲜鲜地一个人坐哪里嘛，怕是电台广播中说的，是从广西那边交换俘虏回来了？”……真是没完没了。那天下汽车后，正巧又遇上坝心街上赶集，似乎这种反应更为突出，再一次引起一片哗然……我大致猜想到一些事情的缘由。

男儿有泪不轻弹，只是未到伤心处。当进入家里时，只见两位新合村来的彝族老妇人，正在安慰风烛残年，弱视力的母亲“康医生，莫难过啦！哭坏身体不好呵？您有三个儿子，小崔嵬走了，还有老大、老三两个呢嘛……”听到这里，我止不住的泪水唰唰地奔涌而出，立即奔到母亲面前，扑通一声跪下，依附在母亲怀里，喉咙沙哑喊“妈妈……啊！我没死呀！”母亲仅听声音仍不能相信，双眼已不能更好地辨认面前的我，她伸出双手接受失而复得的儿子，用那双颤动的手来回在我背上抚摸着，感应儿子生命的呼吸确实在她手心里触动……

这一年，姨妈已是八旬老人了，老家还有表姐家养育的一男三女和表哥家养育的三男一女，两大家人也很惦记着她，姨妈在云南陪母亲。父亲也换位思虑再三，然后电告表哥，1985年5月，表哥让其子朱俊专程来到坝心接姨妈回湖南衡阳。姨妈走时，66岁的母亲已经疾病缠身，这个时候同胞姊妹分离，将意味着只有来生再见吧！

父亲和四姐夫、弟弟在用餐

母亲和姨妈在用餐

1985年5月与母亲在一起

父母在医院住房楼下合影留念

母亲和姨妈在医院住房楼下

母亲和姜姑妈于司马第家中

至此，家中除了父亲外，每天与母亲朝夕相处，相爱如姊妹的只有大她7岁的姜姑妈王同仙了。

1986年的春节前夕，我仍在罗家坪大山连队任指导员，那时会有内地的慰问团到连队来慰问。一天，来了两个慰问团，因连长瞿晓龙补习文化上学去了，我只好安排代理连长张思、副连长李万华负责日常战备和训练，由我带着二排长邬正才等人陪同这分别来自北京一家科技企业、红河州屏边县党政慰问团活动。两个团加起来有十几个成员，尽管从屏边来的与我是同乡，但考虑北京来的同志，我在介绍情况和交流时不得不用别扭的普通话。

半天时间过去了，我带着他们上阵地、钻坑道、进堑壕，到了班、排和哨所进行慰问。当上到海拔2002米主峰阵地时，已经是下午3点多了，一排长赵开友（昆明晋城人）向我请示："指导员，今天排里的弟兄下到1000多米处的箐沟背来山泉水，已经给部队和慰问团的同志们煮好饭，还开了几个罐头，大家将就着吃点吧！行吗？"我答：行！立即组织部队和慰问团成员用餐……

就在邬排长和实习学员刘天杰分别集合部队和慰问团成员准备开饭的瞬间。突然，屏边慰问团全彩明副县长凑过来问道："崔指导员是哪里人？"我敬礼后报告："本指导员——崔嵬，是1979年入伍的石屏坝心人。"

随后，就听他回应道："我也是坝心海东村人啊……"就一下说不出话来了，只见他两眼泪汪汪的，还不停抽泣。

几乎同时，从队列中又突然冲过来一个40多岁的中年男子，把我紧紧搂抱着并哽咽着对我说："我是张庆昌、庆昌哥……呀！在屏边听姜姑妈二儿子姜正祥他们说，阿叔崔医生、阿婶康医生的儿子小嵬已'牺牲'了，想不到还真是你呀！？你知道我吗？40年前，我的母亲（海东孃孃）就是你爸爸、妈妈救活的，还帮助处理了我爷、我爹的丧事，你父母是我们家的恩人啊！"

此时此景，使得在场的慰问团成员和我的战友们都感到十分惊讶！全县长更加按捺不住内心的激动，他从围坐一起的人群中站了起来，提高嗓门讲道："同志们！你们知道吗？崔指导员的父母亲是我们石屏一带悬壶济世的医者，也是两位抗战老兵、军医，他们随当年的远征军野战医院来到云南救护抗战伤员。在我上小学（1944年）的时候，这一对医者眷侣就来到我的家乡——石屏坝心，开诊所、办医院。他的父母，医者仁心，辛勤耕耘在乡村基层，为当地的疾病防治，为乡村百姓的健康费尽了不少心血。”

“崔指导员的父母更像是我和庆昌同志以及大家的长辈，特别是今天使我们看到了，你们这些战士的父母跟崔指导员的父母有着同样的家国情怀，他们不但把你们抚养长大，而且把你们送到祖国最需要地方来，你们不怕流血牺牲，坚守着祖国最神圣的领土，成为我们新一代最可爱的人！在此谨向你们，也向你们的父母致以最崇高的敬礼！”

全县长这番演说，感动得大家热泪盈眶，北京科技企业慰问团的领导也作了简短精彩的发言，也赢得战士们和慰问团成员热烈的掌声……

带着惊喜和激动的心情，我们吃完这顿别开生面而富有纪念意义的中午饭。两个分别来自内地、边疆的慰问团成员一路与我叙着旧情回到连部，当我们列队告别坐在车上的慰问团成员时，全县长和时任县政府招待所所长的庆昌哥，泪水还在湿润着他们的眼圈……

慰问团在罗家坪大山

迟来的公平正义

改革开放后，各级党委和政府对“文化大革命”中被诬陷定罪的原国民党起义投诚人员进行平反和落实政策。复查和纠正地下党、边纵等历史遗留问题。1986年7、8月间，石屏县委落实政策领导小组、县人民政府冤假错案平反办公室着手复查并查明，对父亲30多年前的拘留审查属错，给予纠正，恢复名誉，平反昭雪。

1986年8月12日，石屏政协委员会回复：“崔医生：您好！您在一届三次会议期间提出‘你被无故拘留及没收了一些财产’的提案，经本会提案审查委员会研究，交具公安局办理，本会办公室已协助作了一些调查。对拘留的问题，公安局已作出复查的决定，具体该局会给您决定一份，对没收财产的事待县委落实政策领导小组研究审批后，具体的由他们答复。关于参加边纵的政策落实，待卫生局调查后再告，但本人可以直接给他们去信或口头反映，促使问题早日解决。”

在石屏政协复函前的7月27日，已经正式印发《石屏县公安局关于崔永龙拘留审查的复查决定》的平反结论为：“崔永龙，男，现年66岁，汉族，初中文化，医生，原籍湖北省潜江县人，现住石屏县坝心医院。”

“崔永龙于1952年2月13日被拘留审查其历史问题，于1954年6月24日释放。现经复查查明，原对崔永龙拘留审查属错，给予纠正，恢复名誉。”

同期，父亲按照县公安局的通知前往处理，关于1952年2月13日被收走12两黄金，可账上记载的仅有9钱（据说，当年在上缴前，大部分金银首饰被人窃走）了。就此按账上数额并按当年的黄金兑换价，折合人民币810余元予以偿还。至于其他收走的财物也无任何记录……

可是，父亲就1949年加入中国民主青年同盟和滇桂黔边纵队，即落实民青、边纵问题之事经多次口头、书面反映；到1985年全国规模的平反冤假错案的工作基本结束时，都没有得到解决而困惑不已，父亲又于1986年4月18日提交《请求落实民青、边纵问题的报告》摘录如下：

申请书

我在坝心开诊所期间，于1949年七八月份，地下党工作人员谭子箴来到我家，在多次的接触中，他向我讲了一些革命道理，对我的启发很大。有一天他叫我整理药箱到老宁看病，当天晚上我们就住在叶吉帝家，我两坐在床前，他就同我谈话，说我的思想很进步。他说现在我代表组织介绍你加入新民主义青年团（谭介绍了一个丁培忠），现在你就是革命组织中的一员。他又交待这是要保密的。我俩就在老宁以行医为名做一切革命工作，主要团结一切可以团结的力量，反对蒋介石国民党和争取地方武装反土匪武装。第二天谭子箴就替我提药箱出门到白小七的大队长白云山家（在[illegible]家寨的），于是谭子箴对我说，为了工作，你以后就叫我小马好了。她此番隆多次以看病的名义深入白云山家说服他，[illegible]游击队为打老黄狗部作出贡献。像这样我同谭子箴同寝，早出晚归，同吃同睡一个床，将有一月之久。解放后该白云山任过湘东区副区长。

在秦宁这段时期工作中，谭子箴帮助教育很大，但他为了革命的需要，我俩就分手了。我回坝心后，我就将家属小孩送往建水居住，[illegible]警惕以防万一。可是事情终于临头了。在一天的下午，反动派的保安团住坝心碉楼的区公所派来了一个副官，样子很凶，[illegible]，叫我跟他去拿钱，我只得跟他去，进屋还没有坐，先他就破口大骂……[illegible]敌人要问我了，[illegible]我个人命[illegible]之祸，也不能为我的组织带来不应有损失。我就半夜走路到[illegible]（[illegible]的火车[illegible]）就坐火车到建水[illegible]来了。

在建水我们住在[illegible]家，[illegible]八军攻打建水城，当时天已晚，敌人[illegible]两个[illegible]，一男一女，男的叫潘光，女名潘兴隆，女的叫[illegible]，又名[illegible]，跑到我们住的家里，我们就把他们接藏下来，并把潘光带的一支长枪藏在墙上的[illegible]下，潘光[illegible]，[illegible]生（[illegible]），[illegible]以子[illegible]相称呼，住了4、5天，敌人也没有搜查，形势稍缓和，我们就以[illegible]将该枪从[illegible]送出，潘光是建水人，他设法出城找部队去了。过了一段时间，敌人撤走了，潘光[illegible]，[illegible]着我家人[illegible]的[illegible]衣服等来赎我们，我们也把他们衣帽及文件袋从鸡圈里取出给他们。

解放后我回坝心参加[illegible]工作，1951年我参加石屏县卫生工作者协会，我被选为执行委员及坝心卫生协会组长，每星期学习一次。后被人陷害说我开赌，于1952年2月拘留审查，在审讯中我就把上述情况如实作了说明，审讯员说：“你这是捕捉的，[illegible]谭子箴已被审查关起来了，这些事以后不要再说。”你很[illegible]的交待你的问题，我说不该参加革命，就说我是同情革命和支持革命，这些是拿生命去换的，也不容我说。38年来，我就将这些事一直埋在我思想深处。

十一届三中全会以来，党的各项方针政策逐步得到落实，党对我在政治生活中[illegible]关怀，人民对我[illegible]爱戴，选举我为第七届第八届县人民代表，组织上推荐我为石屏县首届政协委员，政协委员。我的大儿子入了党，二儿子入党参加了中国人民解放军，当上了人民军官，使我感动得多次热泪盈眶，所以我不得不将我几十年的思想包袱向组织申请提出，请组织给我予落实。

我现在已退休，年逾花甲，但我要像“老牛自知夕阳短，不用扬鞭自奋蹄”的精神，把我的余热贡献给人民，为四化[illegible]努力奋斗。

坝心区政

我院[illegible]第八[illegible]单位[illegible]十[illegible]文化大革命于1970年1月份[illegible]下放农村，于1973年11月份收回[illegible]，[illegible]问题，[illegible]问题[illegible]

父亲请求落实民青边纵《申请书》手稿扫描件

1949年8月，我在石屏坝心，经谭自箴同志介绍加入民青。同月，编在边纵第十支队、石屏第一武工队担任情报员，与谭自箴同志单线联系，重点进行白区情报工作，具体任务是：第一，做好（当地）上层人物的统战工作；第二，了解国民党党政、军队动态；第三，争取部分地方武装及土匪力量，团结他们，掉转枪口共同对敌，为本地区的早日解放，而积极地工作，并做出一定贡献……

1951年，还参与组织石屏县卫生工作者协会，被选为执行委员兼坝心卫协小组长，每星期组织一次业务学习，被陷害我组织开秘密会。于1952年2月至1954年4月，拘留审查。审讯中，我曾把上述情况如实作了交代，再三说明我加入民青后，在边纵所做的工作。可是，审讯员说："问题就在这里，你这是搞投机革命。"还说："谭自箴已被关起来审查了，他的问题很严重，以后不许你再提及这些事。"又说："只有老老实实交代你的反革命罪行，才是你唯一的出路，"我分辩道："我虽然谈不上参加革命，起码也是同情革命，支持革命，做过一些有益工作，这些都是拿生命去换的。"都无济于事，只会惨遭毒打和多加一条"罪行"。简直无中生有，这种种莫须有的罪名，沉重的思想包袱，三十七年来压得我喘不过气来。所以，这段革命历史，也就不了了之了，也不可能记入我的档案，查无凭据；在加入集体所有制人员和历次政治运动，都成了"专政"对象，我加入民青和边纵的问题一直不断地推诿塞责未得到落实。

党的十一届三中全会以来，党和人民给了我很高荣誉，选举为石屏县第七、八两届人民代表；长期担任政协常务委员。我的两个儿子，先后加入中国共产党，成为中共正式党员，二儿子光荣入伍，成为中国人民解放军军官（长期在老山前线坚守作战），这些使我多次感动得热泪盈眶。但，唯有我1949年加入民青和边纵之事，多次口头、书面反映无答复。为此，再次提出，恳望各级领导和组织部门，调查核实，解决后顾之忧。

1986年7月石屏县公安局给予父亲拘留审查平反后，他认真履行县人大代表、政协委员职责，更是深明大义，不计前嫌，认真履职，促成对参加坝心区卫协组"中西医学术研习会"，涉及"狗肉宴"冤案的医师们均得平反昭雪。

石屏县政协委员会

崔医生：

您好！

您在一届三次会议期间提出"你被无故拘留及没收了一些财产"的提案，经本会提案审查委员会研究，交县公安局办理，本会办公室已协助作了一些调查。对拘留的问题，公安局已作出复查决定，县信访局会给您决定一份。对没收财产的事，待县落实政策领导小组研究审批后，具体的由他们答复。关于参加缅纵的政策落实，待当时有关调查后答复，但本人可以直接给他们去信或口头反映，促使问题早日解决。

此致

敬礼

石屏县政协办

1986.8.12.

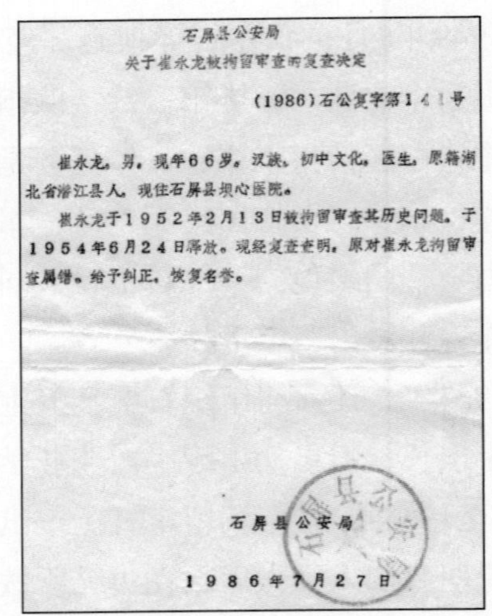

石屏县公安局

关于崔永龙被拘留审查的复查决定

(1986)石公复字第141号

崔永龙，男，现年66岁，汉族，初中文化，医生，原籍湖北省潜江县人，现住石屏县坝心医院。

崔永龙于1952年2月13日被拘留审查其历史问题，于1954年6月24日释放。现经复查查明，原对崔永龙拘留审查属错，给予纠正，恢复名誉。

石屏县公安局

1986年7月27日

1986年7、8月间，县政协委、县公安局关于处理父亲《申诉被无故拘留及没收部分财产的提案》和《石屏县公安局关于崔永龙拘留审查的复查决定》（石公复字［1986］第141号）的复函

父亲参加县人大、政协会议的部分出席证和证书及照片

石屏县公安局再次对1952年2月13日~3月5日，因“新街反共青年团”被拘留审查的16名医生进行全面复查复审。石屏县公安局又于1990年8月10日对有关人员出示《平反证明书》；石屏县人民法院宣告刘春林无罪。

但是，父亲的申诉申请落实加入民青、边纵的事宜，一直没有得到落实，他对此事也是一生都未能释怀。

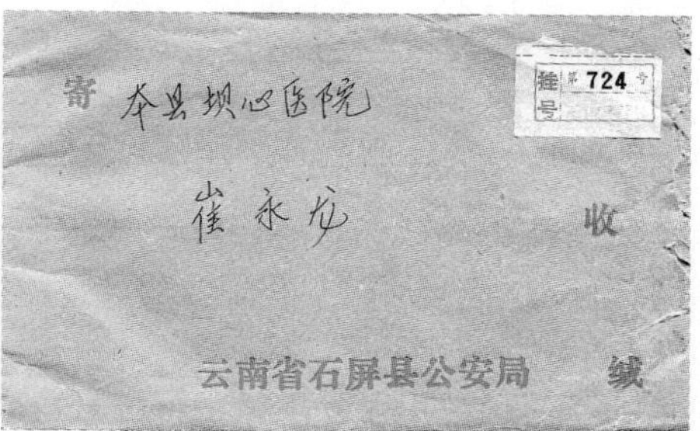

父亲在家看文件、石屏县公安局邮（石公复字［1986］第141号）挂号信信封）

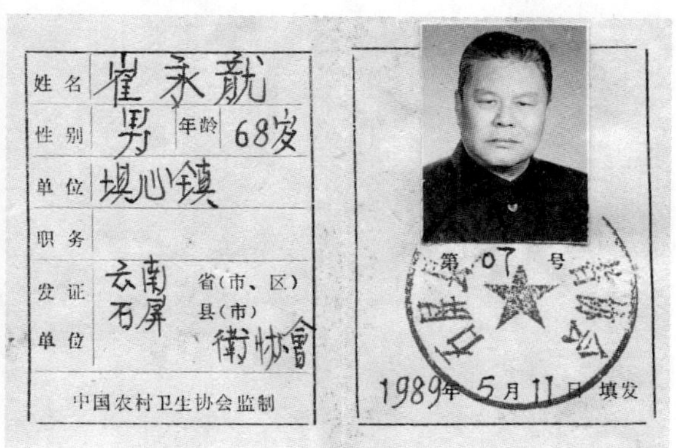

姓名	崔永龍		
性别	男	年龄	68岁
单位	坝心镇		
职务			
发证单位	云南 省(市、区) 石屏 县(市) 衛协會		

中国农村卫生协会监制

第 07 号

1989年5月11日填发

石屏县卫生工作者协会证书（1989年）

建得新居安晚年

父母一生中最好的朋友，无疑是他们医治的数以万计痊愈的民众，其中不计其数的官员，还有的后来成为专家、教授、学者和实业家等等。但最得利当地人民政府和广大人民群众的关心和厚爱。

1985年后，母亲因病魔缠身，身体健康状况很差。这时坝心镇人民政府领导顺其民意，充分认可父母所作的特殊贡献，提出支持父母建盖住房安度晚年生活，并给予上下协调配合特事特办。

从坝心村委会征购212平方米的建房用地，政府以市场价划拨建筑木材。由王双霖旗下的坝心建筑公司负责整体承建；知名木匠李太元（又名“世耀”）携儿子李永道等人承担主体木结构建造，所需资金以父亲为主，大哥带头筹措。乡亲们有车出车、有力出力，搬运建筑材料，没人计较工钱，帮助崔家新建融入本地的传统砖木、混凝土结构住宅。

1985年父亲母亲于坝心医院留影

1986年1月29日良辰立房，恰似岁寒三友添新色；迎来春风满堂聚德光。父亲利用这一黄道吉日为弟弟崔敏举行当地乡村婚宴，迎来了四面八方的亲朋好友，父母既感新房落成，吉星高照，五福临门；又贺幼子完婚，福蕴新居，物华焕彩，这无疑也是父母今生最为风光的一次。

3月间，66岁的父亲心系工地，参加石屏县第二届政协会议回来不感疲倦，把会议材料和随身物品放下，就直奔新宅建筑施工现场去了，他欣慰地向在现场负责施工的李太元、王双霖说：“衷心感谢大家的辛苦了！

看样子再过两个月，就可迁进新居了”。不一会他的话题转到另一时空隧道，并感叹“呵！之前老是有一块心病纠缠自己，就是担心老伴离世时，连个安身祭祀的地方都没有，现在来看不需要担心了”。

王双霖一听，立刻表态说：“崔大叔，我们公司在确保建筑质量的前提下，工期还要提前，保证俩老‘五一节’前后入住新家”。

这年雨季来临的时候，1幢正3间带围房的住房在各方支持下盖好了。

父母双亲住在崭新房子里很有知足感，母亲虽然行动很吃力但她老人家心里很舒坦，每天不时拄着拐杖、拖着病体在家中转悠，体味着她与老父亲在坝心行医40多年亲自建造的这幢房子，感受着这幢崭新房子带给她由衷的喜悦和幸福。父亲会时常打开堂屋供桌上的留声机，摆上唱片听一听京剧名段，并听一阵，自唱一阵，往往是老母亲用拐杖敲打着节拍……

三姐远新回忆说，俩老最爱唱，百听不厌的是京剧《红娘》：

你要老老实实听我的号令。
叫张生隐藏在棋盘之下，
我步步行来，
你步步爬，
放大胆忍气吞声休害怕，
跟随我小红娘你就能见到她，
可算得是一段风流佳话，
听号令切莫要惊动了她。

这是因为“红娘”京剧，取材于《西厢记》，剧中的婢女小红娘，聪明大胆，敢于冲破封建礼教的束缚，主动解难帮困，热情机智地从中撮合一见倾心，情投意合的崔相国女儿崔莺莺和进京应试的张生成为家眷的故事。以回味48年前，他俩相遇南岳衡山，经同学、战友欣然撮合，也结成人世间“天作之合”的幸福情景。

父母1942年夏秋，在兵站医院结为伴侣。人们曾恭维道，他俩自1944年8月来到坝心，夫妻之间互敬互爱，从未见他俩发生争吵，还善于处理社会伦理关系。威望越来越高，赢得人们冠名“崔医生家、康医生家”的称颂，成为石屏的知名姓氏，其子女对邻里邻居老幼称谓懂礼貌。那时，在石屏县老百姓心目中，没有人不知道崔医生、康医生的。

1986年1月26日，参加新宅立房子、崔敏婚宴部分家人

1986年底，父母亲在自家兴建的住宅留影

就在父母建房造屋之年，崔家又添4个孙辈。即1986年5月，长子（远鹏）喜添男丁崔昕宇；7月，幼子（崔敏）喜添千金崔璀；10月，次子（崔嵬）喜添崔粲和崔然双胞女。

父亲与孙辈崔昕宇、崔璀、崔然和崔粲

母亲与孙女崔粲（大双）和崔然（二双）

至年底，崔姓在云南滇南生息繁衍了第三代，即崔氏宗族群“昌”字辈的第15代，而且直系亲属，迅猛增到27人。确实是永远昌大，人丁兴旺，阖家幸福。

父母入住新房子，父亲退休后每天只有两件事，首先是陪护好母亲的起居生活，其次是到隔壁老年活动室打牌和收看电视节目。可他仍然舍弃不下那些慕名而来的特殊、慢性、疑难杂症患者。对来求诊的病人，不分老少贫贱，远近，仍尽力诊治。县城任裁缝的女儿患有血管瘤疾病，父亲用中西医结合针灸的治疗方法对她做长期的治疗，就是在退休后，只要她来求诊，仍精心为她诊治。

1987年的下半年，母亲所患糖尿病急剧加重，一再被重病折磨得站不起身来。我于1986年，从成都军区罗家坪大山模范阵地指导员卸任下山，到文山部队作训科任连级参谋。在师里快半年多了，当雨季到来时，便请了探亲假到个旧，归队前回坝心看望父母。

在家时告诉母亲，不要为我的安全担心。可是与母亲告别时，她还是哭泣不止，从衣服口袋里掏出用手帕包裹着的34元多钱并说“自己手头上只有这些钱了，你拿去给孙女崔粲、崔然卖衣服穿呵。”那时她眼睛早已经看不清楚，也不清楚这钱的面值大小了，我此时很难过，也只好含泪收了，并噙着眼泪走了。心中却暗暗想着，只要有机会，我一定要回来看看母亲。

1987年末，师新兵训练团组建完成，我负责军事训练和军务管理的具

建成的砖混结构住房

母亲在新家

父亲在配药

作者与叔叔

体工作，11月25日中午准备赴砚山迎接陆续到达的7000多新兵；可在早上收到“母病危，速回！”的加急电报。心急如焚。第一反应是找参谋长请假，他准来回假期5天，令我速去速回，直接去新兵训练团，按计划组织实施全师新兵训练。

当下，我身着军装，带着悲痛欲绝的心情，头顶烈日从师部朝汽车客运站一路奔跑5公里多，身上汗水淋漓，路上赶集的人主动给我让道，脚底磨出血泡破了也不知疼痛，总算赶上文山至开远最近的一辆长途班车。我沿途坐在汽车上来回痛苦地想啊，想！不停擦着汗水和悲伤的泪水，反复回顾着母亲曲折坎坷的一生。

妈妈啊！您15岁因当师爷的外公突然病逝被迫休学去教会医院做护士；17岁由姨妈资助以优异成绩考入湘雅医学院学医；1938年弃学从军并以第一名成绩考入国民革命军第6军野战医院，随部队转战在抗日的战场，经受血与火的洗礼。抗战时期的军旅生涯，置身于艰苦的战场上救死扶伤，也是九死一生走出来的！

中央陆军军医学校学习结业后，奉命于1941年入滇参战，随142兵站医院驻守建水团山村，1944年底和父亲来到坝心40多年，开办诊所、兴办医院，治愈了举不胜举的患者。一生悲喜交集一起，长期承受政治上、工作上、生活上的压力而积劳成疾……

傍晚，我从开远中转回到家里，只见母亲已经处于昏迷之中，呼吸急促，她的身上插满了管子。医院领导张成武、杨家来带着医护人员，在父亲指导下竭力抢救，但仍不见效。于1987年11月28日下午时分，生而为医的母亲与世长辞，终年69岁。

此时的我悲痛万分，泣不成声，看着母亲安详的面容，心中涌起无限地悲伤，写下了一诗：

慈母西归儿断肠，从此阴阳两界望。
娘想儿时梦里告，儿想娘来哭一场。
生时母子死亦然，生生世世是吾娘。
不孝男儿在战场，定斩豺狼慰母安。

灵堂

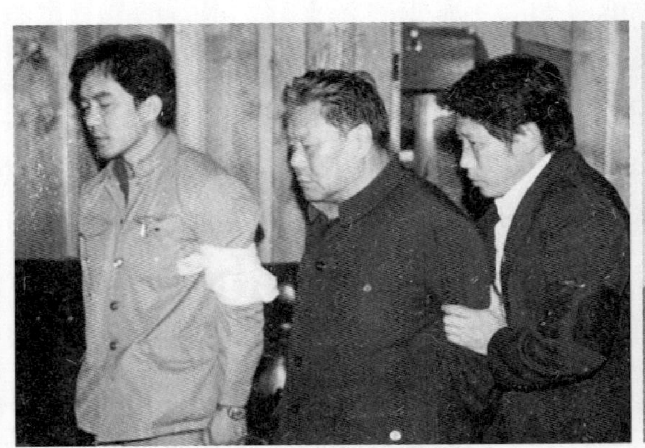

父亲及亲人祭拜

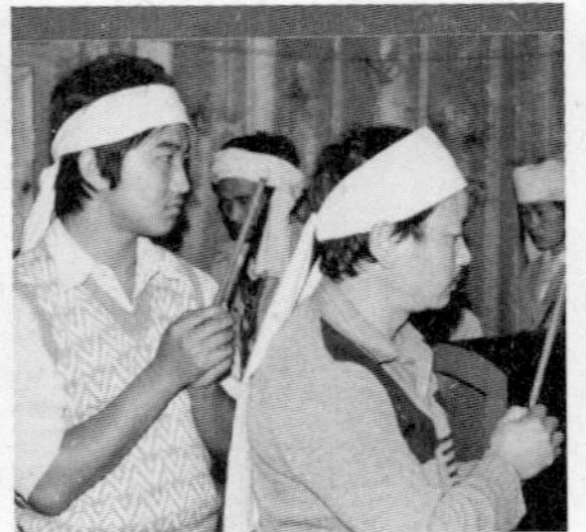

家人祭拜

父亲及众亲人在灵堂前留影

起棺

出殡时送行的亲友和乡亲

为母亲送葬的亲朋好友和乡亲们

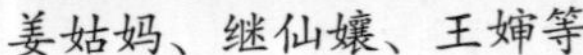
姜姑妈、继仙嬢、王婶等

崔氏石屏孙辈们

在墓地悼念母亲的亲人及乡亲

在为母亲守灵的日子里，八乡十里的乡亲都前来祭奠送行。他们要最后看一眼为他们治过病疗过伤的康医生，要最后送一送自己心中的好人……

处理完母亲的丧事后，我怀着悲伤的心情回到了部队，作为军人责任在身，即刻投入到新兵战备训练之中，我也想通过工作来减轻对母亲的思念……

啊，母亲呀！母亲！她突然来到我身边，在那漆黑的夜里，她伸出双手温柔地抚摸着我的脸。我使劲地喊：母亲……母亲啊！好像她没有听见，我又大声地喊，她还是不回答……

我的叫喊声，惊醒了同屋子睡着的战友，他起身来到我床前，推了推我说："崔参谋，崔参谋！你咋又哭又喊？快醒醒，快醒醒。"在战友的推拉后，我醒过来了，看着身旁的战友急切呼唤，才意识到自己在做梦，眼泪也不知何时流出，已打湿了我的双眼及浸湿了枕边。

我想母亲了，我太想母亲了！如果这不是梦该有多好呀！可是要想母亲，只能是在梦里见了！在梦中送去我的思念，多么渴望梦里再和母亲见上一面。行吗？母亲！现在再也看不到您那熟悉的身影和甜美的笑容，也听不到您那熟悉的湘音了。

如果还有来生，我一定要报答您，我还做您的儿子，让我实现这个心愿吧！母亲，母亲啊！您怎么不答应儿呀！如今再想见到母亲比登天都还难啦！再想得到母亲的疼爱，再想听到母亲的呼唤，再想触及母亲温暖的手，只能是在梦里见了。

母亲啊！母亲……您的养育之恩，我来生再报答了……

山村杏林百姓念

母亲驾鹤西去，家里显得格外空旷，父亲更是显得孤独和寂寞。一次，我回家见到父亲，他望着王乃智书写的《德术兼备，誉满南滇》横屏说："高看我和你妈妈了，我们充其量是个村医而已，王乃智说得过誉了，过誉了。"又指着许象坤书题"异龙湖东建高楼，不再蜗居无复愁，伴侣得炉永不夜，管他冬夏与春秋"说，"回眸几十年来，从未想过要盖房子，如今政府和群众支持建成了，不像蜗牛样挤在以前的小屋子，可你妈妈只住一年多，就这样走了。"

"孩子们呀，叶落归根。石屏山青水秀，人杰地灵，崔氏门中的人是喝着异龙湖水孕育成长起来，坝心自然也是我们牵魂系魄的故乡，所以崔家现已建盖了这所房子留下了根。"

他的意思是，母亲已故葬于坝心放白冲，虽然我们与她永远的阴阳两隔，可她会保佑着一家人，要子子孙孙传下去，每年回来添添土，锄锄草，上上坟，不能忘记生养自己的这个地方。

这番语重心长的话，父亲意在教育我们姐弟要学会感恩报德，表明他自己也会信守这般诺言。从此后，他每年陪我们一起上山为母亲扫墓，还叮嘱过我“你妈妈，生前有遗言‘要寄500元钱，给姨妈……’一直没有寄去。这事就交代给你办，最好找机会代表我，带着钱去衡阳表哥处看一看姨妈，望你记在心上哦？！”

为不辜负党和人民群众的厚望，父亲在近七旬之年，归纳总结编排了中医针灸50个腧穴定位、主治病种和操作要领成册，决意把个人多年的临床实践，把中国的传统医疗让百姓受益。

随后有一天，县人大、政协常务委员会派人来看望和慰问父亲，他们一行代表人大、政协“两委”真诚希望和恳请父亲在有生之年，继续为石屏的人民群众多干几年，并转达“两会”委员挽留他继续为百姓行医看病，传承山村崔老名医的医法医风医术，造福乡邻的意见建议，且抄送政府相关部门初步征得同意了。

这开诊所的事，父亲感言：“老牛明知夕阳短，不用扬鞭自奋蹄。”“两委”组织与父亲的想法基本吻合，几个老同志在我们家里谈完正事，又互道家常，一片欢声笑语，叙谈几十年来的交情。一起入席开饭的时候，他们共同举着酒杯唱起了政协会上传唱的《夕阳红》：

最美不过夕阳红，
温馨又从容，
夕阳是晚开的花，
夕阳是陈年的酒，
夕阳是迟到的爱，
夕阳是未了的情，
……有多少情爱化作一片夕阳红。

父亲和亲家王维忠带孙男孙女上坟

随同上坟的家犬（小黑）

舒孃、大姐和崔德旺等

白永贵亲叔、三姐，昕宇和粲然

父亲带众亲们为母亲扫墓

按预约的日期，父亲到了城里。向县卫生、工商主管部门申请办理行医许可证和非营利性医疗机构执照，当时手续办理很顺利。其中一位工作人员和颜悦色且快人快语地恭贺道：全县除赤脚医生开的卫生室外，还没有审批过私人诊所咧，至今才批了崔老医生的“崔氏诊所”一家。由此明白了父亲不想启用“普济诊所”“惠尔康西医大药房”名称的原因，也可能是他不愿意勾起对往事的回忆，而注册的“崔氏诊所”，并且不对外挂

父亲（右二）和其他人大、政协委员合影

出席政协会议照

在诊室的父亲

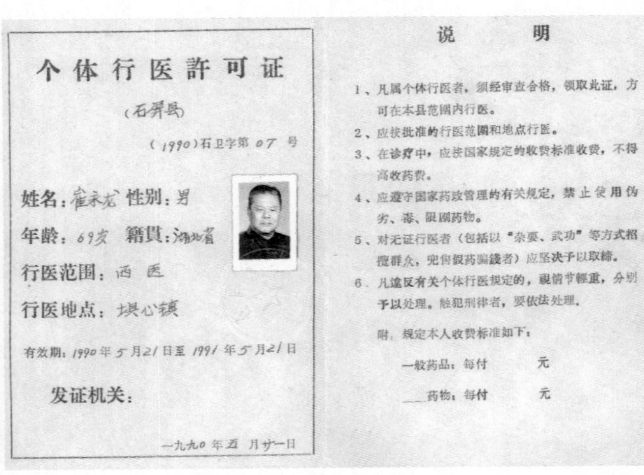

个体行医許可证

(石屏县)

(1990)石卫字第 07 号

姓名：崔永龙 性别：男

年龄：69岁 籍貫：湖北省

行医范围：西医

行医地点：坝心镇

有效期：1990年5月21日至1991年5月21日

发证机关：

一九九0年五月廿一日

说　　明

1、凡属个体行医者，须经审查合格，领取此证，方可在本县范圍内行医。

2、应按批准的行医范圍和地点行医。

3、在诊疗中，应按国家規定的收費标准收费，不得高收药费。

4、应遵守国家药政管理的有关规定，禁止使用伪劣、毒、限剧药物。

5、对无证行医者（包括以“杂要、武功”等方式招攬群众，兜售假药骗錢者）应坚决予以取締。

6、凡違反有关个体行医規定的，視情节輕重，分别予以处理。触犯刑律者，要依法处理。

附：規定本人收費标准如下：

一般药品：每付　　元

____药物：每付　　元

父亲的个体行医许可证

牌张扬，带着姑妈的孙女姜咏梅在家里把小诊所开起来了。

诊所运行后，就诊病人络绎不绝，都朝崔氏诊所来了，年迈的老父亲带着姜咏梅确实医治不了许多病人。相反给坝心医院的经营造成很大影响，医院门诊空无病人门庭冷落。几天后，医院领导觉得不妥，来跟父亲商量把处方继续开给医院，还把每张处方增加二毛钱改为四毛钱的提成。同时坝心村委会医务室也提出把处方开给他们，钱的报酬远比医院给得高，但父亲婉言拒绝了，因他从不必计较报酬，只为满足患者就医需求，能厘清向县人大提出的《乡村医疗发展状态改革实施建议》既是。

一段时间后，父亲每天把大量精力放在来就诊的病人身上，逐步从母亲病逝的阴影中走出来，并用母亲生前孜孜不倦的服务精神激励自己，把对母亲思念化作解除病人的疾痛上来，决心替母亲完成未尽的医疗事业。他废寝忘食，起早贪黑。我们子女为他的健康担忧，每次回来都三番五次劝父亲歇下来，可他就是不听。

直到1988年的秋天，我因工作需要被借调在云南省军区作训处工作；大姐夫因颈椎病在昆明军区总医院做手术；大嫂云芳要来云南省中医学院参加函授考试，并以此契机反复劝说，父亲才同意到军区总医院做了一次全面的身体健康体检。没几天，父亲的体检结果出来了，除原患有的高血压、冠心病外，其余各项生理指标非常正常和健康良好；大姐和外甥女儿高娅因大姐夫术后回个旧鸡街医院疗养；大嫂考试完毕带侄子昕宇回建水县医院。只好说服了父亲留下，和我在省军区大院住上一段时间，散散心，调理调理。这是大嫂中医师的说法。

大嫂郝云芳了解父亲的脾气，担心他在昆明闲不住，介绍认识她建水一中上学时现已退休的卢忠教师，也是她跟师学医的苏北山老中医一大家子人。而且是44年前，父母在建水开办惠尔康西医大药房隔壁中医馆的家人。父亲没事去昆明纺织厂舒凤英孃孃家邀合打牌，就这样父亲每天从省军区后门穿过马路到昆纺，由舒孃姊妹带去一起玩耍，即日起有人陪伴他到附近公园去逛一逛。

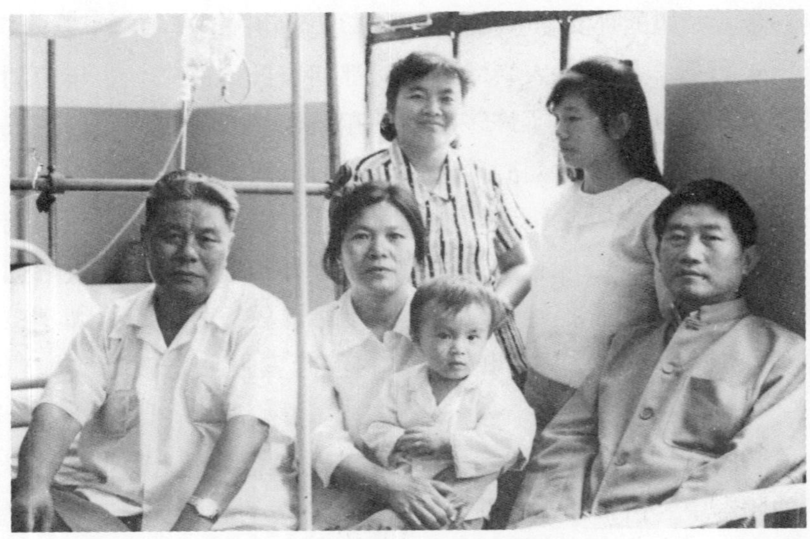

父亲、大姐、昕宇、大嫂、高娅、姐夫

父亲和孙子

父亲、舒孃及外孙（小伟）

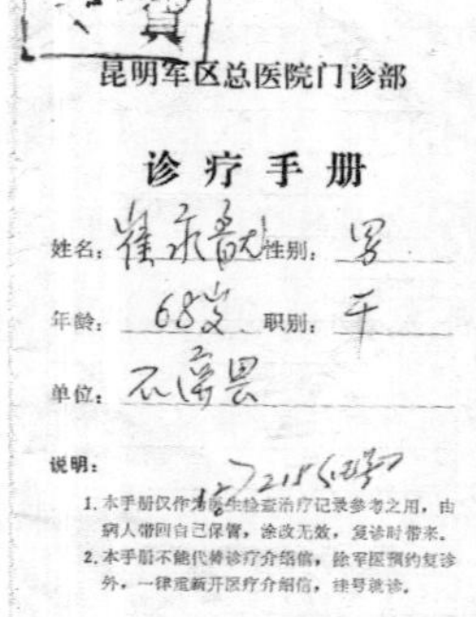

昆明军区总医院门诊部

诊疗手册

姓名：　　性别：男

年龄：68岁　职别：干

单位：

说明：

1. 本手册仅作为医生检查治疗记录参考之用，由病人带回自己保管，涂改无效，复诊时带来。
2. 本手册不能代替诊疗介绍信，除军医预约复诊外，一律重新开医疗介绍信，挂号就诊。

父亲在昆明军区总医院门诊治疗手册

晚上，我们父子闲着没事就吹牛聊天，父亲对我说：“儿子，你住的这8号院都是军区首长嘛，一个个跟我热情地打招呼，蛮好！我进出大门哨兵都给我敬礼，而我在国军200师、第6军时，是自己先给长官敬礼这点是一样的。喂，我观察了‘国共两军’军礼动作不太一样，我懒得跟贵军还礼，挥挥手罢了，哈哈！”我也半开玩笑说：“爸爸，您过去是受到严格军训又饱经沙场，精神面貌和气质好呗！再看您这个年纪的老同志，人家哨兵把您当成军委、大军区首长了……”

他点上香烟说：“忆往昔，我18岁从军，参加抗战7年，救了无数人生命，险些为国捐躯！兰封一战杀了一个日本兵、昆仑一战捕获日军少佐，这些历史都不让提了，参加边纵十支队，后编为云南军区基干团，还被搞得死去活来”。我回敬说：“其实国军中有很多的人才，虽然立场观点不一样，但在抗日战争中立下了大功……”

他突然打断说“对啦！什么时候你回家，我把在兰封战场上得到的匕首，挖出来交给你保管。”我说，太好了！这算管制刀具吗？我一定收藏好，您老人家放心。他又说道：“儿子，我这辈子最喜欢的‘三把刀’，一把是你郑扬州伯伯送给我的那把灵巧的多功能手术刀；另一把也是你最熟悉的瑞士折叠式多用途小刀；再就是你们谁也没见过这把匕首，它是我隐藏最早，最不敢拿出来张扬的……”是啊！父亲的这“三把刀”，见证了他四五十年坎坷曲折的军旅生涯和工作生活经历。这段时间，父亲和我几乎每天晚上聊到深夜，有时候是通宵达旦。

本来我想父亲他一人，白天有人陪着玩耍，晚上有我陪着吹牛，以为他不会闲得发慌，也省得为他过多操心了。可一个月的时间不到，他开始犯愁了，对我说“儿子啊，你工作太忙还要陪我，你干的是军队保密活计，我俩几天来把牛吹够了，为父的不能影响儿子工作。”还口口声声说“嗨！一晃时光促人老，翔鹏之志烟消散。而今年过花甲，还是精力充沛，再闹八十何须愁？这次体检样样好好嘔，可以活到84岁没问题，家里来病人就是最大的牵挂，我回去守着诊所，就像你在前线守阵地一样，哈哈哈！回去再为石屏的乡村医疗干十几年吧！我在这里无所事事，光是打打牌，爬西山、进大观楼，人看人没兴趣？”

还坚定地强调“家里还有众多病人等我去处理，靠你大哥帮我守诊所不放心，晚上我就坐夜班车回去……”我深感无奈但也能理解父亲，只好联系在昆明汽车客运总站的弟弟崔敏。两天后，由弟弟驾车把父亲从昆明送回坝心家里去了。

人逢喜事精神爽，最美不过夕阳红。父亲回家后，舒孃也已于1989年7月从昆明到坝心帮他一起开诊所，生活和工作多了帮手。他请人把堂屋重新装饰装修粉刷一遍；把他选县人大进县政协的照片挂出来；把我在老山地区作战的立功喜报张贴出来，怪不得来看病的人会幽默说，进到“崔氏诊所”有着荣光显赫之感，见到崔老医生，病就好了；小孩子哭闹不得以，只是说一声“看崔爷爷去……就好了！”

1988年秋，父亲和三姐及弟弟在建水燕子洞

1989年8月，我从文山师机关受命到麻栗坡“老山战场”部队当作训股长；1990年大哥从何宝寨煤矿调建水县医院当医生；1991年弟弟正式调昆明汽车总站工作；同期我调云南省军区作战处当参谋。我们子女的工作调动，成长进步令父亲满意，脸上常挂着无比自豪和荣光，他觉得没辜负自己的期盼，有着发自内心的骄傲，常说“党和人民的培养，我的几个子女很为我争气！”

1992年底，我从军区机关调任云南省军区军犬队任队长兼党委书记。基于昆明狼种犬具有敏锐嗅、视、听觉等能力，尤为对驯养者的特殊依恋性、忠诚和亲情反应；联想到父亲年老孤独寂寞，患有糖尿病需要适当运动，我让民间铁杆兄弟阿昆（翡利辉）驯养了一只昆明良种犬与父相伴。

这只犬会衔着提兜，忠实地陪他上街买菜、散步；父亲睡觉狼犬就守护在床沿，几乎天天如此。正好狼犬的毛色是黑背黄腹，父亲别出心裁为它取名“小黑”，比喻这犬为叔叔永凤“小黑”，默认自己是“大黑”（即父亲孩时的乳名）。父亲特别宠爱这只犬，成天与它在一起，听其语言和动作交流恰似心灵互通，无疑寄托他与同胞弟弟离别59年未某一面，以及对湖北家乡亲人无穷无尽的思念！

父亲（右一）、舒孃（右二）、俊宝哥（后右一）、丽芬（后右二）、姚军（左一）崔粲（后中）、崔然（左三）、王佳（左二 侄女）在新家屋顶阳台上

父亲、舒孃及小伟

姜咏梅（左）及伙伴

父亲和亲家王维忠在个旧

1993年6月19日，我爱人王丽芬从红河州邮电局调入昆明市电信局工作，搬家途中到坝心在家里住了一宿，晚上与父亲还是老习惯抽烟聊天，这次聊的话题偏重于家庭多一些，父亲要我配合他老人家处理好家庭琐事；他准备在家里前排左右两边二楼阳台加盖4间房屋；打算动员已经退休的大姐回来接替他开诊所，然后积攒钱并让我陪他一道回湖北、湖南老家去看一看，一并了结母亲生前的遗愿。至于对我的要求还是老生常谈，多看书、少喝酒、上高级军校学习去。

到了凌晨五点，父亲说他累了，想睡一下，还要处理第二天的病人……没想到，这就是我和父亲的最后一次见面。

我回到昆明后，除每天安排好队里的日常训练和生活外，即忙于和八一电影制片厂《中国犬王传奇》（后定名“犬王”）摄制组一行洽谈协拍事宜，以及着手候选拍摄犬的组训；紧接着忙于全军军事教学片《训犬》的编剧和开机拍摄工作。

8月底，老父亲已加盖阳台房屋来信说：

嵬敏儿，今年爸爸为你们修房子，旁边那个小阳台，前面均盖起来，现在都还差不多完工。全部工程可用13000元左右，望你能支持。三兄弟每人壹仟元，明年可筹你们，可以邮寄给我。祝你，二家好！望你们弟兄商量。

父字1993.8.25

1992年7月父亲留影

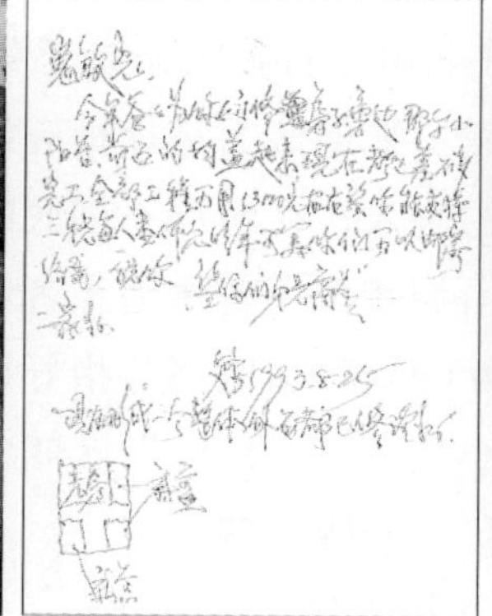

1993.8.25

1993年父亲照片及留下的最后一封信

他绘制简易图还在下面加注“现在形成一个整体外貌都已修理好”。就当前来说，他已经是七旬老翁了，如此精力充沛。本来崔家兴建的房子，足以容下这家人生活。而且大多子女都在外地工作，也不知他是怎么考虑……

1993年的国庆节，云南省军区军犬队仍处于党纪、作风集中整顿期间，同期组织实施《训犬》教学片的紧张拍摄当中，我作为队里的军政主官压力很大。

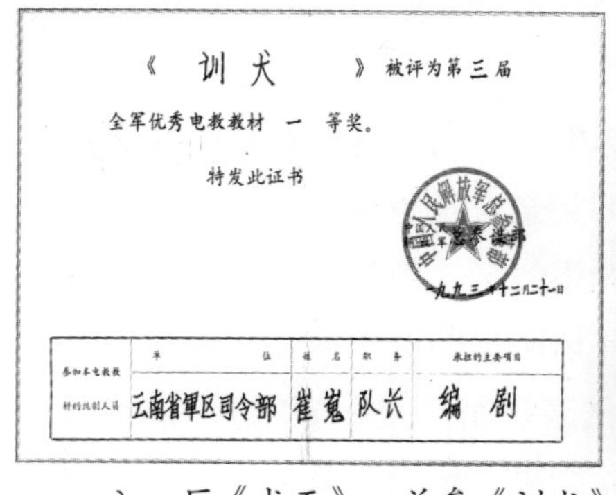

《训犬》被评为第三届

全军优秀电教教材一等奖。

特发此证书

一九九三年十二月二十一日

参加本电教教材的编制人员	单位	姓名	职务	承担的主要项目
	云南省軍区司令部	崔嵬	队长	编剧

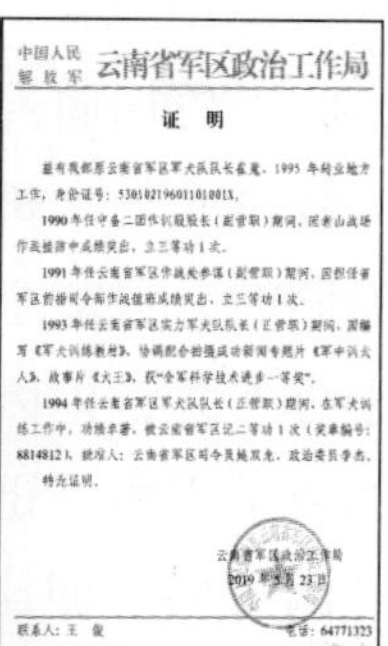

中国人民解放军　云南省军区政治工作局

证　明

兹有我部原云南省军区军犬队队长崔嵬，1995年转业地方工作，身份证号：53010219601101001X。

1990年任中备二团作训股股长（副营职）期间，因老山战场作战值班中成绩突出，立三等功1次。

1991年任云南省军区作战处参谋（副营职）期间，因担任省军区前指司令部作战值班成绩突出，立三等功1次。

1993年任云南省军区实力军犬队队长（正营职）期间，因编写《军犬训练教材》、协调配合拍摄成功新闻专题片《军中训犬人》、故事片《犬王》，获“全军科学技术进步一等奖”。

1994年任云南省军区军犬队队长（正营职）期间，在军犬训练工作中，功绩卓著，被云南省军区记二等功1次（奖章编号：6814812）。批准人：云南省军区司令员鲍双龙、政治委员李杰。

特此证明。

云南省军区政治工作局
2019年5月23日

联系人：王　俊　　电话：64771323

八一厂《犬王》、总参《训犬》奖励证书和省军区立功《证明》

突然收到大哥从坝心发来电报“父病危，速回！”极为震惊，无法接受，难以置信。我立即驾车到部队附近的茨坝镇邮电所挂了地方长途电话，方知：

老父亲，在家里加盖阳台房屋很操劳，还每天接诊众患者很劳累。这段时间坝心地区爆发流感，加上父亲早年被非法关押迫害致残的基础病史和后遗症免疫力差，于9月下旬左右呼吸系统感染病毒咳嗽不止，在建水县医院急诊科的大哥（远鹏）把他接去治疗稍有好转，由于他一贯的职业精神，仍然是牵挂着坝心的病人，在治疗不彻底的情况下，一周后又回坝心家中来接诊病人，甚至由舒孃搀扶着去为患者看病，有时半躺在床上忍着病痛问诊，让姑妈的孙女咏梅代写医嘱并指导她用药等等，始终坚守着对病人的诊疗；连拴着的小黑“汪，汪汪”吠叫它的主人，快歇下来！快歇下来！可他仍用顽强的毅力坚持不懈……

两天后，父亲又返病高热不退，咳血痰……先后给我发来6封病危电报，先期到达的姐姐哥哥弟弟不得已，再次把他送去建水县医院医治，大哥请来本院最权威的熊维迪（湖南人）主任会诊，通过取口痰培养化验。

且说，在父亲重返建水的三天时间，家里除三姐等留守的亲朋好友外，关心他病情的人们来来往往；家里挤满了众多的人为他祈祷，希望能够出现奇迹般的好转。

三姐悲伤地说：在父亲病危的笼罩下，小黑连续几天不进食了，到了晚上，夜空中可听到小黑“汪、汪”，又“唉唉……呜，呜呜”吠叫，一阵阵凄凉的叹息……和陪伴在一起的林继仙孃孃、孔兆祥、白永贵叔叔们，心里更加痛苦难受。

我再次与大哥通了电话，大哥告诉了父亲的病情：在化验结果没有出来的同时，只能继续作支持性治疗，可父亲自身免疫系统难以为继。听后我十分着急，但因工作不能脱身回家看望父亲，便让在市电信局下夜班回来的妻子王丽芬迅速赶往坝心探望；并请队里的医生向上级医疗专家求助……两天后，回昆的妻子告知了我：父亲病情严重，直至10月7日又接家人电话，父亲的病根据肺部拍片和化验结果，诊断为金葡菌肺炎，继续治疗效果不显著，仍然发热，咳嗽，胸痛加剧糖尿病控制不住血糖升高。父亲追问熊主任："是什么病毒感染……"医生只好无奈地把检查结果告诉了他，他喘着粗气说"哦，20几天前我接诊一患者，用苯……苯唑青霉素呵？"熊主任泪目"是的，早该用苯唑西林钠！您说的是别名……"

父亲居然病入膏肓了，对症需用苯唑西林钠（别名苯唑青霉素）治疗是这样神志清楚。但他也知道自己病情的严重程度，加上1970年就患有的冠心病，是任何神仙已经无力回天了。之后，父亲提出想要建水（团山村）张家花园的月季花，父亲还想着142兵站医院……

此时父亲出现心力衰竭，呼吸困难，极端痛苦，听他昏昏沉沉说"姑妈（崔秀英），来接我……"

在场亲人都是懂医的，此时，郑振英叔叔含着泪说："孩子们如果是早些时日确诊为金葡菌感染，及时用上苯唑西林钠，或许是会有另一种情况和结果！？"可是，当下大家深感无奈与无助，抑制不住撕心裂肺的难受，个个泪流满面……见父亲渐渐失去身体抵抗病毒的样子，并且知道已错过最佳治疗、抢救时机，只能打道回府。医院救护车送到坝心家里时天已黑了，进家后他又清醒过来，念着家里亲人到齐没有？而且晓得7个子女中，我还没有到来，便突然坐立起来说："嵬儿，出事了？"听完他人解答，他才又躺下了。然后一直处于昏迷中……

1993年10月8日晚，昆明购置的苯唑西林钠针剂，还在夜班车的运输途中。到了9日凌晨5时许，父亲的心脏永远停止了跳动，生命定格于73岁。晚到一个多小时的药品已经用不上了；他预约的病人挤在家门口等他医治，此时却变为替崔老医生送行……

当天，我在省军区军犬队收到父亲已故电报，队里安排了车子，我和永清带着家眷，急从昆明赶往坝心。一路上悲痛欲绝……车到坝心，刚一停下，我和永清直奔家中，我跪在灵柩前望着父亲的面容，泪水泉涌般地不断流出，我沙哑着喊：爸爸，爸爸……您为什么就去了！？我对不起您，没能最后一别，对不起！对不起！对不起……

我未能与父亲见到最后一面，留下了一生的悔恨。深切感受永清所作的"惊闻慈父逝，未哭泪已干。千里寻他容颜改，一生一世心不平"的悲哀……

父亲随身携带笔记本和小黑

父亲与孙：肖磊和崔粲、崔然

父亲和作者岳父以及孙崔昕宇

家中收藏的三本影集

父亲走了，永远地走了！我们没有母亲也没有父亲了！他们留下我7姐弟和一大家亲人，自此，我们成了没有父母的人了，大姐今年50岁，弟弟33岁。半个世纪来父母含辛茹苦养育培养我们姐弟成人，为我们成了家，默默地献出了毕生的精力和心血。父亲临终时还在为我们修盖家园，令人心痛的是，他疾病缠身也还在为患者百姓治病，把别人的病痛视作比自己的生命一样重要。现在父亲远去了，带给我们的痛苦更加刻骨铭心。啊！山高！海深！都无法同父母与子女的情相比。现在脑海里不时浮现在我眼前的是父亲身临其抗日战场冒着枪林弹雨救护伤员；他不分白天黑夜废寝忘食的身影，跋山涉水，跑遍了当地上百个村村寨寨，救治伤病患者……

回想多年来，一家人逢年过节聚一起，父亲以他豪迈的性格，无畏的气魄，心情好时，哼着京剧名段，上街把鸡鱼肉蛋采买一大堆，让人送来家里供我们烹饪享用……到了晚上，和家人围坐在一起谈古论今，其乐融融……可是现在父亲远去了，使我思虑万千，最使我不能忘记的是曾经答应父亲，陪他回湖北、湖南老家看看，了结他离家数十年的思乡情，可如今都成为泡影，这在他病重弥留之际，他自己表露急切明显，想起这件事，我无法向他述说，也无法原谅自己……

依照父亲生前遗愿，丧事从简、俭朴节约，费用在他自己遗下的7000元开支。这是父亲临终前对身边家人的告戒。

在办理父亲丧事时，大姐在父亲生前所住房间里交代我……偶然发现父亲床沿柜子上摆放着的3本影集，旁边放着是年6月间，从个旧返昆回来看父亲时，带回家的一组照片。这是今年清明节父亲带我们去放白冲为母亲上坟拍摄的，这也是母亲去世7年后，父亲最后一次带我们去给母亲上坟……

神医苍茫西去，龙容惨淡星沉。噩耗传出，一平方多公里的坝心小镇上平时只有两千余人，猛增至三四千。父亲生前旧友、老同事和培养的乡村医生，过去以及临终前医治过的众多人们前来奔丧，聚集镇上家里痛哭流涕，深切哀悼！

起棺之时，突然风雨飘摇，似上天慰藉他寒食西归，一生博济群伦气贯长虹。

“抗日从军，铁骨铮铮，杏林丹心，梓济万民”的父母亲都走了，天堂里多了两位仁心仁术，博学精深，优容至善的好医生。

蓦然回首，依恋父亲一年多的小黑，在父亲的灵柩起棺后，入殓祭祀下山回到家中，人们就没谁听见它的吠叫声，更没有看见它的身影和踪迹，家人多方寻找，四处呼唤均无应答，小黑失踪了……

话说灵气十足，忠心诚然，曾与父亲生前朝夕相依的小黑失踪后，寻它数十度不见，即在父亲去世后的第二年，即是1994年底，在我即将从部队转业到地方工作之际，在我的内心里，觉得我最对不起的就是我的父母，出于对已故父母亲的愧疚和怀念，我专程回坝心后，独自上坟山祭拜。非常惊奇发现已故父母的坟墓旁边的草丛中隐约看到侧躺着一架动物遗骨，凭借自己在军犬队长任上的职业敏感，才真相大白它去年失踪的原因，得以认知小黑为它的主人惨烈地殉葬了，也去了西天极乐世界！

站在父母坟前，
就想起父母养育的恩情，
仿佛听着父母谆谆教诲，
倾诉着对父母深深思念。
……
我的父母亲！
我最敬仰的人！
这辈子做你们的儿女，
我没有做够。
央求你们呀下辈子，
还做我的父母亲。
我的父母亲！
……

灵堂

1993年10月13日，父亲灵堂（堂屋）前

家人在父亲灵堂前

祭悼父亲的亲朋好友姜启宏、王金贵、李青华、李宝禄、王学仁、姚家林等

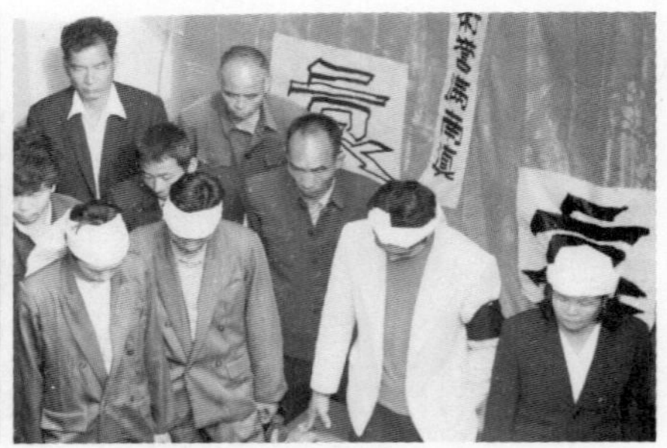

前来吊唁的医院部分职工及乡亲

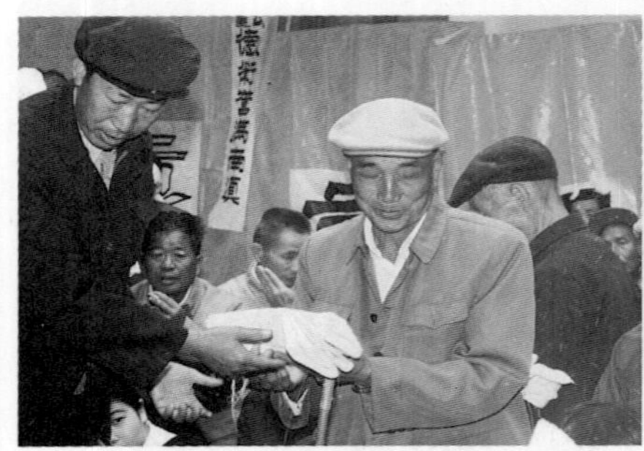

前来吊唁的亲朋好友李太元、王德应等

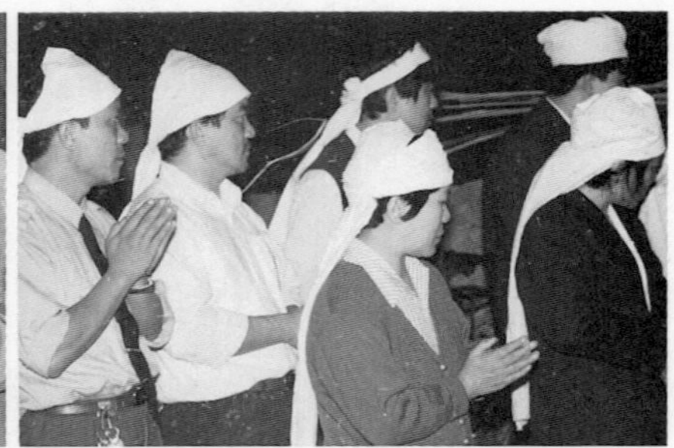

点祖祭礼

起棺出殡

出殡送葬

为父亲送葬的好友（王石有、陆昌伟、孙广培、孙继生、孔祥信、王双霖、李枝元、王增亮、王永昌、白永贵、孙德清等）

为父亲送葬的罗秀珍、李青华、王学尧等亲朋好友

父亲丧事时来帮忙的乡亲：四代叔、桂芬姐、德明哥、陆十一、王飞、莫长寿、王宏兵、姜金寿、王双霖等众亲友

亲友悼念

2017年1月重修父母墓

墓 志 铭

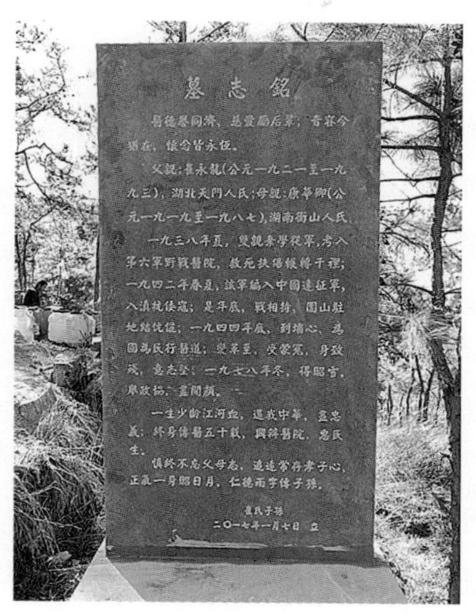

医德誉同济，慈爱励后辈；音容今犹在，怀念皆永恒。

父亲：崔永龙（公元一九二一至一九九三），湖北天门人氏；母亲：康华卿（公元一九一九至一九八七），湖南衡山人氏。

一九三八年夏，双亲弃学从军，考入第六军野战医院，救死扶伤辗转千里；一九四二年春夏，该军编入中国远征军，入滇抗倭寇；是年底，战相持，团山驻地结伉俪；一九四四年底，到坝心，为国为民行医道；变革至，受蒙冤，身致残，意志坚；一九七八年，得昭雪，举政协，尽开颜。

一生少龄江河血，还我中华，尽忠义；终身传医五十载，兴办医院，惠民生。

慎终不忘父母志，追远常存孝子心，正气一身昭日月，仁德两字传子孙。

崔氏子孙 立

2017年1月7日

后　记

感恩父母给予我生命，感恩父母养育我成人，感恩父母为我们留下宝贵的精神财富，父母虽离我们远去，儿女的思念却是永久的……

根据父母亲写的珍贵《传记》《笔记》和存留下来的照片等图片资料，以及他们平日口述，亲友们提供的素材，利用业余时间予以率真的文字按照时间顺序书写，如实再现父母投笔从戎参加抗战救死扶伤，辗转千里挺军云南，苦苦耕耘于山间杏林，为乡村医疗卫生的发展历程贡献了毕生精力的沧桑岁月。

父母分别生于湖北天门、湖南衡山，自幼受到良好的家庭教育，学龄时，进私塾受中华民族传统文化熏陶；进新式学校学习自然科学知识，为医学专业的掌握和医疗技术临床应用奠定了良好的基础。他们爱国爱民心切，在逆境中屡次遭受陷害，始终留得清白慰吾生。父母在50多年的医事生涯中，医术精湛大爱仁心留后世，铁血军医悬壶济民惠百姓。

在此书即将定稿之前，我们姐弟于2019年金秋10月到了父母的故里寻根访亲，了结父母生前夙愿，也收集了许多故乡的信息资料及图片，对父母及老家亲人有了更深的认识，并在本书中补上部分照片，一道将崔家兴衰及宅院修缮的照片作为附录，附后存念。

全书多次修改、几易其稿，意在铭记滇南崔家历史，传承医者仁心精神，缅怀父母并告慰在天之灵，激励后辈报效国家和人民。书中的描述仅是作者本人之为，所述内容及人物、事件等，请勿对号入座。

《山村杏林》得到了云南省新闻出版局、云南出版集团、云南人民出版社等单位的关心支持和真诚帮助，谨此深表感谢！

崔　嵬

2020年8月

附录一

1939年10月，父母双亲芳华二十离别故乡，抗倭寇，征滇越，医惠民；尔来异域他乡暂转八十载，生前五十有余倍思亲，蜀道难，茫然终。公元2019年金秋十月，滇中南吾辈姐弟终于成行，以偿双亲夙愿寻根祭拜，访亲湘鄂故里。

左起：崔嵬、远望、远鹏、崔敏、远新、学谨、远惠和远信，18日从昆明至衡山

和衡阳的亲友在一起

寻亲在衡山县城和南岳

在衡东县石滩乡铜锣山扫墓；看望姨妈的学生、侄女朱球（78岁）

10月21日，在韶关与表姐（中）、表哥（左三）及其亲人们团聚

告别韶关，表姐泪目：我不肯让你们走……

10月23日，提前到天门的远辉、小芳及汉明哥嫂等相聚并竟陵街72号留影

在夏场与宗族亲人合影纪念

子华后嗣：爱珍、保安；云南与老家忠年（永凤后）、登年（永清后）合影

子荣后嗣（远辉、文专、翠华、红专、文婷、又专及孙）和云南姐弟在老家

崔氏永字辈“三老”

与永宏婶婶在一起

10月25日，永龙、永宽、永安三兄弟子女在荆门

在宜昌市三斗坪镇境内的三峡大坝

在三峡大坝一侧合影留念

26日至30日，姐姐们首次来京并在天安城楼前留影

在国庆70周年花坛前留影

在长安街中南海正门——新华门留影

附录二

2016年10月，因坝心集镇建设，改善人居环境，保留历史文化，当地党委政府多次商榷崔家住宅房产权人，崔远鹏、崔嵬、崔敏三兄弟同意改造于1986年初建成占地212平方米的崔家住房，拆除原诊所用房和附属生活设施等建筑，实施湖东路街道拓宽改造。保留占地106平方米正房进行修缮，作为纪念崔永龙、康华卿医师的象征历史文化建筑物。

俯视原崔氏住宅

住宅右侧楼梯间

街面诊所用房

2017年春，正在修缮中的正房主体（使用面积：212m²）

修缮后的房屋

2016年10月，七姐弟在家里的合影